逆臣 ②

米洛◎著

北京时代华文书局

图书在版编目（CIP）数据

逆臣. 2 / 米洛著. — 北京：北京时代华文书局, 2019.5
ISBN 978-7-5699-3022-1

Ⅰ. ①逆… Ⅱ. ②米… Ⅲ. ①长篇小说－中国－当代 Ⅳ. ① I247.5

中国版本图书馆CIP数据核字（2019）第 074506 号

逆臣·2
NICHEN.2

著　　者｜米　洛
出 版 人｜王训海
特约编辑｜夜　森　白　坯
责任编辑｜张　科
封面设计｜樱　瑄
版式设计｜蓝　翰
责任印制｜刘　银

出版发行｜北京时代华文书局　http://www.bjsdsj.com.cn
　　　　　北京市东城区安定门外大街 136 号皇城国际大厦 A 座 8 楼
　　　　　邮编：100011　电话：010-64267955　64267677　57735442

印　　刷｜三河市嘉科万达彩色印刷有限公司　0316-3156777
　　　　　（如发现印装质量问题，请与印刷厂联系调换）

开　　本｜787mm×1092mm　1/16　印　张｜18　字　数｜415 千字
版　　次｜2019 年 6 月第 1 版　　　印　次｜2019 年 6 月第 1 次印刷
书　　号｜ISBN 978-7-5699-3022-1
定　　价｜39.80 元

版权所有，侵权必究

目录

章节	标题	页码
第一章	牢狱见刺客	001
第二章	少年何许人	030
第三章	讨伐晟夏战	068
第四章	与君共赏枫	107
第五章	安平身暴露	136
第六章	越祖又代庖	165
第七章	离家出走去	192
第八章	悠悠回京路	227
第九章	炎儿的怒意	245
第十章	出征剿匪患	265
后记		283

第一章 牢狱见刺客

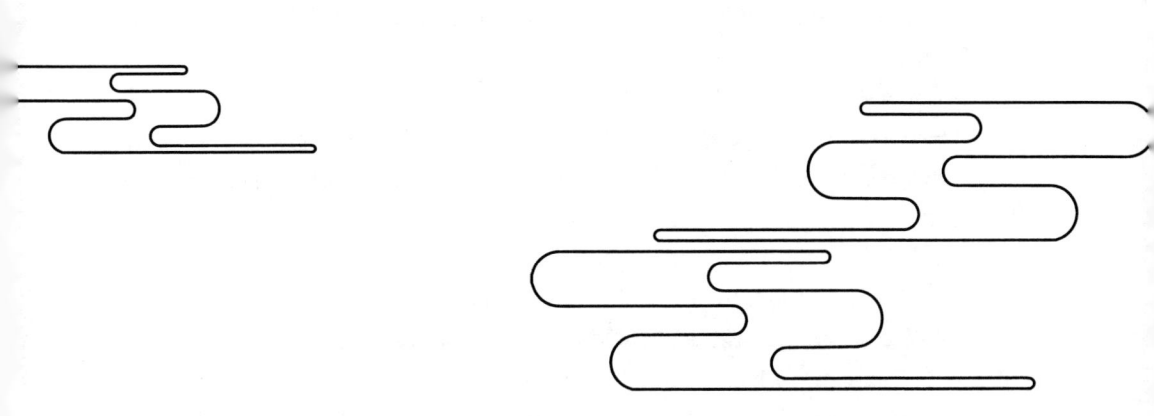

青允在外出探案前，先回了一趟家。他身为铁鹰剑士的首领，家不过是一个换衣裳的地方。

铁鹰剑士，也有人称之为"黑影"，是由太上皇淳于煌夜创下的特殊府衙。

因为他们的人数不定，行踪不明，主要负责暗中保护皇上的安全，以及搜集各种情报，包括敌国军情在内。

因此，对于大燕的皇帝来说，他们就像影子一般的存在，忠诚、低调，不可或缺。

但对于敌国而言，他们就是最为可恨的细作，一旦被抓住，就会对其施以重刑，最后才是杀之灭口！

他们或许是不想累及妻儿，又或许是整日东奔西跑居无定所，所以铁鹰剑士极少有成家的，更无子女牵挂，他们发誓终其一生，为皇帝、为国家效力，做幕后的无名英雄。

但同时，皇上给予他们的特权也很多，比如可自由出入皇宫内寝，可先斩后奏，一切花销皆由皇室金库担负，等等。

青允身为首领，自然买得起豪宅与良田，但他觉得一个人住着大屋子，太过铺张浪费，且还要买丫鬟、小厮，得请管家打理，种田还得雇农，这些事情都太繁复，于是，这么多年来，他都是蹭住在同胞兄长青缶的大宅子里。

反正他们都是铁鹰剑士，彼此之间还能有个照应。而他们的父母已经去世，倒也是无牵无挂了。

青允回到自己那存放着多把佩剑、暗器，简直是器械库一般的房间时，意外看到青缶也在，便问道："怎么，你没有事情要忙吗？竟然来我的房里。"

青缶与他一样，都是奔波劳碌的命，且多年潜行于国外，兄弟二人不常碰面。

"青花阁的案子闹得满城皆知，想着你可能需要帮手，我就暂且留在皇城。"青缶说。兄弟二人有着极为相似的面庞，只是哥哥的脸上有一道短短的疤痕，是匕首划伤的，有些年头了。

不过即使没有这道伤疤，下人们也能分辨出他们二人。神情稳重一些，举止没有那么毛躁的，就一定是大爷；而脸上总是带着笑，步履轻快的，就是二爷了。

也许这和他们肩负的职责不同有关，青缶惯于隐藏自己，他可以在茶馆里坐上一整日，都没人记得他是否出现过。

而青允是陪着小皇帝的，他又打心底喜欢这个可爱的徒儿，自然严肃不起来。

"没想到你也这么惦记这案子。"青允点点头，去衣柜那儿取出衣衫要换。

青缶看着他赤裸的上身，脊背上的肌肉和年轻时一样，很结实，一点都不像已经年过四旬之人。

"那个礼世子的事，我也是知道一些的。礼老亲王很受人尊重，没想到后辈的行为如此不堪。"青缶说。他也是看不过去才想要帮景霆瑞翻案。

"所以说啊，养儿未必就能防老！有时候，一个不肖子孙，就能把祖辈的家业、名声都给败光了。"青允系着皮革护腕，但是一只手不太好弄。

青缶走了过去，伸手替他绑绳结，还微微笑道："你不会是因为这个，才不想结婚生

第一章
牢狱见刺客

子的吧？"

"当然不是，败家子也是少见的。"青允说，还斜着眼看着兄长，"话说回来，你要是平日里多点笑容，也不至于到现在还是孤家寡人。"

"你知道我不适合的。"青缶叹了一口气，看着唯一的家人，也是他最疼爱的弟弟，"我只要有你就够了。"

"兄弟两相依为命嘛。"青允也跟着叹气道，"好在我们还有皇上，不至于这般寂寞。"

"说的是，还有太上皇、巫雀王。"青缶点头，"都是我们喜欢的人。"

"你这个人，平时不爱说话，一说起来就怪肉麻的。"青允夸张地摸了摸手臂，"我都要起鸡皮疙瘩了！"

"可能这次回来，跟你住太久了，难免沾染了一些坏习气。"青缶一脸认真地找寻着原因。

"住嘴吧！你这家伙！"青允却不买账，把换下来的外衣，丢在了哥哥的头上。

青缶拉下遮住眼睛的蓝布衫，可是屋子里哪还有青允的影子，他从来都不晓得道别，也许是同胞兄弟之间心有灵犀，无须多此一举吧。

又或者，每次任务都很难，留着还没说完的话，到下次再讲，也是一种必须要活下去的信念呢。

"弟弟，行事要加倍小心啊。"青缶握着那件衣衫，喃喃说道。

贾鹏坐在望梅茶馆的二楼雅座，望着楼下来来往往的人。眼下这条不怎么宽阔，离皇宫也很遥远的青石板路，就是旧王府大街。

他的一盏梅香茶都还没喝完，就有一肥胖的男子，戴着斗笠，低着头，神神秘秘地寻上楼来，只是他步履迟钝，手里还拄着拐杖。

小二见状要去扶他，反被那人拿拐杖狠抽了几下，吓得起紧躲了开去。

贾鹏起身，替男子倒了一盏热茶，男人摘下斗笠，脸上的瘀青未散，一笑起来，就跟戴了恶鬼面具似的狰狞。

"这怎么可以，竟然让宰相大人您给晚辈沏茶。"男人躬身行礼，但可能牵扯到受伤的肋骨，脸上的表情就更扭曲了。

"哎，世子你有伤在身，老夫本不该勉强你出来的。"贾鹏也不免移开视线，嘴上却依然热络地道，"但现在这个节骨眼上，老夫实在不便再去礼亲王府探视，以免招惹口舌是非，找人传话，又怕节外生枝。"

贾鹏说到这里，停顿了一下，因为掌柜进来，端上贾鹏之前叫好的酒菜。

"两位，请慢用。"掌柜极客气地招呼完，便退出，关上了门。

"大人您说的极是！"礼绍扫了一眼桌上的菜肴，都是山珍海味，便不客气地吃了起来，"来，大人，先干为敬。"

"嗯。"贾鹏也举起杯子，象征性地喝了一些后，说道，"虽然青花阁的掌柜死了，可

是礼世子您的案子，一点都不容乐观啊。"

"怎么会！"礼绍放下筷子，抹了一把油嘴，有点难以置信地说，"不是说可以判那武将死罪吗？"

他还以为贾鹏秘密地找他来，就是为了报这个喜讯呢！

"皇上还是个孩子，可景霆瑞不是。"贾鹏看了礼绍一眼，暗想："他是当真的猪脑子，还是在装傻充愣？"

"我知道皇帝是年少无知，才会受那武将摆布。"礼绍有些愤愤不平地说，"按照辈分，小皇帝还得叫我一声姨父呢！他竟然帮着那臭武将审问起长辈来了！真是没大没小！"

"大燕讲究的是'天子犯法与庶民同罪'，这一点你不会不懂吧？"贾鹏道。

"我犯什么法了？！买卖房屋、奴才都是正当交易！"

"如果里面牵扯到人命，还叫正当吗？"贾鹏花白的眉头一挑，"既然是查案，那些事情终究是藏不住的。除了青花阁，不是还有文渊阁、霓裳居，他们的掌柜都是死于非命，而巧合的是他们死前都把店铺低价转让给了你。"

"这个嘛……"礼绍挠了挠发痒的脸孔，他果然是在假扮无辜，把事情推了个干净，"这些事，都是由管家去办的，具体情况晚辈当真不知。"

"有句话，老夫先讲在前头，今日来这里，老夫不是以陪审官的身份，而是以礼亲王府的友人身份，"贾鹏极为体贴地道，"所以才会乔装，一个侍从都不带，你也不必对老夫有所戒备，大可畅所欲言。"

"贾大人……"礼绍看起来很是动容，可也有不解，"您为何如此担待着晚辈？"

"老夫也是看不过眼啊。"明明只是想借刀杀人罢了，贾鹏的言语之间却充满了对礼绍的同情，"你是皇亲国戚，本可以享受封地、良田，当着一方之王，可是因为礼老亲王把这些都归还给了朝廷，导致你们这些后辈，都居住在这么老旧的街上，除了每月固定的俸禄，就无其他的收入。这点钱如何支撑着王府的门面，又如何蓄奴养婢？这些人都很现实，有钱的就是爷，没钱的管他什么亲王郡王，还得看下人的脸色过日子。"

这番话可真真是说到了礼绍的心坎儿上，他浑浊的眼里竟然闪出了泪花，还哽咽着说："知我者，相爷也！"

尔后，礼绍就喋喋不休地说着儿时那些事，讲富人家的孩子还瞧不起他们，就因为过年没有金子当压岁钱，还说连贴身的丫鬟都跑到对门的少爷那里，就为了两个钱去做人家的小妾。

这些污言秽语中夹杂着不少礼绍的愤怒情绪，且足足说了一箩筐，贾鹏倒也耐着性子，听他大吐苦水，等末了贾鹏问道："所以，你才想要强买下虎眼巷的铺子，好做生意吗？"

"当然，我本来就该有世袭的封地，哪怕是豆腐干大小的我也要。更何况虎眼巷得天独厚，有时候从宫里运了些好东西出来，能够直接转手卖了，赚上一大票！"礼绍太过得意忘形，把真正的计谋都说了出来。

第一章
牢狱见刺客

　　虎眼巷是他打算从宫里偷盗财宝后，销赃的场所。只是这买卖还没开始，就被景霆瑞给搅黄了。

　　而这和贾鹏料想的也差不多，礼绍就是心里不平自己没有封地才大闹特闹，在皇城里横行霸道的。

　　"等日后赚了钱，晚辈自然会孝敬贾大人您的！"话说到这里了，礼绍当然不忘拉贾鹏下水。

　　"老夫是想等你孝顺，只是担心你都过不了眼前这个坎。"贾鹏的神色突然变得严肃起来，"你难道就没有想过，为什么堂堂的卫将军，非要去坐牢吗？"

　　"为什么？"

　　"他要不是坐牢，老夫又怎会查得到其他店铺的事？"贾鹏的言外之意，让礼绍当即变了脸色！

　　"他是想让提督府查我的底细？！"

　　"可不就是这么回事。"贾鹏频频点头，"他知道对有着世袭爵位的你，不可以硬碰硬，所以才用了自愿坐牢的苦肉计，好引提督府还有皇上，去调查你到底做了些什么事。他这个人表面一声不吭，其实城府极深，用心险恶得很！"

　　"他妈的！"礼绍气得是把面前的酒杯都摔烂了，"我竟着了他的道！还想着让他在牢里多坐坐，享受被蛇鼠咬的滋味呢！"

　　"你再想想，皇上是极看重他的。这满朝文武是无人不知，你让景霆瑞坐牢，皇上又岂会袖手旁观？弄到最后皇上也成了他手里的一枚棋子，一个他用来铲除你的利器！"贾鹏煽风点火地道。

　　"这、这样说来！皇上也是知道我……"

　　"怎么会不知道，只是皇上眼下忙着搭救景霆瑞出来，无闲暇审问你罢了。"贾鹏点明道，"你这颗人头迟早是要不保的。"

　　"等等，他不是还打了士兵吗？"礼绍连忙道，"就算皇上要包庇他打我的罪名，可他也确实对提督府的士兵动手了，这都能算是谋反了！就算老子死了也能拖他当垫背！"

　　"哼，你想得倒好，那些个士兵对景霆瑞是感恩戴德都来不及！"贾鹏冷笑一声道，"当日，你也在场，具体什么情形你也很清楚吧？"

　　一开始，确实是景霆瑞揍了几个为虎作伥的士兵，但后来的提督府士兵，他们都认得景将军，有些人在骑射上还是受过他指教的，对他的为人是极敬重的。

　　于是他们就调转方向，全都帮着景将军，而礼亲王府的下人们也闻讯而至，彼此就打在了一起。景霆瑞坐牢，一人担下了所有罪名，以免那些士兵也要被告，说他们伤了礼亲王府的人。

　　因此别说没有士兵愿意出来作证说"景霆瑞打了他们"，反倒说"景将军那是为民除害"，结果都立不了案子。

　　这案情还是集中在景霆瑞是不是故意出手伤了礼世子这上头。

　　"照你这么讲，在皇上那里，我是怎么都躲不过去了！"礼绍浑身哆嗦着，吓得不轻，

"要不我去向皇上负荆请罪,主动撤了案子,再向景霆瑞赔个不是?想皇上惦记着皇室的颜面,总会给我一条活路走的!"

"事已至此,皇上怎么会饶了你?"贾鹏瞪着这已然吓破胆的礼绍,厉声教训道,"你与其坐以待毙,不如先下手为强!示弱是救不了你的!"

"大人的意思是……"

"一切祸事皆由景霆瑞而起,他放着好好的将军不做,偏要搅惹是非,当然也该给他点颜色瞧瞧。"贾鹏撂下话道。

"你是说……干脆咔嚓!"礼绍做了一个抹脖子的动作,"叫他和青花阁老板一个去路?"

"老夫可什么都没说。"贾鹏就像个狡猾的狐狸,明明是他授意的却装模作样道,"景霆瑞的本事你是见识过的,一般人可奈何不了他。"

"哼!反正不是他死就是我亡!为了日后的大好前程,晚辈一定会做得干净漂亮,绝对不会让皇上起疑!"礼绍双手捧起酒杯,敬了贾鹏一杯。

贾鹏欣然举杯对饮,心里却在想:"就算他死了,你也活不了,皇上是容不下你这样的人。"

不过,他同情礼绍的心情是真的,或许是同病相怜吧。

贾鹏身为两朝宰相,本来是位高权重的人,以前因为有柯卫卿在,让他毫无施展抱负的机会。

这也就罢了,柯卫卿身为摄政王,辅佐皇帝理所当然。但如今小皇帝登基,理应由他来主持大局,受万人景仰才是。

没想到中途杀出景霆瑞这一匹黑马来,小皇帝对他是笑脸相迎,言听计从。

想着景霆瑞把皇帝玩弄于股掌之中,贾鹏就气得不行,认为这是大不敬的事!

他虽然没有景霆瑞这般年轻力壮,但当年也是文状元出身,沉浮官场三十载,才坐稳宰相的位置。如今都一把年纪了,竟然要和一个毛头青年争权,想想就觉得十分不甘!

如果不除掉景霆瑞,他这个宰相以后在朝中说的话,哪里还有分量!

他虽然也看不惯礼绍的为人,但这何尝不是一个铲除异己的好时机?小皇帝还是小孩子心性,死了一个弄臣也就哭闹个几天罢了。

在与礼绍杯盏交错之际,贾鹏还认真地思量着,该找哪个亲信去顶替景霆瑞的位置,好好地宽慰一下小皇帝。

入夜,初升的月光如云烟般缥缈,使得兵部大牢所在的北塔,看起来就像一只妖异的巨兽,趴伏在一片迷蒙的"云雾"当中。

繁茂的桂树枝叶也投下了斑驳的光影,乍看起来就跟有人立在那里似的。

沙沙……

叶片瑟瑟抖动,巡夜的守卫立刻持起手里的红缨枪,大声喝道:"什么人?!"

"那边有动静,快过去看看!"一个守卫的喊声立刻引来同僚的注意,七八个守卫举

第一章
牢狱见刺客

着熊熊燃烧的火把，一同走进塔边幽寂的桂树林。

火光照亮了树枝与青草地，望过去倒也清清楚楚，这树干不够粗藏不住人，所以别说是人了，他们是连只鸟影都没瞧见。

"真是怪事，我方才明明看到有人影晃过……"那个守卫摸着头，奇怪地道。

"我看你八成是活见鬼了，哈哈！"一旁的守卫笑话道。

"才没有！"

"别闹了，在这种地方，就算是看到一两只孤魂野鬼也不出奇。"经验老到一点的守卫叹道，还很正经地朝树林拜了拜，让其他人看着都觉得浑身发寒！

不过既然没有人，他们也就散开了，各就各位继续巡逻去了。

这兵部大牢里，虽然关押的犯人是"屈指可数"，但是守卫却依然森严，外围车马道上有着三十二人，分三批彻夜巡逻。

北塔的城楼上站着十五人，唯一的入口处，即大牢门口亦有十五人把守。

在牢房内，包括正、副牢头在内有五人，可以说是从里到外，从上到下都是围得密不透风。

所以，那一团黑影蛰伏在桂树旁的城墙上是一动不动，几乎与逆光的砖墙融为一体。待守卫离开之后，他才抬起头，望了望仿佛月宫般陡立、高耸的北塔顶。

"啪！"

他弓起的身体就跟猫儿似的，猛地蹬开了墙壁，借由这力道，黑影"嗖嗖"地纵身飞掠，轻盈得让人难以置信！

不过眨眼的工夫，这蒙着脸穿着一身夜行衣的人，就已经翻身进入了北塔之中，而城楼内外的侍卫仍然是无知无觉。

景霆瑞与往常一样，盘腿坐在铺着稻草的木板床上修炼内力，坐牢这么多天，倒是让他的内功又精进了一层。

窸窸窣窣。

仿佛是老鼠找寻食物的声音，却引起了他的警觉。

"啪嗒！"

有石子掉了下来，不是从天花板，而是来自牢房过道的末端，最里面的一块石壁上。

这个呈长方形的大牢，左右两边都是牢房，中间为狭长的过道，而景霆瑞所在的地方，就是最北的一间，也就是说，他可以看到走廊底部的那面墙，正在微微震动。

"到底是怎样的一只硕鼠，连墙壁都摇得动？"景霆瑞正防备着时，一团黑影连同碎开的石头、墙灰翻滚了出来。

一时间，牢内掀起飞扬的灰霾！

景霆瑞毫不客气地朝黑影的头部射出一枚致命的石子，就在这时，"咳、咳咳！"那人的几声轻咳，让景霆瑞的脸色霎时一变，当即又发出一枚石子，"噼啪"打掉了之前弹出的那一枚。

"嗯?!"爱卿抬起头时,就看到两枚石子在离他额头只有一指远的地方猛烈相撞,瞬间化成了粉末,就跟火药爆炸了似的,灰色的粉尘弄了他一头都是,而不由得一呆!

"皇上?!"景霆瑞果然没听错,来的人正是爱卿!

"瑞瑞!"爱卿的脸上也都是灰尘,头发上还黏着蜘蛛网,可以说他从没有这么邋遢过。

"哈啊——哈啾!"爱卿忍不住打了一个大喷嚏,然后又赶紧捂住自己的嘴,万分紧张地望着走廊的另一头,还好,那边没什么动静。

他这才抖落脑袋上的灰,就跟猫儿似的,用力地晃了晃脑袋。也许,他不想被景霆瑞看到这般狼狈的模样。

爱卿稍微整了整仪容,这才来到牢房的门外。

"终于见到你了!"爱卿才这么说,眼圈就忍不住泛红,他吸了吸鼻子,忍住了落泪的冲动。

"您怎么来了?"景霆瑞却蹙眉,问道,"一个人?小德子呢?"

"当然是朕一个人!"爱卿颇为得意地扬起下巴,"小德子他不会功夫,又怕高,别说带他爬城墙了,光是靠近这里就吓得腿软。"

爱卿还回头指了指墙上的窟窿道,"这是暗道,朕查了好多宫里的地图才发现的。"

"皇上,"景霆瑞从牢栏里伸出手问道,"您怎么可以……"

"怎么了?你不是想要对朕说教吧?"旁人都说景霆瑞有一张不苟言笑、冰山似的面庞,可是爱卿却非常了解他的神情变化,眼下,他正是一副打算教训自己的样子。

"朕可是好不容易才溜进来的!你要是敢说朕的不是,朕就不理你!"爱卿的话音刚落,就看到景霆瑞露出了一个笑脸。

那温暖的笑意让爱卿不由得瞪大了眼睛,有那么一瞬间,他仿若自己在梦里。

在分开的这些日子里,爱卿不止一次梦见和瑞瑞一起,坐在郊野的山顶上,看着皇城里燃放的烟火,天空都是五颜六色的,真的好开心!

而且只要他抬起头,就能看见瑞瑞那双深邃的眼眸正注视着自己……感觉很安心。

可这些不过是南柯一梦,爱卿一醒来就会认清现实,瑞瑞根本不在自己的身边,他在牢狱里蒙受着冤屈。

爱卿痛恨自己的无用,虽然是皇帝却连身边的人都保护不了,心里就跟有刀子在剜一样,痛得他蒙在被子里直哭!

现在的瑞瑞是真实的,爱卿缓缓地垂下眼帘,泪水也就滚落下来。

"怎么了?您受伤了?"景霆瑞一见爱卿落泪,立刻紧张地问,"哪里痛吗?"

"这里。"爱卿指了指自己的左胸,哽咽地道,"朕真的很想你也很担心你。朕知道你是想铲除恶人,但用得着这样委屈自己吗?你也许觉得这么做无所谓,可是朕……"

爱卿是憋了一肚子的话,此时可以吐个痛快,只是看着身处简陋、阴暗牢房里的景霆瑞,又觉得他好可怜。于是,爱卿补充道:"朕知道你受委屈了,也明白你做得对,说到底都是朕没用,才要你受这种苦,等你出来朕一定会好好地补偿你!"

第一章
牢狱见刺客

景霆瑞一动不动地听完爱卿这一番感人肺腑的发言后,竟然不可置信地伸手掐了掐自己的脸。

"你这是什么意思?"爱卿皱起秀眉,十分困惑地问。

"皇上竟会想要补偿末将,末将一时以为在做梦。"景霆瑞眨了眨眼道,"帮您罚抄过这么多回,也不见您如此感激涕零。"

"这、这和罚抄能一样吗?"爱卿既羞又怒着道,"而且我不是一直给你端好吃的点心,还喂你吃来着!"

想起儿时的事情,爱卿便忘了自己的皇帝身份。

"是呢,您确实喂我吃过点心。"

"那现在还能喂我吃吗?"景霆瑞笑道,"他们刚送来了一大碗面,我的手上有铁链不太方便。"

"你……"爱卿朝牢房里瞧了瞧,地上是放着一个托盘,有一碗白面、一双竹筷、一碟酱肉、一碟咸菜。

景霆瑞的双手腕上都绑着铁链,铁链的末端在地上,牢头把铁链放得很长,方便景霆瑞来回走动,若是重犯连转个身都难。

"我让他们给你开锁!"爱卿这会儿又生气上了。

"别,您忘了您是怎么进来的?要是闹大了可不好。"景霆瑞又道,"您带钥匙来了吧?"

"你怎么知道我带了钥匙?"

"在您腰上别着呢。"

小德子怕他忘了,特意把钥匙系在他夜行衣的腰带上了,这么一大串可显眼了。

"瑞瑞,你是不是在偷偷笑我?"爱卿一边开门一边问。

"怎么会呢,我没有笑。"景霆瑞微笑着说。

"信不信,我拿面噎死你?"爱卿走进牢房,和外头的泥地不同,脚下踩着的是干燥的稻草,是意外的柔软。

虽然没有烛火,但是从小窗里透进来的月光,足以照亮这间斗室了。

这儿也没有爱卿想象中的那样臭气熏天,倒是有些草穗和泥土的味道,若不是两旁有着碗口粗的木头牢栏阻碍着视野,与其说是牢房,倒像是一间马厩。

"皇上,这里虽然是牢房,但也没那么糟糕吧。"景霆瑞露出一抹淡笑。

"也只有你会这么想,你不知道我在宫里,天天愁怎么救你出去。"爱卿说着去端面,他没忘记自己进来是干什么的。

"我知道,看你一脸憔悴便知道。"景霆瑞温柔的声音就在爱卿的耳后,爱卿一惊,正要回头,眼前便是一黑……

景霆瑞点了爱卿后颈左侧的昏睡穴,在他软倒下来时,托住了他的身子,再抱着他慢慢坐下来。

"睡会儿吧,皇上。"景霆瑞微微笑着,看着爱卿毫无防备的睡脸。

也不知他多久没睡过一个囫囵觉了，今晚偷潜进监牢，想必又是紧张得不能休息吧。

再这么下去爱卿是会累垮的，所以景霆瑞骗他进来，就为了让他睡一会儿。

景霆瑞也闭上眼，休息起来。

夜半时分，桃枝形的青铜座灯在地毯上投下一片昏黄的暗影，使得这座奢华但过于宽广的宫殿更加寂静、幽深。

忽出忽没的萤火虫在殿外的门廊下飞舞，如浮动的点点星光，但即使是这样的景色，也驱散不了炎心头难以言喻的失落。

他在廊下的台阶席地而坐，面前摆着一张雕花矮几，上头是一壶梨花酒，一只白玉酒盅，已经喝了大半壶了。

"我怎么可以任由皇兄那么做！"落寞之余，炎的心里也积聚着怨气。

说起来，他一早就猜到爱卿会溜去兵部大牢探望景霆瑞，所以派亲信一直盯着长春宫的动静。

他一边不想要爱卿以身犯险，一边得知他连夜行衣都准备好后，就毫不犹豫地为他驻守长春宫，以免发生什么紧急事件，而大臣们找不见皇帝。

监牢那里，他也花重金买通了看守，让他们即使发现了什么也当作没看见，换言之，炎为爱卿偷偷潜入监牢的行为"保驾护航"。

当然，炎知道爱卿的轻功不错，在夜色的掩护下是不会那么容易被人发现的。

问题在于，他明明不想爱卿这么亲近景霆瑞那个家伙，却因为心疼爱卿，而又忍不住地成为他的"帮凶"。

炎也知道万一被人发现，那后果有多严重。爱卿是皇帝，已经不是那个即使犯错，也有父皇在后面帮忙打圆场的太子殿下。

这件事情若是被宰相等人知道了，想必就会闹个天翻地覆！

爱卿登基不久，权势未稳，稍有不慎，他就会成为被老臣们操控的傀儡皇帝。

炎唉声叹气着又喝下一杯酒，但似乎喝得越多，头脑就越清醒，他觉得自己太宠着皇兄，以至于可能会害了他，而感到非常自责。

"殿下。"有人跪在石阶下，黑魆魆的影子就跟鬼魅一般。

"嗯？"

"皇上他还在牢里，并没被人发现。"那人禀报道。

"他们两个从前就这样，私底下有着说不完的话，现在又有段日子没见了……皇兄是不会这么快就离开的。"炎喝了大半夜的闷酒，这口气听起来更是低落、郁闷。

"小的再去探。"

"不用了。"炎摆手道，"萨哈，你过来陪我喝酒。"

那修长的身影就上移，在烛光下露出一张与大燕人长得不太一样的脸。此人颧骨比较高，眼睛颜色很淡，像水银，与其说是人，更像是野狐狸之类的动物。

他是西凉人，西凉国的位置十分遥远，以至于都被太上皇撤除在十国之外。那种

第一章
牢狱见刺客

地方，就算是囊入国土，也没有统治的欲望。听说是除了沙漠和极恶劣的气候，就没有别的了。

"恕小的多言，您今晚喝得太多了。"萨哈望着年纪足足小了自己一轮的主人，劝诫道。

炎只有十五岁，可是言谈举止间，完全不像一个无知少年，他沉稳、睿智、尊贵，有着与生俱来的皇族傲气。

他就像是一颗蓝宝石，在萨哈的眼里，散发着夺目的光彩。当初，在皇城御道上看到炎的那一刻，萨哈就认为，这个少年就是他要寻找的人。

而眼下，萨哈是炎的门客，也是仆人，心无旁骛地伺候着炎。

"你是很多嘴！"炎瞥了他一眼，不悦地皱眉，"我是心情不好才喝的。"

"是。"萨哈不再阻止，炎却放下了酒杯，望着浓浓夜色中飘舞的萤火虫，低声叹息着，"我很失望，我以为皇兄再怎么担心那个家伙，也不至于为他放下皇帝的身份……"

"也许皇兄不在乎什么帝王之尊，可是对我来说，皇兄就是全部，是不容侮蔑的存在……"炎这会儿的话多了起来，但是他很快不再说话，眉头紧拧着，思绪随着那股酣热的酒劲，飘回到了过去。

"咔哒、咔哒哒。"

炎是被奇怪的声音弄醒的，他揉了揉惺忪的双眼，望了望对于六岁的他而言，实在是大得不得了的寝殿。

这里是锦荣宫，四岁时，他离开百子门，父皇赐给他这座依山而建的宫殿，正如它的名称，这儿不但有着大片的青翠竹林、盛开着牡丹的庭院，就连家具摆设也极尽奢华。

同住在这宫里的人，有保姆嬷嬷、伴读太监、掌灯太监、浆洗、清扫宫女等将近五十人。

但炎平时见得到的也就是保姆，以及陪他一起读书的小太监。别的人都是散在各个角落，各司其职。

漫长的一日结束，在炎入睡之后，保姆以及宫女都是退到隔壁的屋子里，有门帘隔开。

炎已经习惯了独自睡觉，自他懂事起，父皇就是见不着面的，因为总有大臣要与父皇议事。

除了年长一岁的皇兄爱卿，别人都不敢和他玩，见了他磕头都来不及。

所以，听到这"咔哒哒"的声音，炎也没有想过去找人来，而是好奇地望向声音的来源，一扇关闭着的、面朝着山林的窗子。

那里不该有人在，炎知道守卫是站在大门口的，太监们也都睡下了。

"刮风了？"炎一骨碌地爬起来，殿内只留了两盏绢丝座灯，到处是黑魆魆的，他从来都没觉得原来夜里是这么暗的。

然而，他并没有听到大风呼啸的声音，相反，殿里静得都能听到灯芯燃烧的噼啪声。

"咔、嗒嗒!"突然,窗户整个震动了一下,炎一下子愣住了,牢牢地盯着那里。

肯定有人在那里!炎这么认为,于是大着胆儿爬下床,正要走过去时,脑袋里突然想起一件事。

"小树林那边好像在闹鬼……昨晚给小阮公公撞见了,这会儿人都不大好呢!"白天,两位宫女曾站在门廊下,悄悄说话。

"可不是,那只鬼可凶了!青面獠牙的!"应声的宫女,脸孔都吓白了,随后,她们就看见了炎,就赶紧行礼,快步离开了。

炎不知道什么是闹鬼,只觉得那是不好的东西,要不然,宫女姐姐为何这般害怕?

难道,现在窗户会动也跟"闹鬼"有关?

炎十分地好奇,虽然觉得四周冷飕飕、黑漆漆的,心里有些害怕,但他还是慢慢地走向窗子。

等靠近了,炎才发现自己太矮了,都够不着那朱红的窗台,于是他去搬来一只小木头方凳。

他踩在上面,一手扒拉着窗沿,踮起脚尖,食指往窗户纸上戳了一个小窟窿,那乌溜溜的眼眸就往洞眼里瞄了瞄。

这不看还好,一看真是吓蒙了他!

外头比殿内还要黑,大片的乌云笼罩着钩子一般的月亮,和白天看到的葱茏小树林不同,那儿黑暗得就像是一个巨大的洞穴——有什么东西在里头飘来飘去!

那黑色的一团看不到脚,却极快地从这一头飞到那一头,还会突然停住,这就是宫女所说的"鬼"吧!

"呜!"炎吓得倒吸一口冷气,浑身上下就跟压了石头似的无法动弹,直到妖怪消失在树林里,他才往后挪了挪脚跟,却踩了一个空,仰面朝后跌倒,后脑撞上了地砖,"咚"的一声响,他就什么都不知道了。

"二殿下!殿下醒了!"

炎才转了转脑袋,就听到耳旁一个极响亮又熟悉的叫唤声,应该是保姆嬷嬷。

有人扶着他坐起来,他扭头一看,是老得胡须都白掉的御医,正笑眯眯地瞅着他呢。

"我……"炎动了动嘴皮子,觉得好渴。

"真是担心死奴婢了。"保姆嬷嬷这么说,还用手绢抹着泪花,"您怎么就睡到地上去了?还怎么都叫不醒。"

"御医大人,殿下他不是得了夜游症吧?"不等炎回答,保姆嬷嬷就心急地问老人,"这可怎么办才好?"

"不是,你先别急,二殿下的身子从小就很结实,这怕是夜里贪玩,所以不小心摔了一跤吧。"老御医摸了摸炎的后脑,疼得炎咧了咧嘴,却没有叫痛。

"你看,殿下的后脑勺鼓着一个包,得用两帖消肿祛瘀的药。"御医絮絮叨叨地说道。

第一章
牢狱见刺客

"我不是贪玩,也不是什么夜游症!"炎为自己辩驳道,"我是看见鬼了!"

他这话一出,所有人的脸色都变了,保姆嬷嬷嚷嚷道:"别瞎说了!宫里头哪里来的鬼?"

"昨天小菊她们在说,小阮撞了鬼……"炎的话还没说完,保姆就失声笑道:"呵呵,小阮那是为了偷懒不干活,所以瞎编出来唬人的,他的话殿下怎么能信啊。"

"瞧瞧你们把殿下给吓得,全都拖出去,掌嘴二十!"保姆嬷嬷转身,很不客气地训斥道,"皇上要是怪罪下来,这殿里的人可都是要掉脑袋的!"

原本陪在寝殿里的两位宫女,吓得立刻跪下,磕头如捣蒜道:"奴婢们知罪,再也不敢胡言乱语!"

但是一个面色阴沉的老太监上来,二话不说,就把哭哭啼啼的宫女给带了下去。

很快,炎就听到那噼啪作响的狠扇耳光的声音。

"御医大人,麻烦您给殿下开药方子。"保姆嬷嬷笑吟吟地对御医道,"这事儿还需要您多担待着。"

言毕,她伸手握住了御医的手,似乎塞了什么东西给他。

"二殿下不是什么大事,下官自然不会去叨扰皇上的,你就放心吧。"御医欣然接受保姆嬷嬷的礼。

炎转过身,躺回了床里。一直都是这样,保姆嬷嬷也好,御医、太监也罢,他们总是这样待他。

好?是很好。可是,他总觉得与他们隔开得老远,这大殿里,似乎永远只有他一人在,没人会关心他在乎的事情。

"炎儿怎么了?"在保姆嬷嬷送御医出门时,就有个娇小的人影急匆匆地跑进来。

"太子殿下!"保姆嬷嬷以及一干人等,全都跪下了。

"我听说炎儿摔着了,就赶过来看看。"七岁的爱卿睁着乌黑澄澈的眼,脸蛋是粉扑扑的,嘴唇如花瓣一般柔嫩,长得比小姑娘还俏丽。

"哎哟,是谁去千岁面前嚼的舌根,惊扰了殿下!"保姆嬷嬷伸手一拦,阻挡住爱卿的去路,"二殿下是摔了一跤,但不碍事,现在已经睡下了。"

"我想进去看看他。"

"可是……"保姆嬷嬷还想说什么,忽见太子的近身侍卫正盯着她,这侍卫年纪不大,目光却尤为犀利,竟让她讪讪地缩回手,让太子进去了。

爱卿一路小跑去到寝殿内,看到炎正躺在床上,额上还敷着毛巾,还没开口叫"弟弟",眼泪就先扑簌簌地掉下来。

"我、我听说你摔跤了。"

"嗯。"炎点头,坐起身,觉得很不可思议,摔得明明是自己,疼得却像是皇兄。

"哪里疼吗?皇兄给你吹吹。"爱卿一边掉着眼泪,一边看着炎。虽然是兄弟,年龄也只差了一岁半,可是两人的轮廓并不十分相像。

"我不疼,皇兄你就别哭了。"炎安慰道。这是真的,他刚才还觉得脑袋后面一抽一

抽的刺痛，但看到皇兄竟然就不痛了，真是太神奇了。

"那么，到底是怎么回事？"爱卿又问，"你平白无故地怎么就跌了一跤？"

"就是……"炎想说这里闹鬼，可是看着那张随时都会大哭一场的面孔，他摇了摇头，"没事儿。"

爱卿却是一脸的不相信："今晚，哥哥陪你睡吧。"

"什么？"

"你是晚上跌倒的，说明夜里得有人陪着。"爱卿此时倒很有兄长的模样，"我来陪你。"

"不用了。"炎摇头，然后对那个总是冷面站着的，好像影子一般的侍卫道，"景霆瑞，你护送皇兄回去吧。"

"属下听太子的吩咐。"没想到，他冷漠地拒绝了。

"哼！"

"你别让瑞瑞送我走。"这样呜咽着，爱卿眼看又要掉泪了，"别赶我走嘛！"

"好啦！你要留下就留下吧。"炎皱着小眉头，一本正经地说，"可别再哭鼻子了。"

"嗯，好！"爱卿连连点头，破涕为笑，"皇兄会陪着你，保护你的！"

"还不知道是谁保护谁。"炎很有男子气概地反驳道。不过，他对于爱卿愿意留下来，暗暗地感到高兴，只是他坚持不要景霆瑞留在寝殿内。

景霆瑞倒也没说什么，一个躬身后就退了出去。

凉爽的夏夜里，爱卿就躺在炎的身旁，笑嘻嘻地给炎讲故事，什么月宫仙子、桂树下的小白兔，炎从没听过这些，好奇地问："皇兄，这是谁告诉你的呀？"

"是瑞瑞啊！"爱卿笑得眼睛都快不见了，"瑞瑞讲故事可好听了！我总是听着听着就睡着了。"

所以，他这是在哄弟弟睡觉呢。

"那都是骗小孩子的。"炎轻捏了一把皇兄圆润的脸蛋，"你老听这些，所以傻傻的。"

"我不傻！"爱卿生气地坐起来，噘起樱桃似的小嘴，"炎儿，这些都是真的！月宫里是有一只在捣药的小兔子。"

"我才不信。"炎也坐了起来，手里比画着道，"月亮就跟盘子一样大，而且还会缺角，兔子不掉下来才怪。"

爱卿似乎被说服了，很认真地考虑起来，小声地说："可能它很小呢？特别特别小的兔子，就跟蚂蚁一样。"

炎想说什么，"咔嗒嗒！"的一阵响声传了过来，他倏地挺直了腰。

"怎么了？"爱卿伸手在炎的眼前晃了晃，觉得他很奇怪。

"别出声！"没想到炎反而用手捂住他的嘴，极小声地说，"会把鬼引进来的。"

"鬼？"爱卿没听过什么是鬼。

第一章
牢狱见刺客

"就是会害人的东西。"炎解释着,"宫女姐姐就是那样说的,已经让一个太监生病了。"

"什么?!"爱卿乌溜溜的大眼睛里写满了惊惶。

"咔嗒!砰咚!"

像是窗子被撞开的声音,好像有什么东西飘进来了,两个小人都吓得浑身一凛,爱卿想叫瑞瑞,又怕反而会招来鬼,不知道怎么办好了!

就在这时,那个诡异的东西靠近了床,殿内烛火昏暗,只能望见是黑乎乎的一团。

"我们快逃!"炎小声说。可是怎么逃?架子床靠着墙壁而设,那东西就在帷帐外。

"别、别怕,皇兄在这里!"爱卿把小被子裹在炎的身上,"我引开它,你逃。"

"什么?"

"我、我会保护你的。"爱卿这么说,明明泪水都在眼眶里打转,却神奇地没掉下来,他忍着害怕,挤出一个笑容,"你一会儿要快点跑。"

从来不觉得皇兄是个厉害的人,因为他可爱哭了,但炎忽然觉得皇兄就是皇兄,有着比自己要大的胆量。

"你不怕?"

"怕,不、不是,我不怕。"爱卿直摇头,"它要敢欺负你,我就和它拼了!"

爱卿做出一副哪怕是用咬的,也要和恶鬼大干一场的架势。

就在爱卿哆哆嗦嗦地坐直身体,往床帐外头张望时,那一团黑影就猛地扑进床里!

"啊啊啊!"

"救命!"

爱卿也好炎也好全都伏下身子,抱头惨叫。

不同的是,爱卿整个人都扑在了炎的身上,大声哭嚎着:"鬼啊鬼!求你别伤害我弟弟!"

很快,一阵风刮了进来,帷帐飞起,一个身影稳稳地落在他们的身旁。

"殿下!"景霆瑞的声音,响起在他们的头顶。

"瑞、瑞瑞!有鬼!"爱卿抬头,急忙喊道。

"是这个吗?"景霆瑞的手里擒着一团浑身棕色、四肢却长满黑毛的东西,在烛火下看的话,鼻头尖尖的,更像一只小怪兽。

不过,它瞪着圆圆小小的眼睛,似乎比爱卿他们还要惊恐。

"这是一只小狐狸。"景霆瑞温柔地说,"可能是殿里放了很多水果和糕点,它想进来偷吃。"

可不是吗?皇上总是御赐水果和点心给两位皇子,保姆嬷嬷怕皇子晚上肚子饿,所以吃不完,并不会立刻撤走,还是摆在殿里。

"狐狸?"爱卿惊讶极了,立刻就忘了害怕,站起来道,"好可爱啊!让我抱抱!"

"不行,它是只野狐狸。"景霆瑞说,"会挠伤殿下的。"

"它可爱什么?"炎插嘴道,心有余悸,眼角里挂着泪呢,"它没长腿!我昨晚看到它乱飞来着！"

"是有腿的！"爱卿连忙拉着弟弟说，"炎儿你看，它腿上的毛是黑色的，肚皮上的毛是灰白的，唔……晚上看起来，是跟没有腿一样。"

"嗯？"炎定睛一看，那小狐狸被景霆瑞拎着颈后的背毛，四脚都蜷缩起，乍看就跟一团毛球似的，但它不但有腿，还长着蓬松、黑亮的毛。

"让我摸摸嘛，就一下。"爱卿还在跟景霆瑞撒娇。

"好吧。"景霆瑞从来都拗不过他，"就一下，您小心些。"

虽然那样说，爱卿不仅摸了小狐狸的脑袋，还摸了它软乎乎的肚皮，最后又让弟弟来摸，告诉他，这小东西一点也不可怕，还拿来糕点喂狐狸吃。

就这样一直折腾到大半夜，才把小狐狸放回树林里去了。

这只小狐狸似乎尝到了甜头，直到长大前，都会回到这扇窗子前，拿爪子拱一拱窗户，炎就会放它进来，爱卿也会来。

它高兴的时候就跟狗一样四脚朝天，翻出肚皮撒娇，不过，它跑得可比狗快多了，一溜烟就能不见影儿。

爱卿和炎最后一次见到小狐狸时，它已经长得很大，很威武，屁股后头还跟着和它一模一样的一只小狐狸。

它们站在山冈上，一同望了望这边，就回茂密的林子里去了。

"它不会再来了吗？"炎对此十分地留恋。

"因为它有了重要的小狐狸要照顾啊。"爱卿以一副十足小大人的口气说道，"炎儿，你别不开心，你有我，我会照顾你的。"

炎抬头看着爱卿，不由想到了那一夜，明明皇兄自己怕得直哭，却依然牢牢地抱着他。炎开始明白，对他来说，谁是最重要的人。

并不是整日忙着朝政的父皇，也不是已经忘记长相的母亲，而是这个一直守护在他身旁的皇兄。

"嗯。"炎点头，握住爱卿那双温暖的小手。

好像也是从那个时候起，炎再也没觉得寝殿很大、很空旷。即使现在回想起来，都觉得那是美好得似彩虹一样的童年。

"我身边的每个人都戴着面具，包括我自己……"对着唯一的亲信萨哈，炎突然感慨道，"只有皇兄是最纯真的，别人对他的好，他会记一辈子。对他的不好，他却眨眼就忘，从不记仇。皇兄是我的全部，我愿意为他奉献一切。可是……许多时候，我都是无能为力，因为他……并不需要我。"

"殿下。"萨哈想要安慰主人，但是半天也说不出话，因为他的主人不需要任何人来垂怜。

"天快亮了，我们去接皇兄回来吧。"炎忽然放下酒杯，起身，已经没了那副多愁善感的样子，声音冷静地道，"是时候，该好好地劝一劝他了。"

第一章
牢狱见刺客

他向父皇发过誓，要好好守护爱卿的帝位与江山，不，这不是为了父皇，而是为了爱卿。就算爱卿会伤心、会怨他，他也要谏言。

爱卿的身边绝不能出现一个可以一手遮天的宠臣！

"皇兄，臣弟比那景霆瑞可靠得多，您为何总是只传召他呢？臣弟也可以为您分忧解难的。"想着从小就和一个外人争抢哥哥，炎心里的郁闷可想而知。

"属下遵令。"萨哈下跪道。尔后，他跟在炎的身后，两个人的身影很快消失在一片幽暗中。

"您醒了吗？"景霆瑞的手抚摸过爱卿的额头，捧住那清瘦了的脸颊。

"嗯，"爱卿睁开眼睛，发现自己枕靠在景霆瑞的大腿上，不禁有些茫然，"我怎么……睡着了？"

"您太累了，睡一会儿也好。"景霆瑞扶爱卿坐直身体。

"可是，不是该喂你吃面吗？"爱卿念念不忘地看向面碗，还摆在那儿呢，纹丝不动。

"我不饿。"景霆瑞笑了，"皇上既然醒了，也该回去了。"

"真是稀奇了，在龙床上睡不着，跑牢里睡了一觉。"爱卿啧啧地道，还伸了一个大懒腰。

"皇上。"景霆瑞想要说什么，突然他敛起笑容，侧身挡在了爱卿的身前。

"怎么了？"爱卿问，踮起脚，有些紧张地左右张望，可他并没有听到可疑的脚步声啊。

"不管发生什么事，您都别出来。"景霆瑞说，握了握爱卿的手后，快步走出牢门。

"干什么呀？"爱卿想要追出去，可是景霆瑞已经"咔嚓"一声锁上了门。

几乎与此同时，牢房前面的走道上，不知怎地冒出了六道黑影，他们全都穿着夜行衣，面覆黑巾，只露出一双双狰狞的眼睛来，他们逐渐靠近，步伐轻盈、整齐，每走一步，脚下都是猩红的印子。

爱卿这才闻到，那浓烈得令人作呕的血腥味，其中一人连手上也都是鲜血。他满不在乎地往衣襟上擦了擦，表示那不是自己的血后，手里的尖刀就笔直地戳向景霆瑞，对着同伴下令道。

"杀了他！"

狭窄的牢房走道里，刮着一道充满劲气的旋风，那些迎面而来的暗器，全都被弹飞了。

"砰砰！砰！"

涂着毒液的飞镖深深打入木栏、砖墙上，而被袭击的中心景霆瑞却毫发无伤。

"果然是远近闻名的景大将军，内功了得。"刺客嘴上赞着，笑声却让人发寒，"让我们更想亲手杀了你。"

"十字镖，你们是江湖黑帮，枫字营的人。"景霆瑞只是瞄了一眼暗器，便说出他们的

来头。

"哟，您还真是见多识广，没错，枫字营出手，从来没有杀不了的人！"并非男人自傲，这是江湖中公认的事实。

"大将军的艳福也不浅啊，这么俊俏的丫头，从哪儿寻来的？"刺客往景霆瑞身后的牢房里望了望，他误把长相清丽的爱卿当成了少女。

"这丫头胆子可真大，来牢里夜会情郎……今晚，弟兄几个可有战利品了！"

"狂徒！放肆！"爱卿从起初的惊愕，转变到了镇定，他怕鬼、怕大青虫，可是他从不害怕恶人，他大声叱责道，"你们擅闯兵部大牢，伤了侍卫，可知是死罪？！"

"伤了侍卫？哈哈哈，敢情这小美人还没见过打死人吧？"刺客捧腹大笑，言下之意，这外头的守卫已经被杀光了。

"什么？！"爱卿面色苍白，他无法想象一出手就把人杀死，是怎样地心狠手辣。

突然，景霆瑞出招了，都没人看清他是怎么做到的，待众人反应过来时，一个离牢门最近的刺客，颈骨已经被扭断，如同霜打的茄子，软绵绵地蔫倒了下去。

景霆瑞顺势提起他手里的剑，"乓——！"与迎面击来的大刀砍在了一起，顿时火星四溅！

他们死了一个兄弟，与其说是愤怒，更像是遇到强敌的兴奋。壮硕的男人抡起千斤重的大刀，就如同玩耍着小树枝一般，疯狂地挥砍向景霆瑞，另外四人趁机抛出铁链，摆出一个阵势，将景霆瑞的手、脚全都圈套住。

"瑞瑞！小心！"爱卿看在眼里，心急如焚，手心都攥出血来了。他一边提醒景霆瑞注意防范，一边拼命想要解开牢门的锁，帮助瑞瑞杀敌。

"别出来。"这么说的时候，景霆瑞的胳膊和双脚，都被锁链用力扯拽住，不过，他翻身一跃，竟然把拉扯着他的四个人，都掀翻在地。

同时，手里的长剑刷地划过地面，剑气斩断了对面牢房的栏杆，也横扫过地上四人，他们肋骨、筋脉尽断，口鼻喷出了鲜血，横七竖八地倒在地上，是完全不能动弹了！

"这、这是无双剑法？"唯一还活着的刺客眼露惊惧之色，"这、已经失传了的……怎么会？！"

无双剑诀可"以一敌百"，更何况是几个江湖刺客呢？再厉害的高手，也不会贸然与之对决。

"谁说失传了？"景霆瑞极冷冽地说，"就让你领略一下，当恶人走狗的下场！"

"哼！"刺客应变极快，丢开大刀，转身，踮脚飞起，往牢房出口急掠而去。

不过，景霆瑞也跟着飞掠起，他想要抓活的，因为这显然是礼亲王府重金买来的刺客，是最好的罪证！

"哪里走！"就在景霆瑞的剑尖凌厉地刺向男人的右肩时，一把不知道从哪儿冒出来的银剑却从男人的后背穿出，他为了能刺杀景霆瑞，竟然反手将腰带上暗藏的软剑，整个地穿透自己的腹部，以刺向景霆瑞。

"呜！"飞掠在半空的两人，都同时跌落在地。不同的是，刺客已奄奄一息，景霆瑞却

第一章
牢狱见刺客

还站立着，一手捂着渗出血的左腹。

"枫、枫字营，就算是死也要完成任务，呵呵……"

枫字营……疯子营，江湖传闻，他们为了杀人，即使是两败俱伤也在所不惜，看来果真如此。

"瑞瑞？！"身后，传来爱卿焦急地呼唤，景霆瑞认为自己太大意了，他转身回到牢房前，打开了锁。

"皇上。"

"瑞瑞！"爱卿连忙抱着景霆瑞，焦急地察看着他的伤口，"你怎么样？流血了？！"

"只是一点皮外伤，没事，不要哭。"景霆瑞把头靠在爱卿的肩上，"对不起，让您看到了不好的事情。"

"你在说什么啊，瑞瑞？！"景霆瑞抱着爱卿的双手忽然滑了下去，爱卿惊觉他失去了意识，怎么会这样？！

爱卿慌忙伸手一摸他的伤口，血流得并不多，但为何是黑色的？有毒？！

而那奄奄一息的恶徒也不知练就的是什么邪乎的功夫，竟然硬撑着从地上爬起，此刻已是满目狰狞，宛若厉鬼在世。

"哈哈！受死吧！"见到景霆瑞已经倒下，他更为张狂，然而——

一股料峭之风平地而起，就好像被灌满风的巨帆，猛然弹开，他被这劲风给震了开去，脊背狠狠撞击在墙上，咔嚓一声，断了。

那人无法置信地望向景霆瑞，怎么无双剑诀还有这等功力？！

却看到是那"黑衣少女"浑身散发出令人惊惧的诡异"劲气"，而"她"自己也深受其困，那表情竟是茫然无知的！

"妖、妖怪！"惊恐布满着他的脸，也是他此生最后的一个表情了。

"快来人！有刺客！护驾！"炎原本只带了贴身侍卫萨哈，可是才踏进兵部大牢，就闻到浓重的血腥之气，如同身在刑场一般，立马拔剑，大声呼喝侍卫。

不过，他等不及御林军赶到，就率先冲进牢内。地上血流成河，横陈在那儿的尸首都是大燕守卫，这让炎的心顿时揪紧到无以复加的地步！

等他跑到里头，就看到五六具刺客的尸体，接着，他就看到敞开着门的牢房内，一身夜行衣的爱卿趴伏在景霆瑞的身上，这让他猛吸一口冷气！难道，他们两人都——！

"皇、皇兄？！"炎声音发颤，双脚发软，跪倒般地扑过去。

似乎这才听到有人来了，爱卿抬起头，吐掉口内的毒血，对着炎道："快！传御医！"

"嗯？"炎的脸上依然是惊魂未定。

"瑞瑞他中了毒，我刚把毒血吸了出来，佢他还是不醒！"爱卿一紧张就连"朕"都忘了说，不过在这当口，除了炎的护卫萨哈，其他谁也没留意。

"奴才这就去传。"萨哈接旨，正待要走。

"等等！"炎反应过来，"萨哈，你先护送陛下回宫，这里有我。"

"不，我不要留下瑞瑞一人！"

"皇上！恕臣弟之前慌张，误喊了'护驾'。在御林军赶到前您最好先行回宫，以免惹来非议。"一见爱卿没事，炎就冷静不少，进言道，"若事后刑部追查，皇上您夜访监牢，还遭遇刺客袭击，那么景将军这大牢，恐怕得坐一辈子了！"

身为臣子不但没有劝说皇帝及时离开是非之地，还害得皇上身陷险境，哪怕景霆瑞确实救了皇帝，却也难辞其咎！

"朕……"轻则监禁终生，重则斩首示众，身为皇帝的爱卿，很清楚律法刑责，只是受伤的人是景霆瑞，让他忘记了这一切。

"萨哈，快走，如若有人拦你，就说是我命你去找御医的。"炎吩咐完，就俯身观察起景霆瑞的伤势。

爱卿心痛得浑身直哆嗦，他是皇帝，权倾天下，却连守在瑞瑞身旁都不行，不，是反而会害了他。

"皇上？"萨哈小声地道。

"……随朕从密道离开吧。"爱卿的声音是从未有过的悲凉，他身上穿的是夜行衣，若走大道，太惹眼了。

"遵旨。"萨哈陪同爱卿，消失在牢房深处的密道里。

炎这才松了口气，看向双目紧闭、面色苍白的景霆瑞，眼下，旁无他人。

"要不是为了卿儿，我真懒得救你。"炎很不情愿地说，将景霆瑞扶起，让他靠着牢房栏杆而坐。接着自己也盘腿坐下，双掌击向景霆瑞的胸前，将自己的真气传送过去。

这可以帮助景霆瑞遏制毒药在体内的经脉各处流转，甚至完全地化解毒性。

而炎能做到这一点，完全是因为他们拥有同一个师傅，以及练的都是无双剑诀，内力大抵相同。

"哎？！"然而，炎马上觉察到真气无法顺利注入，景霆瑞整个人就跟铜铸似的坚硬，让人无法侵入。

炎如果执意这么做，只会受到真气反弹而自身经脉受损，他即刻停手，再一看景霆瑞的脸色，明显开始转好。

显然，景霆瑞摒弃外界一切的干扰，正在自我疗伤。

意识到对方的武功和内力都远在自己之上，炎气得是涨红了脸，忍不住抬脚往景霆瑞的肩膀踹了一下。

力道不大不小，让景霆瑞横倒在地。

这时，御林军赶到，看见炎殿下和不省人事的景将军，还以为来迟一步！

"有人意图行刺景将军。"炎厉声说，"幸亏本王路过发现，现在快把将军送去太医院医治。"

"是！不过皇上呢？您方才喊的不是护驾吗？"御林军统领是年已六十三岁的蒲广禄，虽年迈，但依然身强体健，他原本跟着太上皇驰骋沙场，立过功勋。

他曾经还和当年的巫雀叛军柯卫卿交过手，但这些都已是过眼云烟。太上皇看中他

第一章
牢狱见刺客

善于守城的特长，在退位前，特下旨命他为御林军的统领，保卫皇城和皇族。

"景将军！"后宫的禁军统领宋植也来了，看到景霆瑞昏迷不醒，恨不得立刻拔刀，对着那些刺客尸首，来个大卸八块才能解气！

"这是误会，皇上不在这里。方才我一见有刺客就很担心皇上，所以口误了，"炎面对着蒲广禄，振振有词地说，"不是这样，蒲统领都要追究吧？"

"亲王殿下是心系皇上安危，属下岂敢妄加言论！"蒲广禄躬身，随即命令属下小心地抬走景霆瑞。

"今夜不太平，宋统领你也快回长春宫，好好守护皇上。"炎又对宋植说，后者领命，即刻退下了。

然后，炎又找了仵作，检查、搬运刺客尸首，以及通知那些不幸丧命的守卫的家人，拨发抚恤银两给他们，所有的一切都处置妥当，天色大亮后，炎才赶去长春宫，向爱卿禀告。

夏日的清晨，一层淡淡的白雾遮盖着皇城，大街小巷都静悄悄的，很快，御林军整齐响亮的步伐声，惊得家家户户都探出头，往外瞧。

这百余士兵将礼亲王府围了个水泄不通，蒲广禄手捧圣旨进去拿人。

不一会儿，哭天抹泪的女眷，还有喊着"少主子！"的家丁，齐齐拉扯着礼世子的衣袖、裤腿，像要与官兵抢人似的阻拦着。

"竟敢抗旨！来啊！将他们一同拿下！"蒲广禄当机立断地下令，御林军便将这老老少少都锁了起来。

原本还故作镇定的礼绍，眼见到妻妾孩儿都被抓捕，不由得心慌叫骂，大声说："这是诬告！本王是冤枉的！皇帝是被小人蒙了眼！"

"你们怎敢这样对我！？要知道这满皇城都是本王的亲戚，你们有本事就把景亲王府，还有赵王府的人一并都拿了！"

不明所以又胆战心惊的围观百姓，不由对此窃窃私语。蒲广禄让手下拿抹布堵了他的嘴，才押上囚车，带走了。

剩下两位官兵，在大门上贴了封条，并把守在门的两侧。

贾鹏的一个亲信混在人群中，轻轻拉下帽檐，转入小巷不见了。

霞光满布东方，琼楼玉宇的长春宫宛若人间仙境。

爱卿披着一条暗青团龙织锦披风，沿着雕栏玉砌的石堤一顿猛走，他是一个侍从都不带的，只顾往太医院里去。

景霆瑞已经在那边住了四日，吕太医禀告说，将军的身体已无大碍。

可爱卿还是不放心，执意要太医守在那儿，并且只要一得空闲，就奔过去探视。

炎提醒说，皇上太过偏爱将军，是会惹来旁人不满。于是，爱卿就不再明着去，而是暗中行事了。

只是这就苦了小德子。

爱卿可以想象得到，当小德子毫不知情地掀开龙被，发现里面只有两个摆成人形的枕头，该是怎样的大惊失色！

"也许他会哀号不止。"爱卿幽然叹气，在心里想道，"反正在早朝前，朕会赶回去的。"

爱卿噔噔地走着，这皇宫怎么就这么大？要是他的轻功再好些，就能避开禁军的耳目，"嗖嗖"两下就赶到了吧。

这心急也吃不了热豆腐，爱卿擦了擦额上的热汗，好不容易抬脚迈入太医院，却看到一身官服的景霆瑞，在吕太医的陪同下正往外走。

彼此相视一眼，景霆瑞和吕承恩立刻跪下接驾。

"这是做什么？"爱卿急忙说，"吕太医，你怎么能让他下床来？"

"启禀皇上，末将的身体已无恙，今日早朝，宰相大人要公审礼绍一案，末将作为证人自当上朝参与……"

原本这件案子还不至于闹上朝堂，但从刺客身上搜出礼亲王府家的一张一千两的银票，也许刺客没想过自己会失手，就这么大咧咧地把银票带在身上。

结果这张沾着血迹的银票成了最有利的罪证，当然礼绍还在叫嚣这是景霆瑞栽赃嫁祸，拒不认罪！

爱卿在前一日下达谕旨，要求贾鹏、提督府彻查此案，礼绍不但抢夺他人财产，还意图谋害朝廷命官，这罪名就足以上朝审议了。

虽然不是爱卿期望的御前大审，但能让七成的官员松口同意公审，爱卿就已经是胜了贾鹏一回。

"都起来说话吧。"爱卿见他们还恭谨地跪着，便上前搀扶了一把景霆瑞，"你知道，朕有多么担心你吗？"

"末将知道，皇上也该多多保重龙体。"景霆瑞浅浅一笑，却看得旁边的吕承恩呆了神。

"嗯。朕也希望案子能早日水落石出，还你一个公道。"爱卿这般说，可是眼神里透露着的是不舍，轻声道，"既然如此，朕回宫就是。"

"来人，备御轿。"景霆瑞吩咐太医院的门人。

爱卿独自前来，却在宫人的簇拥下往回走，他坐在金黄的御轿上，忍不住回头往太医院的门口瞧了瞧。

景霆瑞和吕承恩正双双跪着恭送圣驾，连头也没抬。

"哎……光是看着有什么用。"爱卿郁闷地叹息，转回身子坐正了。他多么想把周围的人都赶走，好好看一看瑞瑞，亲自确定他的安好。

可是，周围的眼睛太多了，他是皇帝，不能独宠一个臣子。

想到炎可以扒拉开景霆瑞的外衣，察看他的伤口，想到吕太医可以随意碰触景霆瑞的身子检查，而他——就算是坐在景霆瑞的床榻旁，却只能看着，什么都不能动。

第一章
牢狱见刺客

景霆瑞还要抱着伤痛，躬身逊谢，说皇上关爱太深，折煞了他。

爱卿很不想要这样，可是周围的每一双眼睛，似乎都在说：这才合乎规矩。

"朕当太子那会儿，还没意识到，原来这宫里真的有这么多的规矩……"宫规数之不尽，可爱卿的心里却是冷飕飕空荡荡的。他一手握紧轿沿，一言不发地回了宫。

爱卿回到了寝宫，小德子果不其然是慌得满头大汗、六神无主，都找了宋植来。

"皇上，您这是去哪儿了？"小德子喘着气，跪地问道。

"睡不着，朕出去遛弯罢了。"爱卿安慰地一笑，便入内室更衣用膳，准备上朝。

辉煌又肃穆的金銮大殿内，文武百官按照品级依次排列，等待皇帝的圣言裁断。

眼下，礼世子犯下的罪行昭然若揭，原本还帮着礼亲王府说话的贾鹏，今天完全改了风向。

不但说"好在礼老亲王已经仙逝，要不然还不得给这样的孽障活活气死！"并再三要求皇帝立刻下旨，斩杀礼绍及其党羽。

还说自己以前是遭礼绍巧言蒙骗，以为景将军真的出手伤人，才会为他辩护。贾鹏竭力做出一副义愤填膺，恨不得引咎辞官的模样，让其他的官员纷纷出言劝慰。

说对方如此狡猾，宽厚正直的宰相大人岂是他的对手。

爱卿对此深感意外，因为贾鹏一直阻挠他惩治礼绍，还以为今天要舌战宰相呢，看着贾鹏能够匡扶正义，他锁着的眉头也终于舒展开来。

听众臣表率完，并恳请皇上发落礼绍，爱卿想了想道："礼老亲王的匾额还挂在旧王府大街上，就让礼绍这个不肖子孙，去匾下跪足三日，自我反省。将其霸占的商铺财物，统统双倍奉还他人。"

"再者，取恶人首级容易，让他赎罪则难。朕废除礼绍世子位，发往西疆为苦役，朕要他以己之劳力，以一生之岁月，赎犯下之罪行。礼绍同党一并处置！至于其他的礼氏家族，朕望他们谨记教训，切不可再仗恃国亲，而为非作歹，辱没家门，终究是害人害己！"

大殿里缭绕着爱卿正气凛然的声音，群臣一时间都未表态，也许古往今来，还没有如此宽厚的处决吧。

要是太上皇置办，肯定是要将礼绍和其同党全部诛杀，也会抄了礼亲王府的家，来个杀一儆百。

"皇上英明！"贾鹏第一个开声，众臣就跪倒一地，都在高呼，"吾皇万岁，万岁，万万岁！"

"都平身吧。"能够如此顺利地解决此案，甚至都不用把那礼绍传召上来，就这般火速地解决了，爱卿很是高兴，甚至掩饰不住心底兴奋地望向景霆瑞，却发现他依然是面色肃然，不觉纳闷。

"皇上，礼绍之事虽已毕，但还有事情未了结。"景霆瑞这时出列了，笔直地下跪道，"还请皇上将罪臣治罪。"

"什么？！"不仅是爱卿，其他人都是一脸惊讶，这景将军不是此案的大功臣吗？是他

阻止了正在街市行凶的礼绍，从而揭露这人犯下的谋财害命的大罪。"

"罪臣为朝廷命官，本应恪守国之律法，严律家人操守，然而，臣之家人却私下收受罪人礼绍的贿赂，以扩充自家王府的门面，才会让礼绍当街喊出景亲王府，着实让皇家蒙羞！"

此话一出，所有人都沉默了。

原本，这事大家都是睁一只眼，闭一只眼的。皇亲国戚之间互相往来，彼此收受好处，虽说不合规矩，但古来有之。

"这个……"爱卿也有听青允提及此事，不过念在景亲王府并未干涉案件的审理，爱卿也不想深究于此。

"末将有罪，还请皇上细查。"景霆瑞再次进言道。

"此事……朕也有所耳闻。"爱卿只得说道，"你公正无私之举，朕相当赞许，只是景世子大婚，才受了礼绍的钱财，并非受贿枉法。唔……传朕旨意，景亲王需在三日内，自主缴纳所得贿款，闭门思过一月。至于景卿家，朕罚俸半年，引以为鉴。"

"罪臣叩谢皇上。"景霆瑞叩拜，退回原位。

大殿内是寂静无声，可是所有的官员都偷瞄着景霆瑞，有人在心里暗骂他，真是狼心狗肺，竟然连自己的父亲都要参奏一本。也有人暗中佩服他，竟然能够大义灭亲，还不惜赔上自身的俸禄。

唯有贾鹏不动声色地看了景霆瑞一眼，心里另有盘算。

接下来，便还是江北县古城河堤失修的奏折，贾鹏上奏说："所有的重建银两都已就位，工部也绘制了新的建筑图纸，等皇上下旨，就可派人前去江北县。"

"你们做得很好，朕就着王永吉，王大人去办这个差事。"王永吉是工部员外郎，今年四十二岁，他出列接旨，说一定不负圣命外，还不忘称赞一下景霆瑞，说工部与户部此次能够同步完成筹钱与重建计划，是多得景将军鼎力相助。

爱卿听了很高兴，都想要嘉奖景霆瑞了，可是才罚了他，感觉不合时宜。

接着又有一位大臣出列，说近日皇城内太平了许多，御林军们也轻松不少，不再为江湖人士的打架斗殴，而闹得觉也没法睡。

这也是景将军的功劳，更是皇上的功劳，一众大臣除了炎以外，纷纷上前称赞景霆瑞的果敢能干。

于是，爱卿笑着要赏赐景霆瑞一年的俸禄，外加锦缎十匹，这样算来，景霆瑞不但没有亏，反而赚了半年。

然而，景霆瑞却婉言谢绝，说为朝廷办事理所当然，不求赏赐，爱卿虽然心里郁闷，但也只有默许了。

待退了朝，爱卿照例，在小德子的随侍下走向御书房，炎追了上来。

"皇兄，这景霆瑞也太不给您面子了！"炎大声说，像是憋了一肚子的气。

"罢了，他为朕受伤，而且他说得也对。"爱卿说。

"您怎么就这么护着他？"炎显得更委屈了。

第一章
牢狱见刺客

"皇上宽厚仁德,处事公正,哪里有袒护微臣?"突然,一道冷冷的声音横贯而入,两人倒吸着气地回头,果然是景霆瑞。

"怎么不是了?"炎索性豁出去道,"皇上大半夜去看你,因为你而身陷险境,却完全没有处罚你,这还不是护着你?"

"炎殿下,这种莫须有的事,你在此处高声谈论,是想要皇上治你的罪?"景霆瑞横眉冷对着炎,"还是说,你想指责皇上有违背礼法,竟然半夜里与微臣私会……"

"景霆瑞你混账!"炎气得脸都红了,不过也有被景霆瑞说中而无法反驳的焦急,他确实不能在廊下乱说,以免被人听了去。

可是作为罪魁祸首的景霆瑞,竟然推脱个干净,也让他感到生气。

"好啦,尔等都是朕的臣子,理应携手共进,这过去的事情,何须再提。"爱卿笑着打圆场,又道,"朕的肚子都饿了,前些天,从江南进贡了好些蜜橘,御膳房给做了糕点,一起去吃些吧。"

炎一听就不再理景霆瑞,上前笑着道,"臣弟多谢皇上赏赐!"

景霆瑞亦抱拳道,"谢皇上恩典!"

"对了,小德子。"爱卿又把缩在一旁,权当什么也听不见的小德子叫过来,吩咐道,"吕太医这些天也辛苦了,你去把他叫来,忙了这一早上,大家都该歇一歇。"

"是,奴才这就去传。"小德子俯身领命,退下了。

贾鹏远远望着那热闹的廊檐下,心里更多了几分嫉妒,难道是自己年纪太大?所以始终无法贴近皇上的心吗?

他盘算着,是不是该趁着即将开始的科举,挑出几个优秀的后生,好让他们成为自己的耳目口舌,以接近皇上?

不过,这都是之后的事。眼下,他得让人去收拾掉礼绍,他不会有命活到西疆,到时候再让人回报皇帝,说他在半路得病暴毙即可。

就在昨日半夜,贾鹏还装作救星一般,偷偷地去大牢会见礼绍。安慰他说,自己一定会保他的周全,只要他继续保持沉默就好。

一旦说漏什么话,他这个宰相也未必保得住他,指不定还会株连九族。

这连哄带吓的,礼绍就被唬住了,无论提督大人怎么审他,他都闭口不谈,装傻充愣,不过人证物证俱在,他的罪名是逃不掉的。

贾鹏本想借助礼绍这步意外之棋,铲除掉景霆瑞,这个始终阻挡在他和皇帝中间的青年。

可是,却让大臣们再次亲眼确认,小皇帝对景霆瑞的宠爱。为了他,皇上几次三番要求朝堂审案,所以不少人上前拍景霆瑞的马屁,真真都是些趋炎附势的小人!

他让景霆瑞为了修筑堤岸一事在各部之间东奔西跑,还四处筹钱,是为了贬低他的身份,身为将军竟然还要给人跑腿,岂不丢人!却没料到反而让其他官员借此机会,在皇上面前各种奉承他。

"哼,迟早要他们见识到老夫的厉害。"贾鹏甩了甩袖,打道回府。

白灿灿的阳光直射到大地上，闪花着人的眼。知了躲在树叶下，"嘶呀、嘶呀"地叫个不停。

　　爱卿坐在西御花园的古梅亭里，望着外头好比农家田园一般的花花草草，却只能看清一抹抹的浓绿，这天也太亮了。

　　在小德子的招呼下，宫女放下了亭子周围的竹帘。瞬时，古亭内凉爽了许多，居中的花梨木嵌青花瓷面圆桌上，摆放着十六盘宫廷细点。中间那一大盘子黄金蜜橘酥，做成茉莉花的形状，十分精巧。

　　身着明黄绛丝龙袍的爱卿坐在主位上，面庞轮廓仍然是一副纯真可爱的少年模样。一双大眼睛水灵灵、乌溜溜的，比那黑珍珠都要明亮上万倍，且透着一股灵巧劲儿。

　　鼻子小巧挺直，嘴唇如樱桃红润、饱满，浓黑的睫毛又弯又翘。忽闪着眨眼笑时，那笑容如阳光般明朗清澈，让人更加欢喜。

　　"皇上，这是冰镇过的梅子酒，用它就着蜜橘酥是最好吃的。"小德子手持汝窑瓜棱酒壶，笑着给皇帝斟酒。

　　这特制的梅子酒喝再多也不会成瘾，亦不会醉醺醺的有失礼仪。因此一入夏，御膳房就备足了这酒。

　　"好！这是朕最爱喝的酒，来，给景将军、二弟，还有吕太医都满上。"爱卿向来不讲究君臣排场，帘子一放下来就更加随和。

　　小德子按照圣意给在座的三位大人倒酒，坐在爱卿左手边的景霆瑞，站起身谢恩。

　　坐在爱卿右手边的炎也起身举杯，感谢皇帝赏赐，吕太医就坐在爱卿的斜对面，四人刚好围了一桌。

　　可这一桌的人，真是比外头的阳光还要晃人的眼。

　　永和亲王，秉承着太上皇的倾世容颜。虽还年少，眉宇间却已经透出几分逼人的英气。

　　人家都说皇上和永和亲王，长相分外酷似太上皇，当他们二人站在一起时，和俊秀的皇上，还真是一个鲜明的对比。

　　而景将军那朗目高鼻、雄姿英发的模样，更是迷倒一众的宫女，令她们早就不知自己姓啥名啥了。

　　今天为了伺候他们用点心，这些当班的宫女们差点没打起来。谁都想近距离目睹景将军的容颜。光是站在他的身旁，这脸都发烫，心口啊，更是激动得怦怦乱跳。

　　吕太医就是一枚绿叶，在这些闪耀的人中间，有着独特的静谧魅力。论相貌，他也是仪表堂堂，论才学更是学富五车。

　　虽说他是靠景将军大力举荐，方能入职太医院，但是坐稳御医的位子，靠的还是他的真才实学，以及懂得"非礼勿视、非礼勿言、非礼勿听"的道理。

　　这上上下下的人，吕承恩都打点得当，入宫时间不算长，却有着极佳的人缘。

　　不过，说到底，他也还是景霆瑞的人，因此，效忠小皇帝的同时，他的心也向着景霆

第一章
牢狱见刺客

瑞，绝不会做出背叛将军之事。

"来，臣弟祝皇兄，年年月月日日，都能开心如今时。"炎满面笑容地向爱卿敬酒。

"谢谢二弟！"爱卿一仰脖子，就把青翠的酒杯喝到见底。小德子立刻给满上。

景霆瑞和吕承恩便也陪同喝了一轮。

"这些日子，大家都辛苦了。别客气，都起筷吧。"爱卿说罢，还用银筷夹起一只蜜橘酥放入炎面前的碗碟内。

"皇兄，既然如此，臣弟也不客气了，来。"没想，炎手里的筷子也一动，夹起一块核桃糕，送至爱卿的唇边。

"咦？"爱卿一愣。

"你忘了吗？小时候我们常常互相喂东西吃。"炎笑道。

"可不是吗？公务繁多，朕都快要忘了那时候的事。"爱卿欣然张口，将炎送入的糕点细嚼慢咽，两人还相视一笑。

"皇上，您的唇边有东西。"爱卿听到景霆瑞这么一说，就把头扭向左边，景霆瑞直接伸出手，轻轻地一捻爱卿的唇角。

"你怎么敢对皇上动手动脚？！"炎一见就火起，"这是大不敬！"

"我不懂你说什么？"景霆瑞冷冷一笑道，"大家不过是遵照皇上的意思，不要见外罢了。"

"本王……"是炎先破除规矩，主动喂食皇帝，那么景霆瑞替皇帝擦拭唇角，似乎也很在理。

"啊，对了！朕要吃这个！"

眼见那对视的两人间噼啪地闪起雷电，爱卿急忙指着离他稍远些的青瓷碗，那里面是喷香的八宝饭，已经切成八等分，每一块上都缀着一颗大红枣。

炎和景霆瑞不约而同地用筷子戳向那个碗碟，而且竟然选择了同一块。因为那个枣子的个头看起来特别圆润。

"嗯？"炎怒瞪着景霆瑞。

景霆瑞亦睨视着炎。

"也许，朕不吃也没关系……"爱卿小声地说，好像自个儿犯了错一样。

"皇上，请用。"景霆瑞率先放弃了那一块，转而另选了一块，且动作很快地夹起，送到爱卿的嘴边。

"皇上，还是吃臣弟的吧！"炎也不甘落后，筷子飞快地操起那块八宝饭，送到爱卿的面前。

爱卿左看右看，笑了笑，都接了下来。

吕太医也默默地伸出筷子，拨弄了一小块八宝饭，放入自己的碗碟内。

"别光看着朕，你们也吃啊。"爱卿招呼说，然后使劲扒拉着自己碗里的东西。

炎不时夹给爱卿一块糕点，景霆瑞也是一样。

终于，景霆瑞在炎再次伸筷子过去，把一块小豆凉糕放入爱卿的碗里时，"啪"的一下

夹住他的筷子。

两双雕着祥云的银筷很快揪斗在一起，噼啪之声，不绝于耳！

爱卿都看呆了！

"给皇上夹这么多，你就不怕吃坏他？"景霆瑞说，把爱卿碗里的糕点，纷纷挑回炎的碗里。

"哼，皇兄能吃你夹的？就不能吃我夹的？"炎便使劲地用筷子头戳住爱卿碗里，那些由景霆瑞夹来的糕点，纷纷丢到桌上。

见此情形，吕太医终于伸手护住自己的碗，身子往后挪了挪。

"好啦！你们这是！"爱卿忍无可忍地伸手，本想要阻止他们的恶斗，一块戳在筷尖上的油炸年糕，随着激烈的攻击、格挡，"啪叽！"一声，就甩在了爱卿的脑门上！且黏住了，竟然没掉下来！

"皇上？！"景霆瑞和炎都纷纷停手，起身想要拿掉那块年糕。

"够了！"爱卿自己拿下来，气呼呼地说，"你们为什么要打架？真是吃顿饭都不得安生！"

"末将知罪！"景霆瑞面色不佳，离开桌子，双膝跪地。

"皇兄！都是臣弟的错！"炎也慌了，"您别哭啊！"

"朕才不会哭！"爱卿对炎是又气又好笑，"一块年糕而已，又不是青虫。"

"皇上。"小德子拿出绣金龙的丝绸帕子，替爱卿擦拭额头，上面可都是油。

"罢了，你们吃吧，朕摆驾回宫。"爱卿无奈，如此叹道。

"臣等恭送吾皇，万岁、万岁、万万岁！"这个当口，炎和景霆瑞倒是异口同声，吕太医也跪地恭送。

不过，皇帝一走，这筵席也就无法继续下去了。

"都怪你！扫了皇兄的兴，你真讨厌！"炎临走前，还不忘骂上一句。

景霆瑞只要爱卿不在，压根就不会理睬炎，不管他说什么。

通透凉爽的亭子里，很快就只剩下景霆瑞和吕承恩。后者屏退宫女，然后往景将军的杯子里添了酒。

是正宗的烈酒梨花香，他从宫外带来，一直藏在衣袖里。

景霆瑞端起酒杯一饮而尽。他在生气却也不是生炎的气，而是自己的。

在战场上，遇见再危急的情况，他也能处变不惊。退一步讲，被贾鹏如此贬低，处处为难，他也能为长远大局考虑而忍住脾气，为何一见到炎喂爱卿吃东西，就忍不住挑衅生事。

"将军，您这是太在乎皇上了。"吕承恩似乎看出景霆瑞眼底的波澜，轻声慢语地道，"是人都会有薄弱之处，只是，您往后还是藏掖着点为好。"

"这位亲王殿下虽然说性子急，心眼儿却浅，才会没看出来。只怕待他再长大些，就会明白过来，您想做皇上心中唯一的臣子。"吕承恩接着道，"这野心太大了，殿下可容不下你。"

第一章
牢狱见刺客

"我不在乎亲王怎么想,也不怕死无葬身之地。"景霆瑞起身,并不掩饰地说,"我只在乎爱卿一人。"

"唉,我怎么就跟了个这么胆大包天的主!"听到景霆瑞直呼皇帝的名字,吕承恩也忍不住要喝口酒,压压惊。

不过,他在儿时就决定,既然这辈子注定只能从商为奴,那么,他至少要为自己选一位"好主人"。

这所谓的好,不在于心善,更不在于有钱,而是要足够的强大。他看不起弱者,也只愿为强者效忠。

他愿意进宫做御医也是为了能在宫里头,给景霆瑞一个照应。

吕承恩曾亲眼看见景霆瑞在战场上拼杀的样子。不论敌军多寡,他总是策马冲杀在最前方,是无人能敌的勇猛与冷酷无情!

他也从没见过景霆瑞主动关心谁,甚至对他自己也是一副冷硬心肠。

可是,景霆瑞却会对小皇帝微笑,温柔软语地呵护,并不是迫于对方的身份,而是出自心底的喜欢。

所以,任何对皇帝不利的事情,他都要竭力扭转过来。比如,景亲王府收取礼绍厚礼一事,本不用在朝堂上刻意提出。以景霆瑞和皇帝的交情,散朝之后再禀报皇帝,然后悄悄把财物上缴了就是。虽然那不合国法,但法外有情嘛。

可是,景霆瑞却当众参奏了自己的家人,让大家把注意力从皇上的身上,完全转移到他的身上。

怎么天底下会有这么无情无义的人?连老父亲都不放过。那皇上为礼绍一案,做出的那些偏袒——比如坚持要求公审,也就不算回事了。

朝堂里的事情就是这般,你若想掩盖前一桩事的风头,就必须闹出新一轮的风波。

"你照看好皇上,我回王府一趟。"景霆瑞说。马蜂窝已经捅了,越早回去解决越好。

"是的。"吕承恩躬身相送,"您慢走。"

第二章 少年何许人

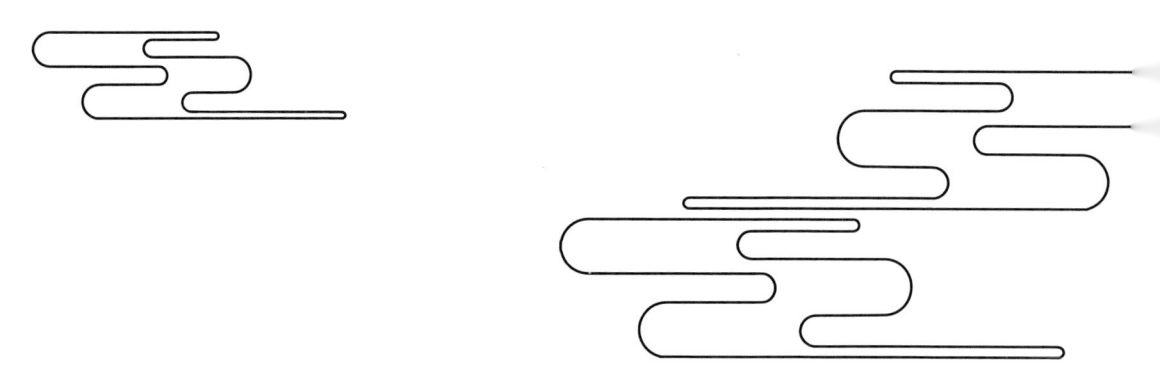

第二章 少年何许人

到了午后,炎热的太阳几乎能把人给晒化。

可是景亲王府里,满园满道都站着皇城的兵丁,每隔两步就有一人,他们在做什么呢?

每个人头上都冒着热汗,伸长着双手传递着贵重之物。这些东西都是从景亲王府的库房里取出来的,有巧夺天工的瓷器,有嵌着东珠的宝刀,就连一些不过掌心大的奇石、木雕都没有放过。

因为这些东西,都是自从景霆瑞当上太子侍卫开始,景亲王府利用他的名头,向外收受的好处。

虽然说,皇帝的旨意是让景亲王自主上缴,但提督大人李朝认为,纠察贪污受贿也是他的职责所在,他未能提前知晓,就已失职,若能亡羊补牢就再好不过。便浩浩荡荡地带着一批精兵,前来"协助"景亲王交出那些赃物了。这不知道的人,还以为景清王府被抄家了呢。

景霆瑞只身入府的时候,管家老刘笑也不是,不笑也不是,就这么摆着一张笑比哭还要难看的脸,躬身上前迎接。

"将军,这……"老刘还没说话,景霆瑞就摆手问道,"安妃娘娘呢?"

"娘娘在祠堂内……"老刘讪讪笑着,"奴才这就去请她,劳烦将军在前厅稍候。"

"不用,我过去便是。"景霆瑞蹙起眉头,老刘望着那张铁青的脸,都没胆子拦,只好垂首跟随着。

景霆瑞会如此不悦地找过去,是因为自打他出生的那一日起,景亲王妃就不准他和他的母亲踏入宗室祠堂一步,也不准他们以后人的身份,在重要节日祭祀景家先祖。

如今,却让母妃去祠堂,想也知道是在兴师问罪!

果不其然,景霆瑞还没到那白玉砌成的祠堂门口,就听得景亲王妃尖酸刻薄的叫骂之声。

"你个不要脸的破烂货!王爷是瞎了眼睛才要了你!如今害王府丢人现眼,你反倒还有脸在这里哭!"

隐约传出安妃的哭声,却没有一句辩驳。

"王爷!臣妾不管那野小子是个什么人物,在今日,臣妾一定要家法严惩这贱婢!"景霆瑞快步走进去,正巧看到景亲王妃手持鞭子,正要往跪在祖宗牌位下的安妃身上招呼。

"住手!"景霆瑞过去,一把夺下王妃手里的鞭子,丢了开去。

景亲王妃先一错愕,可能是没想到景霆瑞还敢回家来,便也往牌位前一跪,满腹委屈地哭诉道:"老祖宗啊!这个家的媳妇,臣妾怕是当不了了哇!你们看看,这是奴才都欺压到主人头上,家无宁日了呀!"

这哭声可比安妃凄厉多了,一时间连外头的士兵都凑过来看热闹。

"做什么?去去!"景亲王为保存颜面,终于出声了,他让老刘把门关了,又亲手扶起景亲王妃,让她在一旁的圈椅内坐下。

却始终没有去搀扶低声啜泣的安妃。

"王府得不义之财，有违国家律法在先，祖宗若真有在天之灵，也会严惩不贷！"景霆瑞言辞犀利，并上前扶起母亲。

安妃显然胆小，连忙拉着儿子的手，示意他不要再讲。

"哼！跟在皇上身边，你倒是学会了王法！"景亲王面色不善，怒意满满地发话了，"但你要知道'百善孝为先'，历代皇帝都是以孝治天下，而你呢？挑唆皇帝做出一些不孝之事！竟还有脸在这里指责老夫的不是！"

"真是欲加之罪，何患无辞？"景霆瑞冷冷一笑，看着父亲，"是我检举王府贪赃受贿，关皇上何事？您既然贵为亲王，理应以身作则，恪守律法。如今非但不吸取教训，反而诬蔑起皇上来，难道父王，您觉得王府该罚没的财物还不够多，非要添上几颗人头？"

"你、你、你个孽子——本王要将你逐出门户！"景亲王明知自己理亏，可是却摆不下面子，这古往今来都没有儿子教训老子的道理。

"王爷！"安妃立刻跪倒，泪流满面地说，"霆瑞是您的亲骨肉啊！就请您饶了他吧！千错万错，都是妾身没有教训好儿子……"

"贱人！你就别在这演戏了！"景亲王妃腾地站起来，怒气冲冲地拉开安妃，指着她的鼻子斥道，"你当他是王爷的种，他自己个儿呢？胳膊肘往外拐，竟算计起自家门户，这让景王府的面子以后往哪里搁？！"

"好了！都别说了！"景亲王面色肃然，背过身去，"你们走吧，就当王府从来没养过你们二人！"

景亲王直到这一刻，都还以为景霆瑞会下跪恳求他宽恕，毕竟安妃是绝不敢跨出王府一步的。

这些年来，安妃虽然进了王府的门，但是景亲王就没再与她同床共枕过，这所谓的夫妻之情早就淡漠了。

而景亲王妃以正室的身份，一直严加管束着侧室。安妃愣是从一个回眸一笑百媚生的歌姬，变成只会哭泣、磕头的苦婢，身上哪里还有半点侧妃的尊贵。

其实，就连景亲王自己也觉得当初为了要儿子，就把她娶进门的决定是不是太冒失？毕竟，她的出身对自己而言始终是一块污迹。

且她一定是在景霆瑞的面前说了不少有关他的坏话，要不然，景霆瑞怎么会处处与他作对？

"王爷！您不能这样……"安妃果然是哭得不能自己，景霆瑞扶起娇弱的母亲，踢开祠堂的大门，走了出去。

"你们这次走了，就甭想再踏进王府一步！"背后，景亲王如此斥道，"本王也当没你这个儿子！"

景霆瑞毫不理会地走出一段路，有人赶上来了，是管家老刘，他看了看安妃，似乎觉得她若离开，倒也是条活路。现在的日子只是比死人多一口气罢了。

所以他没加以阻拦，只是提醒般地说："将军，您也带上雅静姑娘吧，也好有个人伺

第二章 少年何许人

候娘娘。"

这老刘虽然也是个仗势欺人的主,可是偏偏对田雅静有了一丝良心。也许是这姑娘实在太好了,模样又周正,看她整日被少主子借口揩油,也觉得不是滋味。

就在昨日,他还瞧见田雅静从少主子的书房里逃出来,一边跑一边抹眼泪,老刘也没敢告诉安妃,就算说了又怎样?安妃能做这个主?

到时候吃亏的,还是田雅静自己。

景霆瑞当即让老刘去通知田雅静,在王府大门前,早就候着一辆大篷马车。

不一会儿,田雅静就拿着一个小布包袱出来了,看见景霆瑞双眼立刻就红了。

"着实委屈你了。"景霆瑞替她取过手中的包袱。

"不,只要能继续和娘娘在一起,奴婢就不会觉得有任何的委屈。"田雅静柔声说罢,还往车里望了望。

"亏得有你在,我娘……就有劳你多加劝慰。"景霆瑞说着扶田雅静上了马车。

车内,一时有了哭声,不过一会儿就止住了。

景霆瑞驾着大马车,稳稳地来到南街上,在那里他早就寻得一处闲适高雅的独门小院,也买了若干的仆役家丁。

安妃一下马车,就有叫着"夫人好"的灵巧丫鬟,笑脸迎了上去。

"小姐。"也有人这样称呼田雅静。她肤白如雪的,看起来根本不像婢女,而是大家闺秀。

"以后,这里就是景府。"景霆瑞对母亲说道,"孩儿不孝,公务繁忙,还劳烦母亲您操持这个家。"

言下之意,安妃才是这儿的一家之主。但凡家中有长男,自然是长男话事,可是景霆瑞不当这个家,反而让给母亲。

"孩儿,您这般孝顺我,我甚是宽慰,只怕您的父王是不会就这么算了的。"安妃叹气,"我们当初的婚事也是向皇上请了旨意的。"

"这件事您无须担心,我自会向皇上禀明这一切。"景霆瑞安慰着看起来心有余悸的母亲,将她扶入屋内,一直留到斜阳西照才回宫去。

"皇上,您该传晚膳了。"小德子收拾着案台上的奏本,"这都已经戌时了。"

"哦?"爱卿放下朱红御笔,"可是朕一点都不饿,下午用的点心,到现在都还顶着胃呢。"

"真的吗?可要传太医来看看?"小德子神情紧张地问。

"不用,朕只是一时吃撑了。谁让炎和瑞瑞一直不停地夹点心过来,朕不想他们不开心,就只有使劲地吃……"

"您也太宠着他们了。"下午的"热闹"情形,小德子当然也瞧见了,但他以为皇上只是做做样子,并没有全部吃下。

而后面景将军和亲王殿下用筷子打架,弄飞了好些皇上碗里的糕点,他也就放心了。

没想皇上还是吃了这么多。

"奴才真该死！没有伺候好您！"小德子说着就扑通地跪下了。

"你快起来，这又关你的事？"爱卿反倒笑了，走下御座，"其实吧，朕的胃口很大，也不至于被几块点心打倒，只是想到他们二人总是吵架，争个面红脖子粗的，心里就郁闷得很，也就食不下咽了。"

"皇上说的是，您同他们一起长大，自然希望他们相处融洽。"小德子起身，跟随着来回踱步的爱卿身后。

"可不是么？小时候，我们三个经常在一起玩耍。瑞瑞也就罢了，他至少不会说炎的不是，可是炎一提到瑞瑞，就恨不得将他逐出宫似的。"这一点，爱卿怎么也想不通。

"皇上，这事其实不难想。"小德子说，"就像老公公教育奴才时，常说'打是亲，骂是爱，不想你们在主子面前做错事，丢了小命，所以才这么严苛'。奴才想啊，亲王殿下和景将军，从小就在一起，现在一个是文臣，一个是武将，都是尽心辅佐您的。因此，他们兴许是不想彼此犯错，才这般互相揭短吧？"

"会吗？"爱卿一脸怀疑地看着小德子，"那他们也没必要，非得在朕的面前互相挑刺儿吧？"

"哎，那都是为了引起您的注意。"小德子笑了笑，说道，"您每次都会哄他们和好，谁不想得到圣恩眷顾啊？"

"不、不，炎和瑞瑞都不是那样的人。"爱卿连连摇头，"他们都怕朕不开心，绝不会联手来戏弄朕。"

"那会不会……他们两个喜欢上了同一个姑娘？"小德子一番深思熟虑后道，"也只有这样，才会让他们两个看彼此不顺眼了。"

"什么？这可能吗？"爱卿感到愕然地问，"没见他们说喜欢上谁呀？"

"皇上，这种事情怎么会挂在嘴边讲呢？"小德子很肯定地说，"只有情敌才会一见面就看彼此不顺眼。"

"是这样吗？"爱卿思忖道，"要不，朕去问问炎？"

"啊？现在吗？"

"对！就现在！"爱卿想了想道，"不管他们喜欢的是谁，朕都不能让他们再吵下去了，这手心手背都是肉呀。"

"奴才明白了。"小德子点点头，传御驾去了。

华灯高悬，橙黄的烛光犹如黄色纱幔，笼罩永和亲王府的庭院。

这座宅邸离皇宫说近不近，说远也不远，仿苏式庭园而建，共有厢房二十间。象征繁华荣耀的青铜压角兽飞脊高高挑起，夜风徐徐吹拂，还能听得檐下清脆的风铃声，令人倍感舒心。

"唰、唰唰！"

剑锋劈开风的声音干脆利落，且炸开点点耀眼金光。随着持剑之人在园子里身轻如

第二章 少年何许人

燕地盘旋、飞掠,夜空中宛如亮起无数金星。

"炎!原来你在这儿!"突然,一声熟悉的叫唤,让这剑花影顿时收住,炎从屋脊上翻身而下,轻盈地落在那人面前。

"皇兄?您怎么来了?!"这还是爱卿第一次驾临他的府邸呢,炎万分惊喜,扑通一声就跪下了,"臣弟恭迎圣驾,万岁、万岁、万万岁!"

"免礼,快起来吧,这里又没别人。"爱卿赶紧摆手。听说炎自晚餐后就一直在后院练武,可他脸上却无半点汗迹,气息亦很平稳,可见他平日里时常苦练,才会如此气定神闲。

"唔……朕就是闲得慌,想来找你过过招。"见炎目光灼灼地望着他,爱卿挠了挠脸颊道,"刚才那闪闪发光的是什么呀?"

"哦,那是廊下的烛火反射到剑刃上了。"炎腼腆地笑了笑,"没什么的。"

"哪里,"爱卿极钦佩弟弟的武艺,含笑道,"三个弟当中就属你最爱习武,也练得最好。"

"呵呵,天宇、天辰都是喜静不喜动的,要细究起来,臣弟还不是他们的对手。"

"哈哈,那是因为他们总是两个打一个。"爱卿想起儿时的趣事,大笑起来。那对孪生弟弟,可是宫廷里的开心果啊。

"皇上,起风了,怕是要下大雨,您若想与臣弟切磋,待明日放晴可好?"炎温柔地说道,并把利剑收入鞘中。

"可以呀。"爱卿点头,亲切地说,"那我们进屋说会儿话。"

"皇上,请。"炎躬身说,走在爱卿身后。

他是担心灯火昏暗,刀剑无眼的,万一伤着皇帝就不好了。他总觉得景霆瑞太过宠爱皇兄,是存心讨好,却不知他自己也是这般,只想讨得爱卿的一个暖心的笑脸。

身材魁梧的萨哈端着一大盘点心,送上了桌。

爱卿看着面前的八小碟,和长春宫的御点相比,少了些精雕细琢,也不是从外省千里迢迢进贡来的食材,但全是他爱吃的东西,比如霜糖雪红果、南枣核桃糕、甜糯绵软的芝麻牛皮糖等,这些糕点的香味一下子弥漫鼻间。

"你怎么知道朕爱吃这些?"爱卿惊讶地询问萨哈。

"回皇上,是主人交代奴才时刻备着的。"萨哈跪地说,"主人无时无刻不挂记着皇上。"

"炎儿,你对朕真好!"爱卿听了很是感动,他才不管书上写的那些君君臣臣的大道理,他和炎永远都是最贴心的好兄弟,就算他现在是皇帝也一样。

"皇兄,臣弟对您好,是理所当然的。对了,您今夜来臣弟这儿,是想聊什么呢?"

炎了解爱卿,知道他若不是有紧要的事,或者非常烦恼的事,是绝不会贸然出宫的,更别说,还是在夜里来的。

萨哈识趣地退开到一边。

"就是……"看到一桌子的美味糕点,爱卿都差点忘了正事,可是该怎么开口呢?如

035

果直截了当地问,恐怕炎会感到尴尬吧。

"臣弟洗耳恭听。"炎温柔一笑。

"从前呢……有一个人。"爱卿想起小时候,他们让太子师讲故事,温朝阳总是以这句话开头,也不知道那些故事是真是假。总之,故事的结尾总是草率结束,都没一个幸福的。

"嗯?"

"那个人,他有一个朋友,他们一起长大,一起练武,天天见面,交情不是一般的好!"爱卿开始找着感觉了,越说越顺当。

"然后呢?"炎有些好奇,捧起青花瓷茶碗,轻呷了一口。

"然后,他们就……喜欢上了同一个人。"爱卿补充了一句,"就是男欢女爱……"

"——噗!咳咳!"炎呛到了,爱卿还从未见过炎这般狼狈的样子,急忙起身,让萨哈拿帕子来。

"不、不用。"炎依然喘着气,脸都憋红了,方才练剑都没这样的气息慌乱。

"你怎么了?"爱卿担心地问,"是不是哽到干果了?"

"没有,臣弟只是吃惊皇上,您是从哪儿听来这样的故事?"在炎的心目中,爱卿从小生长在深宫里,贵为太子,现今又是皇帝,他身边都是些精挑细选出来的宫女太监,到底是谁和他说的这些风流韵事,这让炎感到很不愉快。

虽然炎知道爱卿总有一天会了解这些的。可是他一旦知晓"情爱",也会为什么人动心吧。

炎还不想那么早,不,是根本不想把爱卿交给哪个女人。

"正所谓'食色,性也'。"爱卿一副了然于胸的模样,还宽慰着弟弟,"炎儿,你不必为此感到害羞。"

炎哑然,难道是他错看了皇兄?总觉得爱卿的形象一下子从懵懂无知的孩子,变为风姿绰约的青年人。

而炎不但打过仗,还与江湖人士来往密切,比爱卿要成熟得多。

"炎,你怎么了?"爱卿注意到炎那一脸的愕然。

"没事,臣弟只是有些吃惊罢了。"炎露出一个漂亮的笑脸,"臣弟一直认为,皇兄不知那些风流事,是臣弟愚钝了。"

"所以,这是真的了?"爱卿眨巴着明亮的眼睛,显得不安地问。

"什么?"炎不解地问。

"我知道你和瑞瑞喜欢上同一个姑娘了。"爱卿没再拐弯抹角了,直入主题道,"不过,是从什么时候开始的呢?"

"——哎?!"炎的眼睛都瞪大了。

"朕刚才讲的故事,说的就是你和瑞瑞。"爱卿不好意思地低头,极轻地喃喃道,"如若是你的话,朕也不知道该如何是好……"

"皇上!臣弟不知这谣言从何而来?"炎立刻就跪下,一脸肃然地说,"就算全天下的

第二章 少年何许人

女人都消失了，臣弟也不会喜欢上景霆瑞喜欢的人！"

"咦？这、这话也……"爱卿知道炎不会撒谎，可是假如不是的话，为何炎总是与他针锋相对呢？

"造谣的是谁？是景霆瑞吗？！"炎气得都要拔出腰悬的剑，怒不可遏地说，"臣弟这就去杀了他！"

"不！你千万别乱来！"爱卿慌忙按住他的手，"朕知道你不是就行了。"

"哼。"炎收起剑，气呼呼地坐回原位。

"说真的，朕也松了一口气。"爱卿也坐回去，看着身旁依然郁愤难消的炎，苦笑道，"如果是真的话，朕也不知该怎么办才好。"

"哼，到底哪个小人在您面前乱嚼舌根？"炎一肚子的火，问道。

吓得一旁的小德子脸都白了。

"没有啦，是朕胡思乱想罢了。"爱卿道，"不过，你以后别总是和瑞瑞对着干，你们对朕来说不只是臣而已，知道吗？"

"臣弟明白！"之前还愤愤不平的炎，此时却露出一张看起来甚为开心的笑脸，"原来皇兄是这么想着臣弟，是臣弟疏忽了。"

"皇兄，臣弟这辈子……"炎正想表白自己的忠心，外头却电闪雷鸣。

"啊，怎么下大雨了？"

外头轰隆隆一声炸雷，惊得爱卿从椅子里跳了起来，跑去窗边看，"不知锦荣宫里的那只小狐狸，现在怎么样了呢？"

"皇兄还记得哪。"炎笑了，站在爱卿身边。

"当然记得。"爱卿甜甜地笑了，"那个时候，你以为是闹鬼，还吓得病倒了呢。"

"臣弟才没有。"炎红着脸道。两人不觉聊起过去的事情，等雷雨停了，爱卿才带着小德子等宫人起驾离去。

"殿下。"萨哈收拾完桌上的杯盘，看到炎一直傻愣愣地站在窗前，注视着那片黑魆魆的竹林。

"萨哈，我今天真的很高兴，看来皇兄更看重我。你看，他没去问景霆瑞，先跑我这里问了。"炎握紧了拳，因为兴奋，他的手指一直在发抖。

看到少主人如此高兴，萨哈自然也跟着开心，少主人对皇上的忠心，萨哈是看在眼里的，只不过这话题里的另外一人——景霆瑞，他是怎样的一个人，萨哈并不清楚。

少主人的劲敌是一个谜。

尽管萨哈曾经多次见到过景霆瑞，但他就跟一个深潭似的，无法让人轻易看到底。

还有枫子营刺客袭击一事也存在可疑之处，有一具尸首身负重伤，尤其脊椎尽断，和其他几人的死法不同，仵作给出了详尽的报告。

但这件事被景霆瑞给压了下去。这让萨哈觉得头皮发麻，这景霆瑞身上到底有多少秘密？

在宫里，人人都说炎像极了太上皇，可是萨哈却觉得，殿下不过是容貌酷似罢了，真

要说骨子里都像极了的,恐怕还是那位深不可测的景将军吧。

萨哈想要提醒炎,不能因为皇上先登门这里,便看轻了景霆瑞在皇上那边的分量。但转念又一想,未来的事情谁也说不准,与其在这边扫了少主子的兴,倒不如静观其变吧。

"你刚想说什么?"炎问萨哈道。

萨哈谦卑地躬身,答道:"殿下,夜已深,您该歇息了。"

"是奴才不对,奴才该死!"

小德子高举着一条从刑房借来的皮鞭,跪在地上向爱卿请罪。

"你是不对,你是该死!"爱卿板着脸,教训道,"因为你,炎差点要去杀了瑞瑞呢!"

"皇上……"小德子哭丧着脸,挪前几步,"请皇上责罚奴才吧!"

"得了吧,就你这副身子骨,能罚你什么?一顿饭不吃你就晕,一见血你也晕。"爱卿一努嘴,"算了,你起来吧。"

"谢皇上开恩!"小德子立即丢开皮鞭,一骨碌从地上爬起来,笑嘻嘻地凑到爱卿跟前。

"不管怎么说,朕至少是知道了炎的心思。"爱卿叹气道,"他是真心实意地——讨厌瑞瑞。"

"皇上,那该怎么办啊?"小德子担忧地说,"他们是和好无望了吗?"

"朕怎么知道?朕完全想不通啊。炎儿为人光明磊落,是从来不会嫉妒别人的,也就是说,他不会因为瑞瑞创下些功绩就记恨他,所以,朕实在想不出他们的关系,为何这般的糟糕。"

"想不出就甭想了,皇上,您不是在书上念到过,那个什么船?什么直?"小德子努力地想要宽慰皇帝,无奈却记不起那句话。

"是'船到桥头自然直'。"爱卿瞥了小德子一眼,不过,这话确实有几分道理,或许自己应该给炎和瑞瑞一点时间。

"就是啊,皇上,您明日还要上早朝呢,还是早些歇息吧。"

"嗯。"爱卿起身,走向垂着淡金锦幔的奢华龙床,"对了,今晚瑞瑞没来找过朕吗?"

下午就这么不欢而散了,爱卿还以为景霆瑞会找来呢。

"没有呢,皇上。"小德子说道,"去亲王府前,奴才有让黄门留意着,只要景将军来了,就要来通知奴才。"

"这样啊。"爱卿苦闷地点点头,想以前他稍微有点不开心,瑞瑞可要哄上他一整天呢,可是现在……他居然都不见一下自己,唉。

爱卿一脸沮丧地躺进了被窝,突然想到,前些日遇到温朝阳,对方一瞧见他,别提多客气了,老远就下跪,这头都快磕进地里了。

还一口一句皇上聪明天纵,万民景仰,如何如何,这盛赞的态度和他当太傅时截然不同,都赞得爱卿不好意思了。

第二章
少年何许人

为何景霆瑞反而就……变得生疏起来了？那日在牢里，是难得一次与瑞瑞亲近的时候，可是自己却睡着了，后来又遇到刺客，这刺客是怎么死的，爱卿一点印象都没有了。

只记得瑞瑞受伤了，他又惊又急又怒，好在炎儿赶到，要不然真不知会变成怎样。

"难道瑞瑞还在生气那晚，朕偷潜入牢里去吗？"爱卿在大床里是翻过来又滚过去，整床的龙被都被卷成了一长条，就这么折腾着自己。

不但是一整晚都没睡好，即使后来睡着了，梦里头瞧见的，依然是瑞瑞那冷淡疏离的面庞，而黯然神伤。

爱卿正想着该怎么拉拢一下景霆瑞，今日的早朝上就给了他一个绝好的机会。

景亲王上了一封奏折，要求休掉妾室安妃。这种家事原本不用闹上朝堂，但因为当年有先帝下达恩旨，让安妃脱去役籍，得以嫁入王府。所以这一次，景亲王就恳请爱卿来圣断。

当然，景亲王公然在朝堂上慷慨激愤地启奏，是为了让景霆瑞难堪。他这休妾的举动一出，就等于是当着文武百官的面，将母子二人扫地出门。

这是何等的不光彩！也因此，景亲王的话才讲完，一众大臣纷纷向景霆瑞投去无比"关切"的目光，更有甚者在暗自窃笑，脸上的讥讽神态一目了然。

而武将则大多垂目低头，不敢去看景霆瑞的脸。

爱卿沉默片刻后，十分谨慎地询问景霆瑞的意见，知道"家母已经搬离景亲王府，且亦无意回去"之后，便同意他们解除婚约。

安妃恢复平民的身份，并改回娘家姓——刘氏。

景亲王认为皇帝的问话有些多余。自古以来休掉妾室都凭丈夫的一句话，还问宰相大人，是不是这样？

"亲王殿下所言正是。"贾鹏显然是和景亲王一条道上的。

对于景亲王的诸多不满，爱卿只是一笑，接着问道："朕的心里有一疑问，还请亲王解答。"

"皇上请讲。"

"景将军可是与其生母一同离开的王府？"

"正是！"景亲王来了劲头，故意大声说，"他们母子都不愿效忠本王府，既然如此，留着何用？养条狗都尚且知道看家护院！"暗讽景霆瑞竟然检举亲王府受贿，简直吃里爬外！

这话是真真难听，可是景霆瑞却依然不为所动，不发一言。

爱卿却皱起眉头，但也没有对景亲王说些什么，只是望着臣子们道："虽说一码事归一码事，但按照亲王的意思，我大燕国的将军，眼下却是连个住处都无，想我泱泱大国，却如此薄待有功之臣，实在令朕难堪，岂不痛心疾首！"

"臣等惶恐，请皇上息怒！"大臣们齐刷刷地都跪下来，景亲王是左顾右盼，只得跪下，装腔作势地恳求皇帝息怒。

"皇上，请您放宽心，末将自检举父王以来，自知无颜留在王府，已经在城内购置一处僻静之所，用以母亲安享晚年。"景霆瑞低沉的嗓音，响彻殿堂，"若末将之家事，惊扰到圣心，末将真的只有以死谢罪了！"

"你何罪之有？上回朕要赏你，你婉言推辞，现在朕想要赐你一座将军府，你意下如何？"

"回皇上，无功不受禄！上回的事情都已过去，这一次，末将更无理由接受这等厚赏！"

"这样啊。"爱卿似乎料定景霆瑞不会接受，便莞尔一笑道，"小德子，传朕旨意，御赐一道金匾'将军府'送到景将军的门下。朕要皇城的人都知道，我们大燕有一座景将军府。"

"皇上，这恐怕不妥。"小德子正要领旨去办呢，贾鹏却起身道。

"怎么不可？"爱卿不悦地道，"朕都已经说了，难道还要朕收回赏赐？"

"这御赐匾额，怕是要一品大将军才有资格领受。"贾鹏一副要纠正皇帝错误的表情，振振有词地说道，"景将军的官职，是从二品卫将军，还不够格。"

"宰相大人，你不要忘了，景将军在跟随太上皇讨伐嘉兰国时，当的可是一品大将军。他现在自愿降下品阶，不过是想亲自保护朕的安危，像他这般不计较个人得失之人，朕才要重重地赏赐他！"

"小德子，另外赐民女刘氏，为一品诰命夫人。"

"奴才遵旨！"这一次小德子反应极快，不等贾鹏说什么，他就大声领旨，接着下去操办了。

"末将替母亲，谢主隆恩！"景霆瑞再次垂首、跪地道，谁也没看到他的神情是怎样的。

皇帝说着是为了大燕的面子，其实就是为了赏赐景霆瑞，众臣心知肚明，脸上也透露着诧异与艳羡。

而御赐金匾、封赏诰命意味着什么？这景霆瑞眼下就是皇帝最宠信的臣子，若能巴结上他是最好的了。

但景亲王愣是把这皇上跟前的红人给推出门外。所有人都瞧见他是怎么对待景将军的，以后怕是他想要收受好处，都没人会上门送钱了。

爱卿略微扬起下巴，继续处理政事。

炎在心底直犯嘀咕：皇兄对他也太好了吧，御赐匾额不说还封诰命夫人，贾大人说的没错，这至少得一品啊，唉。

不过，既然众臣都无异议，这事情就这么讲定了。

待下了朝，笑着恭贺景霆瑞的大臣，是前所未有的多。还有人在心里盘算着，得赶快找一位媒婆，好抢在别人之前，把自家女儿、外甥女之类的嫁给景霆瑞，攀上一门好姻亲。

第二章
少年何许人

　　夕阳斜照在绿漆窗棂，染红了地面乌亮的青石砖，也染红了爱卿那颗焦躁不安的心。

　　为君者必须沉稳大气，有天子风范，岂能因为一位臣子没来谢恩，就如同热锅上的蚂蚁团团转？

　　"小德子。"爱卿回头，随侍一旁的小太监，立刻上前躬身。

　　"奴才在，皇上可是要传晚膳了？"

　　"唔……景将军还没回宫吗？"爱卿却问道，"朕御赐的匾额应该在午后就送达将军府了吧？"

　　"回皇上，工部的六位巧匠，花了一个时辰就把匾额给打造好了，且是立马差人送到将军府，丝毫不敢怠慢。想必此刻，早就悬挂在将军府大门之上了。"

　　"那他怎么还不回来谢恩？"爱卿嘀咕着。

　　"呵，皇上，您赐他一道金匾，又封赏他的母亲为诰命夫人。眼下，朝堂里的大小官员，还不得都去道贺啊！奴才想，这景将军正与诸位大人共享筵席吧。"

　　小德子一向是有什么话都揣不住的，可才说出口，就有些后悔了。

　　明显，皇帝的面色也跟染红了的布似的，满脸的恼火。

　　"他们倒好，朕赏给瑞瑞，却让他们讨了一个亲近瑞瑞的机会。"爱卿心有不平地说。

　　"就是说么……"小德子偷偷抹汗，还以为皇上是在气景将军呢，看来皇上对景将军的喜爱又上了一层，才会这般不计较。

　　"派人去催催吧，就说，朕有事召见他。"爱卿拧着清秀的眉头道。

　　"奴才这就去。"

　　小德子下去差人，萱儿进来了。她原本是东宫的首领宫女，自爱卿登基后，成为从三品的御前尚仪，即皇上贴身的宫女。

　　萱儿的手里端着一盘精细的御点，还有一壶上好的碧螺春，给皇上垫垫肚子。

　　"皇上，朝政要紧，龙体也要紧，您一下午都待在御书房里批折子，可别累坏了。"萱儿极为体贴地劝道。

　　"朕知道了。"爱卿微微一笑，便伸手取了一块香酥甜糕，正要吃呢，小德子脚步匆忙地回来禀告。

　　"皇上，奴才刚得知，将军府是有办筵席不假，但却是由诰命夫人主持的，景将军压根没出现过，这府里的人还以为将军是在宫里办事呢。"

　　"什么？"手里的糕点掉落在地，那白白的霜花糖洒了一圈，萱儿赶紧蹲身收拾。

　　"那他去哪里了？"

　　"奴才再去打探。"小德子都无须皇上下令，便机灵地跑出去了。

　　如此这般，爱卿自然失去胃口，茶水都放冷了，萱儿怎么也劝不进，心里不禁讨厌起景霆瑞来。

　　"皇上为他牵肠挂肚的，可他倒好，人影都不见。要不是皇上抬爱，连番的擢升赏赐他，这景霆瑞不过就是个侍卫！"

但景霆瑞是皇帝跟前的大红人，因此她虽然心存不满，但还是盈盈一笑道："皇上，奴婢去给您换壶茶来。"

萱儿前脚端走茶壶，小德子后脚就回来了，气喘吁吁地抹着额头上的汗。

"皇上！奴、奴才找着人了，真是踏破什么鞋，得来什么的功夫。"小德子看起来很高兴，来到皇帝跟前。

"是'踏破铁鞋无觅处，得来全不费功夫'。"爱卿也跟着乐起来，眉开眼笑地问，"在哪？"

"青铜院！"

小德子不带歇气地说："下朝后，确实有大臣向景将军道贺，还要赴宴送礼来着，可景将军推说还有重要军务要处理，就没去。景将军府里摆的酒宴，是为了迎接皇上御赐的匾额。听闻景将军是当众跪接的匾额，且'咻！'一下，就跳上房梁，把匾额挂上去了，您能相信吗？这么重的金匾！奴才可是挪都挪不动啊。"

"匾额是铁木裱金，当然重了，但瑞瑞拉开千斤的巨弓都轻而易举，一块匾额自然不在话下了。"爱卿颇为得意，仿佛能拉开巨弓的就是他自己。

"是，是奴才大惊小怪了。景将军之后就回宫了，一直留在青铜院忙碌，真是一位忠心为国、为主的好将军！"

"若真是如此，就不该让皇上担心。"萱儿迈进门槛来，刚好听到这句，便上前道，"皇上，您这下可安心用些点心了吧。"

"朕哪里有不安心？"爱卿不好意思了，辩解道，"朕只是好奇他怎么不来见朕，难道是不喜欢这个赏赐？"

"怎么会，这可是光耀门楣的大喜事，别人可是烧香拜佛都求不来。"萱儿笑着说，"景将军……也是实至名归。"

曾经伺候过太子学习，萱儿倒是精通文墨起来，一出口就透着淡淡的文雅之气。

"是呀，只是他的心思，朕真是猜不透。"爱卿坐在圈椅里，喃喃道，"朕想见他，想见他高高兴兴的样子，毕竟他和安妃受了这么大的委屈，那个景安昌也太过分了。"

"没错，这是什么亲王嘛，哪有这样对待自己孩子的，今儿奴才也气得想揍人。"

"所以，朕不知道瑞瑞现在怎么样，朕的这些封赏，真有帮到他吗？有让他对朝上的事情释怀吗？"

"皇上想知道？"小德子问。

"非常想。"爱卿用力点头。

"这有何难，奴才有办法。"小德子挤眉弄眼地道。

"有什么办法？你还会读心术不成？"爱卿感到好奇地问。

"皇上，您可别听他的，他尽出馊主意。"萱儿见状，劝起爱卿来。

"奴才这次真的是好主意！好法子！"小德子急着给自己辩解，还挤开面前的萱儿，"你不听，我还不想告诉你呢，我只告诉皇上一人。"

接着，他就伏在爱卿的耳边嘀嘀咕咕了好一阵。

042

第二章 少年何许人

爱卿眨着一双乌黑的大眼睛,显得非常惊异,而这惊异当中,还透露着几分对小德子"聪明才智"的敬佩。

明明已经被小德子的"献计"和"好主意"坑害过数回,包括上回,听他说炎和瑞瑞喜欢上同一个姑娘,而差点让炎去找景霆瑞算账。

可能是因为从小到大,爱卿都是弟弟们的保护神。帮忙担着天宇、天辰犯的错,且明知他们又要犯错,会连累自己背黑锅,却还是不放心地跟着去。

在这不知不觉中,爱卿已经养成了容易上当受骗的"惹祸"体质。而小德子又是缺心眼儿的,凡事都一知半解的,常常好心办坏事,他的所作所为简直是"唯恐天下不乱"!

因此这一主一仆搭在一起,足以搅乱宫中的各条规矩。萱儿都觉得幸好爱卿是皇帝,不然小德子都不知被杖毙几回了。

在爱卿的又一次撑腰下,小德子高高兴兴地说:"皇上,您放心,奴才保证这回准靠谱!"

"但愿如此。"爱卿重重地点头,也不忘安慰一下萱儿。萱儿板着脸,还是生小德子的气,收拾完东西就告退了。

小德子则得意扬扬地领了密旨,去安排一切事宜。

四下无人,爱卿便靠在大红酸枝圈椅里,整个人显得越发娇小,白皙的脸蛋上满是困惑、不满的神情。

还以为瑞瑞一下早朝,就会赶来见他的,抱着很喜悦的心情一直等待着,结果连个影子都见不着。

爱卿心里是既失落又酸楚,还有难以名状的不安。从小到大,景霆瑞如同影子一般守护着他。

同样的,他也一直待在景霆瑞的身边,早就习惯那一道身影,那一抹温柔的笑。

"难道说,朕的赏赐并不合你的心意?还是,你只要……那个人的东西就好。"爱卿不由得想起那件事来——

景霆瑞在牢狱中受袭且昏迷不醒时,炎从他的身旁,捡到一块月牙状的古玉,上面雕刻的是一只喜鹊昂首立在梅花盛开的枝头,意寓"喜上眉梢"。

本来不是什么稀罕事,怎么说都是一位将军,身上有些昂贵饰物并不出奇,但这块古玉的选料之稀罕,雕工之精美,就连见惯宫中奇珍异宝的炎都大为惊叹。

所以,当景霆瑞已无大碍,却还未苏醒时,炎就偷偷地把它拿出来,献宝似的递给爱卿看,还笑说:"这么好的东西,指不定是哪位达官显贵之女送给他的定情之物吧。"

"你别胡说,快放回去。"爱卿又急又气地说,还拿过来,小心地把古玉佩塞回景霆瑞的衣袖内。

事情虽已过去,但爱卿的心里很清楚,这般的珍品绝不会是景亲王府的传承之物。

因为但凡有好的东西,景安昌都要留给世子景霆云。

而以景霆瑞的俸禄,断然买不起这样价值连城的古玉,这样想来,应当是某位富家小姐的慷慨馈赠。

礼物越重，情意也就越深，这么浅显的道理，爱卿不是不懂。想必那位女子是非常爱慕景霆瑞的。

而想到自己送给景霆瑞的玉佩，料子是好的，但工艺只能用粗鄙来形容，是虎更似猪，每每思及此处，爱卿的心里就很不安乐。

所以他大力封赏景霆瑞，是希望能让他开心。除此之外，真的不知道自己还能做些什么。

"瑞瑞，你既答应过只做我一人的臣子，应当不会随随便便就把真心托付给他人吧？"爱卿望着远处，但就算景霆瑞有了喜欢的女子，也是人之常情。

而朝中妻妾成群的大臣都有好些个。

以瑞瑞的年纪来说，是该娶妻了。可是爱卿不想他那么快成家，或许是觉得，但凡他们中有人成婚了，就没办法像过去那样好了。

当然，爱卿觉得这个想法很幼稚而且自私，他不禁拧着眉头，望着渐渐暗下去的天色，好半天都缓不过神来。

月光静静地洒向青铜院，这座规模虽小，却脏腑齐全的兵部书房。

眼下，景霆瑞正伏在书案前，仔细清查库房的武器清单，他既然身为"卫将军"，不只是要指挥、调配宫里的一兵一卒，更要对兵器的储备与折损等，有非常清楚的认知。

而所有的事务当中，皇上的安危是第一位的，自古以来，在大燕的历史上，被谋害于宫中的皇帝，就有四位之多！

所谓的皇权也是双刃剑，代表着至高无上的地位的同时，也招来前所未有的杀机！

即便现在是太平盛世、国运昌顺，也不能不防备敌国的刺客偷潜入宫，意图加害爱卿。

所以，景霆瑞心中的弦总是绷紧着，他不容许爱卿身边的侍卫有半点疏漏，与此同时，他还想要爱卿可以在宫里感受到"寻常人家"的轻松气氛，而不是把皇宫变成一座只会困着他的巨大牢笼。

于是在如何不大张旗鼓地铺排兵力，又能完全保障爱卿的安全这一点上，景霆瑞就花费了不少心力。

对于爱卿的一举一动，景霆瑞也是了如指掌，但是他很快认清到残酷的事实，那就是对爱卿最忠诚、最有利的自己也是最有害的！

因为爱卿从小就是率直的性子，在朝堂上不加掩饰的封赏，足以惹得不少老臣的不满，尤其是看似宽厚仁德，实则心胸狭隘的贾鹏。

景霆瑞很清楚贾鹏明里暗里地排挤自己，说好听点是看不起"宠臣"。

其实，不过是嫉妒皇帝的偏爱罢了。

待日子一久，积怨愈深之后，贾鹏便会把矛头直指向爱卿，指责他的"不公正"，这将大大损伤爱卿的帝王之威，继而影响朝政的稳定。

而他身为卫将军，还不能与宰相硬碰硬，这也让景霆瑞觉得心焦。

第二章 少年何许人

他不希望自己像盾牌那样，只能替爱卿阻挡住一隅的风险，而希望自己能替爱卿挡下全部的腥风血雨。

这也是为什么他没有去谢恩，而是有意地保持距离，这会让贾鹏觉得安心，认为他和皇帝的感情还没有到"如胶似漆""难舍难分"的地步。

而宰相一安心，皇上就安逸。

"只是皇上……您到底想做什么？"

景霆瑞略抬起头，就能看到敞开的朱门外，那一抹突然飘过的影子。

这身影闪得极快，若没有一点眼力，怕是瞧不见的。

一身黑衣、黑鞋的爱卿飞快地闪进松树后，手里还抓着一根枝丫，用以挡住自己的脸。

"他是在和小德子玩捉迷藏吗？"景霆瑞苦恼地寻思着，"还是他有话想对我说？"

爱卿为了避人耳目才穿着夜行衣，可眼下并无旁人，他为何不进屋来，反而到处乱窜？

在院门口，躲在石榴树底下的小德子，应该是给他把风的吧？

景霆瑞突然发现自己虽然一直和爱卿在一起，但有的时候，爱卿一些古灵精怪的做法，连他都没法预料。

"我要走出去，还是当作没看见他？"景霆瑞紧紧地盯着面前的账册，简直要将那里瞪出一个洞来。

然而，就当他再次抬头时，那道纤细的身影已经不在了。

"……嗯？"景霆瑞更加茫然了，还有那么点的不舍。但在皇上自己愿意现身之前，他显然还是按兵不动的好。

景霆瑞默默翻过一页纸，强压下那充满疑惑，想要出去一探究竟的心。

黎明时分，微光初透，萱儿梳妆完毕，领着一帮宫女来到长春宫轮值。

才进了侧门，就见到昨晚值夜的几位宫女，不知在议论些什么，都没发觉她的到来。

"什么，真的吗？难道宫里真的有鬼？！"

"是真的！我认得逻玉园的黄门，他是我的老乡，他说昨夜里真的碰见鬼了！现在还吓得双腿发软，直发虚汗呢！"

待萱儿走近，才听到她们在说牛鬼蛇神。

这在宫中可是大忌！萱儿当即拉下脸色，厉声道："青天白日的，说什么鬼不鬼？也不怕皇上听了去，治你们妖言惑众的死罪！"

萱儿为人向来平和，也极少仗势欺人，此刻疾言厉词的，倒吓得一众宫女跪倒在地，连声告饶。

"都起来吧。"萱儿缓了缓口气，"回去休息，别再以讹传讹。"

"可是，萱姐姐……"

那位之前说太监碰到鬼的小宫女，依然面色青青地说："我昨晚也看、看见了……窗

子一动……自己开了，又'砰'地关上！那时根本就没风！"

"你还说！我可要掌嘴了！"萱儿恼了，扬起了手，小宫女面无血色，急忙退下。

"这闹的是什么事！"萱儿在宫里十四年，还从没见过鬼，想也知道是她们当差累了，看花了眼当见了鬼。

"唉，都是些没出息的。"萱儿定了定神，穿过几道宫门，进到寝宫内。

小德子正倚在门上打盹，萱儿一笑，施然走过去，指尖戳了戳他的眉心："懒猴儿，还没醒啊，该伺候皇上沐浴更衣，准备上朝了。"

"上朝？哎、是、是。"

小德子看起来疲倦至极，神色也有些涣散。昨晚并不是他当值，可能是皇上有事留着他吧。

"真是的！太监就是靠不住。"萱儿心里想着，便领着宫女往龙床那边去，打算恭候皇帝起身。

可是，才过去呢，就发现皇上已经起来了，坐在床沿上，低垂着头。

"奴婢恭请皇上圣安！"萱儿行礼之后，似乎看到皇上点了点头，便起身，走过去挽起床边的金黄锦帐。

正在这时，皇上抬起头来，露出一张仿佛被墨水圈画了的双眼来！

吓得萱儿心里"咯噔"一惊，手里纹金龙的帐钩都滑脱，帐子又呼啦地披散在皇帝肩上。

"怎么了？萱儿。"爱卿的声音里满是疲倦之意，比外头的小德子还哑得厉害。

"您昨晚没睡吗？"萱儿斗胆地问，"为何眼下都是乌青？"

"哦，昨天在松树下……"爱卿还没清醒，正要老实坦白，被冲进来的小德子打断。

"皇上昨晚睡得可香啦！梦见好多好多的松树！一大片啊！绿油油的！"小德子扯着嗓子、慌里慌张地说。

这倒提醒了爱卿，他连忙一笑，改口道："正是如此！所以朕现在精神百倍，如同苍郁古松！哈哈。"

这样说着的爱卿往前迈出步子，呈现奇怪的扭曲路线，显然和梦游无异！

萱儿吃惊地看着皇上，一个念头猛然扎中脑袋："天啊！这难道是撞邪了？宫里真的有鬼？！"

"萱儿你怎么了？可是吃坏了东西？"爱卿回头，看到萱儿面无人色、浑身轻颤的模样，以为她病了。

"奴、奴婢……要去请……"萱儿想不出该去请谁，她若说出皇上可能被鬼迷惑，想必这宫里头就要大乱啦！

"去请永和亲王来，朕答应过，今早要和他一起用膳。"爱卿说，极力表现出自己并不困乏的样子。

可是，他却在和炎一起用早膳时，竟然一头扎进面前的汤碗里，还呼呼大睡，怎么摇都摇不醒。

第二章 少年何许人

炎不知爱卿出了什么事，急忙找了御医来。

而吕承恩一动身，那可是满朝文武都知晓了。心急火燎、争先恐后地往长春宫赶，景霆瑞是最早到的，炎对他却没好脸色。

只是让景霆瑞和诸位二品以上的大官一起，跪候在外殿，等待御医的诊断。

足足跪了半个时辰，才见御医出来。

"请诸位大人放心，皇上龙体无恙，只是太过操劳，一时失神罢了，待睡饱、再喝些补养的汤药，就好了。"吕承恩安慰着大家，还朝景霆瑞微微颔首。

"是真的没事。"明白吕承恩的意思，景霆瑞这才放下心来。

可是贾鹏却质疑起吕承恩的医术，拉着吕太医严厉地问东问西，好不容易才静下来的外殿，又开始议论纷纷，喧闹起来。

与此同时，爱卿满脸沮丧地躺在床上，时不时瞪一眼守在一旁显得心虚不已的小德子。

这下可好，他还没能实现和瑞瑞"搭话"的计谋，就惹得满朝文武都出动了。

"唉！"爱卿忍不住叹气，小德子说，想要知道景将军在想什么，那还不简单，找机会与他谈谈不就成了。

皇上不能太过频繁地传召一个臣子，会引来诸多猜测，那么皇上大可以偷偷去将军那边呀。

可是爱卿又怕打搅了景霆瑞干正事，小德子就说，那我们在一旁等着呗，看将军何时有空，我们就过去。

爱卿觉得这想法不错，就依从了。

如今想想，倒还不如直接传景霆瑞来后宫问话呢。

因为景霆瑞的功夫极好，为人又敏锐，没人可以在他的屋外飞来飞去，还不被察觉吧？

就算景霆瑞不知道，但那些侍卫呢？也眼瞎了不成？

可是小德子说，皇上这也担心，那也担心的，那就不去了。

爱卿思来想去，自己确实等不及景霆瑞自个儿上门来，所以到底还是去了。

虽说爱卿对自己那三脚猫的轻功以及隐匿气息的功力，感到极度不安。但不知道是不是运气好的关系，竟然没人发现他们。

只不过，一整晚都在青铜院里晃荡，还必须用极高的轻功和内力飞上飞下。

爱卿累坏了，他从没有这么筋疲力尽过，心还老悬着，怕被人发现，误当作刺客抓起来。

为此，他还绕了一条僻静的远路回来，才跌跌撞撞地从窗户里跳进来，准备睡觉，这天也快亮了。

萱儿进来时，他的意识仿佛飘荡在云间，脚底下都是软的。

"皇兄，您看您累得都瘦了，好好歇着吧。"炎在一旁亲自伺候安神补养的汤药，都不用小德子插手，还道，"有什么事，尽管吩咐臣弟去做就好。"

"朕让你担心了。"爱卿尴尬地一笑，"你让他们都退下吧，朕午后自有召见。"

炎点头，领旨下去了。

爱卿足足睡了大半天，才起来沐浴更衣，用膳完毕，与诸位大臣在御书房里相见。

大臣们见他当真没事，气色也很好，倒也放宽心，恢复如常了。

只是萱儿始终无法安心，难道宫里真有鬼魅作祟？因为皇上也太反常了，怎么会突然就"失神"呢？

小德子见事情闹大了，本想向爱卿请罪，可是爱卿没有罚他，反倒说："今晚再去。"

"咚、咚！铛、铛！"

已是二更天，然而从远处传来的更鼓金钲的敲击声，并没有影响到爱卿潜伏进青铜院的兴致。

"皇上小心些。"

"知道，侍卫轮值，这会儿进去正好。"爱卿没穿夜行衣，但也是一身暗蓝的便袍。

爱卿瞅着正门边没人在，就往里头走，没想和一个从里头出来的年轻侍卫撞个正着。

爱卿的眼睛就跟猫眼一样，一下子瞪得老大，就在爱卿不知该说什么时，那侍卫转身走了。

小德子在爱卿被发现的当口，早就闪身躲到一边去了，看到侍卫走了，他才靠近爱卿，感到稀奇地问："怎么，他没瞧见您？"

"没呀，没想到竟然是个睁眼瞎。"爱卿啧啧称奇地道，"这人怎么能在青铜院当侍卫？"

"不能吧，睁眼瞎还能照常走路？奴才觉得他是认出您了，才没有声张。"小德子道。

"是这样吗？还是说，"爱卿忽觉背寒地道，"瑞瑞知道朕来了？"

"怎么可能，要真是那样，景将军还不得骂死奴才。"小德子道。

"有道理。"爱卿点点头，"走吧，我们去爬墙头，可不能再叫人瞧见了。"

书房内，景霆瑞还未歇下，早些时候，他已经吩咐下去，皇上这几天会"微服私访"青铜院，让大家切勿大惊小怪，且必须保持不知情。

虽然景霆瑞知道这个密令让众侍卫都很吃惊，如果可以他也不想惊动这么多人，只是他更不想爱卿遇到麻烦，尤其他还没弄明白爱卿到底想要做什么。

一个时辰后。

"皇上，该回去啦。"小德子压低着一把略带沙哑的嗓音，这又在青铜院里折腾到这么晚，能不困乏吗？

这一回，不等皇上说他的计谋无用，他就开始后悔自己为何献上这种拙计？不但折腾了皇帝，也害得自己连续两日都没睡！

第二章
少年何许人

"你让开！别挡着朕。"

俗话说"一回生，二回熟"，爱卿已经掌握了怎么坐在松树上，刚好望进青铜院书房的技巧。

今晚不用跳来跳去地找地方躲，可省心不少，爱卿才赶小德子下去，再抬头——"咦？瑞瑞人呢？"

书案上的蜡烛已经矮下去大半截，那些已经检阅完毕的兵部库存账目，堆得足有小山那么高，但座椅上没人在。

爱卿不由得四下张望，里屋的烛火亮起，半掩的窗户里，透出景霆瑞那伟岸无比的身躯，他正在宽衣解带。

"……他要就寝？也对，都这么晚了。"爱卿不觉有些可惜，却望见穿着亵衣的景霆瑞走过来，窗户依然没有关紧，景霆瑞抓起一只散着热气的水桶，把水倒在浴桶里。

水汽就更大了，几乎看不清屋内。

"唉，真好，朕也想泡澡。"爱卿擦了擦脸上的泥，刚爬树时不小心蹭上的。

"皇上，该回啦！"小德子再三催促，"今儿也没什么机会和将军搭话了，他都要睡了。"

"好吧。"爱卿叹道，"不过，朕得先去把那窗子关了。"

"这是为啥？除了我们，又没人瞧见将军洗澡。"

"你说什么呢，朕是怕他着凉了。"

"哦。"小德子笑着挠挠脸。

爱卿如同燕子一般轻盈地飞掠到地上，然后猫着身子，来到窗下，不断有雾气从窗户里弥漫而出。

爱卿怕景霆瑞看见自己，只有偷偷摸摸地伸出一只手，轻轻推着窗框……眼瞅着就要关上了，就听得里面一声问话："是谁在那里？"

景霆瑞忽然推开窗子，窗角刚好撞上站起身的爱卿，"咚"的一声，在寂静的夜里听起来是格外地响亮！

"好疼啊！"爱卿捂着鼻梁，龇牙咧嘴地蹲在地上，又怕景霆瑞喊刺客，连忙抬起头，想要说，"是朕，别喊。"

可是在看到烛光下，赤裸着精悍胸膛的景霆瑞，爱卿是连脑袋疼都忘了！

"好、好壮！"

是那种会让人眼前发亮，心跳加速的结实。从宽肩到下腹，充满雄性气魄的肌理如石头雕刻一般，不带一丝赘肉。爱卿从小就在那样的胸膛里撒娇，让那双强壮的臂膀温柔地抱着。

可是，他从没有像这样"目露凶光"地盯着景霆瑞的裸身猛瞧，实在是太丢人了！

"皇上，您受伤了？"景霆瑞忽地从窗户里飞出，他早就知道爱卿在外面，原本想和昨日一样装作不知情的。

可是夜深了，担心爱卿又会休息不够，这才故意出声。

"不、不，朕没事，朕的鼻子不疼。"爱卿羞红着脸，还以为景霆瑞连裤子都没穿呢，结果不是。

"怎么会没事？您在流鼻血？！"景霆瑞熟练地轻捏住爱卿的下巴，将他头抬起。

"——咦？！什么！怎么会这样？"

伸手一抹，指尖一片红，爱卿自己都吓了一跳。也不知是怎么搞的，脑袋瞬间就晕乎起来，往后一仰就倒入景霆瑞的臂弯中。

"小德子！"景霆瑞踢起一枚石子，击中小德子的膝盖，疼得他立刻跳了起来，他原本还想躲起来……

"天呀！皇、皇上，怎么了？"见到爱卿前额红肿，鼻子流血，小德子慌里慌张地问。

"别叫，去把吕太医找来！"景霆瑞厉声道，很快地抱起爱卿，走向屋内。

小德子是吓得六神无主，走路都是打晃的，好在吕太医来得极快，且完全没有惊动任何人，悄悄地扯着小德子来的。

"承恩，皇上的鼻血已经止住了，可他的人还是晕乎乎的。"景霆瑞神色焦灼，为了照顾爱卿，他连外衣都来不及披上。

吕承恩也不问景霆瑞，为何皇上会在这里？只是撩起青色衣摆，坐下诊脉。

须臾，他才松了口气，说道："不碍事。我检查过皇上的鼻子了，是撞肿了，但血已经止住，皇上估计是吓了一跳才晕倒的。"

"真是吓死奴才了。"小德子心有余悸地说，还向景霆瑞下跪认错。

"都是奴才的馊主意，和皇上无关，还请将军千万不要责怪皇上。"小德子一力想要揽下罪责，在地上磕着头，"皇上都是因为奴才……"

小德子一害怕就把皇上担心景将军，很想和将军说话，所以才会来夜访等计划都说了出来。

吕承恩听得是直发笑，古往今来，都没有一个皇上，为了见臣子而半夜屈尊爬墙头的吧？这皇上也太有趣了。

"我送皇上回宫。"景霆瑞对小德子说，"下次，不准再胡来了。"

"奴才知道！奴才是再也不敢了！"

似乎是逃过大难了，小德子简直不敢相信景霆瑞竟然这样轻易地饶恕了他。

还以为今天的脑袋肯定要搬家了！

景霆瑞将昏睡着的爱卿背在身后，施展快如闪电，却又轻如鸿毛的轻功，飞掠出青铜院，这一路上都没有惊动一个人。

爱卿则趴伏在景霆瑞肩头上呼呼大睡。在吕承恩来之前，景霆瑞输送了一些内力过去，让皇上过快的心跳平复下来。

然而，即使已经来到寝宫，在那张巨大奢华的龙榻前，景霆瑞竟然舍不得放开爱卿。

"我让你担心了。"景霆瑞伸手摸了摸爱卿明显红肿的额头，很是歉意。

景霆瑞没处罚小德子，是因为他也想见到皇上，所以才纵容了此次意外的发生。

"错不在小德子，而在我。"景霆瑞这样想着，更内疚了。

050

第二章
少年何许人

"退——朝!"

小德子的嗓门并不大,但借由宽敞的殿堂,他的嗓音显得响亮又清脆。

"臣等恭送吾皇万岁、万岁、万万岁!"

文臣武将的跪拜之声,就像一阵阵的雷鸣,气势磅礴,震得殿脊的鸽子都飞起来了。

爱卿来到殿外的广场上,抬头就瞧见"啪啦啦"的、扇着灰色羽翅的鸽子,成群结队的好不热闹。

"末将参见皇上。"

那道总是像冰一般冷冽,却能轻易刺激人耳膜的声音,让爱卿浑身一凛!

"咦?是景将军。"爱卿装作若无其事地扭过头来,目光却还是看着白玉石雕的凭栏,"才散的朝,你还有事启奏?"

"不,末将是想……"

景霆瑞还未说什么,爱卿就突然飞红了脸,显得十分慌张地道:"啊!对了!萱儿说给朕准备了御点,朕正饿得慌,将军既无要紧事,那就下回再禀报吧。"

爱卿也不管景霆瑞的反应,转身就往长春宫的方向疾步前行。

"皇上,既然如此,您为何不传龙辇?"景霆瑞轻轻松松就跟在步履匆忙的爱卿身后。

"什么?"爱卿头也不回,专注赶路。

"您不是饿坏了吗?"并不在朝堂上,景霆瑞说话的语气也随和不少,"您这样走回去,得花好些时候。"

"这个么……"爱卿脸上的红晕又加深几分,倘若现在传龙辇,势必要停下来,就必须得看着景霆瑞的脸,听他说话了。

只要一想到昨天晚上自己的失态,鼻血横流、狼狈晕倒的模样,爱卿就恨不得立刻敲晕景霆瑞。既然他做不到失忆,就让对方忘掉也好!

可是他既舍不得出手,也根本打不过瑞瑞,尴尬至极的,只有走为上策了!

"皇上!小心!"景霆瑞突然叫道。

"什么?"爱卿回头一看,脚下却一空!

"哇!"

他三心二意地赶路,出了殿前广场,便是一处长长的巷子,平时都是车马走的。

一个不大不小、不深不浅的积水坑横在路中央,车轮是碾轧不到的,可是人踩进去,难免会扭到脚脖子。

加上爱卿这么大步流星地,果然一个前扑,"哗啦!"一声响,坑底的泥水溅起,愣是浇得爱卿一头一身的污水。

"呃?"爱卿傻傻地跪在里头,似乎无法相信自己如此狼狈的样子。

"皇上?!"小德子这才气喘吁吁地跑来,后头还跟着随侍的宫女、太监等一大堆人。

眼看爱卿的丑态就要在下人面前暴露无遗，景霆瑞上前一把抱起爱卿，在他耳边低语道："恕末将冒昧，您需要沐浴呢。"

爱卿咬着下唇，景霆瑞便纵身一跃，离开了这儿。

"哎，皇上……将军！奴才还在这哪！"小德子被遗忘般地晾在原地，很是沮丧地望着他们消失的方向。

他方才虽然差了几步，但也晓得凭景将军的本事，是可以在皇上摔跤前，就将他扶住的。可是将军并没有出手，而任其扑倒在地。

"难道将军是想逮着皇帝说话，所以才故意为之？"小德子略一思索就倍感惶惧，身上的汗毛都竖起来。

"真是天大地大，都没有景将军的胆子大，光天化日的，连皇上都敢拐走！"虽然这样想，小德子却不能当真追上去护驾。

要知道，真能给皇帝护驾的人，就在皇帝身边呢。

"敢、敢问公公，皇上在哪？"宫女们跑得上气不接下气，还非常困惑地看着小德子，怎么皇上眨眼间就不见人了？

"皇上要去哪，你管得着？"小德子清了清嗓子，虚张声势地训斥道。

"奴婢们不敢！"除去萱儿，没人敢和小德子呛声。

"好了，都随我回长春宫。"小德子昂头挺胸，带着浩浩荡荡的人马回去了。

太阳晒卷了树叶，爱卿脸蛋上的泥巴都变得硬邦邦的，可是，他却惊讶地望着前方。闪着光、清粼粼的溪水宛如少女的衣带，从一座小山上斜斜地流淌下来。

溪水的两边是开阔的草地，还有一根深埋着的拴马桩。

这里没有那些金碧辉煌的琼楼玉宇，或雕栏画栋的亭台楼阁，有的只是小山、溪流、阳光和一处芦草结顶的简陋茅屋。

"这是哪里？我们难道是出宫了？"爱卿的眼睛比那溪水还要发亮，难得一见的山野风光，让他惊喜得嘴巴都快合不拢。

"很遗憾，皇上，这里还是宫内，不过离正殿和偏殿都非常远。"

景霆瑞松开一直抱着爱卿的双臂道："据说，太上皇本想要在这里盖一座藏宝阁，但巫雀王并不同意，说浪费钱，就一直空置着。"

"那茅屋是怎么回事？有谁住在那里？"爱卿露出原来如此的表情。

义父在位时，确实对宫内的各项支出抓得非常严格，因为父皇是只要看着喜欢，就会恩准工部兴建。

义父曾说，在朝堂政务上父皇是旷世明君，可是对于宫廷财政之事，他却并不了解，因此造成的浪费也时常可见。

不过，若不是父皇希望义父住得舒服，也就不会如此翻新、扩建宫殿了吧。

"没有人住，是末将上几日搭建的。"景霆瑞道，望着眼前仿佛世外桃源一般的景色，"末将闲暇时，会带黑龙来这里洗澡，但身上的衣服湿了，没地方换，不方便，就临时建了

第二章 少年何许人

一个茅草屋。"

"原来是这样,黑龙也很爱这地方吧。"爱卿的脑袋里顿时浮现出,赤裸着上身,拿着木刷子的景霆瑞,站在没过脚踝的溪水里,梳理着黑龙的鬃毛。

可这一想,爱卿就又想到昨晚自己那丢人的样子,便脸红起来。

"皇上,怎么了?"

景霆瑞注意到爱卿突然背转身去,装作去看溪边的小草,可是他的双手却捏紧了袖摆。

"没事。"爱卿依然背对着景霆瑞,语气轻松地道,"朕想去洗把脸,瑞瑞先退下吧。"

然而,爱卿才想用衣袖擦一擦脸上的泥巴,手腕就被拽住,且很大力的后扯。

"哎?"爱卿惊讶地回头,就看到一双闪着异样光芒的黑眸,直直地望进他的心底。

"屏住呼吸。"景霆瑞低沉的声音在潺潺流水声里,依然动听极了。

"啊?"爱卿也是一头雾水,还没能明白这话的含义,身体就腾空飞起,眼前一片眼花缭乱,溪水也骤然拉近到眼前,不——是太近了!

"瑞瑞小——哇!"

爱卿刚想要喊"小心",景霆瑞就抱着他的腰,两人一头扎进溪水里。

"呜……怎么回事?!"

明明应该是很浅的地方,爱卿在落水之后才发现,岸边的水是很浅没错,可冰凉透彻的水下却是别有洞天,各种石头、水草遍布河床极深的罅隙间,足以淹没他们两人了。

阳光从激荡的水面投射下来,形成一束束闪耀、扭曲的光束,惊慌游走的小鱼群都看得清清楚楚。

金黄的衣袍、织锦的衣带在水下漂浮,爱卿使劲地憋着气,景霆瑞抓着他的手,往更深的地方游去。

水流从指尖滑过,就像羽毛一样轻柔。爱卿好奇地东张西望,但在水流的冲击下,很快就感到了吃力。

水的颜色更深了,就跟通透的翡翠似的,爱卿想不出景霆瑞要去哪里,也敌不过他的臂力,任由他带领着,无声地钻过水草,再潜进一个黑咕隆咚的水下暗道。

说是暗道,实则是坚固无比的天然石壁,爱卿还以为会撞到头,但穿过后才发现是个不大不小的洞穴,且竟然有光线投射进水里?爱卿还来不及惊讶,景霆瑞就拉着他冒出水面。

"呼……哇啊!"

大口喘气的声音和惊叹声掺杂在一起,在这空荡荡的洞穴里回荡着。

"恕臣无礼,擅作主张,但皇上您想要洗脸沐浴的话,还是这里更合适些。"景霆瑞放开张大着嘴巴,仰头望着石洞顶部的爱卿。

那里有一个豁口,看得出是山顶的位置,四周有不少杂草遮掩着,而豁口下方就是一些碎石头,石头缝隙间也长着杂草和黄色、红色的野花。

有自然的光线从豁口倾泻而下，洞里的景色便一目了然，除了碎石头，从洞窟边缘到水底有着延伸下去的大块岩石，可能是水流长年累月冲刷而成，就像一道天然石梯。

爱卿现在站立着的位置就是这石梯上，转身就能看到一泓清泉，清泉之下便是他们刚才游进来的暗道。

谁能想到皇宫里头，还有这样不可思议的天地！

"这里真是太棒了！瑞瑞！"爱卿激动得一回头，看到浑身湿透的景霆瑞正对着他笑，那笑容里满是宠溺的意味。

"抱歉，瑞瑞。"爱卿低头道，"我昨晚不该去骚扰你的。"

"皇上知错便好。"景霆瑞说着脱去了身上的衣衫，只穿着一条裤子。

"你也要洗吗？"爱卿兴奋地问。

"嗯，好久没和卿儿你一起玩水了。"景霆瑞笑道。

"我也好久没看到瑞瑞你的笑容了。"爱卿眉开眼笑地说，"虽然你平时也会笑，但那种感觉不一样。"

"为了皇上开心，末将以后会多笑笑的。"说着，景霆瑞向上咧开嘴角。

"哎呀！还是免了，你这样笑好瘆人，好好的一张脸都毁了！"

"皇上果然难伺候，末将笑也不是，不笑也不是。"景霆瑞耸耸肩，率先下水了。

"你怎么都不等我！"爱卿脱去外衣，也跳入波光粼粼的水中。

"真舒服。"这里比浴池还大，且脚下有小鱼游来游去，特别好玩。

"卿儿，快看，我抓住了一条鱼。"景霆瑞伸手进水里，再露出水面时，双手合成拳。

"在哪里？我看看！"爱卿赶紧凑过去瞧。

"在我手心里。"景霆瑞笑道。

"哪儿呀？我怎么没瞧见。"爱卿心急地扒拉着景霆瑞的指头，突然，景霆瑞双手用力一拍，掬在手心里的水，"噗"一下射在爱卿的脸上！

"啊！"爱卿不及防备，被喷了一脸。

"哈哈。"景霆瑞笑了。

"好你个瑞瑞，竟然耍我！"爱卿抹了一把脸，捞起身边的水就泼向景霆瑞。

"皇上饶命。"景霆瑞四处躲闪着。

"我就不饶你！"爱卿还把水草丢到景霆瑞的身上。

"卿儿，我抓着鱼了，这会儿是真的！"一直躲闪着的景霆瑞突然叫道。

"当真？"爱卿停了下来。

"嗯，你过来看。"景霆瑞微笑着看着爱卿。

"你要是再骗我……"爱卿嘀咕着，小心翼翼地靠近。

景霆瑞依然是双手合抱成拳："卿儿，快来，它要跑了。"

爱卿赶紧走快两步："别让它跑，我还没瞧见呢。"

景霆瑞把双手伸到爱卿面前，爱卿又一次扒着他的手指道："捏得太紧了，你想把鱼闷死吗？"

第二章 少年何许人

然而，指头一根根分开，露出的并不是鱼。

"这个是……"爱卿愣住了。

"这是给卿儿的。"景霆瑞把手里的东西放进了爱卿的掌心。

爱卿感到不可思议地瞪大眼睛，它有着温润细腻的质地，仅仅是触摸到就能沁入心脾，再看那巧夺天工的雕刻工艺，一只喜鹊昂首立在盛开的梅树上，表达的是"喜上眉梢"的寓意。

爱卿对它并不眼生，事实上他一直惦记着这价值连城的玉佩，到底是谁送给景霆瑞的？

不过，和上次见到它相比，多了一根墨绿色的丝线，它串住玉佩上方的孔洞，且丝线间缀有六颗镂空雕刻的翡翠、玛瑙珠子，是更加的精致昂贵。

"这是祖传的玉佩，到底传了几代人，连我母妃都说不清，只是说它并非是普通的玉石，贴身佩带可驱散邪病、强身健体。如今她将玉佩传给末将，而末将也没有什么值得送您的东西，就当是借花献佛，还望皇上不要嫌弃。"

景霆瑞低沉的声音真是赏心悦"耳"。

"原来这玉佩是……给朕的？"爱卿眨了眨眼睛，因为这突来的惊喜，而有些无法置信。

"怎么，您已经见过它了？"景霆瑞显得很意外。

"不、不，只是似曾相识啦。"爱卿连忙掩饰地笑，"宫里少不了玉佩玉环，可是你送给朕的，哪怕只是一条丝线也是最最珍贵的，更何况这宝贝还如此地稀罕。你——可别反悔才好！"

"末将岂敢，再者您送给末将的虎佩，才是最为贵重的。"

"那只'小猪'吗？"爱卿腼腆一笑，心里很是开心，"朕雕刻的手艺那么差，难为你还把它当宝贝。"

"皇上。"

景霆瑞早就想把玉佩交给爱卿的，但为了配上一条好绳，还花费了一些时间去寻找，也想过爱卿是否喜欢？

眼下看来这份担心是多余的，他和爱卿一样拥有着相同的心意。

当然，景霆瑞并没有告诉爱卿，这份传家宝是给媳妇的，他要知道，指不定就不收了。

但在景霆瑞看来，意义非凡的东西自然要给意义非凡的人，对他来说，皇上就是一切。

"皇上喜欢就好。"景霆瑞伸手，摸了摸爱卿的脑袋，他已经很久没有这样做了。

爱卿抬起头，感到不可置信地看着景霆瑞，眼底逐渐感到一片湿意。

"怎么哭了？"景霆瑞惊讶地问。

"是水，水进眼睛了。"爱卿说，抹了一把眼睛后，把玉佩戴在了脖子里。

景霆瑞什么话也没说，只是微笑着，然后再次轻轻地摸了摸爱卿的头。

夜已经深，青铜院内安静得很，只听得毛笔蘸墨，以及烛花轻爆的声响。

景霆瑞伏案书写着兵部的公文，在宫内任职武将，除去白天的训练士卒，操演阵法，显然要阅读批写的文书也不少。

朱窗都敞开着，从远处传来几声闷雷，风也呼啸起来，一下子吹散了屋内的闷热。

有道人影在林立的书架旁晃动，过了片刻，他拿着一本兵书出来了，是吕承恩。

近期太医院并无要紧事，吕承恩就总往青铜院里跑，美其名曰是给将士们准备一些祛暑解乏的汤药包，实则是伺候在景霆瑞身边，谋划着一些事。

"要下雨了。"

吕承恩在另一张书案前坐下，一边翻阅着他其实不怎么感兴趣的兵书，一边说道。

"嗯，你先回去吧。"景霆瑞应道，手中的狼毫笔没有一丝停顿。

"您又要熬通宵？"吕承恩还不想走，把手里的书拿起又放下，"就算是皇上的邀约，也请将军多注意身体。"

近几日，皇帝一得闲就召景霆瑞去议事，旁人兴许不知道，可吕承恩心里清楚所谓的"议事"，不过是朋友之间的相约罢了。

下棋、饮茶，谈天说地，堂堂天子竟然和一个臣子平起平坐，言语之间也不称"朕"，全然是把景霆瑞视为知己。

这种连江湖上的说书人都编造不出来的离奇故事，竟然活生生地发生在自己眼前，吕承恩不能说不惊讶，只是他更不想景霆瑞有任何危险，因此才会时不时地出言告诫。

要知道单单一个"大不敬"的罪名，就可以让景霆瑞的脑袋搬家。

而景霆瑞私下和皇上在一起时，"不敬"之罪不知犯了多少条了。

吕承恩也听闻过，当年一些小太监随意叫了还是太子的爱卿几声，就被太上皇全杀了，以儆效尤。

这样的事情在宫中不会只发生一次，就算太上皇不在，那也还有言官，有宰相，有文武大臣……每个人都可以担起这个肃清责任。

而他作为景霆瑞的幕僚，不管是刀山火海，只要景霆瑞一声令下，他就不会回头。

吕承恩也不知道自己哪里来的这么大的勇气和忠心，从小他就是百年药铺的少爷，玩世不恭、衣食无忧，偏偏就把自己的一颗心，毫无保留地奉献给了这位"冰山"将军。

"你是太医，我若有什么事，你能救我。"景霆瑞头也不抬地说。就这么不负责任的，把问题重新抛回给吕承恩。

"那——砍掉的头，我也能重新接上吗？"

吕承恩在心中苦叹，但是被景霆瑞深深信任、并委以重任的喜悦，让他的嘴角不由上扬。

但喜悦仅仅是片刻的，不久，吕承恩便想到什么而脸色一沉，说道："皇上对您越是宠爱有加，宰相便会越敌视您，我担心宰相府的人又会对您不利。"

上次礼亲王府一事，本来人证物证俱在，两三天便可查得一清二楚，但偏偏贾鹏等人

第二章 少年何许人

从中作梗，极尽所能地陷害景霆瑞，将一件本不复杂的案子，硬生生搅和成了连皇上都进退维谷的大案。

"我知道。"景霆瑞的笔尖稍稍停顿，尔后问道，"他该来了吧？"

"嗯。算算日子，应该就是在这两日到。"虽然景霆瑞没有提起他的名字，吕承恩却能马上把话接上。

"这就行了。"景霆瑞微微颔首，便专注于手里的公务。

吕承恩没有办法，轻声叹气之后，也只能拿起书，硬着头皮翻看起来，但没多久就睡着了。

待天亮起时，景霆瑞已不见人，听侍卫说是出去点兵操练了。

"都不困乏吗？真的不是人。"

吕承恩揉着红肿发涩的眼睛，如此感慨着，可转念一想："宫里千斤的重担，他挑着五百呢，岂能悠哉度日？"

"罢了，我亦有事要办。"吕承恩用冷水洗了脸，醒了醒神，便赶回太医院操持去了。

明媚的朝阳抖开彩衣，驱散昨日夜里的乌云，大燕的皇城睢阳就像是一座巨大的云彩之城。

一位身穿灰布长衣，头戴巾帽，手里牵着一匹骏马的少年，似乎被眼下的繁华景象给惊呆了，就这么举目四望。

他刚满十四岁，来自北部乡镇宁远，父亲开着一家私塾，教育乡绅富商子弟，怎么说家乡也是民居稠密、美丽富饶之地。

但是他才到皇城，就被那山高似的城门给惊呆了，守城士兵铠甲铮亮、威风气派的样子，让他的心情也跟着激动起来。

"这里就是皇城……"少年越往里走，人潮就越汹涌，街巷如蛛网密布，却又规划得整整齐齐。

这儿是绸庄一条街，那儿是粮油一条巷，每家铺上都悬有字号匾额，处处可见历史。

还有一些他见所未见、闻所未闻的店铺，门口挂着长着大獠牙的虎头，那虎眼就跟鸡蛋那么大，当真要吓死人。

少年没敢往店里去，只是顺着穿着五颜六色的人群，随着马车驴车牛车，往皇城的深处走，他无须登高远望，都能看到皇宫金灿灿的屋瓦、红彤彤的巍峨宫墙，就好像云端仙界一般。

他伸手摸了摸袖管里的军令牌，本想尽早去宫内报道，却不想肚子一阵打鼓，冒雨连夜赶路，此刻早就饿得前胸贴后背了。

"既然都到了，不如先去祭一祭五脏庙。"少年微微一笑，便往一家人头攒动的食肆去了。

"满堂鲜"在朱雀东大街上，以制作烤鱼、祖传酱菜闻名。

它的菜肴大到花鲢鱼头，小到姜葱蒜末都是鲜香味美。此时都是赶来喝早茶的客

人，这出了名的腌制酱菜都上了桌，有胡萝卜片、姜芽、蒜头、韭菜花等。

别看都是些百姓小菜，里头名堂可大了，红萝卜收进来时，是论个付钱的，每一个都要精挑细选，任何一个菜叶既不能生虫亦不能干瘪，往往几车的料才收拢那么一筐可用的。

原料如此考究，腌制过程就更别提多烦琐了，还有百年相传的秘方，所以这么不过手心大的一碟酱菜，就要一吊钱。

自然，店里坐的都是些提着精致鸟笼、锦衣华服的老爷子。少年爱吃酱菜，包里的银子也足够，并没计较那么多，就找了一个二楼僻静的位置坐下。

"小爷是从外省来的吧。"店小二很热情，擦台抹凳、倒水奉茶，并没有因为少年风尘仆仆的样子，就有所嫌弃。

"嗯。"少年点头，喝了口热茶，正要问些什么，就听得临窗的位置一阵喧哗。

"今年高中的，必定是爷这几位兄弟！"

自称爷的男人，其实年纪不大，顶多二十岁，金锁片嵌宝石的项圈、蓝绣雀鸟的绸衣，整一个珠光宝气。

可是周围的人对他都异常客气，哪怕是些花白头发的老头子。

"贾少爷说得极是！"一个抽着烟斗，镶着金牙的老头说，"老夫看这几位学生，面白眉清，身材挺拔，不但能高中，还仕途昌顺啊。"

少年不禁扬了扬细眉，忍不住暗叹一句："我没听错吧。"

店小二见他一脸困惑，便笑道："您没听错，他们是在称赞那几位小爷长得好，是当官的料。"

"这长相和仕途有何关系？"少年问道，"若是武举，倒是需要身材魁梧的。"

"因为皇上年少，朝官又都是上了年纪的，所以，这次科举有意要选几个才貌双全的后生做伴呢。"店小二一副很了解内情般地说。

"你是怎么知道的？"少年更惊讶了。

"瞧见那边的爷没？"店小二压低声音道，"这可是宰相贾鹏的大侄子，俗称贾大爷，相爷疼得很，一直教养在宰相府内。他说的消息都是宫里头的真材实料，您别小瞧我们不过是吃饭闲聊的地方，但凡宫里有点风吹草动，我们这儿也是最早知晓的。"

说罢，店小二还指了指周围的客人，衣着打扮都是一副官宦人家的样子，几杯热酒下肚，都争相说着道听途说来的传闻，也难怪这边如此的"消息灵通"了。

"那也要考得上才行啊？光是一个'绣花枕头'怎么成？"少年一笑，并不当真。

"肚子里的墨水肯定有的，怎么说都是秀才啊，且又是贾大爷花了大价钱供养起来，冲着状元郎去的，加上相貌周正，以后一定是常伴皇上身边的。"

店小二干得久了，便知道一些宫里的事，还有些卖弄的意思："宰相府的亲友门生遍布朝野，再中个状元、探花什么的也很寻常。"

"依你说的，这宫里可是宰相的天下了？"

"小的可没这么说。"店小二自觉多嘴，便道，"这不是陪您唠嗑解乏吗？"

第二章 少年何许人

"行了,你下去吧。"少年从衣襟里掏出一点碎银,店小二两眼放光,很开心地捧着走了。

"你莫非也是赶考的书生?"

正当少年刚喝了一口白粥,贾少爷不知为何走了过来,还上下打量着他,就像在估算一件货物的价值。

"岂敢。"少年悠然一笑,唇红齿白,竟让旁人都愣了愣。

"都说人要衣装,但这位小兄弟穿得如此普通,却依然俊秀可人,真是难得!"贾少爷自顾自地坐下了,热情地问道,"小兄弟是外地来的吧?可有下榻之处?"

"是,但小弟有事在身,不便在此地久留。"少年起身,还向贾少爷行了个礼。

贾少爷很是受落,便点头道:"这样啊,待你忙完事,大可来宰相府找我,兄弟我做东,替你洗尘接风,包你乐不思归!"

很显然,贾少爷看中了少年的容貌,想要再"圈养"一个书生呢。

"多谢!小弟初来乍到,也没什么可相赠的,就送两句打油诗,给赴考的诸位。"

"哦!洗耳恭听。"贾少爷显得很得意,还指了指一直跟在他身旁的秀才们道,"来,这是这位小兄弟送你们的,好生听着。"

"呵呵,小弟见各位文似智多星下凡,武如玉麒麟降生,将来必定有戏看。"

"文武双全,必定高中!好啊,真好!"贾少爷热烈击掌道,几位秀才也跟着笑,倒是旁边的店小二听到,脸孔憋得通红,想笑又不敢笑。

少年躬身退下,直到走远了,贾少爷还在回味赠言,才品出不对劲来。

"等等,下凡、降生、有戏看……这、这不是嘲笑我们会'落地'吗?"贾少爷反应过来,气得面红脖子粗,直嚷叫着,让家丁去拿人来问!

可哪里还有那位少年的影子,他就像突然蒸发掉似的,遍寻不见了。

"唉,没吃饱,还惹了一肚子气。"

少年揉了揉空瘪的肚皮,但也顾不上这么多,时候不早了,他得入宫了。

越接近玄武宫门,路边的人就越少,少年看到一老一少的乞丐,衣衫褴褛,缩在长满苔藓的石墙根下。

想到方才自己浪费的粥和菜,少年又觉得心疼,拿给他们也好。

"反正也用不到路费了。"少年想着,就把怀里的钱都放在老乞丐的碗里。

老乞丐吃惊地抬头看看他,手在发抖,似乎不敢拿这么多银两,足有二十两。

"给孩子买点吃的吧。"少年温柔一笑,便起身走向掖门。宫门是皇帝宰相走的,他这等小民,只能从一旁的小门通过。

没想,老乞丐突然追上来,并抱着他的裤腿跪下了。

"大爷!好心的大爷!您收了这个孩子吧。"说着,老乞丐还把身旁的小男孩往前一推。

小男孩不过四五岁,脸上挂着鼻涕虫,黝黑的肤色,只是傻傻地跪着。

059

"这是为何?"少年惊讶地问。

"我们在这守了好几天了,您进宫是当太监的吧?"老乞丐虽然面目邋遢,心眼却很清楚,"这扇门通太监府,进去的小公子都是当公公的。"

少年哑然半刻,便扶起老乞丐,轻声地道歉着:"对不起,这事我帮不了你。"

老乞丐还想说什么,巡街的士兵到了,凶恶地赶走了他们。

"你又是干什么的?"士兵持枪,冲着少年厉声问道。

"我是……"少年望着老乞丐蹒跚着步子,渐渐走远的样子,轻声言道,"来当公公的。"

炎热的午后,爱卿正在御书房里批阅奏折,小德子随侍一旁,可是有些心不在焉。

"你怎么了,总往外头看?"爱卿并不责怪,反而微笑着问。

"启禀皇上,李公公之前和奴才说,这几日蝉鸣不止,怕扰了皇上和各位殿下的清幽,就让各个宫殿派几个小太监,去把蝉抓了吃。"

"如此甚好。"爱卿笑着说,又一顿,惊讶地问,"等等?你说抓了吃?!"

"把蝉洗净后裹上粉浆油炸了,那滋味可是一等的。"小德子不慌不忙地解释道,"奴才在家乡时,还盛行烤蝉吃呢。"

"可那是虫子啊。"爱卿向来怕虫,忍不住脸色发青。

"您只是吃不惯罢了,下回,奴才也给您做一份试试?"小德子笑嘻嘻的,在他眼里,爱卿还和以前太子时一样。

"朕可不要。"爱卿摇头,不过很了解他的小太监,"你去吧。"

"什么?"

"你人在这,心早就飞出去捕蝉了。"爱卿笑着说,"你快去吃饱,再回来伺候朕。"

"这怎么成?!"

小德子虽然确实很想出去玩,可他是皇上的近身太监……景将军要是知道了,还不抓了他的皮。

"换个人伺候就成了。"爱卿微微一笑道,"难道朕离了你,就批不成奏折了?"

"那么……"

小德子回头看看阶下,有一位从十二监新拨来的太监,年方十四,叫安平,就垂首站在那儿。

"你过来伺候皇上。"小德子对他下令道,既然是御前的太监,研墨倒茶应该没问题。

"是。"安平并不卑怯,低头来到御案旁。

"皇上,奴才去去就回。"小德子说,跪安了。

"呵呵。"爱卿见他这么高兴,心里也觉得舒坦,便继续看起奏折来。

其实,倒也不是小德子不专心,引得他走神,而是折子上写的东西让他无法静下心来。

第二章 少年何许人

"东南的晟、夏二国,自古以来便是海上强国,如今两国的王子、公主联姻结盟后,军力更为强盛。大燕东南的珍贝诸岛,常有海盗出没,晟、夏二国借由追击海盗,时常派军骚扰我国边境,实为觊觎我国领地……不能不防。"

奏折上写的字并不多,却透着一份不容小觑的危机。

爱卿自登基以来,处理的奏折大多是写着太平祥和,需表彰嘉奖的。

比如某省某地有孝女伺候患病父母,终身未嫁;又如北边一位官员开仓赈济灾荒得当,百姓联名感谢的;还有,梁国使节请陛辞归国的……

这突如其来的军务要文,让爱卿的心头难免怦怦直跳,他还翻阅了地图,查看晟、夏二国的具体位置。

他们的国家就像一道"上玄月",一南一北,两头都略尖,中间有错落开的岛屿连接,正因为那些个岛屿,使得这两国总是摩擦不断,烽烟四起。

爱卿突然想起,父皇在位时,就算征战天下,却唯独没有去动晟、夏,大概是想让他们鹬蚌相争,好坐收渔翁之利吧。

对大燕来说,这也是避免损兵折将的最好策略。

可是恐怕连父皇都不曾预想到,这世代为仇的两个国家,竟然也会有一笑泯恩仇的时候!

"晟、夏……"沉思着的爱卿,略显烦闷地念道。

"皇上,盛夏既已至,凉爽的秋日可还会遥远?"这声音听着温婉可人,和一般太监尖细柔腻的嗓子不同。

不过让爱卿感觉惊奇的,除去那分外动人的嗓音外,还有他说的话。

虽然说,对方把他的"晟、夏"二国听成为"盛夏"季节了,可能以为他是在感叹酷暑难耐吧。

可是,这样机灵的答话,是爱卿未曾遇到过的。

"你是……"爱卿想了想,温柔地问,"安平吧。"

"奴才正是安平。"年轻的太监依然低着头,恭恭敬敬,但不卑怯。

"你多大了?可曾读书?"爱卿问道。

"回皇上的话,"安平应道,"奴才今年十四岁,曾读过十年的书。"

"什么?十年!"爱卿又惊又喜地问,"学的都是哪些书?你把头抬起来回话。"

"奴才遵旨。"安平抬头,依然用温暖柔和的声音回答道,"奴才有学史书、掌故、棋艺、书法、丹青……"

爱卿那双湛如秋水的眼眸睁大着,盯着小太监的脸儿猛瞧。他的肤色像雪一样白净,人也清瘦,看起来就跟小女孩似的,眼睛不大却分外有神,配上那双秀美细长的黑眉,大有"小家碧玉"的气质。

可惜的是公公之身,他要是生养在寻常人家,还不得意万分。

爱卿最喜欢小德子,是因为两人一同长大,有着兄弟般的情谊。小德子也不似其他的公公,不管年纪大小,都是阴沉着脸,回起话来也是左一套规矩,右一套规矩,哪里像小

德子这般率直可爱。

　　而眼前的小太监，那乖巧伶俐的模样，让爱卿看了就心生怜爱。他虽然从小生长在皇宫，但野史书籍也偷偷摸摸地看了不少，深知若不是家里太过穷苦，绝不会有父母送孩子来宫里当太监。

　　"这也是朕的不对……"爱卿神色黯淡，喃喃地说。

　　"皇上？"安平困惑极了。

　　"你既然会读会写，就做朕的文书房秉笔太监吧。"爱卿几乎是脱口而出道。

　　"什么？"安平显得极为惊讶。皇宫内有二十四衙门，是专门伺候皇帝以及皇族亲眷的。

　　这二十四衙门又分设为"十二监、四司、八局"。而在这些分门别类，各司其职的监、司、局中，"司礼监"的权位最高。

　　所谓的司礼监，设有掌印太监一人、秉笔太监数人，负责皇帝的奏折公文书写，即是皇帝跟前的红人才能担当。

　　司礼监的总管大太监更是宦官之首，如今由前朝一位老太监担任。小德子虽然得宠，但年岁太小，不过也高居掌印太监之位。

　　一般而言，新来的小太监，能在御前掌个灯就算不错了，过个七八年，甚至十数载，办事没有错处，皇上才会钦点他做些别的事。

　　安平初来乍到，立刻一步登天，就跟布衣百姓当了宰相一般的不可思议！

　　所以，不仅安平错愕，其他随侍着的大小太监，也惊讶地暗暗抽吸，却又不敢抬头窥视。

　　"你这么聪明，不会不知道秉笔是何职位吧？"爱卿却笑着，一副主意已定的模样。

　　"奴才知道！奴才叩谢圣恩！"安平跪下了，声音略略发抖。

　　"来，现在就帮朕把这些折子拟写了。"爱卿说道。

　　安平去到台阶下边的花梨木书案上，研墨、铺纸，动作一气呵成，可见当真是学习已久的。

　　"朕意在珍贝诸岛加兵十万人，加饷十五万两，着兵部、户部共同磋商办理。"爱卿口齿清晰地说。

　　安平却愣了愣，他刚才听见皇上念叨奏折了，上面只说需要防备，并没有求朝廷立刻发兵拨饷啊。

　　"……希望只是朕多虑了吧。"爱卿似乎明白他的疑问，便微微一笑，"父皇曾经说过，凡事有备无患，就怕真有战事发生，路途遥远的，再派兵就来不及了。"

　　"皇上英明！"安平敬佩地说，也有意安慰这位与自己年岁相差无几的皇帝，"不过，也许对方真的只是彼此联姻、和好了。"

　　"如此便天下太平，但他们百年世仇、水火不容，岂是一桩婚事便能挽回？"爱卿望着御案上的地图，"恐怕，只因有更大的利益驱使。"

　　"利益？"

第二章 少年何许人

"大燕是他们共同的敌人。"爱卿轻轻叹气,在御书房这么久,还从未露出过这样忧虑的神色。

但他很快就振作精神,微微笑道,"拟下一封旨意吧。"

"是,奴才遵旨。"安平赶紧忙碌起来。

约莫一个时辰后,小德子风尘仆仆地回来了。他说是去抓蝉吃,心里到底是装着皇上的,他为皇上采了很多喷香的驱蚊草叶,还用描金绣龙的锦囊装起来。

他还担心皇上一人在大殿里处理折子,会闷得慌。

可是才踏入门槛,小德子就听得一阵欢声笑语,还有皇上在说:"好俊的字,这小楷笔画分明、大小相称、极为纯熟流利……"

小德子不禁心生纳闷:"这说的是谁?"

他走之前,皇上向来是独自处理奏折,或者与景将军、永和亲王一起,很少有别人作陪啊。

走到殿内才看到是一个穿着蓝袍的小太监,这不是他叫来伺候皇上笔墨的安平吗?

"奴才给皇上请安。"小德子声音响亮地叩拜道。

"你回来得正好,要不是你让他来服侍朕,还当真是埋没了一个人才。"爱卿笑容满面地说。

"奴才怎么敢当这举荐之功,不过是凑巧罢了。"小德子连忙说,却也很好奇这个安平到底有什么过人之处,可以让皇上在这么短的时间里,就喜欢上他并且如此重用。

安平并不恃宠而骄,还对小德子躬身行礼,举止很周到。

"容奴才大胆,来瞅瞅这字。"

小德子说,凑近去看安平写的字,真真就跟刻在碑文上的一样,别提多漂亮工整了,且皇上还说,他没有写错一个字。

小德子是拿起书本就犯困,可很佩服有文采有本事的人,他很快就和皇上一样,喜欢上这个文文静静、才高学富的安平。

翌日,风和日丽,晴空万里,远处还可见宫人在放纸鹞。

"景将军,皇上请您进去议事。"

景霆瑞原本候在御书房的殿门外,等待皇帝的传召,这是再寻常不过的事。

可是他回转身,却看到一个只有十四五岁的太监,穿着的是深红织金线云纹衣,束金腰带,脚蹬黑色缝靴。

这可是司礼监的官袍,除了小德子以外,其余都是年纪大、资格老的太监才能穿的。

"请问这是哪位公公?"

抱有疑问的不只是景霆瑞,还有其他在殿外候着的,准备面见皇帝的文武大臣。

"奴才安平,给各位大人叩头。"安平恭敬地行大礼,其他官员纷纷谦让。

"哎,公公,快免礼。"显然,他是皇上跟前的人,哪能要他的大礼。

"安平公公在哪个衙门供职?"一户部官员热切地问道。

"奴才原是御用监的，前日得万岁恩典，成为司礼监秉笔。"

景霆瑞听罢，并无其他表示，只是略微颔首，就越过这相貌清秀的小太监，觐见皇帝去了。

其他官员则纷纷围住安平，说些讨好钦佩的话，比如他一定是才高八斗，才会让皇帝破格提拔。

安平一一应付，既不像景将军这般冷漠，也不似小德子这样和他说了也白说，很讨官员们的欢心。

"皇上身边就该有这样识大体、顾大局的近侍！"

据说，不到一个月的时间，连百般挑剔的宰相贾鹏也在说安平的好处。

他上承皇帝的恩惠，下接官员的讨好，生得一副温柔沉静的模样，却在皇帝和诸位大臣中间，起着如同"万金油"一般的功效。

原本因为皇上太过亲近景霆瑞，而让大臣们觉得无论办什么事，都横着一座"大冰山"，心里自然有诸多埋怨。现在总算有个聪慧伶俐的公公愿当他们的传声筒了。

他们能不感到开心、不松口气么，甚至认为只要拉拢安平，就等于讨得皇帝的欢心。

要知道皇帝有多么宠爱这个小太监，时不时就给予重赏，就差没让他当太监总管了。

既然景霆瑞不是唯一能得圣宠的人，那么忌惮景霆瑞势力的阵营，比如宰相府，可谓吃了一颗定心丸，不再急于铲除景霆瑞，而忙着去培植旗下的新势力。

本次文举，金榜题名的状元、榜眼、探花，皆出自宰相府供养着的进士、秀才。

不过，武举的武状元，也被景霆瑞的人拿了去。虽说景霆瑞的作风强势，完全不畏惧朝中顽固势力，但现今朝廷格局依然是"文强武弱"。

而贾鹏既然能侍奉两代君王，并被太上皇钦点为辅政大臣，自然有他的独到之处，他眼下撇开景霆瑞不谈，那么需要费心应对的，唯有皇上一人了。

虽已入秋，但酷暑的余威依然渗透至每个角落。

赤龙抱柱的廊檐下，摆着一张桐木矮几，上头放着一盘围棋，持白子的御医吕承恩，不时拿起几上的巾帕，轻拭去鬓角的汗珠。

身着黑色甲衣的景霆瑞，把指间的黑子往绞杀正酣的左侧中心一放，就听得吕承恩哀叹道："唉，将军，您就不能留点情面吗？我都连输两回了。"

"既已兵戎相见，岂能手下留情？"景霆瑞低沉地说，这声音就像钟鸣一般荡入心怀。

吕承恩哈哈笑着："是这个理，好吧，我输了，输得心服口服。"

景霆瑞将棋子一一收入桐木雕刻的棋盒，吕承恩往外头望了望，阳光依然强烈，直晃眼睛。

这是一栋位处皇城南宫门边角的二层小楼，一楼为仓储，放的是守城军的旧兵甲，二楼则放着几件桐木家具，少量的兵器。

二楼外有一处精巧的廊檐，面向一个空旷的院落，没有花草树木，也无宫人打扫，连

第二章
少年何许人

院门上的锁都锈了。

吕承恩觉得,他时常去青铜院面见景霆瑞,日子久了,恐惹来口舌非议,正有些头疼呢。机缘巧合下,让他遇见这处幽僻之所,在仔细收拾后,倒也是很合意的。

"啊,他来了。"

突然,吕承恩站起来,来到朱漆剥落的凭栏前。那个人是这样娇小,就跟小丫头似的,却穿着一件极为醒目的红色官袍,金色腰带在阳光底下是熠熠生辉。

他先抬头,对着二楼廊檐,露出一个比阳光还要灿烂的笑容,接着,便小跑几步,冲上楼来了。

景霆瑞和吕承恩,都能听到那"咚咚咚"的有力脚步声。

"真是对不住!小的来晚了!"小太监一上楼,便对着他们鞠躬作揖。

"知道你现在官务缠身的,很难得空,就别再道歉啦。"吕承恩说的并不是客套话,而是深知对方有多么忙碌。

"吕大人。"安平一个感激的微笑,然后便望向景霆瑞。

"之前旁人太多,几次相见恩公,却未能行大礼,还请恩公恕罪!"安平说着,就要跪下去。

"别这样。"景霆瑞扶住他细瘦的胳膊,"你我现已同朝为官,只怕这么做是委屈了你。"

"恩人一句话,小的万死不辞,更何况是让我进来当官的。"安平说得轻轻松松,面带微笑。

可是景霆瑞和吕承恩,却一时无言。

"皇上也就罢了,他认不穿你,倒是宰相那边,一定要小心再小心。"吕承恩一脸谨慎地提醒道。

"小的明白,断不会露出半点破绽。"安平笑着点头,热切的目光始终追随着景霆瑞。

太上皇在位时,曾命景霆瑞为北征铁骑大将军,去讨伐嘉兰国。

而安平的爹,那位为人和善的私塾先生,恰好去嘉兰的一个村庄探望友人。他不幸遇到战火不说,还得了风寒,高烧不退,寸步难移,友人只能向景军求救。

友人原本抱着姑且一试的念头,战事要紧,景军应该是不会理睬的,可是没想到景将军立刻派出军医吕承恩,冒着烽火前去医治,还派出两个士兵,一路护送他们回到大燕。

这样的救命大恩,私塾先生自觉还不起,在临行前,他跪地禀告道:"老朽家中并无万贯钱财,亦无传世宝贝,想来将军也不爱那些个。但小儿柳玉轩千伶百俐,敏而好学,能为将军所用。若您不嫌弃,待老朽返还家中,定让他来拜见您。"

但让私塾先生万万没料到的是,景霆瑞在班师回朝的时候,竟主动登门拜访,亲自来见一见柳玉轩。

好一个聪明机智、能言善辩的小人儿,在当地负有盛名,且他才看了身着常服的景霆瑞一眼,就下跪请将军安,大声叩谢救父之恩。

景霆瑞将他交与青缶教养，继而收入铁鹰骑士，以往铁鹰骑士皆为武将，是时候该有谋士入营了。

不过，显然能让柳玉轩忠心效命的，只有景霆瑞一个。

景霆瑞让他进宫来当太监，陪伴皇帝左右，他二话不说就赶赴皇城，要知道他可是家中独子，虽有两位姐姐，但早已出嫁。

"你这身宦袍，还挺合适的啊，模样更俊俏了。"吕承恩拿他开玩笑，轻轻拉扯他的红缎衣袖。

"可不是'先敬罗衣'嘛，有了这身官服，小的宫里办事也方便不少。"柳玉轩可爱地笑着道。

自从他进宫后，就改名安平，就和他的名号一样，备受圣宠不说，还人见人爱，十分讨喜。

"自从你来了，小德子也规矩多了，不再惹是生非。"景霆瑞望着他，"我得好好谢谢你。"

"回将军的话，小德子本性善良，只是太过天真，才会好心办坏事。"安平目光肃然地说，"皇上又如此宠信他，日子久了，必惹出大祸来。"

"但要说道谢，该由小的说才对，"安平又道，双手抱拳作揖，"将军您所做的事，都是为了皇上好，而小的不过是奉命行事罢了。"

"只怕这些功劳到头来，又去了宰相头上。"吕承恩突然说道。

贾鹏有意拉拢安平，还把皇上最近的循规蹈矩，都说成是因为有他在朝堂上大胆谏言的关系。

"小的在宫外也听闻宰相大人权势极大，却未有听说将军的名号。来到宫中，才知将军有多操劳。如今宫内如此齐整，文武官员虽然对立，但未加深矛盾，都尽心辅佐着皇帝，将军，您才是幕后的英雄。"安平极佩服地说。

"你言重了。"景霆瑞沉缓地说，眉心微锁，"皇上若知道，你是我特意安排进来的人，恐怕就不会那么开心了。"

"不，当今圣上虽然年少，却是一位明君。"

说到皇帝，安平的眼眸里就放出光来，声音还有些激动，"恕小的直言，小的最初窥见皇上龙颜，惊讶于煌煌天表，竟然有如此俊美之人！且皇上总是面带微笑，可亲可爱，就像邻家兄长一般。但皇上处理起政务来，却是兢兢业业、一丝不苟，且见解独到。明明才十六岁……却有着不畏战事的胆量，真的让小的大为叹服！"

"所以，小的以为，就算皇上识穿小的身份，也断然不会追究将军您的。"安平一口气说完，再度躬身作揖。

"是啊，皇上可舍不得动景将军一根头发。"吕承恩调笑道，却因为景霆瑞的一个眼神，而立刻噤声不语。

"皇帝身边，就麻烦你多照料着，我还有事就先走一步。"景霆瑞低沉地说。

"将军慢走。"安平连忙相送。

第二章
少年何许人

景霆瑞走了之后，吕承恩硬是拉着安平下了一盘棋，安平的棋艺也非常了得，吕承恩又输了。

"承让。"安平拱手道。

"哪里，我已经使出浑身解数了。"吕承恩唉声叹道。

安平看了看天色，微笑道，"吕大人，小的也该回去了。"

"嗯，你去吧。"吕承恩想起什么地道，"对了，论官职，你还在我之上，不用称我为大人。"

"景将军身边的人，对小的来说都是大人。"安平眼里都是对景霆瑞的崇拜，"那小的就告退了。"

"好，小心些。"吕承恩笑道。

"是，小的明白。"安平离去了，吕承恩望着那道显得瘦小又孤寂的背影时，不禁轻轻叹气。

景霆瑞的安排没有错，这安平确实可以独当一面，自此往后，小德子的"天真"并不会害了皇帝，只会给他带去喜悦，因为任何欠缺考虑的事，都有安平帮忙拦着。

而相爷自以为在皇帝身边，有了安平做内应，也就不急着把新科状元郎往皇上身边塞了。

皇上身边既有开心果小德子，又有文静睿智的安平，日子过得自然是越发如意了。

只是，吕承恩还不是很赞同景霆瑞的这个布局，因为这实在太危险了。

安平可是个冒牌太监，他入宫时的验身，是吕承恩动了手脚蒙混过去的。

"希望不会有事吧。"吕承恩想，但是不入虎穴焉得虎子，正因为安平年纪小又聪明伶俐，才会让人不防备。

若是换作他人，恐怕宰相等人未必会上当。

"也只有景将军敢走这险招了。"吕承恩心惊肉跳地想着，似乎是为了压压惊，又独自下了一盘棋，才回太医院去。

第三章 讨伐晟夏战

第三章
讨伐晟夏战

太阳西斜，风声瑟瑟，安平孤孤单单地走在长而整洁的车马道上，地上纤细的人影儿也越拉越长。

他手里拿着一盒皇帝赏赐给他的紫檀狼毫毛笔，正往监栏院去，那是太监们共同的住所。

但他平常甚少回来，因为时常有公务在身，一般都住在内宫的偏厅。这样皇上随时都可以召他去伺候。

这条路真是又长又静，仿佛这宫里头就只剩下他一个人。

不知为何，安平总觉得背后有人跟踪，那人的脚步比野猫还轻。安平懂一些拳脚功夫，但仅是自卫用的，真要遇着恶人，恐怕会吃大亏。

"难道让我遇见了，宫里传说的滥用私刑？"

在还没进宫的时候，他就听村子里一位，因为老迈而返乡的公公说过："那些老人最见不得小太监得宠，一旦皇上宠爱谁，必定要给他'穿小鞋'，一同算计他的。"

"你想啊，老太监磕头下跪的，苦苦操持了几十年，才让皇帝看他一眼，你一个刚进门的太监就得宠了，那还了得！"

"所以啊，当小太监得要处事低调，要知道你上头的主子不是皇帝，而是大太监，甚至是比你早入一年的太监，切不可恃宠而骄！否则会被大太监们陷害，甚至处以私刑，尸体拿草席一裹，运出去丢在荒山里头，真真是成了孤魂野鬼啊。"

"——你说皇上知道了怎么办？哈，他当然是听大太监的禀奏了。人都死了，还能追究不成？且说到底，不过是个太监，宫里头多得是，再换一个便罢了。"

安平进宫不过数月，皇上、大臣无一例外地喜爱他，那些大太监虽然没说什么，但脸色绝对不是友善的。

而且他们不敢嫉妒小德子，因为小德子从小进宫不说，还和皇帝一起长大，根本动不得。

这出气的地方，就只剩下一个了。

"真是失策，我不该一个人走的。"

安平原本想把皇上赏赐的东西往监栏院里搬一趟，因为小到泥金纸笺，大到画轴砚台，他住着的小偏厅都快被堆满了。

"是福不是祸，是祸躲不过。"安平深吸一口气，往前走了几步后，突然转过身，只见有道人影匆忙拐进一道门。

安平朝他走去，才小心地往门里一探，就有个粗麻布袋子迎面罩下，手里的裱绸缎布烫银笔盒"啪"地掉落在地！

"小心点，别让人瞧见了。"有个年轻的声音说道。

"知道啦，我们快走！"这第二个人将他麻溜地扛起在肩上。

安平本想叫唤的，也不知麻袋里撒了什么粉末，他才一嗅就晕了过去。

满屋的烛光煞是明晃，却也亮不过摆在眼前的成箱的珍珠串儿、金瓜子，还有翡翠

扳指。

安平的双手被捆绑在背后，坐在一张竹篾编织的凉榻上，难掩嫌恶地将视线从金银宝箱前移开，却看到那个一直微笑着的，坐在太师椅里的锦衣少年。

龙眉凤目的，长得出奇俊美，举手投足之间尽显皇家风范，却让人想到白狐狸这样狡猾的动物。

他把目光往左边偏了偏，又看到一位站着的，和"白狐"长得一模一样，只是没有在笑的少年，他穿着纹有银线的米白色绸衣，腰间系有缀金流苏的芙蓉玉佩，颇有几分"狮子猫"的华丽感。

"说吧，只要你点个头，这些东西就都是你的了！"

"白狐"笑吟吟地说，仿佛在谈一桩大买卖，摩拳擦掌，雀跃得很。

"请问您，到底是要小的说呢，还是点头呢？"安平定了定神，不愠不火地应道。

"狮子猫"斜睨了身旁的人一眼，走向安平，用手中的檀香木折扇垫起他的下巴。

"说也好，点头也罢，不都是一句话的事。""狮子猫"温和地说，"有了这箱宝贝，你要什么笔墨买不到？看你的身子骨，也经不起那些烦琐的宫务操劳，只要你肯来双星宫，保准你什么活都不用干，跟着我们享福玩乐就成。"

"两位殿下，小的之前就已经禀明了，小的入宫，生是皇上的人，死是皇上的鬼，再无伺候他人的意思了。"安平蹙眉说道，也让他想起之前的事。

就在半月前，百荷园的湖心亭内，他在皇上身边伺候着，永裕（天宇）、永安（天辰）这一对孪生亲王，前来向皇帝请安。

亭子檐下不知何时结了蛛网，怕是前些日潮湿的关系，天宇看风景时不慎碰到，羽冠上满是灰色蛛丝，不禁埋怨着宫人清扫不力，有些羞恼。

他不禁脱口而出道："殿下，何须气恼，有道是'荷叶鱼儿伞，蛛丝燕子帘'，也是有趣得很呀。"

这是他家乡，小儿们都会吟唱的对联，用在这里，十分合乎情景且怡然自得，把这尴尬的气氛都给化解了。

天宇一愣，天辰则是望了他一眼，意味深长。

在皇帝身边，早就习惯被人各种窥视探究，安平只是低头不语。

过了几日，听小德子提起，这两位亲王还向皇上要过人，说宫里缺少这样好玩的太监。

但当时，皇上回复道："不行，安平可不是你们平时捉弄惯的公公，他是朕的臂膀，岂能给你们当玩物。"

此后，也就太平了。

——怎么可能！

"唉，我真是太大意了，在入宫前就听吕太医说过，这两位亲王很是调皮任性，但没想到他们连绑人的事情都敢做！"安平暗想，"皇上不在这儿，远水救不了近火啊。"

但就算皇上在这儿，指不定也禁不住二位弟弟的撒娇央求，就命他来这当差了。

第三章
讨伐晟夏战

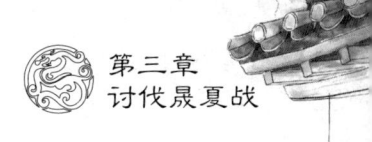

　　因为皇上的耳根子软，而眼前的这两位任意妄为的"大魔头"，恐怕不是那么好对付的。

　　他安平为何能在宫里行走得意，那是因为大家都守着一套规矩，在这样的规矩下，他可以进退得当，不得罪任何一方人。

　　但当对方是打横着来的，且还有皇帝做靠山，不得不说，是一件棘手的事情。

　　"只有先妥协，后想办法，所谓好汉不吃眼前亏嘛。"安平轻轻咳嗽一声，也面带微笑，"小的是皇上身边的人，不过，得闲时还是能来这儿陪伴两位殿下的。"

　　"得闲，是何时？"天宇从椅子上腾地站起，走过来，蹲在安平的面前，目光炯炯的很是高兴。

　　"等皇上处理完政务，无须小的伺候的时候。"

　　"不行！皇兄的奏折批起来是没完没了的，我每次去，这堆还没看呢，那边就有新的送进来了。"天宇摇头，"这么批下去，等到你来，我们都睡下了。"

　　"也不是日日如此。"安平忙说，"只要您们不嫌弃小的粗笨无趣，小的还是很乐意伺候两位殿下的。"

　　"天辰，你怎么看？"天宇问一旁的弟弟。

　　"聊胜于无吧，不过哥哥，你说他会不会背着我们，去告御状呀？"天辰微微一笑道。

　　"岂敢，小的绝对不会去告御状！且比起小的，相信皇上更相信二位殿下的话吧。"安平报以纯真可亲的笑容。

　　"这样吧，你给我们留个手印，表明是心甘情愿给我们当奴才的。"天辰说，"回头就算你告到皇兄那里，也没法抵赖嘛。"

　　"好说，烦请两位殿下解开小的双手，小的好留下字据。"安平只想着快点脱身，以后拨点时间，陪陪这两位被宠坏了的亲王，放放风筝、捞鱼抓鸟什么的，倒也不是多繁难的事。

　　等他们腻歪了，也就放过自己了。

　　"不是字据，是'卖身契'，且谁说是让你写了。"天辰微微扬起下巴，俊美的脸庞上露出一丝让人不安的微笑。

　　"来，本殿下帮你脱衣服。"天宇灿烂地笑道。

　　"什么？！"安平瞪大眼睛，"小的是太监，为何要脱小的衣服？！"

　　"怎么不行？"天辰在一旁帮腔，天宇就朝安平扑了过去！

　　晴朗的秋晨，也是休沐之日，爱卿难得可以睡个饱觉。

　　不过，天还未亮透，他便起身盥洗、更衣。

　　在身旁伺候着的是小德子、萱儿以及其他几个宫女，待整齐白玉发冠，爱卿就招了安平来，安平的手里还捧着放满奏折的匣子。

　　"皇上，还是吃完早膳再看吧。"安平虽然是奉命前来，却忍不住劝道。

"不碍事，一边吃，一边看。"爱卿微微笑着，"一会儿朕还要和瑞……景将军等一同去狩猎呢。"

"是。"

安平这边打开金丝楠木的匣子，小德子就在御案上布菜，早晨的膳食有不少，分为粥、面、肉和糕点四大类。

安平有一次见了，惊叹地说："光粥里就分了西凉米、稻米、粟米，且每一份都是大盆盛起，皇上要吃，不过是从中舀出来那么一小勺，那剩下的，是要拿回去倒掉吗？"

"是啊，怎么了？"小德子早就习惯这种盛大的御膳饮宴，还觉得安平有些少见多怪。

不过安平接着说："就这一盆粥，就能养活穷苦的一家人，真是可惜了。"

爱卿听了心里很不是滋味，他从小锦衣玉食惯了，还真没有在意过此处的糜费，于是，他当即下旨令御膳房节俭膳食，却不想让十二监和宰相府齐齐出动，跪地恳求他收回成命！

"皇上，您是出于一片善心，只是这御膳规格都是祖上定的，您这么做是在违背祖制啊！万万不可！"

贾鹏更是说出："太上皇在位时，一向如此，并未觉得有任何不妥。"

这都搬出父皇来了，如果爱卿坚持那么做，不但违背祖制，还拐弯抹角地指责父皇铺张浪费，这个罪名他担当不起。

爱卿只能违心地收回成命，都说皇帝权倾天下，可事实上他连自己吃的东西都管不了，不禁郁郁寡欢。

不过，安平出了一个主意，菜品该是二十四道就是二十四道，只是把分量全部减半。

虽说御膳房的配给也是有规定的，但这样做至少给了皇上面子，贾鹏采纳了安平的建议。

听闻宰相肯退让，爱卿也松了一口气，再下一道口谕，让御膳房准备菜肴时，大盆换小盆。

还是没能吃完的佳肴，他就赏赐给皇亲与大臣，毕竟是精美的御膳，得到这样的赏赐，可是莫大光荣，这样一来倒是皆大欢喜。

"这红稻米粥好香甜。"爱卿翻看着兵部呈上来的奏本，不出片刻就喝下了一碗粥。

"皇上，那是粟米羹。"

"哎？"爱卿放下手里的金碗，一看，果然是金黄香软的粟米羹。

它用甜玉米粒、鸡蛋、清汤加以白糖、细盐烹制，香滑甜美，且除热解毒，尤解烦闷。

"皇上，您再用些糕点吧。"安平却只是一笑道。不只是今天，最近这段日子，皇上一直是心不在焉地吃饭，睡觉也睡不安稳。

到底还是因为晟、夏二国的战事吧，虽然一早就拨了士兵粮饷过去，可是对方拥有海上强兵，且善于操控大船。

大燕的军队与他们碰了两次面，均以战败告终。

第三章
讨伐晟夏战

虽说奏章上的字眼已经写得足够隐晦，绝对没有"我军不敌对方"之类的刺目语句，只表述了"胜败乃兵家常事，吾等下次定会取胜云云"，这样的雄心壮志。

若下一次再败，恐怕就大涨对方气焰。原本大燕的海军便处于弱势，只怕日后大燕的兵家常事，就剩下屡战屡败！

皇上表面上镇定如常，还会说说笑笑，但安平看出他内心非常不安。

"假若父皇在的话……"有一次，他还听到皇上如此轻声地自言自语。

"朕已经饱了，这些就赏给你们吧。"爱卿笑了笑，起身，手里拿着折子，往寝宫内的书房去了。

休沐之日，他不待在御书房，只留长春宫。

"皇上是怎么了？"小德子看不懂那些复杂的事，只当他是心情不好。

"没事儿，你和萱儿姐姐一同吃吧，我去伺候皇上。"安平微微一笑说。

"好吧，我一会儿来换你。"小德子点头，对着一桌的八珍玉食，他早就嘴馋不已。

安平往幽静典雅的书房走去，要穿过一道挂有轻薄纱幔的朱漆回廊，他忍不住想，同样是兄弟，皇上为国事日夜操劳，而那两位就……

就在昨日，天宇如同恶狼般向他扑来，飞快扒光他的上衣，用据说是西凉国进贡来的，怎么洗也不会脱墨的特制朱砂墨，在他的左胸上，龙飞凤舞地写下"天宇"二字。

天辰则将自己的名字写在他的右胸处。他们这是打算将他一分为二不成？还左右签名呢！

他后来侥幸逃出双星宫这个"魔窟"，本想将胸前屈辱的字迹洗刷干净，但没想到真的怎么洗都不掉墨，想起这事儿，他就倍觉恼火，默默拉紧了洁白襟领。

都说"龙生九子，各有不同"，这话还真是一点不假！

皇上是天性率真、勤政爱民，永和亲王则能文能武，为人正直，怎生这两位孪生子，这般的脾性顽劣！

和他们讲道理怕是行不通的，安平想着，是否要向景将军求救？可他进宫来，是为了帮助景将军，而不是给他添麻烦。

寻思过后，他只有作罢，反正伸头是一刀，缩头也是一刀，他就不信那两位亲王还能玩出什么名堂！

眼下，还是多关心一下皇上吧。

安平知道让皇上忧虑心烦的，岂止是战败一事。

朝堂中，关于到底该派哪一位将军去讨伐晟、夏的联军，正争得不可开交。呈上来的各种举荐或争吵的折子，都快堆满御案了。

秋木沉寂，满地枯叶，御苑的猎场一副粗犷寂寥的景象。

不过，这并不影响爱卿骑射的心情，他胯下的白马"玉麒麟"是上月才驯服的西域贡马，年四岁，正值青春。

随行伴驾的有卫将军景霆瑞、御林军总统领蒲广禄，以及武举人秦魁，还有六位副

将,简而言之,皆是一班当朝武将。

朝堂上,关于推举何人担当讨伐重任,已经争论得热火朝天。此次,爱卿突然带着他们来马苑行猎,虽然无人提及战事,但每个人的神经都紧绷着。

年过六旬的蒲广禄,是此次人选中呼声至高的。他原本就追随太上皇征战四方,立下汗马功劳,如今依然耳聪目明,身强体健,就连贾鹏都大力推荐他。

可不知是否心下紧张,蒲广禄今日相当失常,一场驰猎下来,不过收获山鹰两只、雉鸡三只,实在少得可怜。

爱卿执鞭跃马,驰逐如风的,不过一个时辰的功夫,就打了雉鸡十三只、羚羊四头,还有北雁三只。

好久没有这样畅快地行猎奔驰了,爱卿很开心,景霆瑞一路护驾,心思根本不在射猎上,不过,打得也要比蒲广禄多一倍。

不一会儿,爱卿就吩咐御膳房准备烹饪野味,要同各位武将一起饮酒用膳。

"秦魁,时间还早,你来表演下射艺如何?"太阳都还未落山,爱卿坐在宫人搭建起来的凉棚下,问阶下的武状元。

"属下技艺拙劣,恐污了圣上的眼,不敢造次。"在场将士这么多,秦魁并没有立刻领命,反而抱拳,谦虚地道,"还是请景将军或蒲将军献技吧。"

"臣愿意……"蒲广禄这就出列了。

"不,自古以来,武举的第一道题便是射箭,尤其是马箭非常重要。朕一直想目睹考场的盛况,只可惜当日政务繁忙,未能成行。不过,还是听闻有这么一位体貌伟岸、武力绝伦的青年,百发百中不说,还百步穿杨。如今,你不负众望拔得头筹,伟岸英姿自然有目共睹,你就不要再谦逊、推搪啦。"

爱卿说到相貌时,其他武将都笑了笑,气氛相当融洽。秦魁出身贫寒,从小就干力气活,十一岁就帮人看园林、驯马,无师自通地练出一身好本事。

十七岁时他娶了妻,岳父是位经营古木的商户,看准他是当武官的料,就带在身边悉心栽培。

如今他二十七岁,已育有一双儿女,笙磬同音、家庭和睦。与那些脾气火爆的战场杀将相比,是一位不可多得的儒将。

"既然如此,属下就献丑了。"秦魁躬身道。

在皇帝说话的时候,下方的宫人就备好了一切。在长长的跑马道旁,设下三个包着红绸的箭靶,那里面全是扎实的芦苇稻草芯。

每个箭靶相隔约三十五步,应试者纵马三次发九矢,中靶四次便为合格。

此次虽然不在考场上,可是由皇帝亲自检阅,秦魁心里的压力可想而知,万一射得不好,皇上就会认为他徒有虚名,也就不用考虑以后的仕途了!

因此秦魁在上马前,还用力擦了擦额角的汗。景霆瑞亲自拿了一把精制铁弓给他,虽然没说什么,却给了秦魁莫大鼓舞。

而蒲广禄也很关注秦魁的表现。不知为何他觉得皇上今日召他们来,不是骑马射猎这么简单，皇上是刻意给秦魁表功的机会，难道是……

"好！射中了！"有人大喊。

蒲广禄往场上一看，秦魁已经射中一个靶子，且箭尖穿透靶心近一尺。

皇上龙颜大悦，正挺起脊背，兴致勃勃地准备看下一箭呢。

在众人的欢呼声中，秦魁风驰电掣般地跑完马道，三支铁箭只有一支略微偏出，但都射中了！

接下来，他似乎越战越勇，九矢全中，比武考时的成绩更要优秀。

"很好！"爱卿笑容满面，连连点头，并看着毕恭毕敬地跪在阶下的秦魁，"朕赐你为……御前一等侍卫！"

这是正三品的官阶，秦魁明显一怔，要不是一阵风吹过，怕是还没回神过来。

"属下叩谢隆恩！吾皇万岁、万岁、万万岁！"秦魁喜出望外，诚惶诚恐地行叩拜大礼。

"起来吧，朕都闻到烤羊肉的香味了。诸位爱将，不要辜负这大好秋色，都随朕入席吧。"爱卿起身，微笑着道。

"臣等遵旨，谢皇上赐宴。"

众将领抱拳，齐齐应道。而皇帝对秦魁赞赏有加，还一举提拔的消息，比羊肉的香味传得还要远，没过多久，宰相府便知晓了。

贾鹏在府邸豪奢的书房内闷声坐着，把玩着手里的一串菩提子念珠，心却怎么都静不下来。

"小皇帝果然还是偏心景霆瑞，他舍不得让景霆瑞赶赴沙场送死，就把秦魁给提拔上来。秦魁怎么说都曾在景霆瑞底下当过差，捧了他，自然也是给景霆瑞增光添彩，还不用冒生命危险，这小皇帝的心思还真够细密的！"

"蒲广禄太急于求成，才会在猎场上表现不佳。他虽不是景霆瑞的人，但也不是我宰相府的人，和一帮前朝武官自称一派，本还想拉拢过来，加以牵制景霆瑞，没想如今反而给别人送了嫁衣，当了陪衬！"

一阵萧瑟秋风吹入书房，贾鹏蹙眉，感到些许寒意而站了起来，继续思忖道，"这秋意已深，起兵之日近在眼前，小皇帝心中所选怕已经定好。所以，才会弄这么一出猎苑戏码吧，不，这还没完，正三品而已，皇上应该会提升他到一品。"

"若果真如此，那说明圣意已决，我再坚持举荐蒲广禄，未免太自找没趣，还是见机行事，谁知道那个秦魁会不会倒戈向我呢？年轻人眼皮子浅，好笼络。"

贾鹏很快就派人，去给秦魁家里送了好些礼，包括昂贵的紫貂毛制成的冬帽、冬衣。

三日后，御书房。

"皇上，您的茶，小心烫着。"

安平正在侍奉皇上拟旨，把一盏才煎好的红枣姜茶，小心地搁在皇上的手边。

"嗯，朕一会儿就饮。"

这是太医院备下的，眼下天气开始转寒，姜可暖身，红枣补气血，皇上近日都忙于政务，不知是否天冷的关系，面色看上去略显苍白。

小德子出去准备铜制的暖手炉了，不过皇上说，现在还不到用炉子的时候，抱在手里也怪碍事的。

但小德子怕皇上冻着，还是去了。

在小德子走后，皇上突然有些走神，还笑说："朕小的时候，只抱过一次暖手炉。天若冷得紧，朕就蜷缩在景将军的怀里，他会一直握着朕的手，给朕取暖，还说，有他在，朕就不会冷了。"

"还有这种事？"安平难以置信地笑着问，"真看不出来，景将军是这样热情的人。"

没想皇上却笑意全无，有的只是一种无奈，感叹道："是啊，过去的日子真的很美好。"便不再说什么了。

但安平明显察觉到，皇上心里那份不快乐是因为景将军而起的。

那日猎苑骑射，皇上有意让景将军留侍身边，可是将军却只是借口军务繁忙，躬身告退了。

"你就按朕说的拟写议题吧。"皇上的话打断了安平的走神。

"是，皇上。"安平准备好笔墨，就是皇上准备召开一次王大臣会议，即辅佐执政的宰相，以及正二品以上的大臣，这也是国议。

只有在军政要务，以及国体典礼时，才会召开此会议，如有决策就无须朝堂再议了。

而皇上的议题只有一个，就是他想任命秦魁为"武显将军"，这虽然是一个散官，但高居正二品，且随时都能将他外派出去，统领军队。

从猎苑上毫不掩饰对秦魁的喜爱到加封官位，现在又趁热打铁地赐予将军封号，皇上显然是一步步地给秦魁当上讨伐将军扫清道路。

安平不能平章国事，皇上怎么说他就怎么写，不过会稍加润色，在行文中加上几句官场上的套话罢了。

待草拟结束，爱卿手边的茶都凉透了，安平又去换了一盏来，然而，爱卿接的时候，不小心碰翻了。

黄地粉彩福寿纹的茶盖跌落在地，"乓"地碎成两半。

"哎。"爱卿弯腰去捡，安平连忙阻止。

"皇上，小心手啊！"安平一时忘记主仆之分，一把握住爱卿的手指。

"没事儿。"

"有没有割到手？"

"没有，你别担心。"爱卿眯眼一笑，都说皇帝都是不爱笑的，他们不喜欢别人洞穿他们的心事，太上皇煌夜的冷峻更是出了名的厉害。

可是，眼前这位少年皇帝那白皙的脸上，总是浮着温柔可亲的浅笑，就跟花儿一样明媚，会让旁人不觉放松。

"这就好，这些事儿自有奴才们做，您就别操心了。"安平是指地上的碎瓷片，他再

第三章
讨伐晟夏战

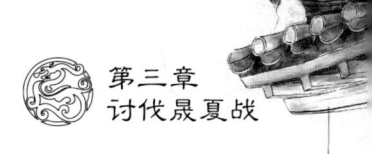

仔细看了一下皇帝的手指，确认真的没事，这才放开。

"皇上，景将军来了，就在门外候着呢。"小德子怯生生地开口道。御书房的殿门敞开着，所谓"门外候着"的景霆瑞，竟毫不避讳地目视着殿内。

两边的黄门太监都垂手低头，反正他们已通传给小德子了，小德子方才见茶碗打翻，放下暖手炉，忙去拿抹布，还来不及禀告。

"啊，你来了。"

爱卿不禁有些面红，因为他正出糗呢，略显慌张地道："什么时候来的？怎么都无人通传。"

"末将叩见皇上。"景霆瑞大步走入，单膝跪地。他身着黑铁甲胄，腰悬长剑，英武逼人。

小德子相当聪明地退出去，把殿门关上了。安平不太明白，还是随侍一旁。

"末将来的不是时候吗？皇上为何如此慌乱？"景霆瑞跪着问。

"你先起来吧。朕哪里有……不过是失手打碎茶碗有些心疼罢了。你也知道那是祖辈们传下来的古物，昂贵得很。"

爱卿的话一点不假，皇上御用之物，不是拥有超凡手艺的工匠打造的，便是祖上传下来的古董，哪怕一只茶碗盖，也值好几金呢。

"再怎么名贵也不过是器皿，皇上，您要小心保重龙体才是。"景霆瑞起身，微微蹙眉，深邃的黑眸透着慑人的锋芒，"这可是关系到社稷安危。"

安平几乎都不敢看景将军，一则他没有伺候好皇上，让他差点受伤。二则，之前还想着传闻中的太上皇不苟言笑，十分严厉。眼下就让他亲自体会到，何谓不怒自威，令人胆寒！

"为什么长相越好看的人，生气起来也越可怕呢？"

一股无形的压力拉扯在三人之间，安平竟大气都不敢出了，哪怕他身边还有皇帝撑腰。

"难怪小德子躲得快！不过，将军为何如此生气？"

说真的，安平还未见过景将军这般不悦，他真的很担心皇帝受伤呢，哪怕只是一点点。

"不过小事一桩，你何必说得这样严重，会吓到安平的。"爱卿察觉到安平的肩头都在微微发抖，便瞪了景霆瑞一眼，说道，"朕都说了，没事。"

景霆瑞突然走前几步，就这么直视着龙颜："您的手，能让末将看看吗？"

"哎？"爱卿看了看一旁的安平，有些犹豫。

"末将去传御医。"

"不，等等！朕给你看就是！"爱卿无奈，伸出自己的右手道，"你看吧，哪有什么伤，你也太操……"操心都还没说话呢，景霆瑞直接握住他的手，将他拉了过去。

"这还叫没事？指头都红了！"景霆瑞不悦地道，然后拉着爱卿的手，直接往偏殿去。

"末将记得,那柜子里有药。"

"一点红而已,算得了什么……你、你你!"爱卿奈何不得他,只得被往里带。

不过景霆瑞突然停下脚步,他并没有转身,只是略微侧头,吩咐安平道:"不准让任何人进来。"

安平觉得自己应该是点头了,因为他没办法发出声音。

景霆瑞的身影消失在帘帐的后头,安平却还是惊讶得合不拢嘴。

"让你见笑了,他们从小就这样。"小德子说,"只是这殿里的事情可不能往外说,不然将军的命就难保了。"

"这宫里的人,都知道皇上和将军如此要好吗?"

"当然是不知的,将军应当很信任你。"小德子说,"这还是将军第一回在外人前不见外呢。"

"呵呵。"安平笑了笑。

小德子头一次有机会"教育"安平,便认真地道:"我们做奴才的,只要主人开心就好,主人过得安稳,咱们才能过得安稳,晓得不?"

"嗯,小的记下了,多谢公公教诲!"安平深吸几口气,恢复了往日沉静的模样。

"好孩子,我估摸着皇上没那么快传你的,你先下去歇会儿,这儿有我呢。"小德子倒也很照顾后辈。

"是的,小的一会儿来替您。"安平行礼退下,走出御书房。

他低着头,双手揣在长袖里,闷声走在枫叶正红的御花园中,路还没走完呢,突然有人从背后捂住他的口鼻,将他拖入了树丛中。

"唔!"

安平的眼睛瞪得极大,一人紧捂着他的嘴,将他摁倒在草地上,另一人则抓住他的双脚,不让他乱蹬。

有那么一瞬间,安平惊恐万分地以为是遇到了刺客!

不过,鼻头很快闻到一缕清雅的幽香,那是皇亲国戚才能享用的"龙桂香",黑黑的一小块,宛若何首乌,放在黄铜烟笼里点着,以熏蒸那些浣洗干净的锦衣华服。

安平的头顶是火红的枫枝,阳光透下来,宛如点点碎金,也让那两人的翠玉发冠,闪耀着金红的光芒。

显而易见,抓住他的人是永裕、永安这两位亲王,只是他的心底竟然激荡出"还不如遇到刺客……"的悲凉心境。

"小太监!你好大的胆子!"先说话的,是捂住他嘴巴的天宇,把头探过来,遮挡住了阳光,不客气地俯视着安平水汪汪的眼睛。

"小的……唔!"安平努力想要说什么,但天宇的手指一点都不愿松开。

"让你来陪我们玩,你倒好,天天借口侍奉皇上,影子都不见一个。"天辰腾出手,揪了一下安平的脸颊,温温软软的,可舒服了,忍不住又轻拧了一下。

第三章
讨伐晟夏战

"您们快放……放开!"安平不敢挣扎,只能闷喘着气道。

"先让我们看看,写的字还在吗?"天宇嬉笑着说,骑坐在安平细瘦的腰上,接着粗鲁地宽衣解带!

简直是光天化日之下,强抢民男……岂有此理!安平是羞愤交加,可又无可奈何!

深红的宦袍到底是散开在腰间,天宇相当满意地看着那单薄、白皙的胸口上,写着的"天宇""天辰"四个朱笔大字。

"还好,算你听话。"天宇笑起来的样子很是春风得意,也非常俊俏,可同样是笑,皇上的笑颜让人倍感温馨,眼前的这位却让人想要揍他!

"呵,他就是想洗掉也没办法。"天辰跟着笑道,一样得意扬扬,"这朱砂墨里加了桐油,得泡在酒桶里才能脱色。"

原来如此!安平的眼睛里闪着光芒。

"就算你洗掉了它,也还是我们的人。"天宇放开了手,"走吧。"

"谢两位殿下放过小的。"安平终于得以开口,还不忘"谢恩"。

"谁让你走的?快把这个换上。"天辰说,从草丛里拿出一个包袱,丢在他身上。

安平捡起一看,是一套小厮穿的青布衫,还有一双布鞋。

"这是?"

"你随我们一起出宫。"天宇在一旁说,"快点,就在这里换。"

然后,天辰又变戏法似的拿出一个大包袱,声音柔和了些: "天宇,我们也换上。"

"可小的还要侍奉皇……"安平的话还没讲完,就换来两人齐齐一记狠瞪。

安平即刻噤声,老老实实地把衣服穿上,还以为这两位爷不懂得怎么更衣,待他回头时,却发现他们已经穿戴整齐,天宇伸手,帮天辰整理了一下腰带。

这幅画面很是和美,俊俏的兄弟,恩爱得手足情谊,还长得极其相似,只是安平没有半点的感动,在他的眼里,这是一对"魔头",且还是经常溜出宫的"惯犯"!

老太监们都说,皇上被太上皇宠坏了,不怎么爱守宫里的规矩,眼前这两位才是真正不守宫规的"典范"吧。

只是他们不是皇帝,也无官职,盯着他们的眼睛也就少了许多。

"还愣着!等到太阳下山,我们就得回来。"天宇催促着道。

听到回来的时间不算太晚,安平心里稍微放松了点,便问道:"那要怎么出去?"

"跟着来便是。"天辰说,走在前头带路。

安平有想过各种可能,比如花重金买通黄门、侍卫,或者走专供御膳房进出的偏门,但是万万没有想到,他的面前竟然是一个被野芦草遮掩住的狗洞!

"景将军的守卫太森严,我们只能从这里出去。"天宇一副毫不在乎的模样,"狗洞而已,你张那么大嘴巴干什么?又不是茅坑。"

"上回我们想用轻功跳出去,差点被射杀了。"天辰则一脸严肃地说。

"二位殿下想要出去玩,尽管去就是,何必非要带上小的。多一个人,多一件麻烦事儿。"安平展现出让人信服的笑功,"小的倒是可以在这里,替二位看守着,保管二位'无

后顾之忧'。"

"你别想着开溜，我们出去过三次了，总觉得身为'少爷'，应该有个仆役跟着才像个样子。"天宇一笑道，"你就老实地跟着我们走吧，放心，我们是不会让你吃亏的。"

"是啊，你留在这里，被巡逻的侍卫撞见，才要倒大霉。"天辰也劝说着。

"没仆役……"

难道不是钻狗洞更丢人吗？！安平根本是目瞪口呆，这就是两位亲王非要带他出去的理由？还是说因为是皇族，所以思考方式和常人不同？

"快走啦，我们给你买好吃的。糖人怎么样？……"

不管如何，他还是被迫跟着两位殿下，出宫去了。

御书房后的殿堂，为皇上休憩之所，原本放着一张罗汉榻，还有一些陈列着古董珍玩的金丝楠木雕花多宝槅。

在爱卿登基之后，十二监将其重新布置一番，挑选了最具观赏性的家具器皿，如东边入门处的一道鎏金嵌花鸟纹曲屏风，以及一对铜铸口衔灵芝的仙鹤。

殿北边上是一排紫檀木龙雕方角柜，带着精巧的铜锁，本是给皇上置放宝器用的，不过爱卿拿来放各部呈上的密折。

还有些不带门的角柜，同样是山水、小桥景致，表面描金，雕工精湛，里头放着好些古书字画，以及外国进贡的新鲜玩意儿。

西边墙角上的两只雀鸟纹刻的五角花几，托着清新油绿的文竹，相比长春宫寝殿内四平八稳、过于古板的陈设，这儿更要轻松自如，且一样的舒适。

景霆瑞让爱卿坐在一张雕刻有仙鹤的扶手圈椅里，自己去那些箱柜翻找了一下，事实上，他比小德子更清楚这里的摆设。

不一会，一只精巧的檀木箱被拿了出来，景霆瑞打开箱盖，里面放着一些常用药，止血、化瘀、驱蚊虫，都是吕承恩拿来的。

"一点烫伤也值得你这样大惊小怪。"爱卿无奈地一笑道，"安平得笑话朕了。"

"没人敢笑话皇帝。"景霆瑞说，从箱子里取出一只青花瓷瓶，"这可以消肿止痛，皇上，麻烦把手抬起来些。"

爱卿顺从地拉高衣袖，景霆瑞从瓶子里倒出一点类似油脂的东西，薄薄的一层涂抹在爱卿依然发红的指头上。

"挺凉的。"爱卿凑近闻了闻，"味道也好香，朕还不知宫里有这种东西。"

"吕承恩亲自为您调制的，冬天也能拿来抹唇擦手，防止干裂。"景霆瑞道。

"这宫女们要是知道了，必定喜欢。"爱卿笑道，他已经在想，若把这软膏发散开去，可以人人获益。

"皇上。"景霆瑞把药瓶收好，不忘叮嘱道，"平时请小心些。"

"知道了，你比嬷嬷还啰唆。"爱卿抬眼看着景霆瑞，微笑问，"你找朕有事吗？朕原本想要秦魁来的，并且想让你来考核一下他的本事。"

第三章
讨伐晟夏战

"皇上不是已经在猎场上见识过他的射艺了？"

"那不一样，射艺只是表演给朕看的，能过你这一关才是有真本事。"

"谢皇上夸赞。"景霆瑞本来找爱卿是为了贾鹏私下给秦魁送礼一事，爱卿素日里，讨厌官员之间所谓的礼尚往来。

但爱卿显然很满意秦魁，于是，话到嘴边，景霆瑞又改道："末将只是顺道过来看看您。"

"这里又没有旁人，坐下吧，瑞瑞。"爱卿撒娇似的拉着景霆瑞的手。

景霆瑞在一旁扶手椅里坐下了，爱卿立刻紧挨了过去："哎，真是有段时间没这样坐在一起了。"

"您忙，末将也忙。"景霆瑞笑道，"当然会这样。"

"当年看着父皇伏案批折子的样子，觉得很霸气，如今轮到自己，才知道这些事有多烦琐，有时候真想抛开一切，去当一个浪迹江湖的侠客。"

"呵呵。"

"你笑什么？"

"皇上连生火都不会，如何浪迹江湖？"景霆瑞问。

"不是有你吗？怎么，你打算让朕一个人去漂泊四方？"爱卿斜睨着景霆瑞。

"末将不敢，末将必定生死相随。"

"这还差不多。"爱卿满意地点点头。

"我们来下棋吧。"

"现在？"

"朕有段日子没下棋了，下回，炎儿和朕比试时，朕该输了。"

"他会让着您的。"

"朕是哥哥，怎么能占弟弟的便宜。"

"但末将的棋艺很一般，不如找安平来吧。"景霆瑞又道。

"不，朕就找你。"爱卿笑着道。

于是，景霆瑞和爱卿下起棋来，爱卿还提了好几个有意思的棋局，但是不管爱卿怎么下，景霆瑞都觉得他似乎是有话想说，但却一直不提。

两三盘棋下完，天都黑了，景霆瑞告辞了爱卿出来，这种感觉愈发明显。

景霆瑞不知道，爱卿一直在殿里望着他离去，直到再也望不见景霆瑞的身影，他才摸摸已经完全消肿的指头，缓缓叹道："你不会离开朕吧？"

这么简单的一句话，却怎么也问不出口。

爱卿垂下眼帘，难道是因为心中的那个答案已经呼之欲出了吗？

再过两个时辰，天就要亮了，景霆瑞依然在青铜院内。

因为和夏、晟二国的战事，他已经好些日子没回家了，点亮书案上的烛灯，也就照见了那摞得一尺多高的公文。

大燕国土广袤，兵力充足，但千军易得，一将难求。

既然皇上都在朝堂开口问，"谁人堪当讨伐重任"？兵部关于推举谁做讨伐将军的题本，短短数日里就拟写了不少。

景霆瑞作为皇帝跟前的红人，又负责皇族以及皇城的安危，除了皇帝的亲兵他调遣不了，其他的武官职责分配、巡逻时间、城墙修建、兵器打造等大小事务，皆要与他商议，获得他的首肯才行。

他与其说是一位"卫将军"，更像是皇宫总管。

既然皇上要的是一位杰出的将才，兵部举荐前必定要告知景霆瑞，因为没有人比他更了解诸位武将的功底。

皇城的御林军也是由他带领操练的，从那些将士里，也能挑出不少优秀人才。

景霆瑞拉开书案下的抽屉，里头的裱缎奏本已经写完数日，却始终没有归拢进去。

"皇上，末将愿意前往……"

谁都知道论打仗，目前朝堂上没有比他更合适之人。就算新进武状元秦魁深得爱卿的重视，但他并无带兵打仗的经验。

以秦魁目前的实力来看，在经历一番磨炼之后，不失为一代强将。

只是对阵已经交战了几代海战的夏、晟二国，秦魁的实力恐怕只是螳臂挡车。

这场仗很不好打，大燕擅长的是陆地战斗，拥有数不尽的强兵。可是就奏折上报的，那些士兵上了海船，还没开打就因为晕船呕吐得站不起来。

这样的仗怎么可能打得赢？而大燕已经禁不起再三的挫败了。景霆瑞也知道，这场仗即便对他来说也是非常之困难。

可是，即使那样，也还是想要亲自上战场去。他生来就是为大燕、为爱卿打仗护卫的。

"卿儿……"景霆瑞拧着俊眉，将那份早已写好的请愿奏本拿了出来。

如果呈上这份奏本，相信兵部无一例外都会赞同，宰相也许会有异议，但景霆瑞有办法让他点头。

剩下的，唯一会否决这奏本的人，就只有爱卿了。

夜静极了，连声狗吠都没有。

皇城一处幽僻的宫墙脚下，那疯长了一个夏日，到现在都还未枯尽的野草丛，此时却发出窸窸窣窣的声响。

不一会儿，还有一个"黑团"压过茅草滚了出来。

"咚"的一声，"黑团"摊平在地上，显然是个人，他稍微动了动，却依然站不起来。

"王爷，小心您的脑袋，低下些。"

茅草里又响起声音，过了一会儿，听得："哎哟"一声，又有一个团黑影，翻滚了出来。

还很漂亮的，一连翻了两个跟头！

"小声点！"

第三章
讨伐晟夏战

紧接着，有人匍匐着钻了出来，起身，拍了拍裤腿上的泥巴和杂草，就先拉起一个人，使劲地驼在了背上。

另外一个滚得远了点。那人不由得叹气，慢慢地移步过去，才要拉起地上的那位，就听得他忽然"嘿嘿"地痴笑起来。

"这是酒酿粥，我怎么会吃醉？小二！再给本王来一大碗！"那声音可是完全不带掩饰的。

"永安亲王！小声啊！"

安平连捂带按地去堵那张嘴，没想背上的人跌了下来，膝盖着地，哀叫了一声："哎哟！"

"什么人？！"一声严厉的呵斥，如同平地惊雷一般。

很快，原本黑得不见五指的地方，涌来无数火把和刀剑，亮得跟白天似的。

"有刺客！快来人！"

安平望着那些满眼厉色的御林军，就知道大难临头了，连忙掏出随身所带的腰牌。

"我是宫里的安平公公，不是刺客，这两位是……永安、永裕亲王……"

"休得胡说！亲王殿下怎么会钻狗洞？！看你穿得也不像是个公公！来人啊，先把他们押下去，我去禀报景将军。"为首的士兵说。

安平一听到要去找景将军，脸色就更惨白了，可是都没有给他再说一句话的机会，就被蒙住嘴巴，拖了下去！

今晚可真是漫长的一夜，御林军统领宋植赶到值班房，一看那醉得东倒西歪的是永安、永裕亲王，便立刻派人护送他们回双星宫安寝。

至于安平公公，怎么说也是皇上百般喜爱的太监，宋植不好发落，依照宫规，私下出宫——须仗毙。

十二监端的就是这个意思，再得意的奴才犯了错也得重罚，要不然，人人依仗皇帝的恩宠，就触犯宫规、藐视王法，岂不是要天下大乱了？

再则，奴才随意进出皇宫极为危险，一旦引来刺客，别说安平得死，十二监上上下下的万余口人都得跟着陪葬！

宋植也知道这事儿严重，但考虑得更多的是，皇室丑闻不可外传，处置安平不过是一句话，但两位亲王偷溜出宫，还钻了狗洞的事情，势必会闹得众人皆知。皇室尊严全无，皇上的处境就会很难堪，所以他想要大事化小。

正当宋植和内常侍马培成各执一词，僵持难下时，景将军到了。

小小的值班房内就摆放着一套花梨木的桌椅，安平跪在青砖地上，不但被捆绑得像个粽子，嘴巴也塞实了。

在场还有不少的人，十二监的跟班太监，宋植的几个副将，屋子本就不大，眼下几乎被塞得满满当当，且都帮着各自的府衙，不肯让步。

景将军的到来，让原本激烈争执的将士、太监都噤声不语，或者说噤若寒蝉更为贴

切，只剩下宋植胆敢上前禀明情况。

谁都知道景将军在处理公事上最是铁腕无情，少年新帝登基是天下大喜之事，故而特赦囚犯、奖赏宫人，各种喜庆宴会不断，却不见有处罚下人的。

简而言之，不论何事皆从宽处置，在如此"喜悦轻松"的氛围下，反倒让宫廷内务陷入一团乱麻。

景霆瑞说了一句："这弦太松散，弓也就废了。"开始上下梳理，只要是懈怠失职的，不论官职大小该罚的罚，该撤的撤，也不管他背后有什么人在撑腰！

谁都看得出来，他是替皇帝在教训内廷六宫，得罪的人自然很多，但也树立起他的威信。

巫雀王柯卫卿在位时，虽然行事严格，但始终怀有仁爱之心，好些事都被人糊弄过去。

可在景霆瑞这儿，各种哭诉怒骂、倚老卖老完全行不通，还有不少人因为撒泼闹事，被他丢进牢房，至今还没出来。

未免重蹈那些人的覆辙，在场的人皆自觉地退开一旁。

武将便也罢了，看到十二监的人竟然也如此敬畏景霆瑞，马培成的心里很不是滋味，他在宫里近五十年，还不及一个御前卫将军，也就越发地想要铲除安平，以此挫一挫景霆瑞的锐气也好！

"卑职已将两位亲王送回宫去。"宋植还想说什么，却被马培成打断了。

"无须多言了，宋统领，老奴想，景将军对此事已有定夺了吧。"

马培成一笑，皮肤上褶皱就堆起来，"年迈"一词写满脸上，可是他耳聪目明，依然把持着宫内太监的权势，不依不饶地道："安平触犯宫规，不管他是不是亲王带出去的，都得仗毙，以儆效尤！"

安平听了这话，浑身一个哆嗦。

景霆瑞朝他看了一眼，便对众人神色如常地道："各位少安毋躁，安平是奉皇上口谕，伺候两位亲王出宫夜游的，至于钻狗洞一事，想必是天色太暗，守卫们看花了眼吧。"

"什么？"马培成一愣，盯住景霆瑞那张英俊到让人觉得跋扈的脸庞，"你胡说！皇上怎么可能置两位亲王的安危不顾，就差遣一个小太监相陪？"

"皇上的口谕，我岂敢造假？再者，为何只差遣安平一人，你尽管问他本人便是，只怕你们谁都没问过他，才会闹出这样的乌龙。"景霆瑞蹙眉道。

马培成和宋植这才想起来，确实没让安平说过一句话呢，因为是被御林军捉住的，事实在眼前，都无须审讯。

于是，马培成命人除去安平口中的布塞，安平咳嗽了两声，连忙为自己辩解起来。

"是皇上下达的口谕，将军正在边上，所以听到了。"

安平眼泪汪汪，委屈不已地说："皇上疼爱永安、永裕亲王，命小的出宫去采买一些好吃好玩的，赏赐给他们二人。但亲王更想要自己去买，但这样需要调遣御林军护卫，还得封锁街道，皇上又担心扰民，于是，两位亲王才乔装成平民与小的一同出宫。"

第三章 讨伐晟夏战

"至于狗洞，那可真是天大的冤枉！正如景将军所说，天太黑了，亲王喝醉了，小的去扶，可不慎摔倒在地。恰巧旁边有一狗洞，才会让御林军有所误解，说真的，这狗洞那么黑，也不知通向哪儿，就算小的想要钻，亲王殿下也是一万个不愿意呀！"

马培成面色不佳，似乎陷入深思一般地不再言语，宋植则满脸的愧疚，事关皇族的声望，他怎么如此草率地处置，都不细细审查呢？

"景将军，要不是您及时赶到，卑职真要闯下大祸了！"宋植难掩愧色地说，"皇上要是知道吾等私下处置安平，违抗口谕，那……"

"今晚的事不过是一场误会，毕竟是亲王乔装打扮在先，也没有通知御林军。"景霆瑞望向面面相觑的众人，安抚道，"放心，我自会向皇上禀明一切，皇上是不会怪罪大家的。"

"既然如此，皇上那儿，还恳请将军多多美言几句，以解误会。"马培成突然笑道，那面目很是和蔼，"老奴也是替皇上担心嘛，所以才一时着急，没能查清事实。"

接着，他又对安平眉目慈善地说："老奴还有事，就先回十二监了，安平，你可要伺候好皇上啊。"

"是的，公公，小的一定努力侍奉皇上！"安平连连点头，马培成就带着一班太监浩浩荡荡地走了。

宋植抹去额头上的冷汗，亲自替安平松绑，可事情还没有完结，因为景将军并没有离开。

所以，宋植心领神会地带着下属退至门外。一时间，这屋子仿佛扩大一倍似的宽敞明亮，天边已经泛出微微鱼肚白。

"说吧，这是怎么回事？"景霆瑞在圈椅内坐下，神色严厉地注视着安平。

"都是小的不对！"安平无法直视那样的目光，唯有低下头去，嗫嚅地道，"没能阻止亲王偷溜出宫，还跟着他们一起到处乱跑。"

"都去了哪些地方？"

"周、王、钱、李这四家老字号的糕点铺，本是吃完就回来了，恰逢有杂技团来开台表演，亲王们没见过这种让老虎跳竹圈，还有抛火棍子的杂耍，便留下看了。本该在日落时赶回宫的，但因为肚子饿又买了路边的酒酿粥，一不小心吃得太多，亲王就都醉了，才拖到这个时候……"

安平的话里，挑了主要的说。什么王爷们非要上台去试身手，把火把往天上乱丢，差点把人家杂技舞台给点着了，人家都要放老虎出来咬人，吓得他牵着他们的手，在大街小巷狂奔逃窜，好不容易喘口气，亲王却问河岸边那些张灯结彩的画舫是什么？

安平明白是妓院，他斗大的胆子，也不敢把他们往那边带啊。

只得撒谎说那些是皇亲国戚游河的舫船，要有人引荐才能上去，亲王一听都是王叔王伯家的，怕身份暴露也就没了兴趣，真是万幸！

安平一心想尽快带他们回宫，可皇城这么大，好吃好玩的东西数之不尽，亲王压根都没有回来的意思，跟着他们东奔西跑的，把他都累得心思都涣散。

最后，三人看到街边有卖农家人自酿的米粥，便坐下一边吃一边歇脚，亲王答应他，吃完就回去。

可是，没想到这放满红红绿绿的凉果子的米粥，是米酒酿的，味道清甜可口，可是吃多了会醉。

他极力想阻止亲王们喝下，但已经来不及了！

而且，显然这两位亲王非常喜爱这粥的滋味，不顾他的劝阻，一口气吃下三大碗！还说要带卖粥的回宫去当御厨，给皇上尝尝这手艺。

这满嘴"胡言乱语"的，倒是把卖粥的老头给吓坏了，还把他们当成是骗吃骗喝的坏人，嚷嚷着要去报官。

安平拖着两只"醉猫"，丢下自己的私房钱，才得以脱身。

之后他使出吃奶的劲道，才把走一步、歇两步的亲王们带回宫墙外，摸着黑地找到狗洞。为不让亲王撞到头，他一直扶着他们的额头，结果自己的脑袋撞出一个大包！现在还疼得紧呢！

但怎样疼，也没有项上人头要紧，他当真以为，他的命就此终结！倒也不恨两位亲王，只是觉得未能助景将军成就大业，而非常遗憾。

也担心自己的尸首会暴露还未净身的秘密……自己办事不力，还连累到许多人。

"你也辛苦了。"

安平做好被景将军训斥的准备，可是听了半晌，景霆瑞这么说道。

"咦？"

"那两位亲王鬼点子极多，就连皇上儿时也没少吃他们的亏。"景霆瑞有感而发地道，"但皇上疼爱弟弟胜过自己，并不计较这些事。"

"所以，公公才相信皇上是真的下了口谕……"安平点了点头，随即担忧起来，"万一有人先去告御状……"

太监的话从来都不能信，这头说绝不背信弃义，转身就去主子跟前通风报信，诸如之类的事，安平看得多了，不免担心马培成会去向皇上证实此事。

"都这个时辰了，小德子不会让马培成了这等事惊扰到圣安。即便是说了，皇上只会想方设法地替他们开脱，与其让皇上头疼措辞，不如由我来处理妥当。"

景霆瑞接着说道，"等皇上得闲时，我自会上奏此事……皇上如此疼爱亲王，不但不会追究此事，说不定还会称赞他们聪慧大胆，竟然想到钻狗洞出宫玩耍。"

景霆瑞说这番话时，眉头稍稍拧起，不知是对亲王行径的不满，还是对皇上的过于宠溺感到不快。

那略带烦恼的神色一晃而过，安平压根来不及辨明其中的含义。只是，这场风波算是平安度过了。

"多亏将军您临危不乱，才让小的逢凶化吉。"安平羞红着脸道，都说他聪明伶俐，可是在性命攸关的时刻，他还是慌了神，差点就惹出大祸。

"时候不早了，你去歇息吧。"景霆瑞轻拍了一下安平的肩头，说道，"皇上明日还要

第三章
讨伐晟夏战

召你侍奉。"

"是的，将军，您也快回去吧。"

安平恭送景霆瑞离开后，这才浑身虚脱般地倒在椅子里，疲乏困倦一股脑地袭来，让他昏昏欲睡。

正当他半梦半醒之时，突然惊醒过来——皇宫里的戒备极为森严，亲王通过狗洞进出皇宫，一次还可是侥幸，这都两三回了，怎么可能不被人发觉？

除非景将军一早就得知他们这么干，只是不动声色！

可是……景将军这么做无疑是给人留下把柄，相爷若是知道了，必定不会放过这样好的机会，他会怂恿言官极力弹劾将军的！

景将军到底是为了什么，甘愿冒上这样大的风险？

安平登时睡意全无，但还未仔细寻思，就听得外头一阵骚动，火光都照亮半边的天。

"这是怎么了？"安平跑出值班房，就见太监们着装整齐，或提着灯笼，或举着火把，这不像是走水了，也无人呼喝。

倒是有好些车轿，备好在一旁。

安平拉住其中一个太监，疑惑地问道："这是怎么了？大家要去哪儿？"

"刚接到前线发来的数道急报……清河城陷落了！"太监难掩慌乱地说，"兵部诸位大人需前往青铜院共议军情，所以，吾等急着出宫去接大臣们。"

"这是皇上的旨意？"

"不，是景将军下达的，皇上稍后就到。"这样说完，太监便匆忙地走了。

安平呆了一呆，前几日，朝上还说战局稳定，要皇上无须担忧呢！这简直是……

"公公！请留步！"

安平正想赶往青铜院帮忙，宋植却急匆匆地赶到，在他的耳边低语了几句，安平虽然感到诧异，却还是点头道："知道了，小的这就去办。"

天幕渐渐转亮，屋瓦、窗棂上都洒下一层浓重的灰青色。

青铜院的书房内，烛火通明，人声鼎沸，弥漫着一股让人焦躁不已的气息。

"要我说，再加派三十万大军过去，管它是刀枪不入的牛鬼蛇神，照样给踏平啰！"

嗓音粗浑嘹亮，激动得面红脖子粗的，是曾经跟随景霆瑞出征嘉兰国的副将冠忠国，他不喜欢这种商议来商议去的军事密会，更想要直接上战场，杀个酣畅淋漓！

"就算加上民兵，人家也不过十二万的兵马，我们派这么多人去，就算是赢了也胜之不武。"

青年将领俊何林亦曾经跟随景霆瑞征战嘉兰，他如今是一员守城的大将，心气颇高。

"清河城都完了，还谈什么武不武的？"冠忠国并不给友人面子，斥责道，"你倒是想慢慢地打，当地老百姓可要遭难了！"

087

"冠将军言之有理。"蒲广禄一脸肃然地接话道,"眼下的这场仗已经拖延不得,清河镇乃珍贝诸岛的内陆重镇,它都失守了,可见珍贝也已落入敌手,不管是派出三十万,还是五十万,只要能夺回失地,将他们赶出大燕便是好事。"

"好不好的,得皇上说了算。"

青允作为曾经的太子师,现今是以兵部的参谋身份参与议会,"各位将军现在能做的,就是分析奏报,为何清河镇会如此轻易地被攻下?要知道它的城池固若金汤不说,还有三万大军驻守内城,怎么想也不该短短数日就……"

"这还用说,肯定是有人谎报军情!为皇上安心,说战局稳定,结果呢?"冠忠国不客气地道,"连主城都保不住,真是丢尽大燕的脸面!"

"如果只是这样,还好说。"景霆瑞沉吟着道,所有人齐齐地望向他,显得有些诧异。

"将军,您这话是何意?"何林问道。

景霆瑞似要说什么,一位公公来报,已经五更天了,是时候该上朝了,众人这才惊觉天已经微亮,烛火也矮下去半截,吹灭之后,一股浓郁的蜡油味弥漫在鼻间。

有人快步走出屋外,呼吸清新的空气,唤醒神提气,有人赶着去洗漱一番,好去面圣,唯有景霆瑞依然凝神看着那几份奏报,好一会儿才收入衣袖内,与同僚一起上朝去了。

安平和小德子一起伺候皇上,因为他得了景将军的密令,让他守着皇帝,不让任何人搅扰圣上的安寝。

果然,天还没亮时,宰相大人就来了,说要告诉皇上,让他及早决定讨伐晟、夏二国之统帅,还要告诉皇帝清河城陷落一事。

但因为安平想法子拦住了,皇上到底是睡了一个囫囵觉,不然,熟睡中被人突然推醒,告知敌人打下自己的城池,皇上得有多忧虑焦急啊。

而景将军那边已经把奏报的军情整理过了,上了朝,武将那儿都已经达成一致,少了好些争议的时间,也就清楚明白地表述了如今的战况。

其一,晟、夏二国的统帅并非将军,而是一位神婆子,这说来让人难以置信,可是在这神婆子的出谋划策下,他们的兵马刀枪不入,这是闻所未闻之事!

其二,他们已经占领了清河城,沿着那条壮阔的清河设下城防,如今他们正以此为据点,打算继续往内陆进攻。

其三,他们又扩建了船队,拥有巨型炮船已经超过七千艘,另外还有小艇三千。

景霆瑞给出的提议,就是以攻为守的战策,绝不能让晟、夏攻下下一座城池,至于刀枪不入、神婆子显灵的说法,他并不相信,认为这只是对方用来迷惑、扰乱大燕军心的。

皇上端坐在朝堂之上,还未有像现在这般安静过,不论文臣武将讨论得多么激烈,他始终一言不发。

贾鹏忍不住想,这小皇帝难道是害怕了?还偷偷瞄了几眼,无奈龙椅高高在上,加上那翠玉珠子的九旒冕,微微轻荡,压根看不到他的表情。

第三章
讨伐晟夏战

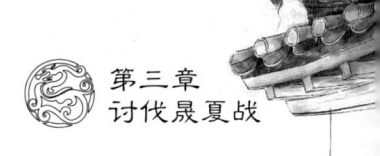

只是，皇帝的模样可真娇小啊，坐在这龙椅上，远没有太上皇的霸气凛然，到底还是稚嫩些。

不过要论年纪，永和亲王就更小了，可是他的气度凝重端庄，大有霸者风范。皇上要真成为皇上，这路还遥远着呢。

"诸位卿家，你们说得都很有道理。"突然，爱卿开口言道，声音通透，仪态庄容，倒是不见分毫的慌乱。

贾鹏不禁有些意外，便收回神思，注意到眼前的政务上来。他很清楚接下来，必定要挑选出一位合适的大将，去讨伐敌国。

而他亦清楚，这人选非秦魁莫属。一则，小皇帝对他信赖有加，一再提拔；二则，比起冷若玄冰的景霆瑞，秦魁行事儒雅通达，以理服人，不像其他武夫，靠拳头说话，旁人都说他有点像柯卫卿，将来必成一代儒将。

而贾鹏早就通过各种渠道，和秦魁搭上关系，他的大侄子贾鸿禧还成了秦魁的拜把兄弟，两人关系亲密得很。

待秦魁消灭夏、晟联军，其威名必定震慑天下，自然会得到比景霆瑞更高的将位，他贾鹏在朝中的势力亦会越发地稳固！

即便秦魁战败，与他也毫无损伤，毕竟和秦魁结拜是大侄子，并非是他，这算盘是拨得极响的。

"朕今早听闻清河、珍贝不幸陷落，更得知死伤将士、百姓无数，实在是感到悲痛至极！"爱卿没有想到贾鹏的心思，只是沉浸在衰痛之中，却又不能像儿时这般，大声哭出来，只有努力地克制住自己的情绪，哑着声音道，"谁人不是父母所生，是朕之失察才导致他们的无辜丧命。"

"皇上，您言重了！"大臣们纷纷跪倒，"是臣等无能，还请皇上节哀！"

"皇上！请节哀！请保重龙体！"贾鹏更是高呼道，一副悲伤至极的模样。

"朕要的不是节哀！朕要记住此时此刻的满腔悲苦，更要为朕之子民报仇雪恨！"

爱卿突然起身，环视阶下文武官员，铿锵有力地道，"朕之爱将——景霆瑞，最善指挥大军作战，且深通兵策谋略，为人坚定不移。太上皇在位时，他便是战必胜、攻必取的天才名将。故朕的心意已决，特封景霆瑞为一品征伐大将军，赐黑龙印，率兵十五万，夷灭晟、夏二国侵略军，以捍卫国土，告慰英灵！"

"吾皇圣明！"

连景霆瑞都还不及做出反应，倒是秦魁第一个出列，激动地禀告道："景将军武功骑射，乃大燕第一，此征伐大将军当之无愧啊！"

秦魁自从中了武举人，在皇上的厚待下，便一路高升，周围的人都认为他极有可能当上大将军，而极力阿谀奉承。

可秦魁的心里明白，论资历他不及景将军，论武功绝学更是差了一大截，文臣武将间的钩心斗角他不懂，他只知道要铲除如此强大的敌军，必须得要景将军出马，没想到皇上也是一样的心思。

所以皇上才下令封赐，他就立刻响应。

"皇上，这恐怕……"贾鹏似乎要进言，但景霆瑞跨前一步，跪下了。

"末将谨遵圣旨，必定不辱圣命。"景霆瑞低沉的嗓音，在殿堂里如同洪钟般扩散开去，武将纷纷喜不自胜，文臣各个面面相觑。

"你起来吧，宰相大人，您有何意见？"爱卿并没有忽略掉那一声轻微的质疑。

"呃……"向来能说会道的贾鹏，此时却愣怔住了，因为皇上说得十分在理，根本不像是一时兴起，不知为何，他有种踩入圈套之感，不禁语塞。

难道皇上提拔秦魁是假，为掩护景霆瑞上位是真？

这可能吗？这个从小就爱哭鼻子、使性子的小皇帝，居然会来这么一手？

也许是出于错愕，贾鹏难免心绪不宁，便暂且退下，避开冲突道："老臣无异议，吾皇圣明！"

"如此这般，退朝罢。"

爱卿微微点头，在一声声"吾皇万岁、万万岁"的嘹亮恭送声中，迈着外人看来没有不同，可是却在发抖的步子，飞快地摆驾回去长春宫。

"皇上，御膳房今儿呈上的是……"

皇上入了凤泽堂，按照往日的惯例，小德子该奉上御点热茶，供皇上享用、歇息。

萱儿则忙着要替皇上换掉朝服，以穿上更为轻便的常服，这个时刻本该是最为轻松的。

"朕不饿，你们先退下。"端坐于御座上的爱卿抬了抬手，喑声道，"军情危急，想必大臣们还要送折子来，未免耽搁议事，朕一会儿再唤你们。"

"皇上您说的是，奴才退下了。"小德子面带微笑，心里却十分紧张，这打仗可不比别的事，若有差池，可致亡国呢！

他走时，还捎上了其他的宫女太监。

爱卿看着空无一人的华丽殿堂，终于忍不住似的环抱住自己的胳膊，手指紧紧地抓着。

就算宫人都退下了，现在若是哭出来的话，一定会被殿外的侍卫听见，在这大敌当前的时刻，他必须得忍住！

不然，"皇上被敌国吓哭"的传闻，可要闹得人尽皆知，大大扰乱军心了。

可是——他心里真的很难受！在父皇突然决定退位，带着义父离开皇宫时，他的心也是这般地疼，就像有一把烧红的刀子，挖着里面的肉似的。

痛得他除了流泪，还是流泪。

不过，父皇这么做都是为了义父好，而他既然身为太子、又是长皇子，自然应该抹去泪痕，帮助父皇、义父打理好这个国和这个家。

爱卿深信待义父的身子好转，他们是一定会回来的，父皇亦会复位，因为只有父皇才是真正的大燕天子。

第三章
讨伐晟夏战

只要想到父皇和义父,他就能鼓起勇气面对日复一日的烦冗政务,可是爱卿没有想过,身为九五至尊的皇帝,还得把最好的朋友往凶险的战场上送!

其实,早在父皇在位时,就有数次提到过晟、夏二国居心叵测,不可不防,所以,当他们的皇子、公主联姻结盟后,爱卿就明白这场恶仗是不可避免的。

也就没有感到任何的惶恐不安,反而细思起该如何应付。

他自幼熟读兵书,但父皇说过,兵如水无常形,没有一场仗可以按照兵书上写的打。只有到了战场上,才能明白何谓瞬息万变,生与死只在一线之间,没有时间给你细细参详,再做出决断。

大燕武夫虽多如繁星,但能够做到坚定、果断地指挥大军作战,甚至可以转祸为福、临危制胜的大将,朝野之内不足十人,排除掉年迈、抱病等不宜征战的,只余下五六人。

在这些人当中,有些人比起一军统帅,更适合当勇往直前的前锋将军,有的能当统帅,却始终欠缺些什么。

爱卿也说不清其中的缘故,这只是他的直觉。

能够当好这个统帅的,爱卿心里早有人选,便是他知根知底的景霆瑞。

景霆瑞的武将天分自然无须细说,爱卿对他很有信心,为此还故意提拔秦魁,是为了景霆瑞在奔赴前线之后,无后顾之忧。

秦魁会替代他的位置,保卫禁宫里里外外的安全,而作为景霆瑞曾经调教过的属下,秦魁也深知该怎么做合适。

事情都已安排妥当,他可以放心地让景霆瑞去当这个征伐大将军,只是当圣旨从自己的口中说出的那一刻,他才明白到——有多么地舍不得!

"还是换另外一个人去吧。"脑袋里甚至响起这样的声音,"朕会不会太过乐观了?对方还有神婆子,用兵险诈,万一瑞瑞中了陷阱⋯⋯"

只要想到景霆瑞可能马革裹尸还,爱卿的脚下几乎都站不住。

他拼命地挥退浮现眼前的不吉利的幻想,一再地告诉自己要坚强些,因为瑞瑞才不是那样没用的人。

"兵来将挡,水来土掩。比起受皇帝的照拂,远离危险,末将更乐意直面敌人,有什么比手刃敌人更为快意的事情?"

曾经,爱卿问过景霆瑞,需不需要他出面,让贾鹏别再处处针对他。

景霆瑞便说了上面的那番话,他拒绝接受皇帝的庇佑。

"我不能做阻碍瑞瑞的人。"

男儿志在四方,没有人比爱卿更清楚景霆瑞的才华与志愿。唯有战场才能成就一代名将,而不是待在宫廷里纸上谈兵。

可是,战场毕竟不同于其他,有道是刀枪无眼,谁也说不准会出什么意外。爱卿心绪极乱,总忍不住想到极坏的一面,而变得万分痛苦。

景霆瑞可不像父皇和义父,是去山谷寻求养生健体之路,他这一去,可是九死一生!心里一揪紧,热辣辣的泪水顿时浸湿眼眶。

"但是，即便不是他去，换作其他将领，何尝不是有家有室、有心爱之人？"爱卿又想道，苦恼地捶着自己的脑袋，"朕不可以这样自私，应从大局着想。如若真的要派遣大将，自然得用胜算最大的，便还是瑞瑞了……"

"皇上。"突然，殿门推开一条缝，是小德子的声音。

"容朕歇息片刻，再见大臣……"爱卿连忙说道。

"是景将军求见。"小德子说，似乎知道皇帝不会拒绝，把殿门打开了。

景霆瑞就站在那儿，爱卿不由得屏息，愣是把泪珠子、心酸劲儿给逼了回去，作势整理衣领，而转头偷偷抹了把眼角。

"你进来吧。"爱卿清了清嗓子，端坐着说道。

"末将叩见皇上。"景霆瑞如同往常一样，跪地行礼。

"不必多礼，你怎么不回将军府去整理歇息？"爱卿的嘴角努力地往上翘，硬挤出一个笑容来，"这事态紧急，怕你在这儿也留不住几日了，多陪陪你的母亲也好。"

"卿儿。"景霆瑞突然抬头，凝视着爱卿，"我可以这样叫你吗？"

"啊？"爱卿一怔，脸孔顿时就绯红，轻声道，"可以吧，又没别人在。"

"我很高兴你愿意派我前去战场，为你扫除敌寇。"景霆瑞说，眼波温柔得如春日里化开的雪水。

"就算朕不令你去，你也会主动请缨的吧。"爱卿的心也被这样的眼神融化了，随口说道。

"是，我已经备好了奏本。"景霆瑞上前，把怀里书写工整的折子双手呈上。

爱卿却拧起秀眉，望着那本折子，喃喃道："果真如此……"

"不过，我真的深感意外。"景霆瑞并不介意爱卿不拿折子，只是将它放在一旁的几案上，"我要离开，而你竟然没有哭鼻子。"

"什么？"爱卿的鼻头一热，不知是因为害臊，还是被猜中了心思，"朕乃一国之君，派你出去打仗，还要哭闹不成？"

"呵呵，你是真的长大了。"景霆瑞上前，就站在御座前，他之前有考虑过，也许为出征一事，会和爱卿有所争执，可就算是惹爱卿生气，他也必须得出战！

不为别的，只为扫除爱卿眉梢间的焦急与阴郁，就算是死也值得。

不过，景霆瑞并不会轻易地送死，他还想要留在爱卿的身边，守护他一百年。

"你别小看了朕。"爱卿起身，就立在景霆瑞跟前，抬起头来，"你要为朕，打一个大大的胜仗回来才是。"

"末将遵旨！"景霆瑞跪了下来，双眼却是笔直地看着爱卿的。

爱卿的心激烈地跳动着，舍不得三个字，竟然是如此折磨人心，他终究是松开了咬得发红的嘴唇，极为沙哑地道："好。"但不能再说出更多的话了。

"末将告退。"景霆瑞跪安暂别，他还有很多事情要去做，发兵之日是越早越好。

待那扇殿门"吱嘎"地缓缓关上时，"啪嗒"有什么东西掉下来，直直地坠落在乌黑发亮的地上。

第三章
讨伐晟夏战

漫开雨点般的水迹。

爱卿拼命地压着喉里的呜咽之声，可眼泪还是断断续续地簌簌掉下。

他当真是舍不得，可是他当真只能这么做。

"父皇，您可曾有过这样万般不情愿的时刻……"

爱卿伸手抓过景霆瑞方才放下的奏本，紧紧地捂在心口，痛苦得不能自已……

在命将大典的前两日，萱儿突然被调离长春宫，去给永嘉公主当陪嫁侍女。

永嘉公主为皇上同父异母之长公主，下嫁湘南王丁乾之子——从一品郡王丁文忠为妻。这是一位有才有貌的少年郎，和公主是天造地设的一对佳偶。

除赏赐丰厚的嫁妆，皇上还想派一位信得过的宫女，去照顾远嫁在外的公主。

没想长公主也有此意，且开口讨要萱儿，皇上虽然有些不舍，但萱儿十分聪慧又体贴细致，确实是极佳的人选，便赐给了公主。

萱儿虽依依不舍，但唯有领命辞别。不久，十二监又调来好几拨的宫女。其中有四位名叫"彩云""彩霞""红玉"和"红珠"的，由同一位教习嬷嬷带大，年纪也差不多，都在二十岁上下。

她们不但绣工了得，还会画画，会下棋，能给皇上解闷儿。

最最稀奇的是她们还会舞刀弄剑。皆因她们的教习嬷嬷乃武夫之女，所谓近朱者赤，一般的侍卫还不是她们的对手呢。

小德子把她们安排在内殿，专门伺候皇上的衣食起居。最年长的彩云，虽其貌不扬，但胜在善于鉴貌辨色，行事机敏，便当上了首领宫女。

安平却明白其中的缘故，这四位宫女姐姐和他一样，均是景将军的人。

他和小德子都不懂武功，虽然有秦魁、宋植这样的能将当差，但万一有刺客近了皇帝的身，那可是远水救不了近火！

贴身宫女是最不起眼的，也是最好的侍卫。

景将军的用心良苦，让安平顿悟为何将军没有阻止两位亲王偷偷溜出皇宫。

显而易见，将军是可以阻拦住亲王的，但他们必定会不开心，继而去叨扰皇上。

冒着有可能被革职的风险故意放水，只是为了换回皇上的耳根清净。

只能说，将军太过宠爱皇帝，已经到了不管是什么，只要皇上好，他就会去做的地步。

此次出征，也是一样的缘由吧。

"为了将军，我一定要照顾好皇上。"安平默默地想着，这原本就是他的使命，可是，还是头一回，他怀有一种绝不能辜负将军信任的决心。

不为别的，就为将军那全然付出的忠心。

至于那两位魔头亲王，在这些天里收敛了不少，还主动上门给安平赔不是。皇上并没有追究他们，反倒是给了一个恩准，同意他们每月出宫一次，每次限两个时辰，且要宋植跟着，不准乱跑，不准惹事。

得了这样大的好处，安平以为他们该满足了，却又天真了一回，之后也没少被叫去戏耍，不过，这都是景将军出征后的事了。

所谓命将大典，即是要告诉出征的将士，此大将乃代替皇帝出征，无人可违抗他的军令，无事可挑衅他的威严。

自古以来，不管是讨伐流寇，还是抵御外敌，大燕都会进行相同的大典，只是今日的这一次尤为隆重。

不仅文武百官全部到场，就连附近省、县里的府衙官兵，也要沿线集合，文官着蟒袍，武士披铁甲，跪地恭送征伐大将军，那场面甚是壮观！

而景霆瑞并非首次被钦点为一军统帅，却是第一次在勤政殿上接受敕命，且是由皇帝亲手交与他的，在以往，都是宰相代为授之。

接着，景霆瑞手持印信和御旨，与出征的官员将士一同行三跪九叩之大礼。

待礼毕，还要去奉先殿进香，祭拜完先皇祖宗，再去武庙参拜，祈求武神庇佑，所有的这些事，都是根据礼节来的。

礼部官员为了这次大典能够顺利举行，都快熬白了头发。

到了这最后的一步，即送行，已是夕阳斜下，皇上和诸位大臣一同来到皇城郊外，在那里已经预先设好帷幄，酒宴齐备。

那一顶绣着彩龙的黄帷，便是皇帝所在之处。御座上爱卿几度起立，向将士们敬酒，说些"旗开得胜""大胜归来"的大吉话。

将士们纷纷下跪谢恩，还有百姓聚在外围，隔着重重的御林军，向那帷帐的方位磕头，都激动地呼喊着"皇上万岁！将军千岁！"

贾鹏捏着青花瓷的酒杯，听着那一声声隐隐约约的"千岁"，眉头略略皱拢，却能稳住不发一言。

坐在他身边的工部尚书严璐，冷冷一哼地道："都是些市井小民，出去打个仗就是千岁了？当真是没见过世面！"

"严兄，何必与他们一般见识。再说大敌当前，我们得同仇敌忾，多多支持景将军才是。"贾鹏装模作样地说道，还举起筷子，夹了一块红烧肉，放进严璐的碗里，"来，吃菜。"

"我呸！不就是个皇帝的宠臣！当个大将军，还能蹬鼻子上脸不成？"

在景霆瑞当值时期，曾上本参奏他监造兵器不力，导致铁弓、箭矢的库存数量货不对板，少了数百副。

这种事往年就有，人手不足、工期紧张、工艺复杂等，总有原因造成交货延后，这时只要往后延些时日，哪怕是几个月后才入库，也没什么大不了的。

可是景霆瑞竟然闹上朝去了，振振有词地说什么，皇上的兵器库房关乎皇宫的安危，理当及时交付。

好在皇上并未动怒，只是罚没他三个月的俸禄，令他加紧制造，尽快补足库存。

第三章
讨伐晟夏战

但这事着实惊出他一身冷汗，忍不住暗骂景霆瑞是为了邀功，抓住别人小辫子不放，就是一个伪君子、真小人！

如今看到景霆瑞身穿皇帝御赐的他们工部制造的雄鹰铠甲，如此风光志气的模样，更是窝了一肚子的火，借着酒劲，对贾鹏连连抱怨道："愣头青年一个，有什么可得意的，改天吃个败仗回来，我看他怎么个死法！"

"哎！瞧你说的，越来越不像话了！"贾鹏抚着长须，话锋却是一转道，"不过，战场上的事，就连老天爷都帮不上忙，何况远在这儿的皇上。"

严璐已经醉到听不明白贾鹏话里的用意，只是"嘿嘿"傻笑着点头，未免他在皇上跟前失态，贾鹏就叫来一侍卫，把他搀扶下去歇息、醒酒。

黄幔里，灯笼、烛火越发明亮，贾鹏的心思也清楚得很。

景霆瑞成为大将军是木已成舟的事，与其懊悔竟让他得这样大的建功机会，还不如趁他出宫时期，好好地收一收少年天子的心。

皇上竟然没有与他商议，就钦点了景霆瑞，这不合朝纲统统，其他的大臣说，事出紧急，皇上也是为了大局着想，才会当即命将出征。

但贾鹏很明白，说到底还是皇上没有把他放在眼里。

倒也不是皇上不知天高地厚，而是年岁太小，只懂得看人的外表。不可否认，景霆瑞的相貌相当出众，今天的大典上，那威武与典雅并存的姿态，不知要迷醉多少女的心。

加上儿时相伴的情谊，皇上会凡事都宠着他也是理所当然。

只是，这样的恩宠非但没有让景霆瑞过着"钟鸣鼎食""耽于享乐"的日子，他反而利用背后有皇上撑腰的优势越爬越高，让人对他越发敬畏，这才是贾鹏最不想看到的。

景霆瑞显然很会笼络人心，而别人还不知他是怎么办到的，就连贾鹏自己都以为他在办事中不讲情面，理应得罪了许多人才是。

可就在这不知不觉中，一众武将几乎都成为他的信徒，连言官都有为他叫好的。

贾鹏官场沉浮数十载，才知道真正厉害的对手，不会张牙舞爪地宣告他的存在感和威胁力，那如同温水煮青蛙般地入侵才叫人不寒而栗！

恐怕就算死在他的手里，都不明白是怎么死的。

贾鹏也对于之前竟然想派出刺客，就了结景霆瑞的行为感到后怕。因为这非但不会让景霆瑞送命，反而可能会连累到自己。

连景亲王府也无法驾驭景霆瑞呢。

身为两朝元老，光靠皇上的圣恩眷顾可不行。有时，那些根深蒂固的皇族亲眷也是背后最有力的支撑，对于如何讨好那些有钱有闲的老爷子们，贾鹏是深谙此道的。

也是时候多笼络人心了。

"出去了就别回来。"捏着手里的酒杯，贾鹏暗暗地想，"胜仗是要打的，大燕可不能再丢城失地，但他要是能战死疆场，就再好不过了。"

谁说，这事不会成真？

贾鹏不由一笑，执杯想要去给皇上敬酒，目寻了一圈却不见人，拦住安平一问，方知

皇帝不小心喝多了，下去歇歇，稍后就来，便又回去坐着了。

"皇上，吉时就快到了。"

小德子守在一顶银白绣龙的帷幄外，小声提醒道。

"朕知道了。"爱卿叹道，他好不容易才从酒宴里脱身，拉着景霆瑞想要单独说会儿话，这时间又紧得很。

"皇上，您不用担心我。"景霆瑞柔声道，"末将早日去，也可早日回来。"

"嗯。"爱卿抬头，借着明晃的烛光，恨不得把景霆瑞的样子一笔一画地刻下来，印在自己的眼里。好在想念景霆瑞时，立刻就浮现在眼前，如同有他相伴在侧。

"皇上要多多保重龙体，别太操劳。"景霆瑞再三叮嘱着。

"嗯，你也是。"爱卿微微一笑，"对了，朕有一样东西要你带上。"

"是什么？"景霆瑞看到爱卿伸手进入衣袖，接着摸出一个精巧的盒子来。

里头是铁盒，外罩是香樟木雕刻而成的，防虫防蛀，涂满清漆防水。且盒子五面雕花，盒盖上是双龙戏珠，真难为工匠了，不过手心大小的盒盖上，竟把每一片龙鳞都雕画得栩栩如生。

上头还镶着一把铜锁，配有一把细巧至极的钥匙。

"这是密函匣，只有朕才能打开来看。"爱卿微微一笑说，"钥匙有两把，如今把匣子交付与你，可要常常寄回来。"

密函匣自古就有，太上皇派出去的密探捎信回来时，用的就是这样的匣子。

密探写完书信放入匣子，把锁扣上，待信使送回给皇帝，皇帝自会拿出那唯一一把的钥匙，将它打开来看。

且不同的密探，拥有不同的匣子，花色代表着品级，如今这个双龙戏珠，那可是最高等的。

这是属于景霆瑞和爱卿之间的密匣，往来信件不用通过任何人的审视。

景霆瑞懂爱卿的意思，除去军情机密外，两人之间从小说惯了的话，也能写在密匣之中，聊以慰藉。

"末将定时常寄信回来。"景霆瑞抱拳道。

爱卿想要说什么，终究因为心情过于激动而无法言语。

小德子并不想打搅他们，可不得不再三催促，爱卿深吸了两口气，就和景霆瑞一起出了帷幄，宣布启程。

"本该是朕守护你才对。"

在酒宴上，有臣子大为赞赏景霆瑞为皇帝出征，是酒醴麴蘖。可是爱卿的心里，却忍不住那样想。

朕是皇帝，你是将军，于情于理，皇帝是该派将军出去打仗。可是在心里，却万万舍不得。

"朕是皇帝，你是将军。"

第三章
讨伐晟夏战

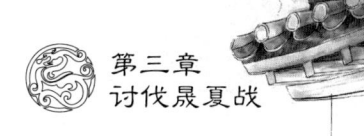

爱卿登上城垣，目送浩浩荡荡的行军队伍远去，喃喃自语着。从来都未觉得这样有何不妥？即便自己是皇帝，瑞瑞是将军，也不会隔阂了他们。

可到了景霆瑞离去的这一刻，他才真切地感受到，"皇帝"和"将军"不同的地位，不同的职责，即便是一心一意地想要守护他，却还是得派他上战场。

心里的矛盾是那样的深，在以前他从没有如此介意过身份的差别。

一种从未有过的阴郁心情也笼罩住爱卿的心头，不过他很快甩了甩头，平复纷乱的情绪。

"瑞瑞不是一般的将军，朕也要当一个好皇帝！不能让瑞瑞担心。"爱卿给自己鼓气，可不能因为离了景霆瑞，就什么事都办不成了。

这一次的分别，倒让爱卿有了身为皇帝的自觉。在之后的日子里，他废寝忘食地学习新知，不再是那个一拿起书本，就往上面涂鸦作诗的调皮太子了。

四个月后，冬去春来。

前线的战报迟迟都没来，爱卿正等得心焦，北方又出了事。

一场大旱灾从天而降，奏报上写着："赤地千里，焦金流石，民不聊生。"

朝上正为此事商议着如何赈灾，再遇飞蝗急报。据闻北部农田是颗粒无收！今年的纳粮纳税，无疑会大减。

比起国库，爱卿更担心的是当地百姓无以为生，连下数道诏书，要求所有亲王、郡王都往灾地捐献自家的钱粮。

但此事惹得皇亲国戚相当不快，向来只有农民向他们进贡的，还没有倒过来主子给奴才送钱的。

还到处说，皇上大可免去灾民二年的赋税。再不济就从国库里拨出银两来赈灾，何必算计他们那点养老钱，就算是捐了，也是杯水车薪，没多大用处。

这话当然是假的，有不少亲王、郡王全国各地圈买下肥沃的田地，筑起庄园，多年经营下，都富可敌国，他们哭穷，只是舍不得自己身家罢了。

还反过来数落皇帝的不是。爱卿不知内幕，也变得十分为难。赋税是要免去，但不能轻易动用到国库。

景霆瑞正在打仗，除去军饷粮草不说，光战船火炮的建造就需要不少银两。

好在炎第一个站出来，捐出自己一年的俸禄，以自己的行动支持爱卿。

爱卿感动不已，到底是自己的亲弟弟，血浓于水，愿彼此扶持。

尔后，永安和永裕亲王也捐了一年的俸禄。

贾鹏一直处在中立地位，既不反对皇帝，也不得罪权贵。爱卿直到这时才知道，他行事时若有宰相的支持，必定事半功倍。

可他揣摩不出贾鹏的心思，对这几道旨意是赞同，还是反对？或者别有更好的主意？爱卿问急了，贾鹏就说自己年纪大了，做事也迟钝了，这些事本该圣心独断的。

看起来是支持，却又似乎话里有话，爱卿无法明白，越发焦急，倒是炎旁观者清，明白

过来。

　　皇上不与宰相商议，就擅自封了景霆瑞为大将军，贾鹏仍在羞恼，才故意为难皇帝，好让皇帝明白自己的重要性。

　　可是炎不能随意干涉政务，亦不可得罪贾鹏，只能尽可能地帮爱卿解围。时常在贾鹏面前说些"皇上很看重相爷"的话，倒也让贾鹏心气顺了不少。

　　不久后，礼部举办了祈雨大典，皇上亲自主持，祈求上苍怜悯众生，还放生鱼鸟，数日之后，北方真的下了一场大雨，且三天三夜都没有停歇。

　　得到那样的喜报，爱卿才松了口气，当然，皇亲们依然不愿拿出私房钱，他便把亲王贵族们进贡给朝廷的钱粮，全都拨给灾区百姓，算是两全其美。

　　而前线的奏报终于来了！

　　爱卿坐在龙椅之上，手微微握成拳头，在听得奏报官清楚地说道"可惜是三战皆败！"的字句后，他整个人都轻轻晃动了一下，耳朵里便只剩下嗡嗡之声。

　　朝上更是炸开了锅似的，所有的人都议论起来，摇着头的，垂头丧气的，也有愤慨不已、唾骂景霆瑞无用的。

　　所有的这些都展开在爱卿的面前，宛若一个巨大的黑色旋涡，几乎要将他吞噬了进去。

　　天阴沉沉的，海浪狂击着的礁岸，犹如锋利的狼爪，凶猛地咧开着。

　　一队身着大燕甲衣的士兵，整齐地站在礁岸之上，并不畏惧那猛烈的海风或许会将他们刮下去，被礁石撕成碎片。

　　火把在此处无半点用处，只有亮出的兵刃、刀锋，闪着令人胆寒的光芒。

　　所有人都恭敬地候着，直到那一抹猩红如血的披风，呼啦作响地飞扬在山巅，如同出征的号角，令人为之振奋！

　　"景将军！"一个晒得极黑、方脸阔额、身材挺拔的年轻将士，单膝跪在那耀眼的红披风前，大声道，"人犯均已带到！"

　　"很好。"景霆瑞的声音仿佛是铜鼓震鸣，低沉又浑厚有力，轻易地穿透过隆隆作响的海浪，"备酒！"

　　三碗红澄澄的烈酒被士兵送上来。

　　之前押来人犯的将领是先锋大将何林，他二话不说就端起其中一碗，这碗口可真大，捧在手里也沉甸甸的，就跟酒坛子似的。

　　景霆瑞取了一碗，递给另一位猛将张虎子，这才拿起最后一碗酒，对着岸边数千的将士说道：

　　"各位兄弟！今日一战必是九死一生，但我大燕将士身经百战，早已视死如归。与尔等共同杀敌报国，是我景霆瑞的荣幸，在此立誓血祭，定要拿下晟、夏国君之人头，让兄弟们荣归故里！干！"

　　景霆瑞仰脖一饮而尽，张虎子、何林效仿，且十分亢奋，把喝干净的大碗用力摔碎在

第三章
讨伐晟夏战

石头上。

迸射开去的碎片甚至扎到一个囚犯的腿上，疼得他眼眉都皱起了。

这人已有四十来岁，穿着本地百姓惯穿的素色长袍，用长巾包起的头发已经散开，嘴里塞着石头，口角都是血。

他一直哼哼着，想要向景霆瑞磕头求保命，但是双手被绑缚在身后，士兵又紧押着他的脑袋，让他面朝大海跪着，不准动。所以他挣扎了好几下，都没有成功。

在他的身后，有着七位与他一样穿着的男子，吓得一直在发抖，有的还尿了裤子。

"血祭！"

景霆瑞望了望那跪着犯人的礁岸，一抬手，就有传令兵挥舞手中的红色旗帜。

成排的士兵，几乎同时挥起手里的锋利阔刀，没有一刻的犹豫，数颗人头便滚落在礁石上，血喷溅了一地，他们的尸首亦被推入海中，献祭给了海神。

景霆瑞素日里并不信那些牛鬼蛇神，抓到犯人，审讯完了杀掉便是。眼下战局紧张得很，可他还是要谋士选择吉时举行血祭，为的就是在大战来临之际，振奋士气！

"将军英明神武——吾等誓死追随您的左右！"

自从和敌军开战以来，可以说是"步步退让"，如今更是到了退无可退的地步。

上上下下数万的将士，可都憋着一股子气劲，如今大声地吼出来，就跟炮火齐发似的震天动地！

眼前的这场战斗，正如今景将军所言，会是九死一生！可是他们不怕！他们唯一害怕的是景将军不调遣他们，能得到景将军的信任，何尝不是一种无上的荣耀？

浩浩荡荡，超过三千艘的战船分成四路，扩散开在这一望无垠的海域，数十只雄鹰被放了出去，寻找敌军的迹象。

这也是第一次大燕军队主动出击。

何林实在是按捺不住心里的亢奋，不由得想起那天夜里……

"将军！您可千万别把战败的消息发往朝廷！"

何林因为万分焦急，都没经人通传，就鲁莽闯入景霆瑞的船舱内。

"为何不可？"景霆瑞在烛光下，一如往常地沉毅、英俊，很难想象他如此年轻，却能统帅这样庞大的一支军队。

"皇上不知内情，以为咱们当真连吃败仗，日后必定会重罚您。"何林忧愁满面地说，"这、这都可以算是谎报军情……"

"我答应过皇上，一定会如实向他禀告这里的情况。"景霆瑞依旧看着案上的军文，淡然答道。

"什么？那您还……"何林瞪大着眼睛，这岂不是死罪难逃了！

"要骗过敌人，首先得骗过自己。"景霆瑞注视着何林，分外平静地说，"其次，那奏报不是我发的。"

"咦？那……"

"是以你的名义上报的。"

"——老天!"何林顿时摇摇欲坠,好像正在经历狂风大浪般的脸色苍白。

"别怕,不会有事的。"景霆瑞站起来,低沉地道,"你来得正好,陪我去见一个人。"

"是谁?"景将军的身上总有种说不出说服力,他说不用怕,那就真的可以放宽心,何林很好奇地问,"在这茫茫大海上,还有谁可见?"

"他上船好些日子了,这会儿才得空向你介绍。"

景霆瑞带他见的人,是一个穿着厚锦袍还显得非常干瘪的老头子。看起来七老八十了,在拥挤不堪的战船上竟然还有一个单间可住。

要知道他们这一路上,没少搭救逃难的大燕渔民,但都挤在一个大舱房里,到了安全的地方,景霆瑞再让他们下去。

待景霆瑞说起老头的身份,何林才大吃一惊。原来他是朝廷派下来的监察使,三十多年来一直在这里当差。照理说,监察使负责监察、纠弹当地官吏,每十年一轮换,为何他当了这么久?

老监察使说,那是朝廷把他给忘了!也怪这地方穷破,皇城的官爷们,怎么会主动请缨来这儿当这苦差事?可他并没有忘了自己本分,待得久了,索性在这里安家落户,连孙子都十七八岁了!

可是,敌军却突然攻打进来,一个炮弹不偏不倚轰塌了主屋,里头睡着孙子一家,顷刻间全没了,还有儿子、儿媳,跑到半路上叫敌兵给杀了。老人说到难过的地方,连连喘气,何林这样的铁汉子,听着也忍不住鼻酸,抹起泪来。

从那日之后,何林就时常去探望他,还劝过他下船去,海浪太颠簸,对老人家身子不好。

可是,老监察使说他要报仇雪恨,就算死也要死在战船上,何林对此敬佩不已,把他当成亲爹一样小心伺候。

谁能料想到这样一位气节极高的老官员,竟然是一位通敌叛国的反贼!在他的身上,何林第一次认识到什么叫老奸巨猾、大奸似忠!

他的家人早在开战前,去了夏国安置,而他这么一个半截身子都在泥土里的人,居然还想要做藩王?!

景霆瑞说,虽然说监察使手里并无实权,但当地哪个县官敢开罪他?久而久之,他便富甲一方,还自设护院兵丁,确实和藩王无异。

正因为他年纪大了,想要把"藩王"之位传给子孙,可是新帝登基之后,有重新审查在籍官员,他担心自己的监察使位置会被撤换,一直愁恼得很,毕竟再怎么像一位藩王,他也不是真的。

碰巧晟、夏二国有侵犯大燕之心,派来细作四处打探。机缘巧合之下,他们便勾搭上了,狼狈为奸之后,来个里应外合,把之前大燕的军队玩弄于股掌之间,才导致屡屡战败。

至于那位"料事如神"的神婆子,不过是老头给自己找的,打掩护用的幌子罢了。

第三章
讨伐晟夏战

军队这边才拟定的战策，那边简直像能看穿一般地应对，统帅必定会怀疑，己方是否出了奸细。

但是有神婆子在，再弄一些"刀枪不入""死而复生"的江湖把戏，倒也把那些将士给唬住了，又惊又惧之下不知如何是好。

景霆瑞甚至调查出，那神婆子的真实身份。她是在老监察使家里管猪圈的大婶，年轻时就是个坑蒙拐骗的神棍，让她在船首神台上，面目狰狞地乱舞一气，绝不在话下。

这神婆子一被揭穿，敌军的"神怪之力"也就土崩瓦解，何林对景霆瑞佩服至极，因为他说，越是深信自己不会露出马脚的人，也就越容易错漏百出。

可不是么？老监察使深信已经骗过了景霆瑞，却反被景霆瑞好好地利用一把，还顺藤摸瓜地查出几个同党。他们乔装成百姓，分别隐藏在各条副将的战船内，从中作乱，真是危害不浅！

如今杀他们血祭，也算是告慰之前被害的统领、将士，只可惜那老贼到底是逃掉了。

不过，也许是在景霆瑞的身边待久了，何林觉得事情没有那么简单。

远处隐隐传来一声鹰鸣，何林猛然回神，大步走向船首，不仅老鹰发现敌情，最前方的开浪船上，也升起一串红色三角旗！

"传令下去，全员备战！"何林这么大吼的时候，不忘朝景霆瑞所在的旗舰上望去。

船桅上那黑底镶金边的"景"字军旗，随着风呼啦啦地震动着，而持着铁弓、火铳的护甲兵，早已列队整齐地布满船舷，预备迎敌。

西南风推着他们的船队，就跟鼓满的风筝一样，往敌舰极快地驶去。这风向、风力也是景霆瑞等了好些日子的。

很快，敌方船上响起擂鼓声，他们几乎铺满着海面，无论是船只数量，还是人数都占有绝对的优势。

想必对方也是全军出动，打算决一死战吧。

只是何林想不到对方真的如景将军所预料的，会一路追到这片汪洋上来，他们之前驶离的礁滩，叫作鹿儿岛。

别以为名字好听，其实就是一个形状像鹿，却连一口淡水也没有的荒岛，上头只有疯长的茅草，真真是一个鸟不拉屎的地儿。

这里远离敌军的补给线，那么多人全凭船上的口粮、淡水可不够支撑，且船舱里早被弹药、火器给填满了，但敌军大帅仗的就是以多胜少，想要一鼓作气，彻底击垮燕军。

难怪乎，将军要说，此战九死一生。

"预备！"

敌军的船几乎就在眼前了，何林都可以看到那一排排打开着的炮门，以及甲板上涌动着的士兵。

景将军的战船上挥舞起橙色旗帜，何林立刻下令调整队形，呈现箭镞的三角形，敌舰则继续铺开，大有包围之势！

"杀啊！"

彼此的船舰都已经进入弓箭、火铳的射程范围之内，士兵亦沸腾起来，彼此叫骂，分外眼红！

景霆瑞手中的黑色令旗一挥，刹那间，无数的弓箭如密集的暴雨倾倒向对方，与此同时火铳打响，浓烈的火药味扑鼻而来。

近距离的厮杀，彼此都不留余地，有一艘夏国战船最先烧着，火光冲天，桅杆更是发出噼啪的爆裂声。

这如同火球一般的船只很快和晟国的战舰混在了一起，就如同火烧连营寨一般，两艘巨船都燃起熊熊烈火。

不停有人嘶吼着从甲板上跳下，与此同时，大燕的船只上也有被炮弹打落水的士兵。

这些人在漂浮着各种血污、焦黑木板的海面上继续厮杀，猛拽一脚，摁进水里，海面上浮起一具具的尸体，却是司空见惯。

没有人有时间去恐惧死亡，因为他们就身处地狱之中！

"轰隆！轰隆！"

在炮火不间断的轰鸣中，景霆瑞的旗舰一马当先，带领船队以锐不可当的气势杀出重重包围。他手中的巨弓没有一刻停歇，射出的每一箭都能串住几个人，亦把敌舰的船首像击个溃烂！

那可都是包了厚铁的实心木头，雕刻成凶猛的兽类，可在景霆瑞的长弓下，就跟豆腐似的一碾就碎。

如此强悍的武艺着实惊到了对方，之前彼此对战，大燕军几乎都是应接不暇，便节节败退了。

除去当幌子用的，对外称作"女统帅"的神婆子，这夏、晟二国真正的统领，是晟国国王阿布塔，他已经年过四旬。与他联姻的夏国公主吉吉儿，今年不过十三岁，说到底这不过是一场军权交易，只为了共同的利益——发兵大燕！

而这一切的起因，还要从大燕的皇帝说起。淳于炆早年曾攻打过夏国，还杀了皇储，即阿布塔的父亲哈丹克，若不是淳于炆旧疾犯了，急急班师回朝，说不定夏国已成历史。

他的儿子淳于煌夜更为残暴，不但吞并余下不多的附属国，还接连地灭了天霁、南烈，使得大燕的疆域一再扩大，成为名副其实的军事帝国。

阿布塔深信淳于煌夜一定会出兵夏国，一直扩充军备，养精蓄锐，还计划与夏国冰释前嫌，共同抵御强敌！

只是夏国国王年老，膝下公主早已嫁人，一时半会儿也找不出一位公主来嫁给他，直到国王七十岁时，年轻貌美的妃子生下吉吉儿，联姻之事才有了着落。

该说是海神的庇佑吗？淳于煌夜在巅峰之际竟然急流勇退，不但主动退位还行踪不明。

细作回报说，普天之下，没有一个帝王会为了身边的一个臣子身体不适了就退位的，这是闻所未闻之事。

这是一个非常拙劣的借口，真正的缘由是淳于煌夜在宫中得病暴毙，为免民心不稳，

第三章
讨伐晟夏战

天下大乱，故而说是主动退位。

阿布塔觉得很有道理，大家都是国君，为顺利结盟，他轻易就休掉了跟随自己多年的结发妻子，他还告诉儿子们，男人若要成就大业，必得舍弃儿女私情。

更何况是大燕国的皇帝呢，他坐拥着天下第一大国。

还有一个秘闻，是说大燕国能够这么厉害，是因为他们身边有巫雀人，巫雀能呼风唤雨，是仙族，是他们助大燕皇帝称霸天下。

阿布塔并不相信这种事，这太过稀奇古怪，但大燕国的子民对此深信不疑，还说巫雀族会给大燕带来祥瑞康宁。

这些不过是大燕皇室操控权术的一种说法罢了，阿布塔如此推测。

不过，当大燕的少年皇帝淳于爱卿登基后，他还是小心谨慎地进行多方打探，确定对方毫无祖辈们的武功本领，只是一个锦衣玉食、不谙世事的少年后，才光明正大地举行联姻仪式。

这亦是发兵的信号，当然，他对于小皇帝竟然这么快就派兵过来感到意外，那简直就像是提防着他们联姻似的。

但转念一想就觉得不过是凑巧罢了，新帝登基，边防将士本就会撤换一轮，就连老监察使的位置都要不保了。

他们调来的士兵也不足为惧，他手里的强兵猛将可是训练了好些年的，各种战策也是拟定了再拟定，加上老谋深算的监察使里应外合，没有不胜的道理！

"等下，难道就是他？"突然，阿布塔想到了数年前的一道密报。

上面说，大燕有一位青年将领，才华十分出众，深得淳于煌夜重用，是大燕军攻打嘉兰的主帅。此人善用兵法，工于心计，甚是可怕，需要提防再提防！

嘉兰国和晟国一样都是备足兵马粮草，想要攻打大燕，却没想半路杀出只拦路虎。

说起来，那场战斗是以游击散打的方式开篇，阿布塔明白嘉兰国是想消耗大燕军，却反而中了敌方的圈套，以为对方和往日一样，不会追击，正歇息着呢，他们却杀来了，结果当然是一败涂地！

只是这样的战术，需要等待敌方习惯了彼此的打法，疏于防范才能用得上。没有一位统帅能够这么沉得住气，花好几个月的时间，都只是打打停停，绝对不深入追敌。

而他当时还是初出茅庐的年轻将领，竟然能够顶得住老兵老将的压力，还能忍得住看到敌兵逃窜，却不去追击的诱惑力，在战场上如此玩弄对方，这样的人能不可怕？

"景霆瑞！"阿布塔自言自语，神情凝重。

是了！密报里写的就是这个名字。那战舰的大旗上，可不是也写了一个"景"字吗？只因为嘉兰一战后，景霆瑞跟销声匿迹了似的，他才没有放在心上。

"是一员猛将又如何？本王也不差！"

阿布塔怒瞪着布满红丝的双眼，望着对方的船只，在海上他才是霸者！于是，立刻下令让所有战船缩小包围圈，一定要追上，并擒住那条"景"字船！

所谓擒贼先擒王！阿布塔觉得既然景霆瑞是大燕小皇帝派来挽救战局的，那么若擒

住他，就足以把小皇帝吓趴在龙椅上！

"快，全员火速前进！"

之前拟定的神婆子战策已经失效了，阿布塔并不在乎，他的眼里燃烧着熊熊战火，他要将景霆瑞碎尸万段，撒在海里喂鱼！

"报！王上！后方起雾！"眼见离景霆瑞的船越来越靠近，哨兵突然嘹亮地报道。

"雾？"阿布塔只是往后一瞥，却是傻眼了。

风很大，正如哨兵所说，他们的斜后方出现了一道翻滚着的乌黑雾霭，就好像海啸来临似的遮天蔽日，让人不寒而栗！

且它顺着风向，直朝他们船尾涌来！有一些行驶慢的战船，已经被浓雾吞噬，只听得里头是炮声隆隆，不时有火光冒出。

"这是什么？！"

船上士兵的惊讶，不比阿布塔小，更甚至已经吓坏了。传说中，海神发怒时会派出巨型乌贼，喷吐出浓黑的墨，吞没过往的船只，无人可以生还。

难道海上连番的激战，惊扰到海神他老人家？

这一慌神是非同小可，有一士兵手里正扛着火铳准备向敌船发射呢，他一愣，炮口不觉朝下，"轰"的一声，竟然把自家船甲板给捅了大窟窿！火一下子冒了起来！

"作死啊！快浇水！灭火！"

士兵们慌乱地跑来跑去，拿水桶和沙土灭火。可火势相当地猛烈，下层舱房里是火药房，有不少人被烧着了，凄厉的惨叫声刺破天际！

"王上！弃船吧！"

副将高大威猛，蓄着一把浓密的络腮胡子，可连那胡子都烧焦了，灰头土脸的，唯独眼睛是亮的，闪着焦急，"下面火势太大，船要爆炸了！"

"——砰！"阿布塔重重一拳砸向船桅，整张脸都气得通红发紫，却没有立刻下令，直到耳边响起爆裂声，这才粗哑地吼道，"弃船！"

数不清的士兵跳入海里，更多的随着爆炸粉身碎骨，阿布塔坐在一只小艇里，满面的怒气，海浪很大，小艇晃得厉害。

有士兵攀住艇沿，试图爬上来，但都被副将用船桨打了下去。这么小的艇，多上一人都会翻覆，这时候保住自己和王上的命，才是最要紧的。

留得青山在，何怕没柴烧！

不过，船只越庞大，火势亦越大，加上不时地爆炸，小艇只能向外围拼命地划去，到了稍微空旷点的地方，阿布塔猛地站了起来，瞠目结舌地看着眼前何其惨烈的一幕幕。

他的旗舰爆炸了，火势凶猛，黑烟滚滚，因他之前下令缩小包围圈，所有的大船都是急速、彼此贴近的队形。谁也没料到王上的船会出事，他们都想要避开，可是船身太大，调头谈何容易。

很快，旗舰上的火烧着另外一艘大船，士兵们纷纷转移向小一些的战船，却载荷力不够，竟然侧倒向一边翻沉了！

第三章
讨伐晟夏战

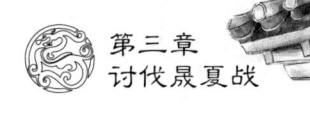

幸而避过火烧的船看到旗舰毁了，顿时跟没头苍蝇似的在海面乱转乱打，原本已突围成功的大燕船队，可能是看到后方的混乱，全都调转船头，对他们进行反包围。

一瞬间，飞箭如雨，炮声震天，战鼓更是隆隆敲个不停！大燕海军猛然高涨的气势，如同排山倒海一般，向余下的晟、夏联军发起猛攻！

两军交战，一方若没有了士气，就只有挨打的份。有的船想要逃走，却因为风力的问题，被阻截在原地。

阿布塔望着自己费劲心力组建起来的大军毁于一旦，简直是悲痛欲绝，他身旁的副将也唉声叹气，最后一把拉住阿布塔的胳膊，沉痛地道："王上，撤退吧！"

"不！本王要抓住景霆瑞！要亲手拧断他的脖子！"阿布塔用力夺过副将手里的木桨，恨得咬牙切齿，一副要朝景霆瑞的旗舰划去的样子。

"王上！您这去是送死！对方可是千军万马！"副将拼命阻拦，"等上了岸，咱们再组建军队，杀回来也不迟！"

"本王……哎！"阿布塔摔掉木桨，一屁股坐下，副将这才松口气，正要把小艇划拉开，突然愣住。

身后的黑雾不知何时散开了，那里排着一溜的大燕战船，其中夹杂着一些升着白旗的晟国战船。

他们的退路被截断，前方又是凄惨的败局，副将回头看了一眼阿布塔，垂头丧气地道："末将来世再效忠您了。"说完便投海自尽。

阿布塔眼睁睁看着他的心腹消失在海浪里，却依然不死心！

他自个儿拿过船桨，向着远处的鹿儿岛拼命划着，兴许大燕船队并没有瞧见他呢！海上漂浮着木板、尸体等这么乱。

直到景霆瑞的巨舰都快碾压到他的小艇了，他才不得不停下手来。

之前的喧嚣就好像是一场梦似的，周围安静了许多，只有刺鼻的浓烟还弥漫着。

阿布塔抬头，景霆瑞正站在船舷边，居高临下地看着他。

"本王投降！"阿布塔率先叫道，一副大丈夫能屈能伸的模样，"我——阿布塔要与你进行和谈！"

旗舰上响起哄笑之声，景霆瑞稍一抬手，立刻鸦雀无声。

阿布塔继续望着景霆瑞，"先拉本王上去，自会有人来赎本王！"他可不比别人，只是一般的将领士卒，死了也就罢了。

他是晟国的国君、夏国的女婿！大燕抓了他，就有了谈判的筹码，是重金赔礼，还是割让城池都好说。

而阿布塔深信，屈辱只是暂时的，等东山再起之日，必定双倍奉还！

可为何敌舰上的绳梯还不放下来？阿布塔凝眉细看，黑烟逐渐散尽，阳光太亮了，晃着他的眼睛。

待光线转暗，终于看清时，才发现等待他的并不是绳梯，而是景霆瑞手里的利箭。

想到它的威力，阿布塔不由得倒退一步，脸色晦暗，还没来得及留下遗言，利剑就穿透

他的左胸,甚至把小艇都劈开了,他的双手就这么抓住胸前的重箭,往黑暗的海里跌去。

原以为海水很冷,他却觉得一丝暖意,待发现热意是来自胸口涌出来的热血后,他清楚地意识到死亡,从而陷入无限的恐惧中,浑身僵硬。

不过,真正令他骇异的还是那一双出挑的冰眸,竟是如此寒冷彻骨,那眼里没有一点身为人的,对于败将的怜悯。

有的只是必须斩草除根的决意!阿布塔甚至想,若现在能后悔该多好?他活了四十多年,第一次有了悔意。

不该攻打大燕的,至少不能与景霆瑞交火,这想法伴随着心底的惊惧,让他大睁着眼,一脸骇然地沉入海底深处,和他的战士们一起……消逝了。

第四章 与君共赏枫

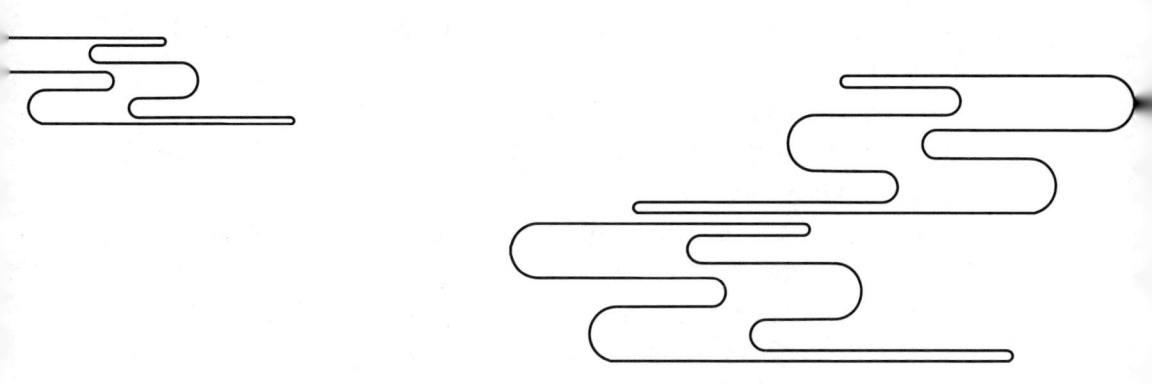

大燕皇城，景将军府。

说是将军府邸，门前既无侍卫，也无气派的石狮，唯有皇帝赐予的匾额"将军府"，在一抹暮色中闪烁着悦目的金光。

府门内，过了青山影壁便是铺满青砖的庭院，在右方的屋檐下放着横条状的石板，养着好几盆凤尾竹、石榴花和腊梅。

夏末初秋，浓绿的叶，大红的花，把庭院装扮得富有生气。

府内并不宴请客人，可是装饰典雅的厅堂内却热闹得很。小德子公公才走不久，皇上赏赐的食盒正摆放在酸枝木圆桌上。

景霆瑞的母亲一品诰命夫人刘氏，正吩咐管家，把那精致的红漆描金蝠纹大食盒拿到供桌上去，全家上下要行三跪九叩之礼，才能享用皇上御赐的美食佳肴。

"皇上对咱们家可真是恩重如山呐！"刘氏被丫鬟搀扶入座，眼里噙着泪花，一脸动容。

"夫人，快别哭了，这是喜事。"

柔声劝说着的是田雅静，说是府里的大丫鬟，却和本家小姐无异，不用做粗重活，有一间素雅的闺房，还有老妈子贴身伺候着。

别的丫鬟见着她，不论年纪大小都得躬身道安，叫她"大小姐"。

"雅静姑娘说的是啊。"长得肥肥壮壮的老妈子在一旁帮腔道，"夫人，自从将军离家打仗，这都快一年了，咱们家里还能欢笑不断，靠的都是皇帝的庇佑，今儿赐外国进贡的鹿茸人参，明儿又赐布帛锦缎，这时不时就有赏，就连我们这些当下人的，都倍觉颜面有光，特是喜庆呢！"

"哎，我这是喜极而泣！可就躲不过你们这两张伶俐的嘴。呵呵，来，大家落座，都起筷吧，和往日一样吃，千万别客气。"

刘氏表面爽快，心里却很惦记儿子，尤其在这段日子里，听闻朝廷上没有得到前线战报，她的心啊是七上八下的，很怕皇上会发怒。

可是，没有想到皇上的恩赐不但没有停，反倒比以往更多，就像是在给她吃定心丸似的。

记得儿子曾经说过："皇上心地善良，为人公正。"这话当真不错，能跟上这样的主子，也不知是他们母子几世修来的福分。

"夫人，这炖鹿茸可得您一人吃。"

丫鬟把食盒里的菜都端了出来。有一盅炖鹿茸鸡肉汤、一品人参莲子鸽肉煲、一碟时鲜蕨菜炒肉片、一碟红枣栗子做的甜糕。

炖汤的分量自然不多，贵在少而精，刘氏笑着饮下了。她虽然因为家道中落，流落过风尘，后又遇到薄幸锦衣郎，受尽夫家冷落苛待。

但现在的日子可是过得和和美美，她喜欢家里能够热热闹闹，可以安抚心底的那一份担忧，便让几个得体的下人与她一同用餐。

雅静自然是坐在她的身边，说说笑笑，彼此夹菜，是比亲生女儿都还要亲昵。

108

第四章
与君共赏枫

管家始终不愿坐，站在一旁吃，也是乐呵呵的。老妈子最能吃，力气也很大，随雅静出门，总能赶走好些浮浪子弟，无须再带侍卫。

"不愧是宫里的膳食，这味道就和平时的不一样，这鸡肉怎么能炖这么酥，又这么鲜，就跟吃海鲜似的。"老妈子捏着筷子，笑得合不拢嘴。

"可不是，夫人，您多吃些。"管家点头道，"别让这头牛独吞了。"

"谁是牛啊！你说谁呢？"老妈子假装生气，瞪着眼睛。

"我是牛，好了，呵呵。"刘氏笑了起来。

"看在夫人的面子上，饶了你。"老妈子说。其实，这些下人都很懂规矩，御赐的膳食是不怎么碰的，除非夫人主动夹菜给他们。

否则，都要留给夫人和雅静，他们吃的都是厨房里另外做的一些时令菜。

他们都知道夫人留他们一起吃饭，只是图个热闹。当然不可以太过造次。

待用餐、洗漱完毕，下人们就都去忙了，或打扫庭院、整理库房，或出去买东西，刘氏回去寝房内稍稍歇息，却不想在贵妃榻上睡着了。

待醒来，发现田雅静正坐在贵妃塌的脚踏上，缝制一双白袜。

"又是给霆瑞做的？"刘氏一笑，满面和蔼，"可是辛苦你了。"

"夫人，您醒啦。"田雅静连忙放下手里的针线活，腼腆地一笑，小心地扶刘氏起身。

"真是难为你，这么为霆瑞着想。"刘氏爱怜地看着田雅静那漂亮的脸蛋，伸手替她理了理耳根的碎发，"有件事，我一直不知该怎么和你说。"

"夫人？"田雅静眨了眨眼睛，露出关切之情，"您有何难言之隐？只要能替您解忧，不论是上刀山、下油锅，奴婢都愿意去做。"

"傻孩子，就算你愿意，我也不忍心啊。"刘氏微微叹气，"你是个好姑娘，当丫头真是委屈了你，我是真心想把你收作养女的，但我知道，你并不愿与霆瑞做兄妹。"

"夫人，"田雅静低头，粉腮略红，"原来夫人您知道奴婢的心思……"

"呵呵，我也是女人，是过来人。我很高兴霆瑞的身边，有你这样贤孝温婉，又聪明懂事的姑娘，把霆瑞交给你，我能放一千一万个心，只是……"刘氏欲言又止地道，"霆瑞他……"

"您是担心将军不喜欢我，"田雅静抬头，心领神会地望着刘氏，"对吗？"

"不，你长得这么漂亮，在这世上，怎么会有男人不喜欢你？"刘氏拉住雅静的手，握紧了，微笑着道，"他现在是大将军，以后总有个正房太太，我怕让你当小的会受委屈。"

刘氏知道儿子有了心上人，一定是某家的千金小姐，按照田雅静的出身是当不了将军夫人的，可是刘氏又舍不得把这么好的女孩儿许配给别人。

思来想去，她想告诉田雅静，以后她只能做小，不知是否愿意，可又怕田雅静难过，故而一直避开这个话题。

"夫人。"没想到田雅静却笑了，语气坚决地道，"只要能留在将军的身边，别说是做小妾，哪怕只是个使唤丫头，奴婢也是心甘情愿的。"

"真是我的乖孩儿！"刘氏高兴坏了，一把抱住田雅静，"你以后就安心住这儿，待将军回来，我一定给你们做主。"

"静儿全凭夫人的意思。"田雅静的心里也是乐开了花，她花了这么多的心思在夫人身上，总算是得以回报。

自古以来婚姻大事，全凭父母做主，不管将军以后有几个妻妾，她权当是多了几个姐妹，只要能尽早为将军生下一男半女的，不怕她不受宠爱。

夫人叫她一同用茶，田雅静忽然回神，才发现自己都已经想到那份上了，不禁害羞脸红，好在夫人并未发现，没有拿她取笑。

"皇上，来信儿啦！"

小德子的脚下跟生了风似的，"呼啦啦"地飞速奔到那张摞满奏本的御案前。

"真的？！"爱卿连手里的笔都忘了搁下，激动地一起身，就在正题写的本子上，留下两团云朵般的墨迹。

"糟糕！"爱卿连忙想要抖落它，结果反而墨水溢流，被弄脏的范围是越来越大。

"没事，奴才来描几笔就好。"安平很机灵，拿起一支紫毫笔上下左右涂抹几下，就在墨水上画出几颗鹅卵石，外加细枝叶，俨然是一幅水仙图。

"太好了。"这黄绫本子上写的是爱卿最新的一道旨意，他要提拔两位从六品的员外郎，为正四品侍郎。

既然是嘉奖的旨意，带上画儿倒也是别具一格的。

"都怪奴才不好，让皇上着急了。"小德子一脸歉疚地说，还望了一眼总是救他于水火之中的安平，"幸亏有你在这儿。"

"那是，快把密函匣拿来！"爱卿顾不上谢安平，景霆瑞出征这么久，还是第一次捎回信来。

"皇上，给您。"小德子连忙奉上那只珍贵不已的小巧木匣。

爱卿伸出手去，他是日盼夜盼地想要收到景霆瑞的私信，终于让他拿到了，可这心里怎么会这么地慌。

就在昨日，前线传来捷报，说景将军神威大显，一举歼灭敌军的统帅阿布塔，并且生擒弄虚作假的神婆子"统军"，将敌舰打得是落荒而逃。

这奏报是何林副将写的，看得出他极为兴奋，字里行间透出对景将军的无比佩服，以及对彻底扫荡晟、夏联军余孽的信心。

这让爱卿高悬着的心，稍稍地放平缓些。

他其实从未想过景霆瑞会战败，即使那一封封的奏报皆是坏消息。

"瑞瑞答应过朕，一定会取胜，会平安归来。"

所以，不管朝臣们怎么唉声叹气，或是如临大敌，他都镇定自若地操持政务，还常常派人去探望景霆瑞的母亲。

如果可以，朕也想与瑞瑞一起并肩抗敌。爱卿无数次幻想过，在景霆瑞的身边共同

110

第四章
与君共赏枫

迎敌,那会是怎样的一幅场景。

如今密函到来,他的心头只挂记着一件事,那便是瑞瑞可好?有无受伤?何林的奏报里并未提及这点。

"皇上,您慢慢看,奴才们在外头候着。"小德子和安平都机灵地告退了。

爱卿深深吸了几口气,这才从贴身的锦袋里取出钥匙。他本以为景霆瑞去了前线,一定会时不时地发密函回来,但日子隔了这么久才发来,爱卿以为自己会很生气,但事实上,心里有的只有无限的挂念。

打开的密函匣里,放着一张小小的折叠好的蜜蜡纸。

爱卿小心地用指尖夹出,心怦怦地跳着,将纸条慢慢展开。上头是用细针挑的字儿,蜜蜡纸本就不太好上墨,可是它防潮,且易于销毁,一揉便碎。

"皇上,一切可安好?"这头一句就让爱卿的视线模糊了,胸前一阵酸楚。

"朕很好,瑞瑞。"爱卿低语着,若不是怕损毁纸条,他真想抚摸一下这上面景霆瑞的笔迹。

"因战况百变莫测,交通不利,未能及时寄信给您,还望见谅。得您的庇佑,我军大捷……"

前面数句说的都是目前的战况,以及表明晟、夏二国联军正因战败而陷入内斗之中,但也极有可能再度联手反扑,因此景霆瑞打算乘胜追击,以绝后患。

这也是委婉地表示,他没有那么快就班师回朝。爱卿的手指微微用力,眼里流露出不舍,但还是按捺住心情,对自己说道:"瑞瑞做得很好。"

"另外,战争虽然残酷无情,但末将平平安安,无毫发之伤,还望皇上明察。"看到这略带调皮的语气,爱卿不禁莞尔。

"望皇上不要过于操劳政务,也勿过于挂念微臣,龙体为重。"

信的内容到此为止,没别的了。爱卿反反复复地看了好几遍,想要收起,又舍不得,将它举在空中望着,却发现信纸的末端有一处划痕,从而漏出光来。

瑞瑞可以拉开千斤巨弓,同时也可以举止轻柔地在薄如蝉翼的蜜蜡纸上刻字,却不将它洞穿,这个错漏不像是他会做的。

爱卿好奇地拿近,才发现那里有字,是写下了又将之划去,双重的印刻,才会不小心把纸面弄开一个极为细小的破损。

"是什么?"

爱卿眯起眼睛,努力辨明着比划,"末什么……很木?不,是很……"

在看清楚那一行小字的瞬间,爱卿的眼圈彻底红了,把纸条猛地抓紧在手心,蜜蜡纸便碎成雪花似的……

爱卿的心也像这般地碎了——"末将很想念你"。

景霆瑞写了又划掉,想要诉说心里压抑许久的思念,却只能隐藏掉,他是怕给爱卿带去困扰。

"瑞瑞……"爱卿何尝不是这样的心思。有时候,他会偷偷溜去青铜院,在那间小小

的武将书房内小坐片刻，就仿佛景霆瑞正坐在自己眼前。

这样的举止惹来小德子的嘲笑，可他哪会知道，爱卿到底有多担心景霆瑞，他这一战，不仅仅是为了大燕，还有他们两个的未来。

如果景霆瑞战败，贾鹏就会质疑爱卿选人的目光，也会把景霆瑞排挤到重臣之外。

景霆瑞一旦失势，在一半以上都是老臣、权臣的朝局中，爱卿这个少年皇帝便是孤掌难鸣，就算还有炎在，炎虽然会支持爱卿的施政，但他取代不了景霆瑞的位置。

如若炎是左臂，那景霆瑞就是右膀，试问失去右手之人，如何发挥其最大的实力？

除此之外，爱卿还很想御驾亲征，他想和瑞瑞一起并肩作战，而不是只让他一人去面临重重危机。

但是，身为一国之君，既然已经有了代他亲征的将军，朝臣们自然就不会允许他迈出宫门一步。

除非是去举行皇室祖制的典礼，在这段日子里，他不是去山上祭天，就是去宗庙祭祖。

他沿途看见的"风景"都是成排的御林军和禁军，他的百姓永远都是匍匐地跪在地上，他们长什么样子，是喜是忧他都看不到。

爱卿稍一提及此事，贾鹏就一脸正气地说："您是皇帝，天子尊容岂能给凡夫小民看到，这是大不敬的！"

更别说他想要去前线犒赏军队了，这事才旁侧敲击地提起，就被极快地否决。

连炎也不太赞成，认为目前战局不明朗，皇帝亲自前去督军过于危险，但等战事稳定之后，皇上是可以去瞧瞧的。

但都已经稳定了，还需要他做什么呢？

"朕总是担心景将军遭遇险情……"爱卿不小心透露心声，却惹来炎的一阵笑："他啊，厉害着呢，哪能轻易就遇险。"

虽然炎的话说得不错，但爱卿总是没办法彻底放心。

"皇上，永和亲王来了。"

忽然，小德子进来通传，皇帝一人看信也好一阵时候了。

爱卿才想收敛一下脸上黯然的神色，炎就已经大踏步进来，即使没别人，他也是规规矩矩地跪地行礼："皇上万岁。"

"皇兄？"

免礼起身后，炎想要说些什么，却注意到爱卿分外红艳的眼角，便担心至极，"您怎么了？哪里不舒服？我去传太医。"

"没有啦，你别小题大做了。"爱卿莞尔一笑，"你来得正好，你推荐的两位名士，朕已经拟好折子，封为从五品少卿。"

"从五品？"炎深感意外地道，"臣弟的本意，是想让他们当个从六品官员，能长期留用睢阳即可。"

"此言差矣！是人才就不能被埋没。"爱卿微微笑着说，"你就听一回朕的吧。"

第四章
与君共赏枫

"臣弟只是担心若是看走了眼,会给您带去麻烦。"

"就算你看走眼,还有朕呢。"爱卿笑着走回御案前,命令小德子把奏本传下去交给吏部办理。

炎还是有些迟疑,但他很乐意遵从爱卿的旨意。景霆瑞离开后,爱卿一直是勤勤恳恳地处理每一项的国务,听政视朝一样不落,还很关心百姓的生活。

尤其是北部遭遇天灾虫害之地,爱卿并不是拨出钱粮赈灾、免去赋税便不再管了,他多次派出钦差大臣前去视察重建的情形,为的就是让百姓们无后顾之忧,出现任何问题都有朝廷担待。

赈灾方面花销很多,自然要想办法重新充盈国库。爱卿发现官员以及皇族在赠送,如老人寿诞、新生儿、成婚等的诸多贺礼时,会有一套约定成俗的礼节。即官位、爵位越高,送的礼也越大。

这本是人之常情,但是这方面的花销确实宠大。

例如,爱卿赏赐给炎的生辰礼物,必须是金器,再不济是银器古玉,低于这个规格,就是拿不出手的了。

皇帝尚且需要讲究"体面",其他官员更加不敢次,可是爱卿觉得礼轻情意重,他哪怕是送一把羽扇给炎,炎都会很开心地接受。

所以,未必是贵重的礼物才合常规。

于是,他把"不再按照品级官爵送礼"的意思向诸位大臣传达,可是大家权当皇上在说笑,谁也没当真,直到贾鹏的大侄子贾鸿禧成婚,爱卿派小德子送去一对绑着红丝带的新鲜莲藕,取义"佳偶天成"当作贺礼,大家才知道皇帝是来真格的!

这礼吧,要说薄,但是皇帝送的,要说厚,实在不值几个铜板,寒酸得很!

别人见到此情形,心想皇帝才送一对莲藕,他若是送了翡翠镯子,岂不是让皇帝难堪?于是,裱红的礼单纷纷修改,不再有价值连城的东西,而都是送些被帛枕头、痰盂面盆等家用之物,谁都不敢送惯常的厚礼。

贾鹏亲自出面为爱侄操办婚事,那可是真金白银地往外撒钱,眼下却连个茶水钱都没法回笼,心里面自然不高兴,但他也不能说什么,毕竟皇帝的用意是好的,这言官、文人们可是一致地赞赏有加呢!

这么一来,但凡是过生日、成婚、出殡的礼单,比往常轻得多,皇城里的富商也跟风讲究实用,铺张浪费大大缩减。

爱卿对自己也是相当节俭,能不修建的行宫、花园,统统不建。鞋袜根据常规,每月都要做新的,可是他还有很多双崭新的鞋袜,便免去不做。其他衣裳也是,能穿就穿,不做新的。

这左省一笔,右省一笔,别看都是些细碎的支出,归拢起来,还真节省下一大笔。

不过,让炎最为佩服的,还是爱卿当真送了贾鸿禧一对藕,若换作是父皇,恐怕还得深思一下这背后的利害关系。因为这表面上看是给新人送贺礼,其实还是为了宰相的颜面吧。

可是爱卿并不忌讳这些事，想做就做，真不愧为真龙天子，胆量过人！

除去勤政节俭，爱卿还想要广纳贤才，上回科举考试能用的官员，几乎都用上了，可他还是想要更多的贤士，尤其是不畏惧朝中顽固势力的新人！

所谓的顽固势力多半是服侍过太上皇，甚至两代君主的老臣、亲王。他们靠着年纪大、官高、人脉广，有时过于卖弄，也过于迂腐。

有道是资格老未必就是对的，可是那些后辈哪里敢违背他们的意思，往往只能做应声虫。

反倒是那些真正的有识之士，因为顶撞、得罪了老臣，而不得不辞官归乡。爱卿并不想见到这样，于是，他身着便袍，在朝廷里进行起"微服私访"来。

当然，他有事先知会炎，万一"形迹败露"，总得有个救驾的吧。

爱卿去到议政房的门外，正是温暖的午后，三品以上的大官们聚在一起唠嗑家常，以笼络关系，四品以下官员的插不上话，也陪坐着，好不热闹。

唯独有两位新进的员外郎，一丝不苟地抄写着公文，有一位大官想要拉拢他们，便叫他们放下笔休息一会儿，员外郎却说："卑职拿的是朝廷俸禄，岂能在岗时闲坐？"惹得一众官爷纷纷动怒，骂他们是从穷乡僻壤里出来的，真不识抬举！

爱卿的心里却是赞赏不已，正想查探他二人的身份，巧的是炎也正想举荐他们二人，说这原本是他的门客，虽然年纪不大，抱负却极深，且文学造诣颇高，可留用都城。

"此事正和朕意！"

没想到爱卿立刻就准奏了，还马不停蹄地草拟诏书，倒是把炎给吓到了。

这速度也太快了些，原本提升官员，得一步步地往细里审，人品、学识、资历、祖辈背景等，待吏部以及宰相大人确认无误后，方能任用。

不过在爱卿解释了他的所见所闻之后，炎也不禁觉得"微服巡查"真是一个好招！可节省许多时间，原本还有些担心皇上会否被人认出来，这样有伤帝王尊严，毕竟，皇上假扮的是侍卫。

但是，显然爱卿很聪明，晓得何时避退，谁也没能认得他。还有，便是那些大官的眼睛向来都是长在脑门上的，哪会去关注一个守门的士兵呢！

"皇兄，您这个办法还真不错！"炎忍不住再三地夸赞爱卿，"臣弟是佩服至极！"

"你就别笑话朕了，这不过是小把戏，还是从永安、永裕亲王那儿学来的。"爱卿谈起这两位宝贝弟弟，不禁莞尔。

他并没有注意到安平却是眉头一皱，脸色不佳，仿佛听到混世大魔王的名字一样。

"现在前线又是捷报频传，皇兄，您大可安心了。"炎微笑着说道，"您要好好进膳，歇息才是。"

"嗯。"

爱卿虽然也笑着点头，但心里却依然有些担忧，他不知道景霆瑞何时才能回来？

眼下他能做的，就是写上一份满是鼓劲呐喊的密函，派铁鹰剑士捎给远方的瑞瑞，好好倾吐一下。

第四章 与君共赏枫

皎洁的月光照亮海面，泛起着无数道银光，就跟漫天的星辰一般，闪出水银般的光辉。

一艘奢华的夏国王舟抛锚在这片银海之上，随着海浪上下浮动，这里远离前方的交战区域，显得极为宁静。

船甲板上有晟国的士兵在巡逻，也有人交头接耳地不知在说什么。

一艘用白麻布遮盖住的小艇顺着海浪，无声无息地向王舰靠拢，直到距离足够近之后，从箭筒里射出一支系着粗绳的铁钩，"咚"的一声扎入船壁！

有士兵似乎听到了响动，但也只是左右张望了一下便完事。天冷得紧，还不如往冻僵的手上呵口热气。

小艇借由绳索慢慢地贴近巨大的船腹，接着，白麻盖布掀起一角，一个身着夜行衣的男人，用黑布蒙着脸，唯一露出的黑眸比这冬日的海风都还要冷冽，一动不动地盯视着瞭望台上的哨兵。

没有人注意到这儿的动静，这一场杀戮是在悄然无声中进行的，黑衣人飞身上了船舷，轻盈得就跟一缕黑烟似的。

且他一上去，就用极快的剑法迅速收下三颗人头。

这船甲板上共有三十七人，且全是阿布塔训练出来的精兵，他们早已习惯面对强敌，或是千军万马，他们中的每一个人都能够以一当十！

可眼下的敌人就一个，他们竟然满脸骇然，手持兵器却不知所措！只能眼睁睁地看着那闪银芒如流星般地划过每个人，甲板上顿时血流成河，惨不忍睹。

从小艇上来的另外两人，直接奔去了船长室。忽地，黑衣男子身形一闪，如同消失在黑夜里般无影无踪。

与此同时，船舱内镶嵌着宝石的桌椅被掀翻了，一个几乎裸着身子的女孩儿，正搂着乳母满是鲜血的尸体痛哭流涕！

她的面前是两个身强力壮的晟国武将，一人手里拿着尖刀，一人抓着绳索，他们的要求很简单，就是让女孩二选一，自行了断！

"我是夏国公主！你们怎敢这样对我？！"吉吉儿声嘶力竭地吼着，"我的父王不会轻饶了你们！"

"你的父王？别忘了，你嫁给了我们的王上阿布塔！王上既然已为国捐躯，你身为王妃就该殉葬，以示忠贞！"武将显得极不耐烦地道，"你要是没这胆量，我们帮你了结也成！"

"你、你们！"吉吉儿颤巍巍地站起身，控诉道，"别以为我一个女儿家就不懂！什么混账的忠贞？你们是担心阿布塔战败，晟国会遭受大燕海军剿杀。这时候，万万不能失去我父王的支持，你们想要我死在这里，好让两国联姻得以继续，你们的心好狠毒！逼死我，再去逼死外头那些无辜的百姓，这场仗我父王本不想打的，若不是因为我嫁给了阿布塔……"

"你明白就好,话都讲到这份上了,大家就没必要遮遮掩掩的了!你说得没错,王上死了,你的父王必会招你回去改嫁他国王子,好重新联盟军队。反正与我们晟国的联盟算是完了。但你若是为了王上殉葬于此,你家父王总不能说联姻无效吧?"

"少和她废话了!"另一人冷笑道,"得亏王上料事如神,说他要是有个万一,一定得看住你,不能让你跑了,否则晟国就真完了。我们弟兄几个是为了王上的命令,才时时刻刻伺候着你,你还真以为你那公主派头,能唬住人?别天真了!"

"我是太过天真,当你们是真心护送我回国的,原来只是想在远离他人的地方,好谋害我,你们这些混蛋!"

吉吉儿哭得泪流满面,她自打出生起,就被父王算计为和亲之物,这也罢了,身体发肤受之父母,父王一直很疼她,要她嫁人,她当是偿还养育之恩,便也嫁了。

可阿布塔嫌弃她年龄小,与她并无夫妻之实,她哪有为他殉葬的心思?更何况是被逼着死!

"少啰唆!看在你是公主,又是王妃的份上,我们会让你死得痛快点的!我们还赶着时间,要替你发丧呢!"

可不是吗?这事情要拖久了,夏国皇帝看到情形不对,就把军队招回了,那公主就算是殉葬了也来不及了。

武将就像抓小鸡一样,一把拎住纤弱的、只有十三岁的公主后颈,不顾她的挣扎把绳索套入她的脖子里。

"放开我!救命啊!——父王救我!"

吉吉儿双手拼死拉扯着绳子,可是她根本敌不过对方的力气,绳子穿过灯架,她整个人都被吊了起来!

就在她出不了声,双脚悬空扑腾,痛苦万分之时,一道道的银色光亮飞闪过她的眼前。

她的母亲曾说,人死后会去天国,那里很美,飘浮着无边无际的白云,像海一样深广,能让人忘记痛苦。

吉吉儿觉得自己的身子就是突然浮了起来,果真是不再难受了,她这一辈子短短十三年,谁也不欠,唯独欠自身一个公道。

"母亲……"吉吉儿不由哽咽,悲恸万分,若有来世,她一定不要生在帝王之家!

"公主殿下,您醒醒。"

十分低沉,却悦心盈耳的嗓音,在吉吉儿的耳边响起,她恍恍惚惚地睁开眼睛,却看到自己盖着一条锦被,正躺在自个儿的绣床上。

一个浑身黑衣的男子,坐在床边俯视着她,吓得她一声惊呼,便往床角里缩去,她环视四周,已经不见那两个恶徒。

"他们被我杀了,已经丢下了船。至于我,您不用害怕,我是不会伤害您的,只是见您昏过去好一阵子都没醒,问候一声罢了。"男人言毕起身,离开床边。

舱房内的烛火很亮,犹如白昼,吉吉儿定了定神,这才看清男人的面貌,却又是呆住

第四章
与君共赏枫

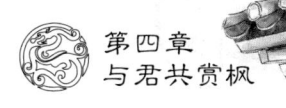

了,心跳得飞快!

这人肤色稍黑,一看便知是经受过海风的洗礼,可是那乌黑深邃的眸、高挺的鼻、厚薄适中的唇,没有一处不好看,和那些相貌粗鄙的将士完全不同!

吉吉儿忍不住眨了眨眼,在想自己是否已经死了,到了天国,所以才能遇到这样俊美非凡的青年男子。

"景将军,一切打点妥当。"又进来一个黑衣人,朝美男子下跪说道。

"……景将军?"吉吉儿反复咀嚼这句话,突然,她吃惊不小似地跳起来叫道,"你是大燕军的统帅——景霆瑞?!"

景霆瑞回头看了她一眼,并没有说什么,只是对下属道:"闭上眼睛,先出去。"

吉吉儿闻言回神,这才发觉自己身上压根没穿衣裳,是被之前的两个歹人给撕破了,景霆瑞帮她盖了被子,这一跳起来,可不得春光外露!

"哎呀!"吉吉儿羞红了脸,拉起被子裹紧粉光玉润的娇贵身子,微喘着气道,"我没想过,竟然会是大燕将军救了我!"

"从您的王舟离开夏国军队开始,我就派人跟随在后。直到手下汇报说,您的船只突然在海中抛锚停泊。"景霆瑞诉说着事情的始末,"晟国既已经战败,您没有理由不火速回去夏国,唯一的可能,便是你遇到危险了。"

吉吉儿听得是一惊一乍,她连做梦都没想过,有朝一日会是大燕的将军救了她。

"所以,我现在是大燕与夏国谈判的筹码吗?"吉吉儿想了想,问道,"您没有理由平白无故地救我吧?"

"是。"景霆瑞亦毫不掩饰自己的目的,坦言道,"您是夏国公主,对大燕来说是一个不错的谈判筹码。"

"唉……"吉吉儿坐在床上,很是无奈地说,"本公主好不容易死里逃生,却也还是你们这些男人手中的棋子。"

"公主殿下,我可以向您保证,不管谈判的结果怎样,我都不会伤及您的性命。"

景霆瑞的目光平静得犹如船舱外黢黑的海面,注视着不住唉声叹气的吉吉儿。

"两军对垒却不要我的命?那还真是稀罕。"

吉吉儿有些不敢相信地望着他,那双总是透着公主傲气的乌眸里,突然有了一丝别样的温柔,连声音也放低几分,"也罢,本公主听你的就是。"

初冬时节,花儿谢了,叶儿枯黄,一派萧瑟萎靡的景致,可冬天到了,也意味着皇帝的万寿节也近了。

早朝上,这边才讲完战事,礼部尚书董有为就出列了。他提议全朝要为万寿节做准备,比如恭造千尊寿佛,在都城中大赐万人流水筵席,从内廷的典礼到宫外的庆祝一样都不缺。

爱卿微笑着听他们你一言、我一语的热烈议论,连贾鹏都说:"是该好好庆贺一番,外边不是打了个大胜仗吗?可谓双喜临门哪!"

"诸位大臣，你们说的都在理，"爱卿开口了，语音柔和，"不过，朕才提倡勤俭过节，怎么可以在自己的诞辰上如此铺张浪费？"

"皇上！万寿为人君之始，元旦、冬至、万寿节，历朝历代都是普天欢庆，为国之大典！"贾鹏上前一步，极不赞同地道，"岂能草率处置？"

"宰相大人说得是。"工部尚书严璐也在一旁附议，"勤俭是要的，可皇上您始终是皇上，怎能与吾等凡人相提并论。"

爱卿还来不及回答，贾鹏又中气十足地道，"没错！犬侄在婚庆典礼上收下一对莲藕，寓意吉祥，可是皇上，就算您也愿意收，臣等也是万万送不得啊，那是大逆不道的！"

"宰相大人言之有理！祖宗典制不可废。"

"正是如此！万岁！恳请三思！"

看到阶下不少点头附和的大臣，爱卿不禁感到尴尬，而送贾鸿禧的那对鲜藕，还真是从秋天提到了冬天，这时不时地谈起，都让爱卿怀疑自己难道真的是送错了？心里挺不是滋味的。

"皇上，您就听老臣一句话吧，该摆的筵席，该有的庆典一样都不能少，不能心疼几两银子的花销，就把大燕的面子给赔了。"

"这又关乎大燕的颜面？"爱卿感到脑袋隐隐作痛，随口问道。

"那是自然，万寿节若不大办，会让外国使节看笑话的。这内廷的人，知道皇上是勤俭节约，体恤百姓，但那些不知道的，还以为大燕国为了区区一场仗，就弄得国库空虚，无力支撑了呢！"

在朝堂上，贾鹏每每说话，都有些把皇帝视为晚辈，甚至是孙辈的味道，表面上是刚正不阿、直言敢谏，实际却有几分不客气。

而眼下，还没人敢和贾鹏呛声，在一旁逢迎拍马的倒有不少。

"皇上，这大喜的日子，若不能普天同庆，风风光光地按礼制操办，确实有失体统。"礼部尚书上前再三说道。

"那……容朕再考虑考虑。"爱卿摆摆手，有些招架不住了，"今日议事到此为止，都退朝吧。"

"皇上，老臣说的每句话，都是为皇上着想、为江山社稷着想，还望皇上早做决定！"贾鹏依然上前禀道，声如洪钟。

待贾鹏的话说完，群臣才跪倒在地，高呼着："吾皇万岁、万岁、万万岁！"

爱卿来到勤政殿外，坐上早就恭候着的鎏金龙辇，却一时没说摆驾去哪儿，只是低着头，默不作声。

"皇上，可是要去御书房？"小德子见皇上的脸色不佳，便讨好地说，"不过，奴才听说东宫的枫叶还红着呢，您要不要去瞧个稀奇？"

"东宫？"爱卿略略一愣，还真有些日子没去了，便应允道，"也好。"

爱卿摆驾来到东宫，这里虽然空置着，但和他儿时住的时候一样。每一道罗帐，每一

第四章
与君共赏枫

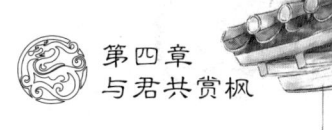

件家具,甚至连案台上摆放的笔墨砚台,都没有移动过。

"好怀念啊。"

爱卿就像是钻出笼子的鸟儿,在东宫的殿堂里行走来去。这里的每个角落,不止有他,也有瑞瑞的影子。

还记得十年前,他搬来锦凳放在长案上,当作梯子用,"噔噔"地爬上房梁。

因为天宇、天辰告诉他,燕子会在房梁上筑巢,这一举动可把乳母嬷嬷、太监们给吓坏了!

景霆瑞看见,"嗖"地飞身上去,将他抱下来,并且安慰着因为找不到燕子而哭泣的自己。

后来,景霆瑞还真帮他找到一个满是鸟蛋的燕子窝,当然不在屋内,而是在东宫的花园里。

他们看着燕子孵出小燕子,叽叽喳喳地吵着要吃的,后来它们都长大了,学会了飞翔,随着母燕离去。

"殿下,别难过,它们来年还会回来的。"景霆瑞那时说道。而他的话总是对的,往后的每一年,都有燕子来东宫花园里筑巢,抚育后代,好不热闹。

爱卿顺着美好的回忆一直走到外头,果然枫叶都还红着。

在皇宫,即便是冬天也少不了好看的园景,因为总有应季的花儿,比如一品红、虎刺梅、仙客来等,都姹紫嫣红地怒放着。

这还没算上外国进贡的奇异林木呢,不畏寒冷,总是翠绿满枝。

但像现在这样,本该凋谢的红枫,却依旧傲然立在冬日里,如同火烧云似的一片连着一片,真是让人眼前一亮,惊喜不已。

"皇上,这红枫如此艳美,来看过的人都说,是祥瑞之兆。"小德子在一旁伴驾,含笑道,"这红红火火啊,给大燕带来了胜仗,也迎来皇上您的寿辰。"

"是祥瑞,也是辛苦。"爱卿伸手轻触叶片,这上头还有些冰霜呢,越发显得它晶莹剔透,宛如玉雕而成,心下很是欢喜。

"辛苦?"小德子不明白。

"这肥料施得好,才能让它们抵御这几日的寒风。"爱卿微笑着道,"传旨下去,找园丁来,朕有赏。"

"奴才遵旨!"小德子退后一步,对一个太监说了句什么,太监退下了。

爱卿走上迂回观景的直廊,来到倚芳亭,环视四周既熟悉又有些陌生的景色,便坐了下来。

没有风,他并不觉得有多冷,尽管如此,随行的宫女彩云和彩霞,立刻给他奉上暖手炉,还在桌旁放好了炭盆,并把所带的裘衣摊开,遮盖在爱卿的腿上。

这些动作既细致又温柔,且极快,完全都不会让人觉得碍事。反倒是爱卿感到不好意思,说道:"你们女儿家都不怕冷,朕何须包裹得这样严实?"

"皇上乃万金之躯,大燕之根本,岂可与奴婢相提并论。"彩云俯首,恭恭敬敬地道,

"冬日寒冷，还是龙体要紧。"

"你呀，可是比乳母嬷嬷都还……"爱卿笑着想要说什么，看到远处有一个老太监匆匆赶来了。

"皇上，这就是打理园子的老太监，叫周福全。"小德子轻声说。

老太监在亭子外头诚惶诚恐地跪下了，头埋得都看不见脸，一个劲地磕头说，"奴才周福全叩见皇上，皇上万福，皇上万岁！"

"周公公，辛苦你了，要打理这一大片的园林。"

"这是奴才的本分，不累。"老太监依然低头回话，接着还从袖管里摸出一本小册子来，递交给小德子。

小德子拿过来查验一番，才转手交给爱卿。

爱卿颇为好奇地打开来一看，竟是一长串的名字，什么小安子、刘嬷嬷、宋姓宫女、朱姓宫女，不禁困惑地问，"这是什么？"

"回皇上，奴才接到您的旨意，要找打理这片枫林的园丁。奴才虽是头儿，却不敢独占功劳，这名单里有出宫买肥料的小太监，有给树叶除虫、浇水的老嬷嬷，还有擦拭叶片扫尘土的，这活儿细，都是宫女们做的……"

"你等等，敢情这名单上三十几号人，就管这片枫叶林？"爱卿有些惊讶地问。

他生长于皇宫，早就习惯了美丽华奢的景致，完全没在意过这后头到底有多少宫人，没日没夜地打理。

"回皇上，还没算上挖泥、担水的挑夫七人，其他的，都齐全。"老太监头也不敢抬，敬畏地回话道。

爱卿的惊讶溢于言表，他反复地翻了翻名单，随后放下了："这单子上的每人赏铜钱一贯，下去吧。"

"谢皇上恩典！"

老太监可欢喜了，连连叩头。这钱是其次，荣耀才是一等一的，便弯着腰的，步步后退，走出好远，才敢转身前行。

"皇上，热茶。"

眼尖的小德子看出爱卿其实并不高兴，连忙转移话题。

在老太监来时，御茶房的太监就来了，送上用青瓷雕龙小炉子烤着的一壶上好白茶，还有一个填漆花的精美食盒，从里面一一捧出香糕、核桃糕、蜂蜜核桃仁等品茶小点。

爱卿却依然望着枫林，心里默默想着："若是这般耗费人力财力，还不如让它顺其自然地凋谢为好。"

可他这话不能说出来，以免给那些太监宫女惹去麻烦。

"皇上，永和亲王求见。"小德子又道。

"快请。"爱卿的脸上这才有了一丝微笑，还亲手斟满一杯幽香扑鼻的热茶。

"臣弟叩见皇上！"炎才下跪，爱卿就起身拉住了他，"这是东宫，我们就跟儿时一样，别那么见外。"

第四章
与君共赏枫

"是。"炎点头,笑得极帅,入座在爱卿的身边。

兄弟二人喝了口茶,炎才继续说道:"臣弟今日有事,没能上朝,听说宰相大人又有新的提议?"

"就是为朕祝寿的事,差点没吵起来。"爱卿在炎面前少了些无奈,更多的是直率,他用手托着腮帮子,不满地嘟哝道,"朕才十七岁,何必如此兴师动众?等朕六十大寿了,再大办也不迟嘛。"

"呵呵,话是那样说,可您毕竟是皇帝,任何事都儿戏不得。"在炎看来,过生日的是爱卿,不论怎么办都不过分,要可以,他都想把天上的月亮摘下来送给皇兄,这样算起来他才是最夸张的那个。

"朕才说要上下齐心,崇尚节俭充盈国库。这好风气才开始,就要隆重庆贺万寿节,这朝令夕改的岂非儿戏之举。"爱卿皱着眉头,执拗地说。

"臣弟……"炎正要说话,秦魁来了,一脸的意气风发,连走路都是虎虎生威,让人很快就注意到他。

当然,秦魁不敢直冲到皇帝面前,还是在亭外低头恭候。

小德子正要通传,爱卿却笑道:"朕看到秦将军了,让他进来吧。"

小德子躬身领命,让秦魁来到亭子内。

"末将叩见皇上,万岁、万岁、万万岁,永和亲王千岁!"秦魁猛一跪地,语气透着抑制不住的兴奋。

"有何喜事要报?"爱卿微笑道,"看把你乐的。"

"是呢,少见秦将军你会这么兴奋。"炎也笑容满面。秦魁为人随和,虽为武将,但毫不粗鲁、也不好斗,在宫中很得人心。

"末将方才接到最新的战报,"秦魁抱拳,声音响亮地说,"本是兵部尚书刘大人前来禀告的,但他有事在身,就让末将得了这份荣耀。"

"怎么说?是景将军要回来了?"爱卿的眼睛里放出晶亮的光彩,控制不住地兴奋起来。

"比这要更好!皇上,晟国投降啦!"秦魁握紧着拳头,亢奋不已,"夏国亦表示要退出与晟国的联盟,不再开战!"

"晟、夏两国怎么会投降得这么快?虽然阿布塔死了,可他有好几个儿子呢,不至于啊。"炎显得惊讶地道。

"这足以说明景将军的厉害了吧!"爱卿是顾不得天子威仪,笑得都眯起了眼睛,抬手道,"快给朕说说详细情形!你一定是知道了才来上奏的吧。"

"是!皇上。"秦魁顺了口气,精神奕奕地道,"战报里说晟国投降,是因为夏国君主突然宣布解除联盟,失去了夏国的军力、财力支持,晟国就实力大减,为保不亡国,晟国的大王子赶紧就投降了。"

"景将军为大燕俘获完好无损的战舰,足有两千余艘,还有数不尽的小艇、水上兵器、炮弹等,听闻景将军已经在清算,编造账册,好让皇上您过目。"

"好！很好！"爱卿连连点头，笑逐颜开，"对方能主动归降，也减少了生灵涂炭，算他们识时务，没有一错到底。"

"嗯。不过，夏国国君这样就倒戈了，撇下同盟，独自求生，还真是不够义气。"炎挑眉取笑这脆弱的联盟，而他对于景霆瑞的成功，有几分赞叹，也有几分嫉妒，他多么想打赢这场战斗的人是自己。

"夏国会轻易倒戈，还是景将军的功劳。"秦魁接着道，"也是晟国自作孽的下场。"

"此话怎样？"爱卿和炎几乎是异口同声地问。

"外头盛传夏国国君为与晟国联姻结盟，不惜出卖年龄尚小的公主吉吉儿，"秦魁仿佛亲眼见到似的，描述得极为投入，"但是呢，这吉吉儿不但长得极为漂亮，还很聪慧，她其实是夏国皇帝的心尖肉。为履行当年的约定，他才违心地把小公主嫁给阿布塔为妻。"

"阿布塔当然也知道，若不是他几次威逼利诱，吉吉儿不可能来到晟国。他知道打起仗来，要是有个万一，吉吉儿就成了寡妇。按照晟国的婚俗，寡妇是可以回娘家，由父母兄长做主，重新另许人家的，夏国亦是如此。"

"阿布塔害怕吉吉儿一走，就带走了夏国的人心和士兵。若没有了'老丈人'的兵力和钱财，这联盟就是一个笑话。当然，阿布塔是训练出一支庞大的海军，但越庞大，这花销也就越厉害，听说都已经掏空了国库，成无底洞了。"

"但若得胜了，得到可是数之不尽的钱财和广袤的土地。"爱卿思索着秦魁的话，说道，"这诱惑太大，就算耗费甚巨，晟国也好，夏国也罢，依然会往里投入大量的金钱和兵力，尤其阿布塔是抱着'不达目的誓不休'的心情。"

"皇上圣明。"秦魁再次抱拳道，"所以，景将军必须要先击败阿布塔，且不留任何谈判余地，将他诛杀在战场，这乃明智之举。"

"这事我也听说了。"炎虽然有些不甘心，也还是道，"确该如此处置。"

"对吧？朕就说瑞……咳，景将军是此次统军的不二人选！"爱卿高兴极了，笑容满面地说，"秦将军，你刚才的话还没说完吧？那位小公主……"

"啊？是，皇上。"秦魁接着说道，"阿布塔既已知道公主可能会回国，就一早安排两个心腹充当公主的护卫，此外还有一批他亲手调教的士兵，守在公主搭乘的王舟上。万一有不好的消息传来，他们就会对公主发难，要她陪葬！"

"什么？"爱卿惊讶万分，"她不过是个小女孩，被迫嫁人已是不幸！"

"皇兄，阿布塔不像您，会顾及那是一条人命。"炎倒是显得很平静，说道，"只要能保住联军，别说让他杀妻，哪怕是弑父弑母，恐怕都不会有任何犹豫。"

"炎，你说的意思，朕也明白，只是……"

"皇上，您别担心，景将军料事如神，不但拆穿阿布塔的诡计，还从那些恶人的手里救下了吉吉儿公主。"秦魁连忙说，情绪是更加激动，"夏国国君很是感动，立即同意撤兵，还愿意以附属国的名义，归顺大燕，年年进贡！"

"什么？"爱卿和炎不约而同地瞪大眼睛，炎更抢白道，"你刚才可没说这个，只说他

第四章
与君共赏枫

们结束联盟!"

"呵呵,末将不是有意隐瞒,是要说到这儿才能讲得明白嘛。"秦魁笑着露出白牙,"夏国国君以吉吉儿换来与晟国的强大联军,现在又以国换回吉吉儿,可见他老人家对小公主的疼爱是真心实意的。"

"这真叫人意外!"炎吃惊不小,感叹道,"夏国国力虽然不强,但也不差,竟然愿意成为大燕的附属国,可见他是真的想要与大燕交好,不再挑起战事。"

"皇上,用些热茶,暖暖身子。"

小德子听得也是一愣一愣很是入神,待反应过来,盖碗里的茶都冷了,赶紧重新斟满,端给爱卿。

"到底是父爱如山呐。"爱卿正深思着呢,便也顺手接过。

"还有,皇上,夏国国君捎来归降书信一封,里面有提到想要与我国联姻,结百年之好,说是要把吉吉儿公主许配给景将军……"

"——噗!"

爱卿闻言,才喝入嘴里的一口热茶猛然喷出,水珠子竟然溅了秦魁一脸!

"皇上?"

秦魁傻乎乎地立在原地,彩云递上帕子给他,他才回神过来,擦了把脸。

"朕一时不小心……"爱卿也用锦帕擦拭嘴角,一脸的尴尬。

"不碍事,皇上,您这是真龙吐水,吉祥!"秦魁这会儿反应是极快,笑呵呵的,还道,"末将听到这消息时,比您还要惊讶。景将军拿下了夏国不少战舰,反倒让夏国国王刮目相看,一心要收为女婿,哈哈……"

"你身上都湿了,这儿冷,先下去吧,把那些战报都送到御书房去,朕稍后就看。"爱卿微微笑着,恢复了常态,秦魁便躬身告退了。

"皇兄,也难怪您会惊吓到。"炎这时开口道,轻蔑地一笑,"当他在外边打仗辛苦,却不知还有这等艳遇!"

"炎儿,别乱说!那位公主年纪还小。"爱卿言道,"景将军是万万不会答应的。"

"您就这么了解他?公主眼下虽小,但您也听到秦魁说的,长得极为漂亮,不出几年就是倾国倾城的大美人吧,有道是,英雄难过美人关……"

"你越说越没边了,景将军岂是贪恋美色之人!"爱卿有些生气了,"再说,朕确实比你了解他。"

"您别生气呀,是臣弟不对!"炎一见爱卿皱起眉头,连忙赔不是,"都是臣弟乱说的,您千万别当真!臣弟这就给景将军写一万个'对不起,是我胡说八道!',给他快马加鞭地送去!"

"呵呵,得了,你就别给瑞瑞添乱了。"爱卿被炎夸张的样子逗笑,温柔地望着他道,"朕也了解你,有时你的嘴巴很坏,可是心眼一点也不坏。"

"皇上知道就好!"炎笑得煞是帅气,比外头的随风舞动的枫叶还要迷人。

"起风了,炎你回府去吧,别受凉了。"爱卿关爱地说完,便起身对小德子说道,"摆驾御书房。"

"皇上起驾御书房！"小德子一声嘹亮的宣告，炎就下跪恭送，这亭子里外，扑啦啦地跪了一圈人。

爱卿虽然想阻止炎下跪行礼，但知道拗不过他，便只有快步离开。

炎待爱卿走远，才想起自己还有话没问，他想给皇兄预备一份贺礼，只是想不到该送什么合适。

既不能太昂贵，又不能不昂贵，毕竟爱卿是一国之君，所以，如果爱卿有想要的东西就再好不过了。

不过，炎知道现在就算问了，爱卿也不知该怎么回答，因为他的心思显然全系在景霆瑞的身上。

"景霆瑞真是讨厌！在宫里时就很碍眼，没想出宫打仗了，还这么碍事！"炎不禁心生怨愤，一振衣袖，打道回府。

没想，回到亲王府，竟有一件大好事正等着他！

他的仆人萨哈数月前回西凉探亲，据说，他的父母虽已仙逝，但家中还有一位已嫁人的姐姐，她上月生了个儿子，让他这个当舅舅的回去看一看。

萨哈便来请示主人的意思，炎欣然同意，不但赠与他盘缠和一匹骏马，还叮嘱他在老家多留几日再回。

可萨哈是马不停蹄地奔去，又风尘仆仆地赶回，除了看一眼姐姐和刚满月的外甥，就一刻都没多停留。

炎都惊讶他的速度之快，不过最惊喜的莫过于萨哈还带回一把实属罕见的宝刀。

身为炎最贴身的仆人兼侍卫，萨哈很清楚炎要为皇上的十七岁寿辰送上贺礼，这把刀再合适不过了。

"花多少钱买的？"

炎的眼睛和双手压根就没离开过宝刀，它的刀柄是一种奇异的玉石做的，竟白得似雪，触之光滑细腻，刀柄的正中心镶嵌着一枚鸽蛋大的蓝宝石，且两面都有！

刀刃是弯曲的，就跟猫爪似的弧度极美，只是刃口还未开封，所以并不锋利。

刀鞘就更别说了，一粒粒细碎的蓝宝石、黄晶石，拼贴出沙海明月的图案，撇去宝石、精铁不谈，光是这打造的工艺，就足以惊为天人，要论价钱，恐怕得上百金！

炎不认为萨哈身上有这么多钱，极可能是向旁人借的，便道："不管多少钱，本王都会补上。"

"呵呵，殿下，这刀一分都没花。"

萨哈回答得干脆利落，"是属下在西凉边境的驿站歇息时，一个老工匠以刀为赌注，说没人能投骰子赢得过他。说起来，这骰子还是从大燕传过去的，玩法虽多，但万变不离其宗，一旦知道用力大小，赢他就不难。"

"你赌回来的？！"炎更加吃惊了，"他倒也愿意给你？"

第四章
与君共赏枫

"所谓男人大丈夫，愿赌服输，在西凉也是一样的道理。"萨哈笑着说，狭长的眼睛里透出几分得意和狡猾，就像一只沙漠狐狸。

"那你的赌注是什么？"炎突然问，"赢了是刀，输了呢？"

"啊？我……"萨哈似乎愣一下，但很快笑答，"没啥，我的一条贱命。"

"萨哈！"炎放下刀，第一次如此严厉地凝视着萨哈，训诫道，"你听着，再值钱的东西也不能抵一条命！这次好歹是你赢了，下次别再做这样的傻事！"

"这话听着极像皇上的口吻。"萨哈自然不敢直视炎，俯首跪在地上。

"你还敢贫嘴？"炎挑眉，声音冷淡。

"属下知道错了！求主子息怒！下次绝不再犯！"

说真的，皇上生气时可不会有这种让人不得不低头的魄力，萨哈是真心实意地跪伏在地反省的。

"行了，起来吧。"炎原谅了他，但不忘叮嘱道，"以后别再拿我与皇上相比，这是大不敬的。"

"是！主子！"

萨哈知道除去"大不敬"外，在主人的心里，没人可比得皇上的好，包括他自己，所以才动怒的吧。

"不管如何，这刀很不错，我会重重赏你。"

炎再度把玩起手里华贵的宝刀，思忖道："……天上七夕鹊桥见，新月如钩境缠绵，嗯，就叫它新月吧。把它当作贺礼呈给皇上，皇上一定爱不释手。

且这把刀虽然是赌来的，但它毕竟是"分文未花"，不算铺张浪费，爱卿应该不会拒绝这份贺礼。

萨哈垂首不语，此时已经不需要他一个仆人来多说什么，主人知道怎么做合适。不过，他还是吓了一跳，竟然忘记编好自己的赌注是何物？

他光想着炎看到这刀肯定高兴至极，都没仔细圆谎，要是知道它真正的来历……萨哈的头垂得更低了，心里暗暗叹着："差点就坏了大事！"

不过，由此可见，他的这位主人虽然年少，却不是那么容易哄骗。若不是皇上的寿辰，让炎放松了警惕，这种以命赌来宝刀的戏码，恐怕会被他识破。

"看来皇上不只是他的弱点，更是一个漏洞呢。"萨哈想着，既觉得主人可爱，又觉得有些可悲，甚至是感到心疼。

因为炎是亲王，且是有继位权的亲王，皇上眼下并无子嗣，从某个角度来说，他的存在对皇上来说是一种威胁。

在西凉国，王族亲兄弟甚至兄妹之间为了争权夺利，互相杀戮是司空见惯的。

萨哈不认为到了大燕国，就能走出这种诅咒。

当然，这些事情还轮不到他来忧虑，萨哈身上还有更重要的事情得去安排，不能再像刚才那样，出现这样重大的失误了。

125

在炎为得到宝刀而高兴不已时，富丽气派的宰相府里同样上演着一幕喜事。

景亲王府世子景霆云、工部尚书严璐、工部侍郎汉彪、太中大夫苏应文等相约来到宰相府参加晚宴。

既然连皇上都食用节俭，那他们吃的自然都是些家常美食，有蒸糯米糕、红烧茄丁、土法熏鸡、炉膛烤鸭、白灼虾、酱烧鲫鱼以及蕨菜包子等。

当然，皇城的百姓可不会像宰相府那样，顿顿都是大鱼大肉的，而且府里的厨子技艺高超，不但用得全是上等的好料，再加上秘制配方，烹调出来的味道竟然和宫里的美食一样，让人垂涎欲滴，食指大动！

"粗肴淡饭，还请世子、大人们不要介意啊。"贾鹏手持玉杯，向在座的客人敬酒道。

"哎！相爷此言差矣，自起筷到现在，我的嘴巴都没停过，是好吃到连礼数都忘啦。" 景霆云满面笑容地说。

他本来就长得俊，此时更如梨园子弟一般，让满屋生辉。

"世子说的是！寻遍皇城，都找不出比这里做得更香更嫩的熏鸡了，到底是宰相大人的面子大，才能请来这样好的厨子。"

年过四旬的苏应文，逢迎拍马的功夫早已炉火纯青，他向宰相、世子以及其他在座的官员敬酒："常言道，男人不喝酒，枉在世上走，来，下官先饮为敬，干！"

"干！"众人笑着一同饮下。

贾鹏放下酒杯，轻抚花白的胡须，极感慨地道："大家满意就好，也不枉费老夫养的那班老厨。唉，岁月如梭啊，那班厨子从十三四岁起就伺候老夫，如今也是半百的人了，能一如既往地忠心为主，可赞可叹呐！"

"相爷不也是伺候两代君主，奉献青春，竭尽心力，忠心耿耿的？"

景霆云聪明得很，堂堂宰相岂会为几个下等厨子嗟叹岁月？所以，他的话是直戳进贾鹏的心坎里，"您为大燕不辞辛劳地付出，我们这些晚辈都是极敬佩的，若没有您的辛勤操持，这天下恐怕不会如此安宁繁盛吧。"

"哎，世子这般盛赞老夫可担当不起！"

贾鹏明明十分受用，却连连摆手，笑道，"并非老夫居功自傲，但自老夫状元及第，入朝为官起，确是对皇上、太上皇、大燕赤胆忠心、呕心沥血的，其他的功劳可就算不上啦。"

"相爷您过谦啦。"工部侍郎汉彪笑着道，"今日在朝堂上，若不是您及时劝谏皇上，万寿节就办不成了，当真是要给外国看笑话。"

"皇上不是还没同意要大办么？"贾鹏心知这件事，小皇帝肯定会听他的，因为于情于理，都是他说得对。

"哪能不大办！"景霆云连忙接上话，"正如相爷您在朝上说的，元旦、冬至、万寿，此三节古往今来都是一年中的大节日，草率处置是万万不可的。"

"哈哈，怎么老夫朝上说的，也传到你们的耳朵里了？"

第四章 与君共赏枫

"岂止晚辈知道,相爷您铿锵悦耳的言语,早就传到坊间,人人都说您做得对!"景霆云极为夸张地说,但实际只是皇亲贵族间的传话罢了。

贵族们最爱各种节庆典礼,不但可以光明正大地从全国各地去搜罗、置办各种奢靡之物,以宣府邸荣耀,还能得到皇上诸多的赏赐。万寿节若一切从简,那贵族们还不得闷死,然则,损失钱财、乐趣是小,失了面子是大啊。

尤其景亲王府,因为妾妃和庶子被他们赶出门的事,闹得人人在背后嘲笑他们有眼无珠,竟然把诰命夫人和征伐大将军扫地出门!想必已经得罪了皇帝!

于是,往日的亲朋好友全都变了脸,能不见就不见,各种宴请都不来。

景霆云急于替府门扳回颜面,可又低不下头去求景霆瑞,唯有投靠宰相府。他鞍前马后地伺候相爷的一家老小,好让那些人知道,景亲王府即便是得罪了景大将军,也还有宰相大人撑腰呢!

这一招也着实有效,景霆云最近的日子好过了一些,手头也宽裕不少。

有句古话叫作"大树底下好乘凉"嘛,因此他对贾鹏的阿谀奉承也就更多了,都恨不得当相爷的干儿子。

而贾鹏对于景霆云也是十分地喜爱,毕竟他是亲王府的世子,以后他继承爵位,大有利用之处,便也乐得亲近。

"若真如你所说,也不枉费老夫一番斗胆谏言。"贾鹏笑眯眯的,红光满面,看起来年轻了好几岁。

"当然是真的!他们还说,您如此操劳,是皇上的福气,就算是为了皇上,您也得多注意身体。对了,晚辈寻了些时鲜的豌豆、萝卜,都是家常之物,还望相爷您笑纳。"景霆云起身击掌,他带来的两个侍从就扛着一个菜筐进来了。

还真是街市里随处可见的竹篾筐子,一根根的大白萝卜、一把把的浓绿豌豆,都快要溢出来了。

景霆云亲自提过这大竹筐,放在贾鹏的面前:"相爷您看,这萝卜就跟玉雕出来似的新鲜。"

贾鹏的身子并不移动,只是微微颔首,目光却笔直地锁住萝卜、豌豆间的缝隙,那里头金灿灿的,显然不是金砖就是金锭。

其他人也见到了,暗暗吃惊,脸上却没有丝毫表现,只是转开视线,彼此吃酒聊天。

"世子可真是有心了。"贾鹏点头,简单地谢过,便命管家抬下去,嘱咐厨子们好好料理。随后,景霆云和贾鹏还干了好几杯酒。

工部侍郎汉彪有点坐不住了,眯着眼儿道:"各位大人,卑职的老家来了好几个粗使丫头,可下官家里小,养不起这么多人,今日顺道带来,还麻烦大家看一看,若有中意的,大可留下当差。"

"哦?前阵子,家内是有说过府里缺丫鬟,那就让他们进来吧。"贾鹏欣然应允,也是给汉彪一个面子。

汉彪立刻出去张罗,不一会儿,在他的带领下,依次走入十个少女,都穿着粗布衣

裳，低垂着头，站在雕花的厅门后，分两边站好。

一旁伺候主子们饮酒的丫鬟们，好奇地打量着他们，脸上还有点嫌弃，就像看到街市上的乞丐一般。

不过，待汉彪清一清嗓子说："都抬起头来。"少女们便齐刷刷地仰头，一个个都娇俏无比。连贾鹏都不由多看了几眼，心里明白这才不是粗使仆役，光看这容貌、身段，就知道是花了不少银子去花舫里买来的。

"哇！这几个小人儿可真俊俏！比花儿还娇艳。"太中大夫苏应文放下玉筷，显得很有兴致，"你的家乡可真是出美人啊。"

"呵呵，哪里，就这几个拿得出手而已。"汉彪谦逊地道，"各位大人要是喜欢，尽管拿去，可别跟我见外。"

"这当然要相爷先挑。"景霆云虽然也是看得两眼放光，但献媚地说，"相爷的眼光自然是最好的。"

"哈哈，老夫就免了。"贾鹏大笑，随手一指，"就第一个丫头吧，看起来够灵巧，差给夫人使唤。"

"谢大人！"那位被指戳的少女飞快地跪地，磕头，一旁的丫鬟就领她出去了。

"剩下的几个你们都分了吧，别辜负汉大人的一番美意。"贾鹏酒兴颇高地说。

"这些丫头可不简单哪。"景霆云立刻笑道，"个个长得倾国倾城。"

"知道世子您最识玩乐，多给您几个便是！"汉彪趁机拍马屁，于是，景霆云要了两个丫头，剩下的其余人都分了。

酒足饭饱，吃也吃了，拿也拿了，众人才欢喜地散场。

景霆云最是得意，贾鹏与他告别，心里想着："同样是景亲王的儿子，这嫡长子好色至极！只要给他几个美人，连亲爹亲妈都会出卖吧。"

他虽然很看不起景霆云，认为他空有一副好皮囊，脑袋里头却荒淫不堪，但景霆云确实很好操控。

相比统帅大军，在外头征战的景霆瑞，这两兄弟差别大得，就跟毫无血亲关系一样！

但是，贾鹏情愿多几个景霆云，也不要一个景霆瑞来与他争权夺势。

"老爷……"管家来了，一副垂头丧气的样子。

"怎么了？"贾鹏问，"刚不是好好的？"

"就是之前领进去的那个丫头……夫人以为您要纳小妾，"管家停顿了一下，才道，"一时生气，就命人拖下去笞死了。"

"哎，是让她当丫头使唤的，动什么气，身子又不好。"贾鹏本想去书房的，这下连忙去劝慰夫人了。

御书房内，灯火通明。

爱卿把写好的书信晾干，再细致地折好，最后放入密函匣内锁住，才把它交给青允。

第四章
与君共赏枫

"铁鹰剑士的腿脚总是最快的,这次还是麻烦师傅了。"爱卿再三说道,"请务必交到景霆瑞的手里。"

"微臣明白!"青允双手接过精巧的密函匣,"这就去办!"

"师傅。"爱卿从御案上端起青瓷茶盏,递到青允的面前,"喝口热茶再走。"

"谢皇上赏赐!"

这茶是小德子刚奉给皇上的,即便隔着茶盖都能闻到一股清香。

青允接过,心里很是感动,爱卿还是太子时,他们就时常坐在廊檐下,喝着清香袭人的碧螺春,聊着天南地北,两人亲密得与其说像师徒,倒不如说更像是一对叔侄。

爱卿对于宫墙外的世界很是向往,还说过"要闯荡江湖、行侠仗义"这种颇孩子气的话。

青允告诉爱卿,宫外是很大,但天大地大,唯有皇帝才是真大,只有坐镇江山,才算是真正地拥有江湖。

爱卿那时候只是调皮地一笑,但青允知道他听懂了,到底是龙子龙孙,聪慧过人。

不过听懂是一回事,能否当一个百姓称颂的好皇帝,又是另外一回事。青允可没忘记,爱卿为能讨回自己的贴身侍卫,就说要放弃太子位的惊人往事。

有很长一段日子,青允都在为爱卿担心,因为太子时期的爱卿,对于宫内的事务就已经有些应接不暇,经常累得没法好好地练武。

登基之后,他又该如何对付一大班的朝臣?以及每日数不清的政务?

朝中的势力就跟战场一样,每日都是变幻莫测的。今日是贾鹏一党胜,明日又是尚书们得了头彩,皇上既要统管他们,得他们的好处,又不能被他们牵着鼻子走,成为傀儡皇帝。

光是想一想那些积怨已深的朋党之争,以及那些明争暗斗的招数,青允就会庆幸自己并非皇族血脉。

可青允是牵肠挂肚、夜不能寐,好在爱卿的身边还有景霆瑞和炎,总不至于让爱卿太吃亏的。

而对于最近官员之间"节俭成风"的事情,青允本想要谈及一二,但是现在密函匣更为重要,便饮完茶,躬身告退。

"皇上,青大人都走远了,您该歇会儿啦。"小德子在一旁提醒道。

皇上自从与永和亲王在东宫一聚后,回来御书房就是看兵部呈上来的奏本,还有夏国国君愿意归顺大燕的诏书,信里写的是极为诚恳,表示不愿再战,只求太平。

可他的要求一点都不太平,小德子有瞥见上面写着,希望与景将军联姻。

要说这夏国君主也真奇怪,之前把宝贝女儿嫁给老头子,就为攻打大燕。现在掉转头来,又要把女儿嫁给景将军,要与大燕结好,这朝令暮改,比戏台上唱得还要离奇!

皇上看完这些文书,才给景将军写信,可是提笔数次都是放下,怔怔地坐着。

但是,待皇上真的书写起来,又是一刻都不曾停歇,直到把那一张白纸都写满为止。

接着便是等青大人来交代事宜,皇上还真是一口水都没喝过,这么一算都有三个时

辰了。

"嗯，传膳吧。"爱卿说，随手翻开手边的一卷古籍。

"是！"

小德子很高兴地去传御膳，安平则在一旁伺候，静静地收拾砚台笔墨。

"安平，你说夏国皇帝是当真想要景将军做女婿吗？"突然，爱卿问安平道。

"这个奴才可说不准。"安平道，放下手里整理好的宣纸。

作为司礼监的秉笔太监，安平对于夏国的事情非常清楚，但他不能对朝政有所议论，因为这可是宫廷的大忌讳。

当然了，受景将军所托，安平也并非胆小怕事之人，有时他也会不露声色地提点爱卿，要不然，光靠小德子在一旁"出谋划策"，这宫里可不得大乱。

"你怎么跟朕越久越是拘谨了？"爱卿不禁莞尔，调侃他道，"还是那对双生子，把你欺负怕了？"

"皇上，亲王们待奴才极好，时常赏赐奴才各种好玩、好吃的玩意儿。"安平违心地说完，再转回正事，"只是这件事奴才真的不能妄加言论。"

"那……是怕朕为难吗？"爱卿直奔主题地说，看向御案前方的空地，明明那里空无一人，他却出神地望着。

"皇上……"安平不禁流露出担忧的神色，看来爱卿是说中了。

"没错，朕是很为难。"爱卿垂下眼帘，低声道，"既然夏国国君刻意提起，那么他应该是很想要结这门亲事吧，但是瑞瑞从未有提起此事……他的意思已经很明白了，他不想娶那公主。"

"将军这个人，素来不会违背自己的心意，"安平忍不住道，"皇上也不愿违背将军的心意吧？"

"这是当然，可万一……"

"万一？"看着皇上蹙眉忧愁的样子，安平的心也跟着不好受。

"万一这婚事也是归顺的条件之一，朕该如何是好？"爱卿说完这话，才意识到自己终于把压在心底的忧虑，给说了出来。

夏国国君在信函里一再表态要归顺大燕，臣服于淳于皇族。可他并没有提出归顺的具体条件，只是反复说了些不想再战，以至民不聊生的话。

只要夏国能归降，任何条件都好说，不管秦魁还是炎，以及其他大臣，都抱着这样的心思吧。

所以，他们每个人都是如此的开心，而他们越是高兴，爱卿也就越难过。

"如果真是那样，瑞瑞……朕该怎么办？"爱卿暗叹，"朕断然做不到葬送你的幸福，但来之不易的归降，朕也不能放弃。"

左右为难之下，爱卿真是愁肠百转。

小德子传膳回来了，为给皇帝好好补一补身子，他还让御膳太监呈上了好几盅炖品。

第四章
与君共赏枫

可是爱卿却没有一点胃口,最后竟然是一样没吃,只是赏赐给安平他们,便回寝宫去了。

自从晟国投降以来,大燕海军便兵分三路,何林带领的前锋营继续留守晟国海域,到底是战是和,就等皇上的一纸诏书。

第二路为大船、大炮,是由张虎子带领的中路军,驻守珍贝岛,随时都可发兵支援前锋营。

第三路便是景霆瑞所在的大帅军,驻扎在清河城。

一是城内还有些落网的奸细,需要排查缉拿;二是帮助当地百姓重返、再建家园,并处置那些趁火打劫的歹徒;三是等皇上选定新的清河城知府,烦琐的事务处理起来,不比打仗要轻松多少。

景霆瑞才从俘虏的监牢回来,还来不及更换掉身上的铠甲,校尉就进来禀报,皇上的特使到了。

从朝廷来的书信分为两种:一是兵部发来的皇帝诏书,直接执行即可;二是皇帝的亲笔信,只能给统帅一个人看,后者有专人护送,称之为特使,且多为皇帝的贴身侍卫。

"开仪门迎接。"景霆瑞说,立刻前往黄堂。这里本是知府衙门,黄堂即正厅,是官员宣读诏旨,接见官吏,公开审理案件之所。

仪门是正中大门,平时并不开启,只有旁门出入。不过,景霆瑞并未有带侍从,只身相见特使。

他来到时,穿着深红官服的特使已经站在那儿,正抬头看着上方那道"正大光明"的匾额。

"末将迎候来迟,还请特使大人不要见怪。"景霆瑞说,来者一回头,便是一个爽朗的笑脸。

"青大人?"景霆瑞显得惊讶地道,"怎么是你?"

以往皇上的信件都是交由铁鹰剑士送达,但那些都是属下,青允身为铁鹰剑士的首领,公务繁多,竟然愿意大老远地跑这一趟,景霆瑞难免不吃惊。

"就是我!"青允笑嘻嘻的,脸孔晒得更黑了,"我也怀念在前线的日子,趁着给皇上送信,就过来瞧瞧。"

"那么,可有找到年轻时的回忆?"景霆瑞认真地问道,直视着青允的笑脸。

"皇上知道你的嘴巴这么坏吗?"青允瞪着眼睛道,"我只是说怀念,没说我很老,我才四十几岁!正值壮年!"

景霆瑞却淡淡一笑,青允又调侃起来:"要看你景大将军的笑容可真不容易,果真是要提到皇上才可以,不然,你就一直绷着脸!"

"皇上让你来,是挖苦我的吗?"景霆瑞微微苦笑,伸出手道,"特使大人,里边请。"

"哼。"

青允大步往二堂走去，那是知府的书房，还有摆满刑具的审讯室。

此时，正关押着几个细作，到了三堂才是休息之所，有一南一北两座花厅，用来会见重要的客人，案几桌椅都十分考究。

景霆瑞带青允去的就是北面花厅，位于二楼，从那里望出去可以看到清河城貌。不愧是海边之城，房屋建造得极为结实，好像堡垒似的。

屋顶很大，窗洞就比较小，属于冬暖夏凉一类，墙皮都是用处理过的海沙糊起来的，但墙粉里加了碾碎的贝壳，太阳一照，都散发出梦幻般的莹莹亮光。

远远一望仿佛是一条波光粼粼、清澈见底的河流，据说这也是清河城名的由来。

在青允赞叹着与皇城迥异的美景时，景霆瑞命侍卫送上清茶和当地的特产，是用新鲜鱼子酱制成的糕点。

"我正好饿了！"青允并不客气，坐下来就想要吃，但景霆瑞飞快地拍了一下他的手背。

"干什么？会疼的！"青允立刻缩回手，突然想起来，"啊，对了，我还没洗过手，风尘仆仆的，是不干净。"

景霆瑞拧眉，一脸肃然地道："先把皇上的密函匣给我，之后你要怎么吃都随意。"

"哈哈，你果然是急着要看信！"青允笑得极大声，还道，"我来的时候和青缶打赌，说你一定是迫不及待地讨要信件，都不问问我一路上遇到的艰难险阻。"

"你不是已经平安抵达？何须多此一问。"景霆瑞站起身，离开桌边。

"怎么，你不要看了？"青允端起茶盏，摆出胜利者的姿态，"好好地哀求我，说些顺耳的话，我指不定就给……"

"不用了。"景霆瑞抬起的手里，正捏着那只密函匣呢！

"什么时候？！"青允赶紧检查身上，藏在衣袖内袋里的匣子真不见了！

"我起身的时候。"景霆瑞回答道，刚才他有经过青允的身旁。

"你怎么这么厉害？这是怎么做到的？"

青允既然能当上太子师傅，武功就算不是宫里最好的，也是一等高手，可是他完全没有感觉到景霆瑞的动作，只是看到他起身，从自己面前走过而已。

"雕虫小技，何足挂齿。"景霆瑞说道，拿着密函匣就要进书房。

"唉，罢了，你看吧，我也好歇歇脚！"青允不再逗弄景霆瑞，享受起面前的美食。

说起来，他看着太子长大的同时，也等同于看着景霆瑞长大。

他们二人从小就如影随形，感情好到"如胶似漆"，若是一男一女，指不定就青梅竹马、日久生情了。

也只有爱卿不怕这个身高马大又不苟言笑的"冰山将军"了。

说也奇了，爱卿是喜怒皆形于色，根本藏不住心事，且都是当皇帝的人了，还是那么天真和孩子气，居然和脾气截然相反的景霆瑞如此相处得来。

该说是正好互补吗？

和爱卿在一起时，不用提心吊胆，讲话都舒心不少。而和景霆瑞在一起时，青允就觉

第四章
与君共赏枫

得他就是一块大铁板,轻轻踢到一脚都会觉得很疼!

总而言之,景霆瑞是个很不好惹的男人,比皇帝要不好惹多了!

他和青缶在谈论事情时,经常有不同的见解,唯独对于景霆瑞的评价是完全一致的。

"景霆瑞吗?"青允还记得青缶略一深思后,说道,"唔……武功犀利,人也稳重可靠,但是……怎么说呢,总让我庆幸他并非你我的敌人。"

"对!就是这个感觉!"青允连连点头,"我完全不敢去想,和景霆瑞为敌会是怎样的光景!"

"呵呵,我们怎么会与他为敌?景霆瑞对皇上如此忠心,我们拥护他还来不及。"青缶笑着,"倒是你,别老是去骚扰他,你这种明知道对方危险,非要去撩拨几下的脾气,到底什么时候才能改掉?也只有皇上受得了你。"

"你错了,他是不好惹,但只要与皇上有关,他就变得非常有趣,还会展露笑颜呢,对了,你还没见过他笑吧?其实笑起来还挺俊的。"

"人家好歹是个将军,我不想替你收尸。"青缶当时眉头一皱,脸色铁青地讲完,就走了。

回忆到此为止,因为青允突然意识到,眼下可是景大将军的地盘,万一发生些什么,皇上是远水救不了近火。

"我不会真的自找死路吧?"

鲜美的糕点从青允的嘴里掉出,顿时胃口全无,有些担心自己刚才是否做得太过火了,也许应该一进门就双手奉上信函才是。

"去给特使大人送一坛库房的酒。"景霆瑞来到书房后,对侍卫吩咐道。

"是,将军!"侍卫下去准备。那里的酒是最好喝的,全都密封在坛子里,已近百年的历史,景霆瑞用来犒赏先锋营的将士。

想到青允那完全不顾及身份的嬉闹举止,景霆瑞不禁轻轻一笑。

在以前,爱卿说是找青允师傅练武,但很多时候都是追着打闹,爱卿还会爬到青允的肩膀上,青允也完全没有太子师的样子,整天都是嬉皮笑脸的。

景霆瑞知道青允是故意逗爱卿开心,因为在学武之前,是先学习文史古籍,爱卿在温朝阳那里没少挨训。

所以每一次上课,景霆瑞都是远远地望着笑声不断的师徒二人,恍惚间,觉得他们才是一道的。

所以,每当爱卿练完武,都会借故将他抱紧在怀里,尤其是天冷的时候。

要是青允知道他还有这样"无理取闹"的一面,恐怕会笑掉大牙吧。

景霆瑞将密函匣打开,看到里面被纸张塞得满满当当,不禁露出温和的笑。

"瑞瑞,一切可好?"

信纸展开的第一句便是爱卿的诚挚问候,景霆瑞都能看得到,爱卿那双晶莹透彻的

眼睛里透着的担忧与思念。

"朕给你写信时，还真不习惯自称朕呀，平时讲话倒不觉得，因为在我的心里，你就是你，我就是我，并没有一个朕夹在中间。"

这话说得可真暖，若爱卿在面前，景霆瑞一定会笑着回答："是，我明白的。"

当然爱卿写来的信件，并非每次都是这样正常的，例如上一封写的："朕想念你微笑的样子，也想念你说话的声音，不管相隔多远，分离多久，都深深萦绕在朕心头。"

等等，这确定不是在写哀悼、缅怀之词？这字里行间的表述极容易让人联想到故人"音容宛在，永别难忘"，若不是景霆瑞，换做其他人收到这样的信件，不气个半死才怪。

但景霆瑞虽然读着别扭，心里还是很高兴。

"我可不能得意忘形了。"心情太激动了，景霆瑞不得不放下信件，略略定神才拿起来继续往下看：

"所以，我就称我吧。瑞瑞，你知道吗？东宫的枫叶还红着，我今儿才去看过，可美了……他们都说是祥瑞之兆，但我知道打仗赢了，都是你和战士们的苦劳，哪有祥瑞一说。"

爱卿的信里写的都是宫里发生的事，有好笑的，也有恼人的，比如贾鹏非要大办万寿节，而他心思并非在祝寿上。

当然，关于烦恼的事情，爱卿都是寥寥数语带过，大多还是喜事，说长公主已怀有身孕，萱儿荣升为妾室，与长公主以姊妹相称，关系极为融洽。

他说自己当初是舍不得让萱儿当陪嫁侍女的，如今见她生活得好，倒也罢了。

爱卿并不知道长公主挑选萱儿陪嫁，是因为景霆瑞的关系。

萱儿对皇上存有非分之想，若只是单纯的爱慕还好说，偏偏她是想借着"近水楼台先得月"的法子，飞上枝头变成凤凰。

爱卿并不知道萱儿曾偷取过"神仙露"，并想要加入到御膳里，只是小德子和安平跟得太紧，没有机会下手。

安平察觉到萱儿老是鬼鬼祟祟的不对劲，就向景霆瑞报告此事，景霆瑞稍微一搜查，便在萱儿的身上发现了被盗的神仙露。

景霆瑞当然不会允许这样贪慕权贵的女人留在爱卿的身边，可是爱卿偏偏对他周围的人十分上心。

若是单单赶萱儿出宫，只会伤了爱卿的心，他略一思索后，便去了一趟公主府。

长公主认为只要和皇上讨要一个宫女，就能卖给景将军一个大人情，这交易很是划算，便欣然同意。

而正因为是景将军介绍的，长公主对萱儿自然厚待，从一开始就打算让她当妾妃。

萱儿的事情到此为止，不管是以后还是现在，景霆瑞都不会告诉爱卿任何有关她的实情。

因为爱卿会难过。

第四章
与君共赏枫

　　信的末尾还写了一些让他注意身体的话，信的背面粘着一枚火红枫叶，已经有些碎了，但颜色依然漂亮，大概是做了一点防腐处理。

　　景霆瑞盯着那枫叶瞧了许久，仿若和爱卿一同赏枫一样。

　　景霆瑞在这段日子里，不但要在前线指挥作战、布控全局，还要代任知府一职，就在他看信的当口，想必要等他处理的公务就已经堆叠起来。

　　但是只要能看到爱卿的信，景霆瑞再忙再累也是值得。

　　"不管怎样，还是想快点回去。"景霆瑞把信捧在手里说道。

第五章 安平身暴露

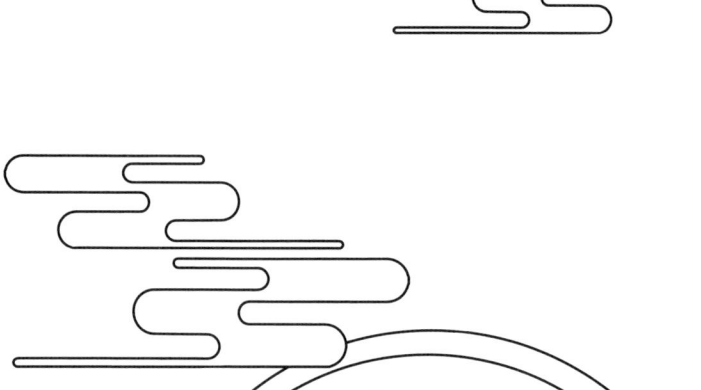

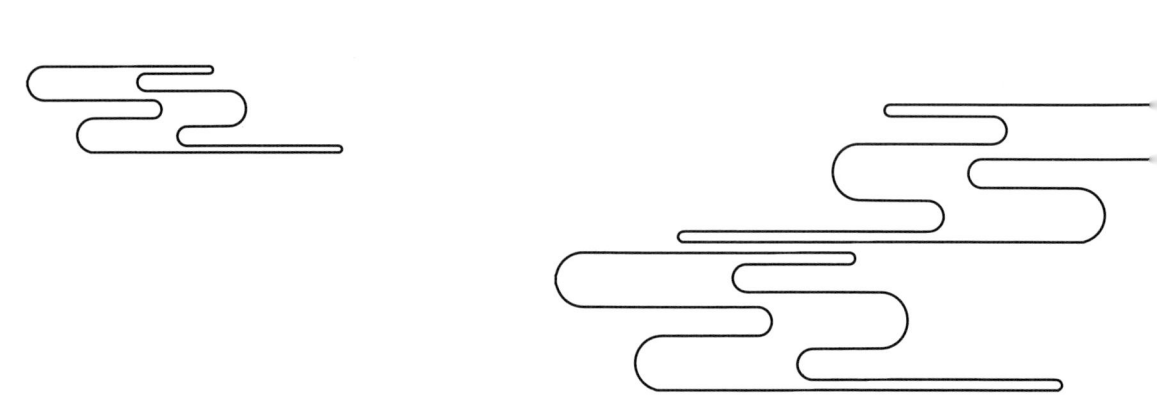

第五章
安平身暴露

"皇上在信里写了多少军政要务？"青允喝得满脸通红，嬉皮笑脸地说，"让你在书房里看了老半天？"

"与你无关。"景霆瑞在酒桌旁坐下。

"哼，我也不关心那些事，令人头疼。"青允提起酒坛子，很是豪迈地给景霆瑞倒了一碗，"我只是心疼我的小徒弟罢了。"

"你有什么事就直说吧。"景霆瑞接过酒碗，却放下了，"就算是皇帝的亲笔信，你也不用亲自跑这一趟。"

"聪明！"青允笑得眯起眼睛，"不愧是景大将军，你知道吗？我这一路走来，就算是遇到山贼，一听说是要去找你的，都会给我让条路呢！"

"别瞎扯。"

"才不是瞎扯，哎，好吧。"青允望着景霆瑞凌厉的眼神，连忙正色道，"我觉得这儿的事处理得都差不多了，你就回宫吧。"

"皇上需要我？"

"皇上什么时候不需要你了？"青允很感慨地道，"你们从小就在一起，皇上早就习惯有你在他身边。自然，你是从不在乎这些事的，可皇上不一样啊。说真的，皇上愿意派你出来打仗，我就已经很惊讶了，因为你就是他身边的定心丸啊。有你在，他连觉也能睡得安稳些。"

"我懂你的意思，但没有圣旨，我怎么回去？"其实，景霆瑞一早就有返程的意思，毕竟大局已定，但他是奉旨出来打仗的，爱卿没有让他回去，他便不能回。

"你可以借着事由回宫啊！"青允有些迫不及待地说出自己的提议，"夏国公主不是要嫁给你吗？这可是大事！"

"那婚事我已谢绝，吉吉儿不会再提起了。"

"什么？唉！我还打算……"青允一时没了招数。

"不过，我是私底下拒绝的，皇城那边应该还不知道。"景霆瑞沉吟道，"确实可以借来一用。"

"这太好了！你好好准备一下，我与你一同回去！"青允看起来很高兴。

"再十，不，七天，等我安排好一切，即可启程。"景霆瑞认真地说道。

"好！我等你！"青允脸上是笑容灿烂，但心里知道他给景霆瑞出了一个很大的难题，七天里要做完至少一个月才能完成的事，想必会累坏他吧。

可是青允更心疼爱卿，柯卫卿临走前，曾经嘱咐他照顾好卿儿，但他的能力有限，并不能很好地辅佐皇帝。

身为一军统帅的景霆瑞就有如此之多的事务，更别说一国之君的爱卿了，他的累，他的苦，只有他自己知道。

正因为如此青允才想把景霆瑞带回去，至少爱卿的身边会有一个能倾听他烦恼的人。

而景霆瑞对于皇上的忠心，以及办事牢靠的程度是无人能及的。

大燕都城，睢阳。

一场不大不小的雪让皇宫热闹了好几天，这赏雪的、扫雪的人比往年都要多。

爱卿在上早朝的路上，就看到好几个宫女聚在一起，用扫拢的雪团堆砌雪人，这晨光一照如同粉雕玉砌似的，别提多好看了。

"真好啊。"爱卿微微笑着说，"朕儿时也爱堆雪人，还和炎儿打雪仗呢。"

首领太监本打算阻止宫女玩雪的，吵吵闹闹的实在不合规矩，但既然皇上都这么说，大家便随意起来，甚至还比谁的雪人堆得好。也不知谁传的话，说皇上会给赏赐，这下，便闹得更开了。

爱卿来到勤政殿，文武百官早已等候，与往日一样，他登上御座接受大臣的跪拜，便开始处理今日的政务。

很显然今天争议的重点依然是万寿节，爱卿不懂明明夏国归顺的事情更为重要，为何他们非要关注一个每年都有的节日，且还联名奏本。

"朕之悬弧之庆，确实关乎国家体面。"爱卿在一轮炮轰式的上奏后，既不生气也不烦恼，微微一笑道，"诸位卿家说得都对！"

"皇上圣明！"贾鹏暗松一口气，看来皇上是会接受他的政见，这件事对他最大的影响莫过于——皇帝到底会不会听他的话？

所有的大臣亦关注于此，再怎么说贾鹏也是太上皇钦点的宰相，在所有政务上辅佐少年皇帝，若连一个万寿节，他都说不上话，那宰相在朝中的分量未免也太轻了。

"朕也想热热闹闹地举办一场盛大的庆典，只是……"

爱卿从鎏金雕龙的御座中起身，往前走了一步，目视远方，感慨万千地说："常言道：'孝子之至，莫大乎尊亲'，朕的父皇、义父均在世。朕身为长子，未能替他们操办一场寿宴，却要给自己大肆祝贺，实在有失仁德。朕觉得一切从简，才不至于失了诚孝之心，各位大臣，你们以为呢？"

"这……"

这个问题贾鹏还真没有考虑到，去年的万寿节，因为天灾、战事改成了祭祖、祭天地仪式，自然也没有那些普天同庆的活动，只是百官同朝饮宴。

前年的万寿节，皇上登基不久，大赦天下，各项登基的庆典和万寿节几乎是一并办了，也就让人忽视了这点。

细究的话，皇上的万寿节确实还未有单独地举办过。

所以皇上要以这个理由推掉万寿节的隆重庆典，不仅合情合理，还能成为天下至孝的表率，让人根本无法反驳。

只是皇上之前完全没有提及这点，让贾鹏感到措手不及，而在这之前，贾鹏一直认为自己已经很好地掌控住了朝堂议政的动向。

第五章
安平身暴露

简而言之，凡是他说往东，就没有大臣敢往西。

爱卿要说的话都说完了，大臣们的脸上都写着惊讶，还有些不知所措，不知是谁说了句："皇上忠孝仁德，乃万民表率！"

附和的声音才多了起来。

"皇上，微臣赞同一切从简。"兵部尚书刘辂出列上奏道。他其实最不爱大肆庆典，尤其眼下公务繁多，还要赴各种宴席，实在是忙不过来。

只是他也想不出不办万寿节的理由，因为贾鹏说得句句在理。眼下，他终于可以放下负担，大胆进言。

于是乎，一大半的臣子都下跪，说皇上仁孝，是百姓之福。

爱卿往旁边偷瞄了一眼，就看到小德子窃笑着，偷偷从衣袖里伸出一个大拇指，在称赞爱卿厉害，终于把这事给顺利了结。

爱卿不由微笑，但很快正色，再次说道："虽说一切从简，但宰相大人所言亦极是，故而朕决定在御苑举办'千叟宴'，但凡皇城内年过六旬的长者，皆可赴宴。且每人赏银一两，棉布两匹，以此代替朕的寿宴，此事就交由户部、礼部共同办理。"

这么做也算是大办了一场，也保住了贾鹏的面子。

爱卿直到下朝，都觉得今儿的空气特别清新，身上也轻松不少。

小德子伺候在爱卿跟前，帮他换掉那厚重的全套朝服，并好奇地问："皇上，您既然有此好招，为何不早点用？这些天只要听到'万寿节'三个字，奴才就头大。"

"朕也是昨晚才想到的。"爱卿笑得灿烂，"不愧是瑞瑞。"

"这和景将军有什么关系？"小德子就更糊涂了。

"朕昨晚不是收到了瑞瑞的密函吗？"

"是呀，奴才有看到，但是将军并未提及万寿节呀。"小德子也有看信函，在一旁偷偷瞧的。

"你又偷看了。"爱卿无奈一笑，又道，"他不是写了一句：末将很高兴您即将庆贺寿诞，若太上皇和巫雀王在就更好了。"

"对，您当时还说，也希望两位长辈在，全家团圆，其乐融融，岂不美哉？"

小德子记得很清楚，皇上一直盯着那一行字，也是信中仅有的一行字瞧，他还相当失落地自言自语，后来皇上把信翻来翻去地看，是在找有没有其他的只字片语，甚至还把信放在烛火上烘烤，但真没别的了。

"你真笨。"昨晚明明是失落的，但现在的爱卿是得意扬扬，"瑞瑞是在提醒朕，可以从仁孝入手解决此事。"

"皇上您真厉害！奴才真没看出来。"

"不仅如此，瑞瑞为了让朕能静下心来思考，去解决问题，所以他这次来信只写了这一句话。"

"真的是这样吗？奴才倒觉得景将军是太忙了，只能写这么点……唉哟！"脑袋被手

指弹了一记，小德子委屈地摸着额头，"皇上息怒，是奴才多嘴了。"

"不和你耍贫嘴了，朕要写封信，好好地谢一谢他！"爱卿摩拳擦掌地说。

"皇上，您为何不召将军回来？密匣来来去去的，要耗费不少时日。"

问话的是安平，他一直都想问这句，"现在战局已定，就算景将军回朝，也不会有任何影响啊。"

"并非是朕不想他回来。"爱卿叹气道，"只是……"

"只是什么？"

"瑞瑞数次来信，都没有提及想要回来。"爱卿低头，显得有些落寞，"朕若为了一己之私就将他召回，坏了他在那边的大事，那就……唉，朕想要助他成就大业，而非拖后腿，让他有所顾忌。"

"原来如此。"安平明白地点点头，这时，黄门来报，永安、永裕亲王求见。

"宣！"爱卿很是高兴，安平却往后退了一步，站在御座后侧。

"皇上万岁、万岁、万万岁！"兄弟二人行跪拜之礼，他们是来问安的。

"天冷得紧，安平，快给亲王送上暖手炉。"爱卿很是疼爱弟弟，赶紧吩咐道。

安平看着笑容可亲的两位亲王，心里却是一沉，小心谨慎地把五蝶捧寿的掐丝珐琅暖手炉奉上，果然在他准备离开时，他们二人偷偷使绊子，伸脚想要绊倒他！

哼。安平不但没上当，反而抬起脚丫子一踩！

"唔！"永裕亲王低头轻哼。

"怎么了？"爱卿问道。

"没事。"永裕亲王一笑，尽管嘴角在抽搐。

这时，黄门又来禀报，内常侍马培成来了，是爱卿传他来的。

原来宫中盛传只要雪人堆得好，皇上就会给赏赐，结果那些宫女只顾着玩雪、堆雪人，连正经事都给耽误了，就在刚才，马培成在前殿花园抓到一位偷懒的宫女柳儿，要施加责罚。

柳儿和其他帮着求情的宫女，哭哭啼啼地说是领了皇上的口谕才敢这样做，他来面见圣上，是想要弄清楚这件事。

爱卿既没说过赏赐的事，也就矢口否认了，哪知马培成下去后，便将那几个宫女打入了掖庭，要酷刑讯问，因为她们竟敢假传圣旨！那可是要砍头的！

爱卿听说后不禁有些着急，安平也是，因为他认得那位宫女，是位心眼极好的姐姐。

可是君无戏言，爱卿已脱口而出的话，不是那么好兜回来的。

但尽管如此，爱卿仍旧急召了马培成觐见。

"奴才马培成叩见皇上，皇上万岁、万岁、万万岁。亲王殿下千岁。"马培成跪地叩首行礼，额头贴着冰凉的青砖地面，行为举止是一丝不苟。

"免礼吧。"爱卿抬手道。

"不知皇上急召奴才前来，是有何差遣？"起身后，马培成神色肃然地问。

第五章
安平身暴露

"就是……"

"这都是我的吩咐。"正当爱卿苦恼着,该怎么把这件事给圆回来,好饶了那几个宫女时,永安亲王一笑道,"前些日,本王看皇兄操劳国事过于疲乏,恰逢下雪,就说,若在宫里堆上几个漂亮的雪人,给皇上解解闷也是好的。我还说哪个堆得好,就给哪个奖励,怕是这些话传了出去,宫女们才误会的。"

"那日我也在,"永裕亲王跟着说道,"天辰真是那样说的。马常侍,你就饶了那几位宫女吧,都怪我二人,没把话说清楚,让她们误以为是皇兄所言。"

"奴才明白了!既然如此,奴才自会放人,还望皇上、亲王殿下勿要责怪。"一旦弄清楚"假圣旨"的源头,他能交差,马培成便也识相地告退。

"好在你们两个够机灵,多谢相救。"爱卿看着几乎长得一模一样的弟弟们,越发喜爱了。

"皇兄何须言谢,救人一命胜造七级浮屠呢。"永安莞尔一笑道,"更何况这里面有好几条命。"

"是啊,朕不过是随口一说,竟差点惹出大祸来。"爱卿叹道,他在听闻那几个宫女被抓入掖庭时突然想起来,早上他确实说过很欣赏宫人玩雪的话,但那是随口赞赏,并非是一道口谕啊!

可能下人们听去了,一传十、十传百的,就变成圣旨了,还添油加醋地有皇帝的赏赐。

"过去了倒也罢了。"永安给爱卿递上茶盏,"皇兄,喝茶吧。"

"嗯,朕得压压惊。"爱卿笑道。

两位亲王在陪爱卿喝完茶,吃完点心后,便请辞,安平应皇帝的吩咐,送他们出门。

"怎么了?安平,为何一直斜睨着我们。"出了宫门,走在长长的石砖甬路上,永安第一个忍不住笑了,对安平道,"我们可是救了你的好姐姐。"

"您们认识柳姐姐?"

"不认识。"

"那怎么……"

"宫女不都是你们小太监的姐姐吗?"

安平想了想也对,便躬身道:"多谢亲王,亲王殿下慢走。"

"别急着赶我们走,你下回什么时候来?"永裕亲王环抱着双臂,态度傲然地问。

"待皇上……"

"万寿节的事,不是已经了结了?"永安亲王说,"让你陪我们下会儿棋,就跟让你坐牢似的!"

"小的就一个脑袋,怎么能比得过你们两个?"安平忍不住道,"非要一同与我下棋不说,输了不是罚小的喝酒,就是让小的跳舞……"

真是两个幼稚又贪玩的亲王。安平在平日里,没少暗暗吐槽。

"好吧,下一回不让你跳舞了,反正你跳得也不好看。"永安突然伸手,一把搂过安平

的肩，亲昵地说，"就让你看我们跳，我们跳那猴子舞，摇头摆尾的可好玩了。"

"才不要。"安平挣扎着从永安的胳膊里脱身，整理着自己的衣襟，严肃地道，"这里可是勤政殿，不得行为不端，还望两位殿下自重。"

永安和永裕互相望了一眼，便毫不犹豫地出手了！

一人抓住他的双手，一人极快地点他的哑穴，让安平动弹不得也有口难言！

"所以说，只要不在勤政殿就行了？"永安笑吟吟地扛着秉笔太监，和永裕一起登上回双星宫的车舆。

安平认为皇上见不着他，肯定会让小德子出来寻他，却不知他前脚刚走，这宫里就又发生一件大事！

"皇上，秦将军在殿外求见。"爱卿才拿起奏本，黄门又来禀报。

"宣。"爱卿很乐意见他，自从景霆瑞出征后，秦魁就时常觐见，两人一同探讨武功和兵法，对爱卿来说是受益良多。

"末将叩见万岁！"秦魁大步流星地踏入殿内，这声音比上次捷报更要洪亮。

"怎么？你找到那本失传的古剑法了？"爱卿不禁微笑道，"是叫《无双剑诀》吧？"

"那本剑诀已是传说，末将怕是寻不得了，但今天末将带来的消息，比虚无之事要好上万倍！"秦魁单膝跪地，双手一抱拳道，"万岁！景将军回来了，目前正在十里亭等候您的传召。"

秦魁笑容满面地等待着皇上欣喜的声音，可是御案上却是格外安静。

小德子是最快回过神的，他兴奋得有些舌头打架："皇、皇上！他说的是景将军！"

"啊？"一声轻轻地，略带颤抖的回答，似乎饱含着爱卿此刻无法置信的狂喜。

他慢慢站起来，离开堆满书籍、奏本的御案，越过依然跪着的秦魁，朝外头走去。

"皇上，您要去哪儿？"小德子赶紧跟上去，小心地问道。

"当然是去见他。"爱卿一脸困惑地反问，"你为何要拦朕？"

"万岁！奴才不是拦您，而是——您得更换衣冕。"小德子有些哭笑不得，"景将军凯旋，您得穿朝服去迎接！"

"啊、对！朕还穿着常服……"爱卿这才反应过来，脸颊便红透了，好在秦魁并未说什么，一直老老实实地跪在那边。

爱卿走回御案，但又停下脚步，恍若梦幻般地问道，"秦将军，你刚才说的是真的？景霆瑞已经到十里亭了？"

"千真万确！景将军一到那儿就让我来禀报。"秦魁喜不自胜地说，"他说：'因无皇上的传召，故不敢擅自进城。'"

"对，朕是没有下过旨，但……他还是回来了。"爱卿说这话是无比地开心和感动，但秦魁却误会了。

"皇上，景将军是有急务在身，不得不提前回来。"秦魁好心地帮景霆瑞辩明情况，

第五章 安平身暴露

"是关于与夏国公主的联姻，此事非同小可，他才提前返程的。"

"非同小可？"爱卿先是一愣，随后惊讶地问，"景将军难不成是答应了与夏国公主的婚事？"

"当然了，这可是一桩上好的姻缘呀。"秦魁笑道，"景将军没理由不答应的，这不但能让战事尽早平息，还给自己找了一个媳妇，听闻夏国公主生得很美，这可是两全其美的事情。"

见皇上没有反应，秦魁接着往下道："等景将军去了夏国当驸马爷，凭借他的本事，绝对可以把晟、夏二国都收得服服帖帖的！皇上再也不用忧虑那边的不太平啦。"

"去夏国当驸马……"爱卿鹦鹉学舌般地重复了一遍秦魁的话。

"是呀，要不然，景将军能这么快地往回赶吗？可见他有多重视这桩婚事了。"秦魁快笑得合不拢嘴了。

可他说过，会一直留在朕的身边。

秦魁不知道，爱卿一直想方设法地让夏国国王打消这个念头。只是这些信函还没送到夏国国君那里，景霆瑞就先表态要娶公主了。

就连一旁的小德子也是满脸吃惊，暗叹："景将军竟然舍得离开大燕，离开皇上？皇上可是一心等着将军回来团聚呀！"

"皇上，是否要末将去传景将军来？"秦魁积极道。

"等等。"爱卿突然转身走向殿门，声音显得疲乏无力，"朕想歇歇，摆驾长春宫吧。"

"是，皇上。"小德子示意一旁的太监去传御辇，他自己来到仍然跪着的、一脸愕然又惶恐的秦魁身边，小声道，"将军，请起来吧。"

"敢问公公，皇上为何如此消极？是不是秦某说错话了？"

秦魁很是困惑，因为他还是第一次看到皇上"拂袖而去"，却不知道原因为何。

他效忠的这位少年皇帝，长得是粉雕玉砌，甚为好看，性情也很开朗，全无帝王严酷之姿。

在他的身边绝不会有"伴君如伴虎"的惶惑感，他的言语、他的笑容都很真诚，他是开心还是郁闷，只要一望便知，无须揣测圣意为何？又该如何应对等事。

反倒是面对相爷、尚书等几位大人时，他会觉得不自在，甚至会战战兢兢，生怕自己说错了话。

"您别担心，这事真与您无关。"小德子笑了笑道，"对了，秦将军，烦请您将今日之事转告给景将军，奴才得去伺候皇上了。"

"是，公公，您慢走。"有小德子的这番叮咛，秦魁好歹是镇定下来，他寻思片刻后，便出宫直奔十里亭。

与此同时的双星宫。

"啊、啊——啾！"

一个极为响亮的喷嚏，惊得庭院里的鸽子都扑腾着翅膀飞起。

"来人！快！拿姜汤来。"永裕亲王大声招呼着宫女，他的怀里还抱着一个浑身湿透的太监，即霉运透顶的安平。

"对，还有衣裳！"永安亲王也是大步走入，着急地吩咐着宫女。

"放、放我下来，我都说没事了！"安平此刻已经没有余力自称"小的"或者"奴才"，因为他跌进了冰湖，浑身湿透不说，冷得衣衫都冒烟了！刺骨的疼痛让他无法镇定自若。

"你看你白惨惨的脸，还说没事！"永裕亲王天宇十分不悦地说道。

"哥，把他放这儿。"天辰将贵妃榻上的画册搬开，上头铺着皇上赏赐的貂绒垫，但他们毫不在意地把安平放下，还用蚕丝绢替他擦脸。

"我要回勤政殿去。"可安平才躺下，就挣扎着站起。

"胡闹什么？快别乱动。"天宇伸手解着安平的衣扣，天辰则帮忙把他湿透的官帽给取下来。

"两位亲王！就别再戏弄我了！"

安平被扛回双星宫后，被他们要求打雪仗，打就打吧，他倒是不怕，但没想到他们又耍赖，合起伙来前后夹击他。

安平为躲过雪球的攻击，一脚踩空竟然掉进冰窟窿里，整个人都沉在里头，瞬时找不到出来的方向。

他能摸到的地方都是冰，咕咚咕咚地吞着刺骨的冰水，惶恐加上针刺般的剧痛，让他难受得几乎晕厥。

不过很快就有人将他从冰窟窿里捞出，原来他离那窟窿口并不远，水也没有那么深，只是这么一来，两个亲王身上也都湿了，但安平丝毫没有感谢他们的意思，有的只是一肚子怨气！

"亲王殿下。"宫女端来三大碗热姜汤，还有三捧盒的崭新衣裳，除了给安平的，还有两个亲王的份。

"我说怎么这么慢，谁让你备这么多的？"天辰并不领好意，反倒责怪起来。

"先喂他喝了再说，手脚摸着都跟冰棍似的。"天宇端起一碗，还细心地吹了吹上头的热气，才送到安平都冻得发紫的唇边。

安平很想拒绝，但他确实冷得不行，便也乖乖地喝下几口。

直到这一刻，天宇和天辰的脸上才有了那么一丝的放松："好，多喝点，等暖和过来就好了。"

"我、我够了，衣衫给我吧，我自己换。"安平推开了天宇的手，又拿过宫女刚送来的衣物。

"你看你哆嗦的，我帮你穿吧。"天宇道。

"我是个太监，还请两位殿下让一让，避避嫌。"安平道。

第五章
安平身暴露

"这有什么……"天宇才说了一句,天辰却拉着他的手道:"走,我们去边上等。"

安平不放心地回头看看,确定他们是背对着这里,才三下五除二地扒掉自己身上的湿衣服,换上干净的衣袍。

"你慢慢来,别摔着了。"天宇不忘提醒。

"知道,我的手都冻僵了,想快也快不了。"安平没好气地道。

"呵呵。"天辰不禁一笑,天宇不满地看了他一眼。

"我不是在笑话你,而是他真的很有趣。"天辰解释说。

"哼,还不是你!害他掉下去的!"天宇有些责怪弟弟。

"喂!你这是五十步笑百步啊!第一个搓雪球扔他的不是你吗?"

"我只是和他玩玩,哪知道你也一起扔他。"天宇皱眉,"你就不能手下留情?"

"我什么时候对他不留情了?"天辰显得很委屈,"我本想和他一起丢你的,但我一拉他的手,他就跑开了,好像我会吃了他一样。"

"不对啊。"天宇突然一脸凝重地说。

"怎么不对了?要说不对,那也是我们两个都不对,反正他会掉下去是我们的错。"天辰依然纠结于此,"你不能光说我不好!"

"我是说,怎么那么安静?"天宇有点担心地说,"他不会是冻晕过去了吧?"

"什么?!"天辰立刻想回头,天宇很快伸手拦住,"你别啊!他会不高兴的。"

"都什么时候了,还顾得上这个。"天辰转身,却看到贵妃榻上空无一人,只留下一堆湿衣服。

宫女依然捧着姜汤,远远地垂首立在一边。

"人呢?"天宇问宫女。

"回亲王,他留了张纸条后就走了。"宫女上前一步,姜汤碗的旁边还真有一张纸,用极漂亮的楷书写着:奴才要回去伺候皇上了,恕不能久留,两位亲王请速更衣,勿要着凉。

"没想到他还挺关心我们,"天辰笑眯眯地说,拿起纸条反复看,"不得不说,这字写得可真端正。"

"是吗?又被他逃掉了。"天宇坐在贵妃榻上,伸手摸向貂绒毯,上面还留着水珠,不禁喃喃道,"就算是太监……"

"哥,你说什么?"天辰靠了过去。

"他似乎很介意自己太监的身份。"天宇寻思着说,"我记得头一回见他时,我们扒他的衣服,他是大呼小叫,吓得脸都白了。还有我们带他出宫那次,也是百般遮掩地换衣服,不许我们看,可见他真的很不愿意在我们面前赤身裸体。"

"多半是出于自卑吧。"天辰想了想,便叹了口气,"想必身世也是很可怜,不然怎么会进宫当太监呢?"

"可不是,要不,我们下回对他好些吧,别再扒他的衣服了。"天宇露出深思熟虑般

的神情,"我可不想让他讨厌我们。"

"对、对!我们就这么办!"天辰笑呵呵地答应着。兄弟二人像是良心发现,一副要改头换面,不再戏弄安平的样子。

可谁也不知道,就在几个时辰后,他们不但重遇安平,还又把他扒了个精光!

隆冬的夜里分外寂静,唯有炭炉发出轻微的爆裂声,炉火将宫内烤得是温暖如春,值夜的宫女、太监或看守着火炉,或侍立在龙床外,没有一丝的懈怠。

他们伺候得越细致,爱卿的心里就越感到歉疚,因为他压根就睡不着,全然浪费这一班宫人忙前忙后的操劳。

被褥和枕头都是安神的草木香熏过的,竟还带着暖意,谁也不知道皇帝到底要哪一刻就寝,可见是一直备好的。

从来没有人会对奴才们说声辛苦,而爱卿从以前就觉得宫人很辛劳,还有景霆瑞也是一样。

在父皇派景霆瑞出宫办事时,他会闹腾,一是觉得吃醋,第二便是怕他太操劳。

当然,景霆瑞从来都没有露出过"疲惫"的神态,不管多晚回宫,永远都是精神奕奕的样子,这也是爱卿觉得神奇的地方,这人与人之间的差别,怎么就这么大呢。

"瑞瑞……"

爱卿又是一个翻身,已经很晚了,他的思绪却如同万马奔腾一般,一下想到这里,一下想到那儿,就是无法入睡。

"皇上,可要起夜?"见他翻来覆去的折腾,小德子上前问道。

"不,你们都退下吧。"爱卿索性坐起身,"朕一人待着便成。"

"这可不行。"小德子立刻说道,"这前半夜,您就差奴才去睡觉,奴才去了,后半夜总得陪着您,放着别人伺候,奴才不放心。"

"你都忙乎一天了,难道不累?"爱卿隔着暖帘,问道。

"您批折子的时候,奴才都在打瞌睡呢。"小德子小声地说,"现在,您要奴才睡,奴才也只能装睡了。"

"你呀,不论走到哪儿,是站着或坐着,都能立刻睡着的本事也是一绝。"爱卿笑道。

"因为奴才的心里只装着皇上您一个,您又在奴才的跟前,有什么好担心的呢?自然就容易睡着了。"小德子说出心里话,"但皇上您要操心的事情可就多了,这前朝的事,宫里的事,哪怕一个小奴才的事,您也放在心上,这样太累了,您才会难以入眠的。"

小德子指的是前几天,一个小太监摔伤了腿,爱卿正好遇见,还让太医去诊治,并不时询问伤情,直到确认他无大碍,这才作罢。

奴才们都很感动,但其他的大臣就觉得皇上做得太过火了,是会宠坏下人的。

小德子与爱卿一同长大,最大的感动莫过于爱卿自始至终都是那样可亲可爱的人,

第五章
安平身暴露

并没有因为成为皇帝，或者别人的横加指责就改变自己。

小德子也很清楚爱卿此刻的辗转难眠是因为景将军，但是他现在提起，反而会惹皇上不开心，恐怕真要熬到天亮了。

"朕在想瑞瑞的事。"没想，爱卿自己倒是承认了。

小德子很机灵，立刻挥了挥手，让其他的太监、宫女都退下了，连彩云都退到殿外。

"奴才明白。"小德子笑了笑说，"不过，您与其在这想，为何不直接去找他讲明白呢？就说，您不想他去做夏国驸马。"

"小德子，你的话可真多。"爱卿掀开了帘子，脸红扑扑的，乌黑的大眼睛像深潭似的映着宫灯的光辉，显得分外明亮。

"奴才知罪。"

"起来啦。"爱卿拉起小德子，让他也坐在床边。

"是！"小德子笑嘻嘻地盘腿坐着，很乐意与爱卿聊聊。

"朕在白天是不是太冲动了？"爱卿扁了扁嘴，说道，"这些日子里，朕总想着万一夏国皇帝非要瑞瑞娶他的女儿怎么办？朕当然是不同意的，瑞瑞是朕的将军！"

"这是当然！"小德子用力点头，很认真地说，"景将军从小就护着您，怎么可能另投他主呢。"

"朕也是这样想的，但是……"爱卿犹豫了一下，道，"以前父皇总叫瑞瑞办事，不管那任务有多凶险，瑞瑞咻溜一下就跑出宫了，还十天半个月的都不回来。朕知道他是忠于父皇，忠于大燕，想要为国效力，所以啊……今日秦将军一说婚事，朕立刻就想到，瑞瑞会不会是为了国家，才说要娶夏国公主的。"

"可将军他不喜欢公主啊。"小德子说。

"既然是联姻，哪里需要喜欢上。"爱卿唉声叹气道，"当年，父皇年轻的时候，就算他不愿意，为了平衡朝廷的势力，不也娶了几个妃子吗？"

"也是。"小德子连连点头，其实近些日子，也不断有老亲王、臣子给爱卿说媒，后宫总不能一直让太监们代管，可爱卿以各种理由都推搪过去了。

看着小皇帝似乎还未"情窦初开"，那些老臣也就暂且不提了，但过不了多久，定会成为烦扰爱卿的头等大事了。

"那皇上您的意思是……"

"朕思前想后，觉得瑞瑞确实忠心爱国，但是——他是不会答应联姻的。"

"啥？"小德子还以为皇上会说，觉得景将军会答应呢！

"也许瑞瑞是为了婚事而赶回来的，但一定不是为了做夏国驸马！"爱卿认真地思索着，"朕今日应当去迎接他的，就像你说的，有些话得见了面才能问个清楚。"

"皇上，就算今天没去成，明早去也不算迟呀。"小德子说道，"您看，现在都四更天了，等养足精神，明日一早才能去迎接将军回朝。"

"嗯！"爱卿很高兴地点点头，还躺下来，"朕这就睡！"

小德子也高兴地替皇上盖好被子，再放好帐帘，便在边上坐下，眯眼打起瞌睡。

可爱卿不知道是不是兴奋过头，反而更加睡不着了，他转来转去，在大床上游了个遍，都能听到小德子轻轻打呼噜的声音。

爱卿强迫自己镇定下来，还抱着一个大枕头，慢慢地睡着了。

万籁俱寂之时，一抹高大又黑暗的身影闪入了长春宫。

"唔……热……"身上压着厚厚的锦被，怀里还紧拥着鹅绒枕，细密的汗水沁满爱卿又白又饱满的额头。

他微启红润的唇，露出白玉般的牙齿，吐出潮热的气息，可能是白天事务繁多，现在又折腾到太晚，所以尽管爱卿觉得很热，却困得完全不想动弹。

黑影是个男子，他在金龙床帐外站了一会儿，似在犹豫要不要进到床帐内，爱卿一直哼哼着热，男子忽然轻手轻脚地掀开帘子，走进分外暖和的龙床内。

他一手撑在爱卿躬着的身侧，铺得极为厚实的棉花垫深深地陷了下去。

两道身影几乎重叠在一起，爱卿捂得太紧的被角被轻掀开了一点，大概是舒服了吧，爱卿那原本皱拢的秀眉渐渐舒展。

然后，他便悄然退出帐外。

正当男人要离开寝殿时，爱卿突然醒来了，睁开迷离的双眼，挣扎着坐了起来。

他的响动，让男人陡然停下脚步。

"嗯……瑞瑞？"爱卿呆呆地坐在那里，眼神依然有些茫然，望着那宽敞得不像话的龙床。

帐内依然是烛光昏暗，他揉了揉酸涩的眼睛，爬下床，不小心踢到了什么。

低头一看是小德子，他的脑袋枕在床沿，抱着胳膊盘着腿的，睡得相当沉。

爱卿不禁笑了笑，左看右看后，拉起拖曳在地上的彩织金龙帷帐，披在小德子身上，还很细心地将他裹了半圈。

尽管做了这些事，小德子依然没醒。

爱卿赤着脚丫子走向那极为高大的窗棂，月光透过它在地上洒下一片祥云格纹的影子，男人亦伫立在那儿，并没有刻意躲起来。

"瑞瑞？"爱卿歪着脑袋，疑惑地看着那抹高大挺拔的身影。

景霆瑞从阴影中步出，他穿着夜行衣，但没有蒙脸。黑色的背景使得他的面部轮廓更加深刻，尤其是那双深邃如夜空的黑眸，似乎能让人迷失其间。

"原来，我又梦见你了。"爱卿笑了，站在景霆瑞的跟前，抬头望着那张英俊不凡的脸，惊讶道，"今天怎么跟真的瑞瑞一模一样。"

景霆瑞似乎想要说话，但爱卿猛地扎进他的怀里，让他陡然一怔。

"看到你安然无恙，真让我开心。"爱卿闭眼微笑着，突然又抬起头来，大眼睛里忽闪着明亮的光芒，"你不会当真要娶吉吉儿吧？"

第五章
安平身暴露

不等景霆瑞开口,爱卿又皱起眉头,极为霸道地道,"你想都不要想!朕都还没成婚呢,你急什么!"

"呵。"似乎是无法忍耐住的闷喘声,还透着一丝的笑意。

"嗯?"爱卿感到惊讶地瞪着景霆瑞的脸,"你今天特别真实,完全不像是在做梦。"

"你怎么知道是在做梦?"低淳的嗓音响起,是那样的鲜活,爱卿不疑有他,只顾回答道。

"我原本也是不知道的……但是醒来之后,就会发现这只是一个梦,"爱卿黯然道,"受伤的次数多了,就不敢再当真了,久而久之就算是在梦里,也会知道那是一个梦,醒来时多少会好受一些。"

"卿儿,我让你受苦了。"景霆瑞轻声道。

"这叫什么话,明明是你替我去受苦,"爱卿摸了摸景霆瑞粗壮的腰身,又抱了上去,"倒是没瘦,挺好的。"

"我一直有依照你信里嘱咐的,再忙也记得吃饭。"

"好!这么好的你,我可舍不得给吉吉儿。"

"只因为我按时吃饭,就不让我娶吉吉儿吗?"景霆瑞含笑问。

"当然还有别的,嗯……比起夏国的饭菜,当然是大燕的更合你口味吧?还有,夏国西面都是海,你肯定住不惯,所以……"

"怎么会呢,我一旦过去便是驸马爷,吃住都不会短缺我的,说不定还会准备许多大燕食物给我。"

"那、那还是不一样呀,而且这么远地运送过去,不就劳民伤财了,一点都不划算。"

"所以,就是为了吃和住,我也要留在大燕,是吗?"

"嗯……其实还有别的原因。"

"还有别的?"

"对,还有……我,"爱卿抬头看着景霆瑞,皱眉道,"我不想你因为我去娶一个不喜欢的人。"

"这本就是政治联姻,只要对皇上有利,要我娶一百个又如何?"

"不!"爱卿突然推开景霆瑞,"你现在会这么想,是因为你还没有成婚,你这个人,表面上看起来对谁都不在乎,实则心软得很。你以后一定会痛苦的,会想为什么当初没能拒绝这婚事,明明还有别的解决方法……我会努力的,瑞瑞,我不要牺牲掉你的幸福,去成全我的安稳。"

"卿儿。"景霆瑞温柔地言道,"分别的这段日子里,你果真是成长不少。"

爱卿还没回应,小德子突然打着哈欠问道:"皇上,您在那边做什么?"他的哈欠都还没打完,景霆瑞的指尖就射出一道劲气。

小德子颈部一麻,顿时失去了意识,仰躺在地上。

爱卿愣了愣,抬起右手摸了摸景霆瑞的脸,那温暖的手感……好像有点过于真

实啊？

再仔细看一看那一身漆黑的夜行衣，想到自己以往做的梦，景霆瑞穿得可都是威猛帅气的铠甲，猛然领悟到——老天！这不是梦啊？！

因为过于惊愕，爱卿目瞪口呆。

景霆瑞就趁机端详着爱卿，即使他只是穿着一件雪白的、毫无绣纹的亵衣，也无法掩饰他的俊美。

乌黑光滑的长发，如瀑布般流淌在地上，他的眼睛如同黑珍珠，明亮且有着夺人的光彩。他的肌肤是如此白皙，仿若初雪般的毫无瑕疵。

他樱红的唇上还勾着一缕发丝，明明是不经意的举动，却透出一种极致的美感。

景霆瑞听闻巫雀族不分男女，都有着让世人无法抗拒的漂亮脸蛋，但并没预想到一年未见爱卿，他竟然出落得如此漂亮。

"你、你你……大胆！竟敢夜闯朕的寝宫。"可能是刚才拉着景霆瑞的手撒娇的样子太丢人了吧，爱卿面红耳赤地道。

"是的，末将又大胆了。"景霆瑞笑着，"皇上，末将送您回床上去。"

窗外，已经透出第一丝晨光，朦朦胧胧，却也快照亮深广的宫廷。

景霆瑞将赤着脚的爱卿横着抱起，稳稳地走向龙床。

"你真的是瑞瑞吗？"突然，爱卿问道，细白的手指抓着他漆黑的衣襟，裸露着的脚丫，顺着景霆瑞的沉稳步伐轻轻晃动。

"皇上，您还要早朝，睡会儿吧。"景霆瑞帮爱卿盖好被子，自己则侧身躺在爱卿的身边。

也许，趁着现在离开是最好的，一会儿天色大亮，他这一身夜行衣怕不好走了。

但是，望着爱卿那好像小狗一般的神情，景霆瑞没办法就这样起身走掉。

说到底也是他沉不住气的错，在听完秦魁转述小德子的话后，他立刻明白到，爱卿一定是对婚事有所误会才不愿意见他。

景霆瑞知道自己可以通过小德子或者安平，向爱卿解释事情的始末，可还是忍不住冒险潜入宫中。

夜已深，爱卿果然已经睡着了，景霆瑞本打算看一眼就走，可这看到他睡得太热了难受，就不小心把他给弄醒了。

"你这样潜入宫，要紧吗？"爱卿眼里都是担心。

"皇上，末将不会有事的。"景霆瑞伸手将爱卿按回枕头上，再次将被角掖好，"您放心，我会等您睡着再走。"

"瑞瑞……"也不知是感受到熟悉的气息，还是他实在太困了，爱卿竟就这么不知不觉地睡了过去，而且是睡得极沉，连梦都没有做。

清晨，小德子跑前跑后地给爱卿更衣，这些事和沐浴一样，他都不交给旁人。

第五章 安平身暴露

爱卿因想着夜里的事有些走神，小德子正在给他系明黄丝织的朝服腰带，突然说道："皇上，奴才昨晚梦见景将军了。"

"是吗？"爱卿假装不在意地道，但是脸却红了，昨晚他可没少说些丢人的话，什么不准瑞瑞成婚在他之前……哎，都说了些什么呀！

"是啊，将军他趁夜来看您，不过就梦到这么一眼就没了。"小德子没有察觉到异样，还是笑嘻嘻地说着。

"朕今日就去接他。"爱卿露出笑脸道，"你以后能一直见着他了。"

"哎，奴才可不敢一直看着景将军，没那个胆子。"小德子把缀东珠的平金绣荷包、白玉雕龙佩、珐琅鞘刀等腰带配饰，给皇上一一戴好，"只是觉得有将军在，皇上您也能开心些，连睡觉都在笑呢。"

"朕、朕哪里有笑！"爱卿想到自己傻乎乎的睡颜可能也落入景霆瑞的眼里，顿时不安起来。

"真的有啊。"小德子伸出手，拉扯起自己的嘴角，"喏，像这样……"

"啊！"爱卿哀叫一声，便捂住自己的脸，不敢相信自己竟笑得这样诡异。

但他不知道的是，同样是傻笑，他比小德子的鬼脸要美丽多了。

不过正因为这事，爱卿在率领众大臣迎接景霆瑞凯旋归朝时，都不好意思直视他的脸。

好在百官恭迎的场面极为浩大，没人注意到他心虚移开的视线和略带僵硬的声音，大家都沉浸在大燕军大获全胜的极大喜悦中。

第二日，爱卿即差遣礼部尚书去祭告天地、宗庙以及先祖们的陵寝，这是大燕的荣耀，在这方面，爱卿不想从略。

到了第三日才是真正的嘉奖功臣，即颁诏大典，因为大军还在回朝的途中，所以免了好些礼节，但皇帝接受众臣、亲王的朝贺，以及外国使节轮番的恭贺，还要摆设丰盛的宴席，竟费去了一整日的时间。

第四日一早，爱卿在朝堂上下旨，对所有出征的将士论功行赏，加恩晋爵。

头号功臣景霆瑞被封为骠骑将军，这事着实出乎文臣们的意料。

这样的封赏对于一个只打了一场胜仗的将军来说，似乎太过厚重。

虽然骠骑将军的头上，还有一位大将军，但大将军年事已高，早把兵权还给了皇帝，眼下只是一个挂名的将军。

如果景霆瑞是骠骑将军，这意味着在大燕，没有比他拥有更多兵权的武将了。还有哪个文臣敢得罪他？

此诏书一下，贾鹏一党即刻严重动摇，就好像这天明明是蓝的，怎么说变就变，雷电交加、暴雨倾盆，让他们猝不及防！

这赏赐有多大反弹也有多重，贾鹏立刻上书奏明爱卿，说景霆瑞资历尚浅，不过打了几场胜仗，怎能当此重任？

甚至表示就算皇上答应，他们这班老臣也万万不能答应。

爱卿不愿意妥协，毕竟圣旨已下，岂能收回，但宰相府的势力誓在抵挡。

一番明争暗斗之后，这矛盾虽未激化到君臣反目那么夸张，却也让爱卿在朝堂上处处碰壁，不是这条政策无法顺利推行，便是那边又出什么"意外"，总之是事事不称心，令爱卿烦恼陡增。

可没想到这节骨眼上，夏国国君突然派来一个特使，带来夏国玺玉鹰一枚，以及一封很长的亲笔信。

信里不但写了，夏国愿意每年上交的朝贡明细，还特别点明，夏国臣服的前提条件，也是唯一条件，即——景霆瑞升任大燕的骠骑将军。

因为他们是景霆瑞的手下败将，且输得心服口服，若景霆瑞不能成为骠骑将军，这和谈也就罢了。

爱卿做梦也没想到，夏国唯一的要求竟然是这样，他还以为夏国公主非要嫁给景霆瑞呢！

炎恰巧在爱卿身边，看到这封信后，冷冷一笑，嗤之以鼻："这夏国皇帝也太猖狂了，大燕封赏谁做将军，还需要他来指指点点？大不了，皇兄出兵灭了他就是！"

"炎儿！"

"我没说错啊，他本来就打不过我们，还有脸来谈条件！"

"兔子急了还会咬人，夏国求和并非软弱之举。"爱卿看着气呼呼的皇弟说，"我们再打起来，又会有多少将士和百姓死去？他也是顾及苍生，才愿意停战求和的。"

"皇兄，是你太善良了。古往今来，哪个皇帝打仗还要顾到老百姓？做出一些牺牲是无可避免的。"炎固执己见地道，"若是父皇在这，我相信他一定会乘胜追击，剿灭夏国的。"

爱卿闻言不禁陷入沉默。

炎察觉到自己的失言，立刻道："我、我也只是觉得他太指手画脚，才这么说的，皇兄，不论您想怎么处置，臣弟都会听您的。"

"不，炎儿，也许你是对的。"爱卿却伸手拍了拍弟弟的肩，"其实，朕也不知道怎么做才是对的。这是朕第一次面对和谈的请求，朕只是不想再有人因为朕的一句话就去送死。"

"为您效命是理所当然。"炎却是轻松地一笑，"别说那些士兵，臣弟也愿意为您而死。"

"别说这种话。"爱卿当即皱拢眉头，看起来难过得要命。

"好啦！我的好皇兄！"炎伸手拉住爱卿的手，就和小时候撒娇那样轻轻晃荡，"臣弟只是说说而已，臣弟还是很怕死的，哈哈。"

"你呀！比朕还要没个正经！"爱卿自觉自己不像个皇帝，炎更加不像个亲王，他……很像父皇。

第五章
安平身暴露

不知何时开始，明明是当作宝贝疼爱的弟弟，也成长为可靠之人。

"话说回来。"炎看着那封信，咀嚼着其背后的意思，"那位公主可真爱景霆瑞呀。"

炎对景霆瑞依然是直呼其名，多少是因为嫉妒，他竟然能被封为骠骑将军，还让敌国国君奉上国玺为他保举，这是何其大的面子！

"怎么会，他们都没再提起联姻一事。"爱卿并不信。

"容臣弟详说。"炎笑着说道，"景霆瑞拒绝娶公主，那夏国国君居然没有发怒，显然是有公主在背后积极相劝，而这封信想必也是公主一力促成的。她都得不到景霆瑞的人了，还心甘情愿地为他付出这么多，可不是一番深情吗？可叹这小公主如此痴心，却奈何明月照沟渠。"

爱卿对此无可反驳，炎正暗自得意，不料爱卿却板起脸教训道："你要叫景霆瑞为将军，他的品级高你不少，你贵为亲王，更要遵守皇室礼节。"

炎儿扁了扁嘴，他是皇族没错，可是为留在朝中，长伴君侧，只是混了一个闲散差事。按照祖制他应该去偏远的属地当一个亲王。

而如今他这个亲王是"有名无实"的，除了一座还算像样的亲王府，和一些投奔他而来的江湖侠士，就没有别的特别之处了。

"皇兄。"炎突然低头，直视着坐在御案前的爱卿，"总有一天，臣弟也会为您立下赫赫战功！不亚于那个景霆……景将军。"

对于如此好战的弟弟，爱卿不知该感到宽慰还是头疼，只有微微一笑，再次拍了拍弟弟的肩头。

一转眼，景霆瑞回来已经半月有余，爱卿与夏国签署完和谈协议，并举行为期三日的庆典。

还对阵亡的将士加以抚恤，家眷的赋税一律免除，若家中仅余孤儿寡老，则由朝廷负责供养，此事交由户部监管。

紧随而来的，便是爱卿的万寿节。那一天的雪下得特别大，他派出很多车马轿子，去接皇城中的老人赴宴。

那些老人家一辈子都生活在皇城，还是第一次这么近距离地看到皇上，一个个都感动到老泪纵横，跪着不肯起，这千叟宴一直吃了一整夜才停罢。

隔日，爱卿还随朝臣、贵戚一同饮宴，席间，他们频频起身敬酒，盛赞爱卿是一位仁善的皇帝，以民为贵，还谈及民间对皇帝的称颂是不绝于口，甚至把他比作开国皇帝！

"天子以民做父母，是太上皇和巫雀王的教诲。"爱卿是又惊又惶地连连摆手道，"朕的年龄、资历均十分浅薄，岂能与太祖相提并论？诸位实在是言重！"

景霆瑞倒是很少说话，但他的身边很热闹，有秦魁、宋植等一班得力干将，还有些文臣伺机向他敬酒。

爱卿看出有两个臣子是他在宫中"微服私访"时寻来的，心下不禁窃喜，他能够谋得

才干之士，相信瑞瑞定会对他刮目相看！

要知道在瑞瑞出征的期间，他也是铆足劲地当一位慧眼识珠、除旧布新的好皇帝。

只是他还没来得及和景霆瑞促膝长谈，因为这战后之事也极为烦琐，景霆瑞不停出入兵部，处理他的军务，自从那一晚后，两人竟然连私下说一句话的功夫都没有。

爱卿不由望着景霆瑞，寻思着该如何找到与他单独相处的机会。

还有一个人在如此热闹的宴席里，也是频频偷瞄着景将军，他今晚伺候皇上参加饮宴，但俊俏的脸上没有一丝笑容。

"安公公。"有人轻拉了拉他的衣袖，安平回头，是一个侍宴的宫女。

"何事？"安平便问道。

"永安亲王让奴婢给您捎句话，他们在流芳亭里等您。"宫女说完，便施一个常礼退下了。

安平的脸上别说笑容，简直跟吃了苦瓜似的愁眉不展。

"去还是不去？"他隐隐作痛的脑袋里不断盘旋着，"明知是死路一条，我还要去的话，那就太愚蠢了！"

"安平，你怎么了？"爱卿注意到安平站在身旁，却脸色凝重，以为他又不舒服了，便道，"今晚不该让你来伺候的，你身子才好，该多歇歇才是。"

"回皇上，奴才之前真是好了，眼下突然有些头晕，也不知是怎么回事。"安平躬身，显得很歉疚地说，"还望皇上恕罪。"

"你只是身体欠安，何罪之有？"爱卿的声音温柔极了，"你快下去吧，这儿还有小德子、彩云他们在呢。"

"是！皇上。"

安平从爱卿身边告退出来，殿外一阵兜头盖脸吹来的冷风，让他打了一个哆嗦，脑袋便越发地清醒，要不是因为生病的话，他的身份也就不会被亲王们揭穿。

那天从双星宫里逃出来后，他回到十二监，本想歇歇脚，却不觉伏在案头睡着了，一觉醒来，不但脑门极热，身上滚烫得就像着了火。

他晃晃悠悠地去找吕承恩诊脉，没想走到半路上，就头晕目眩地软倒在地，且好死不死地偏偏碰到那两大罪魁祸首！

他们说带他去见御医，结果把他抬回双星宫。安平不知自己何时昏睡过去的，也不知自己睡了有多久？期间，确实有御医来为他诊脉，永安亲王还用金勺给他喂汤药。

从头至尾他都是昏昏沉沉，连手指都抬不起来。待他完全醒来，身上的力气也恢复时，却惊愕不已地发现——他已经换过一身衣衫了！

这脱他衣袍的人，不用猜也知道是谁！安平简直吓得魂魄都快飞散了！注意到有人进屋，赶紧闭眼装睡，心跳得跟飞一样。

进来的是两位亲王，他们就坐在床边细声交谈，虽然声音很轻，安平却听得很清楚。

第五章
安平身暴露

"我们要将这事禀报皇兄吗？"永裕亲王低语着。

"不急，现在还未探明情况，还是等他醒来再说。"

"嗯，你看他的脸色怎么还这么难看，这药方子到底有没有用？"

"依我看……还是再去请一请御医的好。"

"哼，我看是那老太医不中用，不如去请吕太医吧。"

"好！我和你一起去。"

"等等，哥，要不要找侍卫看着他？"

"没事，他病得那么重，跑不了的。"

安平紧张不已地等他们走远，二话不说地从床里蹦起来，拿起放在床旁的月白长衫，就脚底抹油地溜出双星宫。

这之后，皇上对将士论功行赏，他也伺候在侧，虽然皇上问过他，这两天去哪儿了？

他回答身体不适，得了风寒，怕传染给皇上，就一直在十二监的别院养病。

皇上连声问他为何不上报，应该请御医为他诊治，安平连忙说，是请过吕太医，他已经康复了，皇上才作罢。

而由于近日宫中接连的庆典筵席，人多眼杂的，亲王也没来找他，也许是怕打草惊蛇。

总而言之，那两位亲王到底是忍不住了，竟然趁着皇上的寿宴来找他私下相见。

遥想当初，他是为景将军效劳才冒充太监入宫，如今……

安平回过头，看着灯火辉煌、热闹非凡的大殿，他对皇上已是忠心耿耿、依依不舍。

他很清楚此去流芳亭是凶多吉少，所谓"流芳"不就是"流放"吗？看来亲王们已经想清楚该怎么对付他了。

"皇上，您要多多保重，奴才只有下辈子才能伺候您了。"

安平默默地跪下，娇小的身躯在寒风中有些颤抖，却重重地磕了三个响头。

黛色朦胧，而流芳亭远在御花园的西侧，安平持着一只红灯笼，通过几道守卫森严的宫门、院门才去到那儿。

两位亲王身披雪白狐皮绲边的锦缎披风，坐在凉亭的石凳上，即使宫灯摇曳，光线暗淡，这两位孪生亲王依然是那样光彩照人，远远地就瞧见了。

安平望了望，这里既没有侍卫也无太监，看来他们是打算私下处决他。

也罢，在入宫之时他就明白此事异常凶险，只怪自己太过大意，这么快就暴露了身份。

眼下，他只要做到不连累景将军就好。安平知道景将军为何要"亲自"举荐他入宫，除了可以让他顺利地成为"太监"外，还有万一东窗事发，景将军就会出来担责。

别人可能看不到这一层，比如吕太医就曾经感叹过，将军向来只会对皇上一人好，别人就再也入不了他的眼。

可安平很清楚，景将军并非那种为一己之欲，便不顾他人的人。

景将军是一心一意只为皇上效力，但他却也厚待着旁人，只是这些个"旁人"未必能够明白。

"你怎么来得这么慢，我还以为你潜逃了。"永裕亲王，即天宇一脸肃然地说。

"小的怎么会这么做？"安平淡然一笑，死到临头，反而镇定自若起来，"相信在这几日里，两位亲王已将小的身份、家住何处？都摸查清楚了。"

"你知道就好！"天辰接着道，"我们并非在宫里长大，有些俗理，比如跑得和尚跑不了庙还是知道的。"

"这些日子里，你是否觉得戏耍我们，是一件让你很愉快的事？"天宇的语气冷冰冰的，比起天辰怒不可遏的样子要冷静些，但也更显出他身为哥哥的魄力。

"皇天在上。"安平看着兴师问罪的二人，回答道，"小的可对天发誓，从未有戏耍您们的心思，是您们非要让小的作陪，这才纠缠不清。"

"纠缠不清？哼！好大的口气。"天辰的眉心拧成一个疙瘩，十分不满地道，"那是好心好意地邀请你，和你一块玩儿。你怎么不见我们对别的太监如此厚待？哦，不对，你不是太监，你是个彻头彻尾的冒牌货！"

"小的未有净身，伤了两位殿下的心，万死难辞其咎。"安平跪了下来，声音平静地道，"小的今儿就跪在这儿，要杀要剐，全凭殿下的意思。"

"谁在乎你净不净身，我、我……"

天辰突然觉得自己说不过安平，这小太监原本就伶牙俐齿，如今一副巍然不怕死的模样，讲话就更厉害几分，天辰都差点忘了自己是为何叫他而来。

"欺君罔上，这可是诛九族的大罪，何止你一人的性命。"天宇说道，目光里透出几分寒意，到底是淳于煌夜的儿子，认真起来，竟令人不敢直视，"你最好从实招来，为什么要冒充太监入宫，还待在皇上身边，到底有何居心？！"

安平抬起头，他没有戴冬帽，园子里的冷风让他鼻头、耳朵冻得发红，更衬得他的双颊无半点的血色。

他外表虽然孱弱，但内心十分之强大，目光炯炯地望着两位面貌华美的亲王，知道自己接下来说的每一句话，都关乎全家人的性命，以及事情有无转圜的余地。

他在来时已经编好一套说辞，只要照着背便是，可他开口却是："小的是在景将军的安排下入宫的。"

此话一出，并没有见到天宇、天辰的脸上有多么吃惊。安平暗暗吸气，他们果然已经调查清楚，他的来路和景霆瑞有关。

"继续说！"天宇握紧了放在桌上的右手，语气比这夜风还要冷冽。

因为他说的是实话才有了这后续的机会。安平说道："将军的为人，你们比小的更要清楚，他随皇上一同长大，对皇上从没有二心。"

"谁问你这个了？"天辰不耐烦地打断，"他到底让你进宫干什么？为什么一定要伪

第五章
安平身暴露

装成太监？"

"实不相瞒，景将军认为小德子公公太过顽皮，总是带着皇上惹祸，但又不想罚他，怕惹皇上不开心，故而让小的进宫陪在皇上身边。小的自问不是什么能人，只是在皇上与小德子'奇思妙想'时，稍加劝阻罢了。至于为何假扮太监，那是因为小的如若净身，没有一年半载的好不了，会耽搁正经事，便靠着景将军的关系，当上了太监。"

比谎言更有利的回击便是实话，安平把所有的一切都赌在实话上，那是因为他知道，天辰对景将军很是敬仰，在过往的言谈中就可以知道。

天宇虽然不至于像天辰这样，时常说些褒奖景将军的话，但其实也是敬佩对方的。

而自他入宫之后，确实没做过任何不利于皇上的事。相反，皇上再没发生过，掉入冰河这种几乎是不可思议的意外。宫里的一切都井然有序，皇上却也不觉得枯燥乏味，完全是因为他和小德子二人，在一旁不时调剂着。

小德子不时出馊主意，比如怂恿皇上学习古人，在悬崖峭壁上留下墨宝，安平就把他的主意当成笑话讲，"古人那都是工匠照着他的墨宝刻出来的，哪儿当真上峭壁，还就一根绳？这大风一吹，这古人可不就成猴子荡秋千啦？"

皇上听罢，哈哈大笑，并不会像以前那样因为好奇而真的照做，各种危险便扼杀在初始当中。

安平亦注意着任何试图对皇上不利的人，比如萱儿。

如今，彩云来了，倒也帮了他不少。

安平注意到天宇、天辰都没有说话，唯有脸色严肃，似乎是在细思他说的话。

"照你这么说，你混入宫来当太监，我们还得感谢你才是？"天辰道。

"非也。小的只是按照您要求的，坦白实情而已，并无邀功之意。"安平语气沉稳地道，"真正的功劳在于景将军，他一心一意为皇上……"

"但我很失望。"天宇第一次露出那样的神情："我从没想过，景霆瑞会在皇兄身边安插假太监，不管他出于何种目的，这都是一种对皇兄、对我们的不敬与欺瞒！而且对景将军也很失望，他为了达成目的，竟然牺牲无辜之人，我想，你并不当真想要做太监吧？"

"能为景将军办事，别说成为太监，就是下油锅我也愿意。"安平一脸无畏地道。

"你！你知不知道，不管景霆瑞是出于忠心还是怎样，他的做法是不对的。"天辰说道，也是满脸的失望。

安平见他们虽然说景将军的不是，但没有否认景将军这么做确实是为了皇上安好，心里稍稍放心了些。

"你们听说过铁鹰剑士吗？"

"当然，是一个保护皇帝，搜罗敌国情报的秘密团体。"天辰说，"他们也相当于刺客，来无影去无踪，武功十分高强。"

"青允大人是铁鹰剑士的首领。"安平说，"他的哥哥青缶，也是铁鹰剑士之一。"

"什么？你怎么知道……是景霆瑞告诉你的吧？"天宇也有听说过铁鹰，但没想自己

的身边就有这样厉害的角色。"

"是的，青大人一直是太子师傅，教导太子武功，同时，他也以铁鹰剑士的身份在暗中保护着太子，直到现在，皇上也不知道青大人的真正身份，可这有何关系？我和青大人的目的是一样的，就是隐匿身份去完成己任，越多的人知道，对皇上是百害而无一利的。"

"照你说来，我们现在审你倒是坏了大事。"天宇依然无法接受，且有种说不出的不甘心，"我们生活在宫里，对这些事还真是'一无所知'啊！"

"皇上对您们诸多疼爱，景将军也并不想……"

"我知道你的意思了。"天辰却打断安平的话，一脸冷然，"你放心，我不会向皇兄揭穿你的，但是总有一天，皇兄会知道你的真实身份。到时候，不管出于何种目的，你都会伤了他的心，他视你如亲信，而你却连身份都是假的。"

安平确实没考虑到这一点，他心里满是不要辜负景将军，以及要好好辅佐皇上的想法。

"我们也不会杀了你。"天宇说，松开拳头，"从一开始，就没打算杀你。"

"这是为何？"安平感到惊讶。

"我们也有眼睛和耳朵，就算总是被排挤在外，也知道你从未做过对皇兄不利之事。"天辰看着安平，"我们只是不能确定你的目的，要不然，早就通知十二监来抓你了。"

"殿下……"

"好在你今晚说的都是实话。"天宇拉开了金边衣袖，他一直掩在长袖底下的，是一柄匕首，"否则，我们真的会……"

"小的谢亲王殿下不杀之恩！"安平赶紧叩首。

"死罪是免了！但我们也不会再让你留在宫中。"天宇站起身，"明日一早，我们二人会向皇上表明，要求封属之地。"

"属地？"安平愣了愣，"这是要自立门户，离开都城？"

"原本被封作亲王就不该再住在宫里，"天辰接话道，"只是皇兄觉得我们年纪尚小，舍不得让我们离开罢了。眼下我们都已经十四岁了，所以会和皇兄表明此意。"

"皇上一定舍不得您们离开。"安平可以想象得到，皇上的表情会有多惊愕以及难过。

"这你就不用管了。"天辰看了眼兄长，又继续对安平说道，"届时，我们会向皇上讨要你，让你与我们一同出宫。"

"这是效仿长公主讨要萱儿当陪嫁吗？"安平看出他们的意思，于是说道。

"你只要答应便可。"天宇注视着安平，加重语气道，"听到吗？"

"是。"他的身份已经暴露，就算不愿离开，也已是待不下去了，反而会给景将军带去危险，安平点头同意。

"你走吧。"天宇下巴一抬，示意安平可以起身。

第五章
安平身暴露

安平站了站，跪得太久，双膝疼得厉害，小腿都麻痹了。他挣扎着站起，摇摇晃晃，几乎跌倒。

天辰想也没想就伸出手，搀扶他一把。

"嗯？"安平不禁看他一眼。

"到了那边，我们还会细细审你，你别以为这件事就这样结束了。"天辰偏过头，也抽回了手，走向亭子另一边。

安平什么话也没说，只是朝两位亲王行礼，然后退下。

天宇和天辰却还坐在四面透风的亭子里，没有言语，只是静默地坐着。

他们庆幸安平并非什么恶人，却也忌惮宫中的生活，不知何时，身边会被安插进一个"别有目的"的人。

不管那人的目的是好是坏，被蒙在鼓里的滋味都不好受，尤其当你十分信任和喜欢那个人的时候。

但——这就是"皇宫"，不知为何，他们觉得眼前熟悉的风景都变了味。

他们也不想去和景霆瑞争论些什么，难道要责怪他为何要保护好皇上？虽然他们并不赞同这种做法。

明日把安平带走，就算是他们的一个无声抗议吧。

紧随而来的冬至节，本是宫中乃至全国又一盛大节日，俗语有云："冬至大过年。"

但因为永安、永裕亲王也在这一日离宫，长春宫里的喜庆气氛显得有些疲软无力，爱卿赐给皇弟们一处位于西南方的富饶城邑，名为"天宝城"。

虽然它离皇城并不十分遥远，若日夜兼程，不出一月便能抵达，可爱卿始终舍不得，一再地劝说皇弟，在宫里多住些日子，可他们坚持要出宫，还非得立刻就走！

爱卿不知自己哪里有怠慢了弟弟，会让弟弟们急着要自立门户，不禁懊恼、自责不已。

天宇和天辰却说，住在宫里实在闷得慌，出去见识一下新的天地也是好事，更何况，他们本就该拥有自己的封地。

爱卿一个人说不过两张嘴，外加贾鹏也万分赞成此事，他更没有理由说不行。

而且就连安平也说要跟着去，爱卿知道他们平时玩在一起，已经结下深厚的情谊，唯有点头同意。

想到安平可以照顾好亲王，或者说他们三人可以彼此照看，他的心里才感到些许安慰。

在对天宇、天辰千叮万嘱，告诫他们万一有事，立刻差人回宫禀报后，爱卿又亲自送他们出宫，且一路相送到东门外头。

直到亲王庞大的车马队伍消失在滚滚尘土中，他还是眼角噙泪，远远地、不死心地望着，希望弟弟们能改变主意再度折返。

炎坐在马背上微微地叹气，似乎不忍再看爱卿的眼神，而调转马头，静静地伫立。

风越来越大，卷起不少冷硬的尘土，景霆瑞单膝跪下，在一众官员、侍卫的面前，恳请爱卿回宫。

爱卿这才垂下头，上了龙辇，却还是掀起帘子，一再地往后张望，直到西城门都看不见了，回到那片朱红的宫墙中，他才默默地放下帘子，终究是认清了现实。

又是两个至亲之人离开自己的身边，他突然有些惶恐，往后会不会连炎也……还有珂柔，以后始终是要嫁人的。

爱卿闭上眼睛，猛地摇摇头："不，朕的珂柔还小呢，这才几岁，瞎想什么呀！"

但他转念又一想，"皇上，皇上，当到最后都是孤家寡人，朕又何尝不是如此？"

一个个的都走了，剩下的几个迟早也要走的。

爱卿才提起来的心情，瞬时又跌入谷底，他不得不再次鼓励自己，"这不是还有好些年吗？再说了，朕可以传召天宇、天辰入宫见驾的，这也是能见到的。"

可是，这念头还没安慰他多久，心情又变差了，传召？那是对臣子的，就算再次见到，一番礼节下来，也变生疏了，哪有儿时来得亲密？

他被这反反复复、跌宕起伏的思绪折腾得够呛，眼圈儿都红了，以至于回到长春宫里，脸色都是灰暗的，景霆瑞送爱卿入宫后，一个跪安就打算走。

在看他离开的那一刻，爱卿突然明白，自己的心绪为何如此波动。

除了出宫的一双弟弟，景霆瑞在这段日子里对他也是冷冷淡淡、若即若离，就算爱卿有心想要留他叙话，景霆瑞也是推说有军务要办，匆忙告退。

"这是怎么回事？"爱卿越发地感到紧张，心咚咚地跳着，"莫非朕命犯什么煞星？让至亲之人，都一个个远离朕？"

"小德子！"爱卿突然大声地叫唤，吓得就在一旁伺候的小德子浑身一跳。

"奴、奴才在啊！皇上。"

"去传景将军来见。"

"咦？皇上您有事找他？他不是刚走吗？"

"让你去就去！"爱卿瞪他一眼，"哪来这么多的废话！"

"是，皇上，奴才这就去把将军叫回来！"小德子知道皇上并非当真生气，便笑着领命去了。

爱卿深深地吸口气，往窗边站了站，觉得不够自然，便又去到黄花梨的圈椅内坐下，拉挺衣摆。

"皇上。"小德子回来了，他应该是跑着去叫景将军的，还微微喘着气。

"好。"爱卿才一笑，表情就又略微僵住。

"臣等叩见万岁！"

来的人是景霆瑞不假，但还有兵部侍郎徐聪，说起来兵部侍郎共有两位，一个年纪大，一个年纪小，徐聪便是小的那一位，但也有三十六岁了。

第五章 安平身暴露

他负责研究制造新的兵刃火炮，这次海战，大燕海军的武器虽然不比晟国落后，但对方一些奇思妙想的器械，确实值得拿来细细揣摩一番。

徐聪当然不是空手来的，抱着一摞用麻绳捆好的纸，他的指头上也都是深黑的油墨。

"启禀皇上，末将见徐大人在殿外徘徊许久，便带他一同来了。"景霆瑞最先开口道，爱卿正想问他们怎么会一起来的？

"微臣怕打扰皇上休息，又忍不住想把这新造好的图纸拿给皇上……就……"徐聪显得很不自在，一直低着头，额头上还有汗珠子。

"没事，朕想着永安、永裕亲王，也睡不着。"爱卿微笑点头，"拿给朕看看吧。"

"是，皇上！"

徐聪一下子高兴起来，但也不敢造次，把手里那一卷卷的宣纸都放在小德子的手里。

"放案台上。"爱卿说，起身走过去，小德子手脚麻利地把纸张都铺开，才看了一眼，就好奇地直瞪着。

里面画着一艘船，不，是半艘船，行驶在波浪之上。

爱卿看了看，便让小德子放下第二张图，上面又是一条完整的船，船上放满火器，船头有大钉，那尖锐的程度，足以洞穿敌船的船腹。

剩余的五六张图，都是测算出来的长短，吃水多深，负重多少，还有剖面图。可以说里里外外的，把这船只都分解透了。

"这是何武器？"爱卿问徐聪道。

"回皇上，这叫有去无回艇。"徐聪恭敬地站在一旁，"当我方船队遇到敌舰时，可派出这样的小艇，它们灵活机动，容易躲过炮火。船前边的三分之一均为炮弹、火器，在船头撞击到敌船腹部，船头的大钉即可咬死。此时，船上的士兵可点燃火器，松开此处的锁链扣，船尾就能逃脱。"

"原来如此！"爱卿恍然大悟地道，"船舱被炸，比船甲板损毁要严重得多，船只有士兵掌握方向，也比炮火轰炸更为准确。"

"最重要的是，此次战役，大燕海军面对晟国无敌大战船，明显处于弱势，但这种小艇就是它们的弱肋，它们几乎看不见它的靠近，一旦贴上，却又是怎么也摆脱不了的。"徐聪满脸兴奋地说。

"是啊，但我方士兵可以坐船尾安然逃脱，"爱卿连连点头，笑道，"你怎么想到这么好的法子？朕真的很惊喜！"

"皇上，这不是臣想出来的，完全是景将军的献计。"徐聪老老实实地回答，不敢冒领功劳，哪怕景霆瑞一直不想以此居功。

"真的吗？"爱卿看着景霆瑞，他站在一旁，却只是旁观。

"末将也只是说一说，"景霆瑞抱拳，"倒是徐大人这些天埋首于此，连家都没回

去，才是真正的功臣。"

"哎，景将军，你不也时常来看我，"徐聪忙道，"若没有您的实战经验和多番指点，哪里有这艘'有去无回舟'。"

"原来你一直在忙这个。"爱卿含笑望着景霆瑞，语带关切地说，"兵部的公务本就不少，真是难为你了。"

"末将只是顺路陪同徐大人聊几句罢了。"景霆瑞再次抱拳行礼，"不过，徐大人的设计虽好，但'有去无回'这名字听着不够顺耳，还请皇上给赐名。"

"对！景将军说得极是！"徐聪似乎对景霆瑞十分之敬佩，他的言谈举止间都表露出此意。

"嗯，它靠锁链相连，就叫连环舟，如何？"

"连环舟，通俗易懂，即使是士兵也能朗朗上口，"徐聪很是满意地躬身道，"皇上圣明！"

"此船亦可刊入《武备志》，但凡大燕神器皆在此册。"爱卿说完，还赏赐给徐聪白银一百两，以示奖励。

对于徐聪来说，他画出来的战船可以记入如同史册一般的武备志，便是至高无上的荣耀，而赏赐更是额外的惊喜了。

爱卿还同意他即刻开始试制船只，且造船所需之物，均由工部供给，爱卿下完旨意，徐聪和景霆瑞均下跪谢恩。

"天都黑了。"小德子小声说，爱卿这才意识到天色已晚，便让他们退下，还特意对景霆瑞道，"朕想要留你，再好好谈谈战场上的事，可你累了，朕知道，所以，好好歇息去吧。"

"谢皇上。"景霆瑞再次抱拳致礼，退下。

小德子送景霆瑞出去，回来禀告皇上，"奴才确认景将军是回府了，今夜怕是不会再入宫了。"

"嗯。"爱卿点点头，虽然是让他走了，可还是掩饰不住心中的寂寞，抬起头，望月兴叹。

月光满照皇城繁荣的街巷，亦落在景霆瑞的身上，使铠甲上透出钨铁一般的光彩。

他虽然贵为大燕国的骠骑将军，但除了腰间别着的纯金印信，就无卫队及各种仪仗相随。

与其他的朝臣那兴师动众的回府阵容相比，简直是天差地别。

因此朝中，有人笑话他不像个将军，行头过于简陋，甚至说他不顾大燕朝官的体面，是给大燕丢脸。

但亦有人替他辩解说，景将军府所在的街面窄小，不易过车马仪仗队伍，不如将军一人来得利落，更何况，大燕的律法并无规定将军出行，非要带仪仗、侍卫才行。

162

第五章
安平身暴露

就这事朝下就没少起议论，景霆瑞不管旁言，依然是独来独往。

或许是因为这段返家的幽僻之路，是他好好思索之时。

今日又是漫长的一天，景霆瑞只要想到爱卿在分别时，那明显想要挽留的眼神，便用力握紧手里的缰绳，黑龙晓得主人的心思，只是把步子迈得更小，马蹄咔嗒作响地在铺满青色石板的路上，慢慢前行。

"要是以前的卿儿……"景霆瑞想，"一定会哭着让我留下来，陪他说话。"

可他现在不能留在皇帝的身边。

景霆瑞望着笔直的路，两边都是民宅的围墙，墙根满是枯草，还有积雪，这夜路是冷清清的。

安平去的天宝城会温暖一些，景霆瑞想到前几日，安平一脸自责地前来与他告别。

"小的本想在宫中，与两位亲王结下友谊，日后在宫中行走会更为方便，却没想反倒被他们带离宫中，不能再为皇上效力，还给您平添烦扰，小的真是罪过！"

"那两位的脾性，我比你明白，我知道你已经很努力了。"景霆瑞伸手，轻轻揉了一把那低垂的脑袋。

"将军！"安平抬起头，满眼都是激动的泪花，"小、小的……"但他终究还是没说下去，只是跪下磕了一个头。

"小的唯一高兴的是，现在皇上的身边已经不需要'安平'这样的人了。"安平破涕为笑，"小德子亦长大许多，不再是顽童一个，对此将军大可放宽心。"

"嗯，真是辛苦你了。"景霆瑞扶他起身，安平却不肯起，只是恳求般地说道，"虽然皇上已经不需要安平了，但小的真的很想再留在皇上身边，这个愿望只有让将军您来帮忙实现了。"

"好，我从一开始就没有看错你。"景霆瑞坦言道，"皇上也很信赖你，他愿意让你同亲王一起离开，并非是把你赏赐给他们，而是把他们托付给你，你不要辜负皇上的厚爱。"

"是的，将军。"安平抹去脸上的泪痕，"小的知道该怎么做。"

安平并不知道他来见景霆瑞时，天宇、天辰都偷偷摸摸地跟在他身后。

他们越努力地隐去自己的气息，也就越让景霆瑞警觉，但他们始终没有现身，只是藏匿着偷听罢了。

景霆瑞知道他们不肯现身是因为对他存有意见，认为他蒙骗了爱卿。

"不管你们怎么想，对我来说，只要能守护爱卿，即便背上千古骂名，万夫所指也不在乎。"景霆瑞在安平离开后，走向亭子前，对着那嶙峋的假山石下说道。

过了一会儿，那里的两道身影都已经消失无踪了。

不知不觉中景霆瑞已经来到自家门口，抬头便可看到，皇上御赐的"景将军府"是如此耀眼，震撼心魂。

那代表皇上对他的看重，以及他所要承担的责任。他是爱卿的将军，理应为他排除

一切繁难,哪怕会得罪亲王们,也在所不惜。

　　景霆瑞看了一会儿匾额才下马,牵着马儿走进府门。

　　"景将军您回来了,老夫人正想着您呢。"

　　府里的管家和仆人出来迎接,景霆瑞将马缰交与仆从,自个儿便去探望母亲了。

　　而在宫中望着月亮,长吁短叹的爱卿,恐怕做梦也没想到,他正将所向披靡的景大将军逼到连皇宫都无法踏入的窘境。

　　而这到底是什么原因,只能以后再解了。

第六章 越俎又代庖

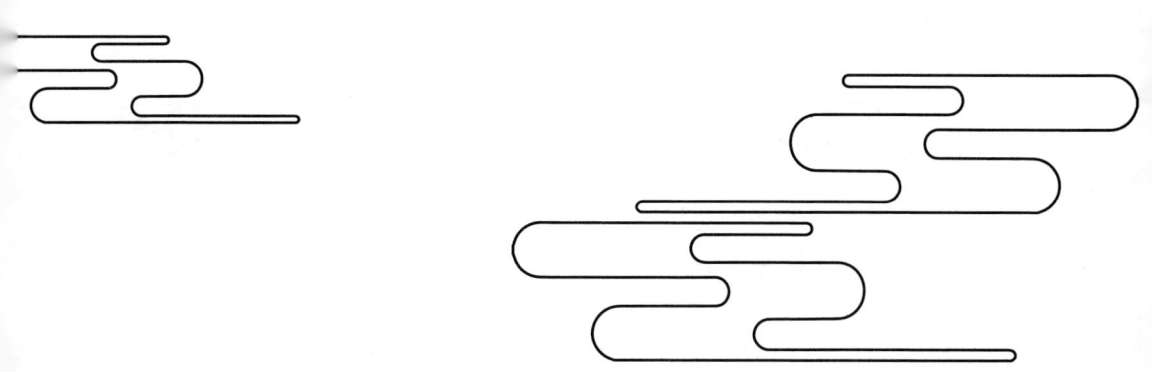

夏国，公主府。

"明月不谙离别苦，斜光到晓穿朱户。"

头戴七彩珠帽，身穿华服的吉吉儿，支肘斜躺在一张用古树根雕刻出来的长椅内，很是惆怅地念道。

"公主，您在说什么？"贴身的侍女捧着点心和茶，困惑地问。

"这是大燕国的情诗，哀叹的是离别之苦。"吉吉儿坐起来，对侍女道，"就和我们弹的情歌一样。"

"离别？难道您还没有忘记那位景将军吗？"侍女有点担心地问。

"忘记？"吉吉儿嫣然一笑，"我恐怕一辈子都不会忘记与他的相遇。"

"既然如此，您为何还要让他走？"侍女叹气，"只要您向陛下请求，他这么疼您，是一定会向大燕皇帝讨下这门婚事的。"

"我已经有过一段不幸的联姻，"吉吉儿抬头，望着外头的月色，无奈地说，"难道还要再一次感受没有爱的婚姻？景将军他同情我，善待我，但并不爱我。"

"公主。"侍女不知该如何是好，她打心眼里地心疼公主，还这么小就被送去和亲，饱受离家之苦，还差点没命回来。

"小悠，你不用替我感到伤心，我再怎么说也是夏国公主，虽然这里不及大燕百分之一的强，但也够我锦衣玉食地过一辈子。加之父王又是如此心疼我，下一任的夫婿，必定是要我满意了才好的，就待我慢慢寻找情郎，忘记过去的苦楚。"

"您要是这样想就再好不过。"小悠放心地笑了笑，"看您在这儿念诗，还让陛下力保景将军成为……那个什么骑将军？总之是很大的官吧，奴婢还以为您仍未放下他。"

"我是不能不放下。"吉吉儿突然露出一个意味难辨的笑容，"虽然他没说，但我知道他一定有喜欢的人了，还是那种比海更深，比天更广的情意。"

"真的？！您怎么知道的？"

"等你以后真心实意地喜欢上一个人，你就会发现那个人的心到底在不在身上。"

吉吉儿再度远望窗外的景色，月光下，海面微微荡漾，一望无垠地延伸向天际，"他的心，一直在远处。"

"公主……"

"所以，我不得不放下。不然，我往后的日子必定是痛苦的，比我在晟国的日子还要苦，"吉吉儿仿佛一下子长大了十岁，语带惆怅地说，"我明白这个道理，可还是忍不住做了那样的事。"

"那样的事？"

"求着父王忘却景将军不愿意联姻的事，还要力保他当上骠骑将军。"

"原来是这事，"小悠点头，随即又摇头，"奴婢蠢笨，不太明白公主的意思，您这不是为他好吗？王宫里的人都说您放不下他，才会这么做。"

"恰恰相反，我为的不是景将军……而是我自己。"吉吉儿收回视线，在长椅中坐下

第六章
越俎又代庖

来，面色不佳。

"公主？"

"这份'力保'厚礼送过去，那个人一定会很吃醋。"吉吉儿像是在自言自语，又像已经重整旗鼓，自信满满地道，"到底什么样的美人？才女？不管是谁，她成功地得到了景霆瑞的一番深情，这……就当是本公主一点小小的回敬吧。"

可是公主自信满满地想着，只是她万万都不会料到，景霆瑞根本没有什么情人，心里有的只是大燕国皇帝罢了。

大燕，长春宫。

就在前日，西凉国为祝贺大燕打了大胜仗，且没有扩大战火，挽救了无数黎民苍生，而送来一箱子珠宝，以示天下太平。

"西凉远在天边，一半以上的国土皆为荒漠覆盖，土地极为贫瘠，人口少，且与外邦甚少联络，却在皇兄您登基之后，时常送些礼物过来，是想与大燕结盟？"

说话的是炎，自从他把西凉宝刀借花献佛地送给爱卿当寿礼之后，便对于西凉国那出色的珠宝加工技艺深感兴趣。

要说哪个国家拥有宝石矿藏最多，第一属大燕，第二便是西凉了吧，但他们的矿藏多深埋地底，加之白天酷热，夜晚深寒，开采条件差，因此出产量远不如大燕。但是，他们靠出色的手工艺来使珠宝、武器一件件如稀世珍品，令世人赞叹。

在大燕都城的珠宝、武器店里，来自西凉国的饰品和匕首可是千金难求。

这次西凉国王送来的宝物中，有三件是缀满各色宝石的匕首，炎拿起来反复地看，喜爱之意溢于言表。

爱卿本就想要送给他，当作万寿节时的回礼，所以才叫炎来挑选的。

景霆瑞也在，不过他是有事前来，刚好碰在一起，他谢绝爱卿的赏赐，说喜欢更易携带的宝剑。

显然佩戴这种花里胡哨的短刀，炫耀之意多过实际用途。

炎懒得和景霆瑞计较，毕竟皇兄还在场，对方怎么说也是骠骑将军，品阶在他之上。

"这是什么？"炎在挑选宝刀的时候，眼尖的看到箱子里放着一个红色锦盒，便拿起来问道。

"是发冠。"爱卿笑了笑，"由一整块翡翠雕刻而成，好像是西凉国的饰品，但与我国的也有几分相似。"

炎打开盒子，盒上的锁也是翡翠雕出来的，很精致，是一只骆驼，驼峰便是锁芯。

外头都这么精美，别说盒子里的发冠，一眼就看到浑体通透、晶莹欲滴的绿色，上头还镶嵌着一枚紫色的水晶石。

把头发挽起呈球状，塞入其中，发冠下头有一个灵活的金扣，一按下便固定住了。

"瞧这工艺，真该把西凉国的工艺师请来大燕。"炎把玩着它，就连小德子也好奇地凑近看，因为突然想到了什么，而拼命地忍住笑。

"你怎么了？有话就说。"炎放下发冠，问小德子。

"亲王，请恕奴才无礼。"小德子嘴上那样说，表情却是好笑到不行，"绿冠？这不就是绿帽子吗？这西凉人也太好笑了，天天顶个绿帽出门，竟还拿来献给皇上。"

"哎，小德子。"爱卿发话了，"西凉国少见绿地，绿色是他们最为崇尚之色，就和大燕喜好生命之红，沃土之黑一个道理。"

"是这样！奴才真是孤陋寡闻！"小德子赔礼道。

"皇兄，您是怎么知道'绿帽'的隐含之意？"炎关注的重点却在这里，笑着道，"到底谁和您说的？"

"很久以前，青师傅说漏嘴的。"

爱卿那时候还是太子，青允和他说民间的故事，谈到一男子的媳妇偷会情郎，给男子戴了绿帽，爱卿想了想，便明白了此意。

"看来青允没少给您说些奇怪的故事。"炎还在笑，"小德子也是的，皇兄都还没成亲，即便这是一顶'绿帽子'，也轮不到皇兄来戴。"

"说到工艺，"景霆瑞可能是觉得皇帝和亲王，对着绿帽子说个没完，实在不雅，便岔开话题，"夏国在饰品制作工艺上，也是相当不错的。"

"对！"

罕见炎会赞成景霆瑞说的，"尤其是女儿家的头上，不是七彩珍珠冠帽，就是红珊瑚做的流苏坠，那是流光潋滟，婀娜生姿，如同仙女下凡一般。"

"你们怎么知道得这么清楚？"爱卿还是第一次听到炎，还有景霆瑞提到女孩。

"皇兄不知，自从夏国自愿归顺我大燕，宫外也流行起夏国的发饰来，虎眼巷里卖得可多了。"炎抢先回答，还瞄了一眼景霆瑞，"至于景将军嘛，应当是看过夏国公主吉吉儿的穿戴吧？街市里的夏国头花都如此漂亮，公主的头饰就更加流光溢彩了。"

"正如亲王所言。"景霆瑞只是淡淡地一句应答。

"不管怎么说，你们知道的可真多。"爱卿笑着点头道。相比只能待在深宫中的自己，显然炎也好，还是瑞瑞的眼界都要比他开阔得多。

"末将告退。"景霆瑞是来递交兵部的奏本，爱卿因为有炎在，便没有立刻看。

"待朕看过，再找你。"爱卿点头允可，炎拿到自己心头好的宝刀，便也不想阻着皇兄做正事，就跟着告退。

这热闹的殿内一下子冷清下来，爱卿来回地走了两步，似乎有些事没弄明白。

"皇上？您不舒服吗？"

小德子见皇上罕见地没有立刻扑回到公务上，有些纳闷。

不过，自从景将军回来，原本一些不顺手的、常被各部推来推去的事情，交代下去后，竟然顺顺当当地做好了，都没怎么耽搁。

第六章
越俎又代庖

　　宰相大人也没再驳斥皇上的话，更没有把皇上当成孩子来教训了，只因为景将军一句："望相爷自重。"

　　虽然气得宰相大人是吹胡子瞪眼"你、你你……"的，也"你"不出后面的话，但真的不再对皇上指手画脚，以免落景将军的口实，说他对皇帝不敬，有失体面。

　　原本繁重的大小政务，在景将军的协调下是事半功倍，皇上自然是轻松不少，连脸色都变得红润起来。

　　"朕……"爱卿欲言又止，又原地转个身回到宝箱旁，拿起那精致的翡翠发冠。

　　"皇上若喜欢，奴才给您戴上便是。"小德子既已明白西凉的绿色是祥瑞的，那给皇上戴上有何不可，更重要的是它确实名贵。

　　"朕、朕……"可是爱卿只是拿着它看，脸色时而发红，时而发白。

　　"皇上？"难道皇上被相爷附体了？话也说不完全。

　　"朕——不会是误解了瑞瑞的意思吧？"半晌，爱卿才发出一声不可置信的感叹。

　　"什么？"小德子一脸茫然。

　　爱卿没有搭理小德子，完全沉浸入自己的遐想中："明明不会有婚事了，吉吉儿公主还对瑞瑞这样好，而瑞瑞刚才说起夏国，不，是夏国公主时那语气可温柔了，是对她念念不忘吗？难不成朕是在棒打鸳鸯？"

　　小德子小心翼翼地凑近眉头紧皱、闷声不语的皇上："您哪里不舒服吗？要不要传吕御医？"

　　"所以——"爱卿却猛抬头，气势十足地瞪着近在咫尺的小德子。

　　"哇！吓死奴才了！"小德子倒退三步，连连拍抚胸口。

　　"小德子。"爱卿语调坚定地唤道。

　　"奴才在！"

　　"准备夜行衣。"

　　"是……咦？！您要干什么？"小德子刚要点头，又抬头，眼里惊讶不已。皇上已经好久没用那身行头了，好像是自打安平来了之后。

　　"朕要摆驾将军府。"爱卿仰起头，"就在今晚戌时！"

　　"摆驾？您都备上夜行衣了，是想'夜袭'将军府才对吧？"小德子惶惑不安地说，"那地方，可不得防范森严的……"

　　"那么多话，你去还是不去？"爱卿摆出皇帝架势。

　　"去！奴才给皇上护驾！"小德子躬身道，"就算肝脑涂地、粉身碎骨，奴才也在所不辞！"

　　"很好！"爱卿满意地点头，"就待朕好好地去问一问他。"

　　小德子没顾上爱卿，只是想着出宫这么大的事，他一路上得打点多少人？唉，只求能平安回来！否则他可真是吃不了兜着走。

　　"不过，天大地大，哪有皇上的面子大？"小德子刚才还悲凉不已，转眼就想道，"这

儿是皇城，天塌下来都有皇上顶着呢，更何况我们是去找景将军。"

"有将军在，也无须我费什么神，将军自然会送皇上回宫。"小德子思量着，他只要把皇上带出宫，平平安安地送进景将军府即可。

这样想来并不十分棘手嘛，他是皇上跟前的红人，领个牌子推说皇帝有事，让他出宫，还是很容易办到的。

小德子这下也来了劲，居然认真地和皇上研究起怎么溜出宫的事。

安平对皇上感到放心才愿意远行，但他千算万算却算漏了一桩事，那便是看起来机灵，又明白事理的皇上，只要遇到和景将军有关的事，立刻会变得幼稚、冲动起来。

想当年，他可是为了要得到景侍卫，而情愿放弃太子位的人，这放眼天下也仅此一人了吧！

小德子也是如此，但凡和皇上相关的，他就容易跟着瞎起劲，安平能阻止得了一时，却阻止不了一世呢。

不管如何，这夜里登门将军府的事儿算是定了！

景将军府，库房屋顶上。

"这真叫朕忧心不已！"爱卿蒙住脸面，一身黑布衣，裤腿都用黑布条绑起，方便行走。

此时他的语气是如此哀痛，小德子即使看不到皇上的脸，也知道他一定是满面愁容。

"怎么了？皇上？"小德子压低声音问。

"你看看，瑞瑞的府邸在这偏僻的街巷中也就罢了，"爱卿环视着将军府内，叹道，"竟然连一个侍卫都没有？要是有人对他心怀不轨，岂不糟糕！"

"这……除了您，也没人敢对景将军'心存歹意'吧。"小德子不觉说出心声，却换来爱卿一个狠狠地瞪眼。

"瞧奴才嘴拙的，皇上明明存的是好意，呵呵。"小德子不禁往旁边蹲了蹲，但是这里也没别的地方可站。

他看看四周，月昏星暗的，到处是黑乎乎的瓦顶、墙头，黑得简直让人是睁眼瞎，真不知哪儿是屋顶，哪儿是地面，一不小心掉下去可就糟了。

这可比不得宫里头，到处都有灯笼照着，那叫辉煌灿烂。

"小德子，发什么呆？你在这守着，我去书房看看。"爱卿说完，便一个起身飞掠，"呼"一下地不见了踪影。

"哎！？皇上？"小德子拼命睁大眼睛瞧，却还是看不到皇上朝哪个方向去的，他只有像猫儿似的团紧身子，警惕地望着四周。

这夜——实在是太静了。

第六章
越俎又代庖

"咦，怎么灯灭了？"爱卿摸黑拐进一条走廊，再往前几步便是景霆瑞的书房。

现在这个时间，景霆瑞应该还未就寝，估计是在读兵书或者处理公文才对。

"刚明明亮着的。"爱卿伸手摸到门边，轻轻往里推出一条缝，朝里面偷瞄，屋里现出几团浓黑色的影子，爱卿觉得是屏风、帷帐等物。

"当真是不在……"爱卿缩回头，思忖着，"难道刚才看花眼？瑞瑞已睡了？"

正当他纳闷时，有一家仆举着灯笼穿过院子，爱卿赶紧闪进书房，把门关上，耳朵则贴着偷听。

这仆人可能是回房歇息，不一会儿就听到他往斜对面的小房子走去了。

爱卿等了又等，确定没声音了，这才松了口气，抓住门把想要开门出去。

"嗯？！"

爱卿完全没感觉到有人存在，就像他是凭空出现在自己身后的，且这人的杀气极重！让爱卿身上的汗毛瞬时倒竖起来。

"是贼？"这是闪现在爱卿脑袋里的第一个念头，难怪刚才灯亮了又灭？是来偷东西的吧！

可是，他已经没有深思的机会，猛然转身，两人在黑暗中交起手来！

也许是双方都不想惊动旁人，这一招一式虽然都冲着彼此的要害而去，但却刻意压低声音，在一片漆黑中，只能听拳掌闷钝的击打，还有衣摆划过冷空的窸窣声。

这样"软绵"招式虽不能立刻杀死对方，却也能让他受伤！

"糟了！"爱卿很想抓住这胆大包天的盗贼，给瑞瑞办件好事，可他的武功显然差了对方一截，其实在最初交手时，他就已经察觉到对方有多厉害，只是不想承认自己竟然打不过一个小偷罢了！

"不知现在叫瑞瑞帮忙，是否来得及？"爱卿一个闪神，那人的手就如虎爪般地斜刺过来，一把扣紧了爱卿的咽喉，他是连一个叫声都发不出来，就被从地上提起，摁在一面墙上。

墙上挂着的字画因为爱卿痛苦地挣扎而掉下来，发出"哐"的一声脆响！

"皇上？"这一声再熟悉不过的低唤，饱含着惊愕之意。

"……呜？！"爱卿通红的眼里憋着泪，就在刚才月亮露出脸来，屋内终于亮了几分。

他很诧异地瞪着景霆瑞的脸，这冒死斗了半天，敢情是大水冲了龙王庙！一家人不认识一家人了！

景霆瑞在认出爱卿的瞬间松了手，爱卿掉下来，靠着墙，拼命地咳嗽、喘气。

"嗖。"

景霆瑞的指尖弹射出一股劲气，书案上的烛灯就亮了，"您怎么样？末将罪该万死！"

景霆瑞借着烛火，双手捧起爱卿那涨得通红的脸，粉嫩的脸颊上还都是泪痕。

"我……我……"

爱卿是朕都忘了说，依然惊惶未定，他差一点把瑞瑞杀了，不，是瑞瑞差点把他杀了。不管是哪一种，刚才的经历都太过可怕，仿佛劫后余生一般。

认真起来的瑞瑞，好强——强到让人感到陌生，他是一点都没认出那是瑞瑞！

若不是瑞瑞不想吵醒家人，下手留有余地，他现在恐怕就是一条死尸了吧。

"我不仅害自己丢了性命，还会害了瑞瑞，以及他的家人！"爱卿心有余悸，咬紧了嘴唇，开始后悔夜访将军府，是多么鲁莽的举动！

"皇上。"倒是景霆瑞已经镇定自若，他的拇指抹去爱卿脸上的泪，低声说，"别怕，已经没事了。"

"景将军，是奴婢。"突然，门外响起一道温温柔柔的女声。

"雅静？"景霆瑞看了眼爱卿后，转头应道，"这么晚了，你有什么事？"

"是夫人见您辛苦，特让奴婢来给您送份消夜，是刚蒸好的梅花饺。"

田雅静面带微笑地说，她的手里端着一个盖有布巾的盘子，其实这是她自己准备好的，夫人早已歇下。

听到是母亲命田雅静送来的，景霆瑞放开爱卿的脸，想要出去接。

"别走。"不知为何，爱卿有种景霆瑞一旦离开，就不会回来的不安感，他伸手抓住景霆瑞的胳膊，一副无论如何也不撒手的霸道样子。

景霆瑞似乎有些惊讶，但很快就对外头说道："雅静，我不饿，烦请你带回去给我母亲吃吧。"

"可是景将军，"田雅静并不愿意离开，依然细声细气地道，"这是夫人亲自做的，奴婢进来放下就走，绝不打扰到您。"

"这姑娘是谁？"爱卿终于忍不住问道，罕见有人会不听景霆瑞的话。

"是母亲的贴身丫鬟，叫田雅静。"景霆瑞知道母亲有意想要收田雅静为养女，但不知为何一直没有那样做，不过这将军府里的大小事务，基本都是田雅静在打理。

"将军，您在说什么？奴婢没有听清。"雅静似乎听到景霆瑞在说话。

"我没说什么，眼下公务紧急，你没别的事就退下吧。"景霆瑞的身边还站着当今圣上，岂不是一件十万火急的事。

"那好吧。"田雅静也许听出景霆瑞语气中，那明显的拒绝之意，便以退为进地道，"不过，奴婢休息得晚，将军若是饿了，大可叫奴婢伺候您。"

"知道了。"

得到景霆瑞这样的答复，田雅静这才迈着轻快的步子，离开书房的门外。

"她走了。"

景霆瑞听了一会儿，低声道："您可以放开末将了。"

"不要！"没想爱卿更肆无忌惮地握住了景霆瑞的手指，叹道，"朕就是不放开你，朕知道你是想让朕回宫，可是，朕来这一趟不容易啊……还差点被你掐死。"

爱卿这么说，自然是想靠耍无赖的法子留下来，毕竟他才来，连一口热茶都没喝

第六章
越俎又代庖

上呢。

"总之,朕不管,朕就要赖在这!"爱卿板起脸孔,一副不管你说什么,我都不会离开的样子。

一声极轻的叹息响起在爱卿的头顶,景霆瑞几乎都没有挣扎就妥协了。

"那皇上夜访末将,所为何事?"景霆瑞问道。

"来看看朕的爱将,不行吗?"爱卿知道景霆瑞不会赶他走了,这才松手,好奇地在书房里溜达,这里看看,那里摸摸,书柜上放着一些极为精细的兵器摆件,有铁浇铸的,有木头刻的,连兵器上的纹理都清清楚楚。

爱卿好奇地拿起一把小型的长刀瞧着,然后道:"你这房里大大小小的东西有这么多,却全是一尘不染,可是方才那位田姑娘给收拾的?"

"是的,末将久居在青铜院,家里大小事务都是由她照看。"景霆瑞如实回答。

"你还真是走到哪里都很受姑娘欢迎。"爱卿一笑,走到一张圈椅里坐下了。

"恕末将愚钝,您是在称赞末将?"景霆瑞把书案上的那盏才刚沏上的茶,端给了爱卿。

"多谢。"爱卿接过来,"当然是称赞,这说明朕的眼光很好啊,朕的爱将方方面面都那么出色,就连远在夏国的吉吉儿公主对你都是……"

"皇上,这件事已经过去,就不要重提了吧。"

"瑞瑞,"爱卿放下茶盏,"这里都没有旁人,你能否老实地告诉朕,你是真喜欢吉吉儿,只是不好意思告诉朕,还是……"

"皇上,先不说末将与吉吉儿岁数上的差异,她才十四岁,再者,末将这一生都是大燕国人,不会成为夏国驸马,更不会为夏国效力,如果皇上今晚来就是想要问这个,末将可以清清楚楚、明明白白地告诉您:末将不喜欢吉吉儿。"

"呃,你是怎么知道朕来这就是为了问这个?"爱卿终于放下心的同时,也是感到愕然。

"大概是因为末将从未正面告诉过您吧。"景霆瑞一笑,"而且您的脸上都写着呢。"

而且爱卿的一开场话题就在姑娘上,景霆瑞就知道他接下去要说什么了。爱卿的心思总是这么好猜。

"好吧,朕就没想过有什么事可以瞒过你的。"爱卿笑道,"既然你没有那份心思,朕也放心了,朕差点以为自己做了一件错事。"

"以为?难道说,眼下的偷溜出宫不算错事?"景霆瑞揶揄爱卿道。

"什么偷溜,朕这是微服私访。"

"皇上的微服总是夜行衣,当真是一件有意思的事。"

"景霆瑞!你笑够没有?"爱卿脸都红了,站起身道,"朕走了。"

"别走。"景霆瑞轻拉住爱卿的袖管,"既然来了,聊聊天吧。"

"聊什么？"

"就聊……巫雀族的事情。"

"巫雀？"爱卿感到惊讶地问，"你怎么突然对义父的事情感兴趣了。"

"皇上对巫雀族了解多少？"

"要说多，却并不十分明了，要说少，朕时常跟着义父，知道他很聪明，长得也好看，其他嘛，就跟普通人没什么区别了。"

"照这样说来，巫雀王并未有在您面前展现过巫雀之力了？"

"小时候生病，义父常陪着朕，只要有他在，身体就会舒服一些，这算不算？"

"末将也常陪着您，您可有感觉舒服一些？"

"有！"

"那就不算。"

"啊……其他的……还真没感觉了。"爱卿挠了挠粉扑扑的脸颊道。

"哦。"景霆瑞点应道，就算去夏国打仗的日子里，他还是派人秘密探查巫雀族的事情，又通过北斗的一些记载，景霆瑞推算出，巫雀族的力量是可以通过某种方式，传承给另外一个非巫雀族的人。

这个发现极为重大，这说明巫雀族是一个非常强大，而且能被人利用来当作"仙丹"来用的种族。

在以前，大燕的开国君主就把巫雀族当作是武器，而现今，景霆瑞才知道他们能发挥的作用可比武器强大得多。

只是这个方式是怎样的，景霆瑞无法得知，所以他打算问问爱卿本人，看他是否知道一些。

但显然爱卿对此是一无所知的，也就是说，在巫雀王柯卫卿把自己的力量传给爱卿时，爱卿处在无知无觉的状态。

"瑞瑞，朕在叫你呢，想什么这么出神？"爱卿伸手在景霆瑞的面前晃着。

"末将在想，巫雀还真是一个充满秘密的族类。"

"那是当然的，他们拥有如此之大的力量。"爱卿笑道，"听父皇说过，义父的本事可大了，能够招来风雨，能懂万兽之言。"

"那皇上可有跟着巫雀王学到些本事？"

"朕又不是巫雀人，这个该怎么学？"爱卿连连摆手，又突然想起什么似的道，"不过……"

"不过什么？"

"你还记得那红枫吗？"

"皇上寄给末将的枫叶吗？当然记得。"

"说也奇了，就在他们在和朕说枫叶还红着之前，朕无意中想过，想要看东宫的红枫，那不过是一闪而过的念头，朕都没当真过……却真的有红枫了……还有，朕好像能让

第六章
越俎又代庖

风从衣袖间穿过。"

不知道是不是这极静的夜,还是景霆瑞表现出的对巫雀的兴趣,爱卿不知不觉就说了出来:"简直好像朕也是巫雀人一样。"

景霆瑞本想说,是的,您有巫雀的力量,但又觉得在自己弄清楚巫雀所有的秘密之前,还是不易告诉爱卿,以免他思虑太多。

"应当是凑巧吧。"景霆瑞笑着道。

"也是。"爱卿点点头,"瑞瑞,你还没告诉过朕,你在夏国的见闻呢,难得今日没人打扰,你就和朕说吧。"

"这见闻可就长了,您确定要听吗?"

"当然了!朕想听你说好久了。"爱卿摩拳擦掌着道,"都说夏国的鱼有大象这么大,还会吃人,这是真的吗?"

"那种鱼它叫鲨,它比大象还大。"景霆瑞比画了一下,给爱卿说起了夏国的大鱼,爱卿起初是听得津津有味,后来就有些犯困了,景霆瑞看着他哈欠连天的样子也不说破,直到爱卿枕在圈椅上睡着了,他才起身把爱卿抱到书房一侧的长榻上。

给爱卿盖上自己的外衣,景霆瑞就坐在爱卿的身边,闭目养神。

"——哐啷!"

突然,门外响起什么东西摔碎的巨大声响,接着,书房门外的院子里,立刻亮起灯笼,闹腾起来了!

"有贼!快抓贼啊!"似乎府里的杂役在嘶吼,还有丫鬟们惊叫着。

"不,我不是贼!我、我只是……"

"蒙着脸!一身黑衣服,鬼鬼祟祟地东张西望,还说不是贼?!快,押他去见景将军!"杂役大声吼道。

景霆瑞尴尬不已地意识到,不管是他还是爱卿都把小德子给遗忘了。

昨晚,他们偷偷摸摸地一爬上屋顶,景霆瑞就察觉到了。故意把书房的灯点亮又吹灭,本是想引对方进来,好瓮中捉鳖的。

但没想到……夜袭的会是爱卿。

景霆瑞心里没有丝毫的责怪,相反,他对于爱卿的造访还挺开心的。

看了眼仍在熟睡的爱卿,景霆瑞起身,打算出去解决此事,不管如何,皇上在这里的事情,是决不能透露出去的。

大燕皇城,宰相府。

"老爷,这可是用北岭野山参熬成的大补汤,您快趁热喝了吧。"

宰相夫人一身云锦华服,坐在大圆桌边,极为体贴地把青花炖盅里的热汤,用银勺舀出,放在贾鹏面前的小碗里。

这只小碗特别精致，碗口镶着金边，里头是红釉彩花纹，有一男一女两个小童在追逐玩闹，旁边还有棵茂盛的石榴树，象征着多子多福。

这只古董碗是成对的，是宰相夫人带来的嫁妆之一，却没能给他们带来一男半女，但贾鹏也好，还是贾夫人，依然非常喜欢用它。

"也是时候了。"贾鹏端起瓷碗，却只是盯着它看。

"您在说什么？"

"夫人，"贾鹏一脸严肃，就像在上朝一般，"是时候，该让皇上选一位后妃了。"

"咦？从没听您提过，皇上想要纳妃？怎会如此突然？"

"你不知道现今的朝堂上，景霆瑞是小人得志，皇上对他百般宠信，而老夫在朝中倒变成了一个陪客，再这样下去难保皇上不再重用老夫，有道是树倒猢狲散啊，我们这么大的家业可不得垮掉了。"

"所以……"夫人很聪明，显然明白过来，"您想从我这里找些有头有脸，又能信得过的姑娘？"

"知我者，夫人也。"贾鹏微笑着点头，"你平日里，也没少结识富贵人家的小姐，他们大多是老夫的幕僚、门生。只要你能找到合适的人选，老夫自有办法让皇上选她，不管是皇后还是妃子，总之，绝不会亏待了那位小姐。"

"老爷放心，这事儿包在我身上。"夫人笑吟吟地应道，"若是可以，我们还能认她为干女儿，有了这门亲事，老爷您在朝上，便是皇上的亲戚了。管它是一个景霆瑞，还是十个，哪敌得过枕边风的威力。"

"呵呵。"贾鹏笑而不语，但他很清楚，要皇上答应这门亲事，恐怕不会那么容易。首先要皇上娶一个和宰相府息息相关的女人，景霆瑞会第一个跳出来反对吧。

"这方面，还得仔细想想。"但贾鹏认为这难不倒他，在官场沉浮几十年，这点伎俩他还是有的。

大燕皇城睢阳的清晨，总是在一派热闹的景象中展开。

对于一直生活在禁宫里的淳于爱卿来说，这吆喝买卖声、孩童嬉闹声是这般热闹，好比过着盛大的节日。

这让爱卿从睡眠中醒来，他微微睁开疲倦不已的眼睛，看到一重深蓝卷帘。

那是棉布做的，很厚又沉重，几乎遮住了整个车厢。不过，随着车轮的波动，它偶尔会晃动一下，泄漏进外头分外明亮的阳光。

爱卿像受到吸引似的伸出手指，轻轻挑起一角，便看到马车的外头有着各式各样的行人。有挑着货郎担的汉子，背着竹筐的老农，还有手里抱着孩子的妇人。有的埋头赶路，可能是去卖身上的货物，有人走走停停，买点街边的热食。

这场面在百姓眼里是最寻常不过的，可对于爱卿来说是那样新鲜，他以往总是从高耸的城楼上往下看，又或者趁着出宫祭祀经过街市，却也是被封锁得密不透风。

第六章
越俎又代庖

即便在儿时,他随同父皇、义父,还有兄弟们一同出来庆贺元宵、万寿节,那也是在晚上,现在,他头一回有置身于百姓之中的奇妙感。

"朕总算是看清他们的脸了……"想起那总是跪在街道两边,深深低着头的老百姓,爱卿喃喃地说。

"您醒了?"一道低沉悦耳的声音,响起在爱卿的脑袋后方。

"瑞瑞?"爱卿回过头,才发现自己的脑袋枕在了景霆瑞的大腿上,难怪睡得如此舒坦。

也许是方便爱卿躺下,马车内没有设座,只铺着极好的厚羊绒毡,景霆瑞是席地而坐。

"马上就要到白虎门,您放心,末将有令牌可以进去。"景霆瑞目光柔和地说,面带微笑。

爱卿坐了起来,看着景霆瑞好一会儿,直到把自己的脸都看红了。

"怎么了?皇上。"景霆瑞问道。

爱卿红润的嘴唇翕动着:"瑞瑞,朕……"

"将军,已经到了。"车夫隔着门帘道,景霆瑞便扶正爱卿的身体,用探究的眼神望着他。

"没什么,朕下次不会再鲁莽地闯到你的府里去了。"爱卿眯眼笑着,模样很是可爱。

景霆瑞伸手轻轻揉了下爱卿的脑袋,便出去应付守门的禁军。

爱卿端坐在车内,想着刚才差点冲出口的话。

"瑞瑞,朕若不是皇帝,就可以和你一起浪迹天涯啦。"

这话也不知是从哪里冒出来的,也许是这路上没有大臣,没有禁军,是如此恬静怡然,让爱卿突然觉得他可以带着景霆瑞,就这样悄无声息地离开皇宫,从此过着无拘无束,再也不用看朝臣脸色的日子。

"没错,我喜欢和瑞瑞待在一起,会觉得很轻松……"

这个念头来得如此突然,却疯狂地在爱卿心里膨胀开来,仿佛他的脑袋里只能想着这一件事,就是带着瑞瑞隐匿于江湖之中!

甚至,他觉得自己马上就要将它付诸行动,令车马掉转头,往城外飞奔而去。

但,一个"朕"字便让爱卿惊醒过来,"朕可是皇帝,丢下一切逃跑,是多么怯弱的行为!"

而且他要是走了,炎儿是最有可能被立为君主的,只要想到宝贝的皇弟,要每日视朝,处理政务,与他一样的十分辛苦,他便是一万个舍不得。

"朕不能着急,有朝一日朕会坐稳皇帝的位置,朕的每一句话再也没人反对,朕能保护身边的每一个人……"

爱卿抬起眼帘,眼神无比之坚定,"哪怕这中间要历经再多的苦难,朕也绝不会退

却,绝不后悔。"

马车停了一会儿后又动了起来,景霆瑞大概是在外头领路吧,不会有人胆敢阻拦骠骑将军进宫的,爱卿那一直提着的心便放下了,却又总觉得自己忘记了什么。

他左思右想,肩头随着马车的前行而微微晃动,突然,他想要大叫般地张开嘴,却及时伸手捂住了自己的嘴巴。

因为马车已经到了皇宫的内庭,他能听到有太监在向景霆瑞行礼。

而让他慌张不已的是:"小德子呢?!他难道还在将军府的屋顶上?!老天爷!"

他竟然把小德子忘得一干二净!

"也、也许他已经回宫了,毕竟小德子还是挺机灵的。"爱卿这样想道,"要不然,瑞瑞肯定会告诉朕的。"便安心下来。

三日后。

阳光分外地灿烂,但风里还透着寒气,爱卿上完早朝,便摆驾回长春宫,在西暖阁里稍事休息。

这时,永和亲王带着一束用红缎扎起的淡黄蜡梅,前来求见。

"快请他进来。"爱卿当然乐意见到弟弟,这不,永和亲王前脚才跨进门槛,爱卿便热情地招呼道,"炎儿,你手里的蜡梅可真香啊!"

"皇上,您的鼻子是越来越灵了。"炎同样笑着,赶了几步,来到爱卿面前,想要行跪拜之礼,但爱卿一把拦住了他。

"朕都说了几回了,在这儿都是自家兄弟,就免礼吧。"爱卿热情地拉着炎的手,就在一铺着华贵貂皮、手枕,设有花梨方案的暖炕上入座。

炎也不客气,反手握住爱卿的手,放在案桌上,一双黑眸更紧盯着爱卿的脸,很关切地问道:"皇兄,您这几日吃得可好,睡得可好?"

"好得很!朕是皇帝,要是朕都过得不好,那其他人该怎么办?而且这些话,应当是做兄长的朕来问你才对。"爱卿轻拍了拍炎的手背,"笨弟弟。"

"臣弟也是担心嘛,小德子得了风寒,在别处修养,臣弟怕您过得不习惯。"炎笑得煞是迷人,柔声说,"毕竟从小开始,都是他陪着您的。"

"这不是还有李善吗?"爱卿侧头看了看一旁的青年太监,他是前太监总管李德意的干儿子,如今是御膳房的统领太监。

小德子病了,就托他来顶几天的差事,李善自是万般高兴的。

"你要好生照顾好皇上,别偷懒。"炎看着李善,语气里有着几分威严。

"奴才明白!奴才不敢。"李善跪下,恭顺至极。

"你别吓唬他。"爱卿却笑着摇头,让李善退下去。

"你来朕这里,不只是送一束花吧?"

爱卿望着方才被彩云收走的几束蜡梅,现在放在一圆口白玉瓶内,又摆在花几上,

第六章
越俎又代庖

他们正好可以瞧见，真是赏心悦目。

"臣弟一来是向您请安，二来嘛，借花献佛，给我们的珂柔妹妹讨个赏赐。"

"这花是珂柔摘的？"

"可不是，每一支都是她亲自剪的，都不劳嬷嬷帮手。"

"要伤着手怎么办？"爱卿立刻一脸的担心。

"瞧你，当个兄长就跟当爹似的爱操心。"炎忍不住伸手，轻戳了一下爱卿皱拢的眉心，"珂柔都九岁了，别说她会使剪刀，还能绣荷花图了。"

"你不也百般宠爱着她。"爱卿舒展眉头，莞尔一笑。

"好吧，臣弟是跟老妈子一样疼着珂柔，与皇兄倒也配对呢。"炎笑得可欢乐了，爱卿便也笑了。

"你就说吧，珂柔想要什么赏？"爱卿想起什么似的说，"前些日，十二监总管说，江南进贡了一批上好的绣线，有一百多种颜色呢，她可要拿去用？"

"非也，珂柔那儿多得是绣线，倒是少个可以一同玩耍、学习的小侍女。"炎的话说到这里，也就不再卖关子了。

原来，珂柔虽然喜欢刺绣、弹琴，但更爱在花园里玩，什么捉迷藏、老鹰捉小鸡、蹴鞠，都是些男孩的玩意儿。

可跟在她身边的全是老嬷嬷，哪有力气跟着公主到处跑，即便是有几个年轻的宫女，在老嬷嬷的严厉训斥下，也不敢跟着公主追逐打闹。

公主在偌大的御花园里跑跑跳跳的，嬷嬷们就大呼小叫，怕公主摔着，或者掉进湖里，无数次惊动了御林军，这样一来，公主自然玩得很不尽兴。

好在，公主偶遇到一个薪火房的小宫女，叫作宛琴，只有十二岁，是去年春天进宫的，平时做些看炉火，跑腿的杂活。

她的父母早亡，是由姑父一手带大，这姑父嘛，以沿街叫卖臭豆腐为生，若宛琴是个男儿，便也留下了吧。

但女孩家迟早要嫁人，姑父便把她卖进宫里，可能是觉得白养了这些年，嫁人不划算，还是当宫女好，每月还能有俸禄拿，等她岁数大了，再出宫嫁人也不迟。

宛琴并不计较这些，她个头长得很结实，看着就跟小子似的，干活也从不马虎，宫女们都挺喜欢她的。

她也不怕公主，还用草绳给公主编了花篮、蝈蝈，逗公主开心，这一来二去的，两人就成了朋友。

可是老嬷嬷们不乐意了，宛琴就是个粗使宫女，身份卑贱，岂能和公主玩在一块儿？就把她们给拆开了。

还说即便是皇上，也绝对不会同意公主与粗鄙的侍女成为玩伴，公主真要伴儿，还有亲王、郡王家的女儿呢。

"这话是怎么说的，都是大燕子民，何来贵贱之分？"爱卿不悦地说，"传朕的旨意，

就让宛琴成为皇妹的伴读吧。"

"谢皇上的恩赐！"炎代替珂柔鞠躬领旨。

"该谢你才对，你这么关心珂柔，而朕就不知道这些事。前几日，朕去看过珂柔，她可能是怕朕为难，也没和朕说起。哎，这孩子就是个鬼灵精，还这么小就懂得体恤别人。"

"可不是您的亲妹妹，"炎微笑着，用一种极为眷恋的眼光看着爱卿，"您小时候也是这般，拼命地护着臣弟。"

"你又要说那件事吗？"爱卿笑着，眼睛里也满是对弟弟的疼爱，"那时候的小狐狸，都该有孙子辈了吧。"

"等哪天得闲，皇上与臣弟一同再去那片竹林看看吧。"

炎说到动情之处，抬起手轻抚了一下爱卿的鬓角，看起来是在帮他梳理发丝，"指不定能看到一窝狐狸仔。"

"哈哈！那就好玩了。"爱卿每次与炎聊天，再烦恼的事情也会一扫而空，炎已经十七岁了，听大臣们说，他长得就跟当年的父皇一模一样，都这么英俊威武。

但在爱卿的眼里，他永远都是那个总是跟在他身旁，亲密地叫着"皇兄"的乖弟弟。

"禀皇上，小德子回来了，正在门外候着。"这时，一太监进来禀报道。

"他这么快就好了？"炎惊讶地问，"这不是才出去三天吗？"

"他，那个……底子好，好得快！"爱卿看起来十分高兴，连忙让小德子进殿。

小德子进来后，规规矩矩地给皇上行大礼，接着给亲王叩头。

"快起来。"

不等他把头磕到底，爱卿就忍不住拉小德子起身，主仆二人是你看我，我看你，简直是"一日不见如隔三秋！"般的情深意浓。

炎有些看不过去，分开他们二人，对爱卿说道："也不知他的风寒是否好透了，传染给您就糟了。"

"殿下，奴才真的好了，您瞧！"小德子原地蹦跶了两下，还拍拍自己的胸，"奴才好着呢！"

"真是奇了！前几日吕太医说你病重，连夜就把你送到别院休养，这下，就算是吃了仙丹也没好得这么快吧！"

"你就别乱猜了。"爱卿有些心虚地笑了笑，"他能回来，不是大好事吗？"

"是好事。"炎点头，"好了，既然这里有小德子陪您，臣弟就先告退了。"

"嗯，你去珂柔说，晚些时候朕也会去看她的。"

"是，皇上。"炎起身告退。

小德子却小心地跟在永和亲王的身后，确定他走远了，才折返殿内，对着皇上又是一个深深地叩头！

"皇上，奴才让您担心啦！真是罪该万死！"爱卿再次拉他起来，还让其他宫人都退下。

第六章
越俎又代庖

"你说错了，是朕害你坐牢三日，你何罪之有？"爱卿心疼小德子，却也是无可奈何。

此时还得从夜访将景军府说起，小德子不小心露了馅，从屋顶上滚了下来，正东张西望时，给将军府的家丁逮个正着。

事已至此，景霆瑞自然不能说穿小德子的身份，便将错就错地把小德子五花大绑，还蒙着头，送进提督府衙门。

景将军府遭遇小毛贼，提督大人李朝可不得细细地审。但景霆瑞说这是家事，想要自己审讯，并不想声张。提督大人很愿意卖这个人情，便把人完全地交给景将军处置。

而景霆瑞呢，只是关了小德子三天，便说抓错了人，将他放出，加上将军府内并无财产损失，把"大事化小，小事化无"倒也合情合理。

就是诰命夫人吓了一跳，不过经由景将军的细致安抚，已经没事了。

"这都是朕的错……"爱卿说着说着，便眼圈泛红，"让你在牢里受苦了！"

"皇上！"小德子跪下来，激动不已地说，"有您这句话，别说让奴才坐三天的牢，就是坐三十年都成！"

"又说胡话！"爱卿轻弹了一下小德子的额头，"快起来吧，朕让彩云准备了好些吃的，你一定饿坏了吧。"

"其实……奴才在牢里吃得很好，景将军吩咐牢头每顿都送酒送肉，"小德子是心有余悸，又有些不太明白，"总觉得将军是在奖赏奴才呢。"

"怎么可能，你随朕一同偷溜出宫，他没杀你就不错了。"

"这么一想……难道那饭菜里有毒？！能慢慢杀死人的那种？！"

"不会吧。瑞瑞哪能这么心狠。"

"可您不是说，他会杀了奴才吗？"小德子是小脸苍白，声音发抖。

"——末将景霆瑞，叩见皇上！"

一声嘹亮的行礼，吓得正在交头接耳的主仆二人，浑身一个激灵，尤其是爱卿，都惊呼了一声，"啊！"

"末将惊扰到圣驾，真是罪该万死。"景霆瑞再次跪地。

"不、不，朕没事，你起来吧，倒是景将军来了，怎么都无人通传？"爱卿看了一眼黄门太监。

"回、回皇上！奴才方才有通传的，只是您没有听见……"太监低头下去，瑟瑟缩缩的，再也不敢言语。

"是有通传，末将可作证。不过，皇上与小德子公公在商议何事？竟然这般地心无旁骛？"景霆瑞起身，往前走了一步。

"就是说今儿的天气好！"爱卿连忙说道。

"皇上要奴才传午膳呢！"小德子也飞快地回答，两人竟然同时开口，只是说的内容南辕北辙，显然是谎话。

"阳光和煦，比早晨暖和不少，所以皇上是要去御花园用膳？"景霆瑞却当作没听

出来。

"是啊。"爱卿心虚地连连点头,"景将军也还没吃吧?不如一同前去?"

"末将谢皇上赏赐。"景霆瑞躬身领赏。

小德子赶紧吩咐御膳房备宴,这皇上和将军要一起用膳,可马虎不得。

不过,小德子始终弄不清景将军对自己到底是赏,还是罚?关在牢里的三日,景将军一句话都未曾对他说过。

说是罚,好酒好菜地招呼着,还有银炭盆和锦被,饿不着、也冻不着。说是赏,却硬是让他蹲了三日牢房,明明当天就可以放出来的。

不管如何,下回皇上若还要"夜袭"将军府,他定会先知会景将军一声,以免再出错漏,到那时他的小命可当真不保了!

小德子是惶惶惑惑地弄不明白,可景霆瑞的心里却很清楚。

对小德子,他是既赏又罚,赏的是,他带爱卿到将军府的一路上都没出岔子,罚的是,他对于皇上私下出宫并未有阻拦。

景霆瑞知道下一回,小德子就不敢带着皇帝在皇城乱窜了,除非他还想去蹲大牢。

至于皇上这边,景霆瑞注视着爱卿,只要自己待在他身边,皇上也就不会做出一些危险的举动。

因此,景霆瑞决定除非必要,他暂且留宿宫里,其他的地方哪儿都不去。

阳光照耀着湖泊,临岸而建的水榭上倒映着湖光,使得朱红的廊柱、雪白的帷幔,都变得亮闪闪的,仿佛是流动着的水珠。

这灵动的光芒同样照在爱卿俊美的脸蛋上,他和景霆瑞一起用膳完毕,便又欣赏园中美景,然后他斜栏而坐,不知怎么就睡着了。

也许是这风有了暖意,又或许是因为景霆瑞就在身旁,让爱卿感到很安心,但小德子就苦着脸,因为皇上之前交代,用膳后还得回御书房批折子呢。

前些日,从安若省来了好几封的折子,说的都是北部要塞年久失修,早已失去了防卫边界的意义,而那边流窜着不少的匪寇。因此,急需朝廷同意拨款维修,且还要工部派出大臣前去督造。

皇上很重视这几道有关边疆稳固的折子,打算仔细批复。可眼下,皇上睡得这么熟,他该怎么办呢?

"你去把折子、笔墨都取来。"景霆瑞吩咐小德子,还取下自己肩上的猩红披风,盖在爱卿的身上。

小德子照做了,等他回去时,看到景将军默默地看着皇上,这画面别提多温馨了。

"你留下伺候,其他人都退下吧。"景霆瑞吩咐道,小德子领命。

水榭内设有琴台,此时便充当起御案,而小德子抱来的奏本,可不是一点,而是一大捧,几乎铺满了桌面。

第六章
越俎又代庖

"皇上要看的，就是这些个，啊，还有那些个。"小德子很清楚景将军要做什么，这也不是第一次了，景将军帮皇上批阅累积的奏本。

而景将军和皇上的笔迹是比拓印出来的还要像，不愧是从小帮着罚抄写的，对于模仿皇上的字迹，景将军是驾轻就熟。

小德子当然也知道，给皇上的奏本让将军批复是不合律法的，换句话说是要砍头的！

可是景将军和皇上比亲兄弟还要亲，别说批个折子，连命都是彼此的，还有什么可介怀的？

小德子还很感激景将军可以帮皇上解忧，便认真地帮忙磨墨，一边整理批好的奏本。

"你去看着皇上吧。"景霆瑞却还是不放心皇上，叮嘱道，"天色晚了，别让他着凉了。"

"咦？是！"

小德子这才惊觉四周都暗了下去，竟然已经迎来暮色，景将军批折子可真专注啊，连带他也不觉专心起来，这眨眼就申时了。

小德子又拿了一条大氅，盖在皇帝的身上。爱卿是真累极了，竟然姿势都不换一个，就这样沉睡着。

等水榭内的灯笼、烛火统统点上，景霆瑞只是站起来，稍稍松松筋骨，便又拿起一本折子，打开来，细细审阅。

"将军，您不用晚膳，至少也得用些糕点。"小德子也休息了一个多时辰，因为景将军说用不着他。

"不用，我已经批完了。"

"这么快？！"小德子惊讶地道，这么多奏本，他还以为会批到天亮呢！

"夜里风大，不宜在这儿过夜，我送皇上回宫。"景霆瑞看了看被风吹得抖动的帐帘，对小德子道。

"是！将军。"小德子即刻去传御轿。

景霆瑞极为轻柔地将爱卿抱起，爱卿模模糊糊地呢喃道："瑞……"

"没事，您睡吧。"景霆瑞在爱卿的耳边低语。

"嗯……"爱卿的头枕靠在景霆瑞的肩上，毫不客气地再次睡倒。

景霆瑞感受得到爱卿明明已经十八岁，却没怎么增加体重，不禁心疼万分。

将爱卿送上轿子，返回长春宫的一路上，景霆瑞都守护在轿旁，接着再送入寝殿，直到小德子小声地回话说，皇上已经安寝，景霆瑞这才点点头，返回了青铜院。

阳光正暖，风儿正柔，爱卿坐在一艘龙头平底的蓬船上，望着波光粼粼的凤飞湖，两个太监一前一后地站在船的两头，动作整齐地撑着船。

泪泪的水声煞是好听，爱卿不由趴在船舷边，手里勾着一个玉佩轻轻晃荡，随着船的前行，那金黄的穗子就跟阳光一样的闪眼。

"春天快要来了吧。"爱卿惬意地说着，把身子坐正了，他手里拿的正是景霆瑞送给他的传家玉佩——"喜上眉梢"。

他平时舍不得拿出来，怕弄丢了，今儿天这么好，就想拿出来显摆一下。

在阳光下它是这样的漂亮，精细镂雕的花枝、花叶栩栩如生，那喜鹊翘首而立在枝头上，小巧又圆润的雀目似在传情达意，这"画龙点睛"的一笔刻画得实在美妙！

爱卿是目不转睛，爱不释手，高兴得脸上都是笑意。

"皇上，离开春还早呢。"小德子笑眯眯地在一旁作陪，却也享受着湖光美景，他掐指算了算，"这离一月都还有十日呢！"

"那今年的冬天一点都不冷。"爱卿笑着应道，"往年似乎没有这么好的天气。"

"回皇上，这后头还有倒春寒呐，"小德子故意瑟缩了一下脖子，言道，"那是真的冷，不过天好不好是其次，皇上您心里头暖和了，自然就觉得今年的晚冬与往年的不同。"

"你不就是想说，朕这些日过得极为舒坦，惰于政务吗？"爱卿装作生气地鼓起腮帮，瞪着小德子。

"奴才怎么敢！"小德子连连作揖，却也不是真的害怕，依然笑嘻嘻地说，"您自打登基以来，从不畏惧国务繁难，事必躬亲，更为国家挑选出好些杰出人才，这些事奴才可都是看在眼里，牢记在心里的。您还发奋自励，锐意进取，在处理政务之余，不忘通读兵书、古书。"

小德子那说得是滔滔不绝，气都不带喘一下，"您如此之励精图治，奴才怎么夸赞您都嫌不够，眼下难得有景将军在一旁鼎力相助，让您能小小地休养生息一番，怎么就成了惰于政务了呢？"

爱卿被夸得脸都红透了，掩饰般地说道："小德子，你行啊！平时不见你出口成章，这会儿就跟朝臣似的，能把一大串话都说得极顺溜。你的嘴巴上是抹了蜜糖吗？怎么就那么甜，还一夸夸俩，瑞瑞要是在这儿，也要不好意思了。"

"嘿嘿，奴才的口才变好，那叫近朱者赤。"小德子笑呵呵地给爱卿揉揉肩头，亲昵地说道，"在伺候您看书的时候，奴才不也跟着瞄到几眼吗？这肚子里的墨水自然变多了。"

"要认真地学才好。"爱卿一笑，又轻轻舒了口气，"朕没有你说的那样好，不过，瑞瑞是当真不错。"

"那是，景将军能文能武，简直是无所不能啊！"

"没错！"爱卿直点着头，"他上知天文下知地理，可谓是无所不通，还学以致用，他若是文臣，必定是宰辅之器啊！"

"当武将也好啊！景将军安邦定国，铲除奸佞……"小德子的话还没说完，就听到遥

第六章 越俎又代庖

远的湖岸边似乎有激烈的争吵之声。

"放开……我要见皇上!"

"快抓起来!"

"皇上!皇上救命啊!"

这声音就跟鬼哭狼号一般,让人听着分外寒碜,爱卿愕然地起立,眺望向岸边,似乎有不少人在,便问小德子道:"他、他们是在叫朕吗?似乎有人在喊救命?"

"回皇上,好像是又好像不是,隔得太远了,奴才也听不真切。"小德子也是一脸的惶惑,这太平吉祥的日子里,谁会那样子喊叫呢?

在宫中大肆喧哗,可是要挨鞭子的!

"快,把船划回去!"爱卿当即下令,"让他们动作快些,朕要去瞧个清楚。"

"奴才遵旨!"

小德子便去吩咐船工,这大篷船本是要去湖心亭里赏冬景的,眼看亭子就要到了,却又火速地折返。

待篷船平平稳稳地靠了岸,漆绘着朵朵祥云的朱红舢板放下,爱卿便在小德子的随侍下,快步走下船来。

铺砌着大块石板的岸边跪着宋植,还有一队御林军,他们五花大绑着一个文官,看那锦蓝衣袍,应当是正四品。

爱卿更是讶异,还未开口询问,宋将军便高呼道:"吾皇万岁,万岁,万万岁!"

御林军也一并跟着行礼,只是在这一声声万岁的中间,还夹杂着含糊不清的,"皇……唔唔!"

文官的嘴巴被帕子堵住,冠帽歪斜,衣着凌乱,脑门上还缀满豆大的汗珠。

"这、这不是朱瞻,朱大人吗?!"虽然那人扭曲着脸庞,但爱卿还是认出了他。

朱瞻今年才二十五岁,任职"仪制清吏司员外郎",隶属于礼部,执掌嘉礼、军礼以及学堂、科举等事宜。司下还设有建言、信印等分科,大大小小官员,将近一百余人。

爱卿能够立刻认出他来,不仅是因为他年纪轻轻就位居员外郎,还有,朱瞻是他在宫中四处走动,微服暗访时,发现到的清廉好官,他能步步高升,也是多得爱卿的钦点。

"……呜呜!"朱瞻仰起脸,眼泪鼻涕一起流了下来,更显得邋遢了。

"让他说话。"爱卿即刻下旨,不等宋植动手,小德子就先走过去,抽出他嘴里的布团。

"皇上,求皇上开恩!"朱瞻朝着爱卿便是不住地磕头,"卑职只是一时糊涂,不!卑职是被人陷害的啊!皇上!"

"大胆贼子!少在皇上面前胡说八道!你惊扰圣驾不说,还想违抗圣旨?!"宋植一把揪住朱瞻的后颈,将他摁倒在地,然后对皇上请罪。

"末将失职!本该依旨逮这贼人去刑部受审,结果半途为他所骗,竟让他逃脱至此,还惊扰圣上,真是罪该万死!"

宋植满脸的懊恼之意，他身后的一班御林军也统统跪倒在地。

"——惊扰圣上，吾等罪该万死！"他们齐刷刷地谢罪着。

爱卿震惊得有些不知该如何接话，因为宋将军分明是在说朱瞻大胆抗旨，可他什么时候下旨缉拿朱大人的？朱大人又在喊什么冤情？难道是有人假传圣旨？！

"你们……"爱卿面色严肃，正要叱问宋植，却突然想到了什么而缩住口。

面对此情此景，小德子也是一脸惶惑，他不住地看一眼宋将军，又看一眼朱瞻。

"行了，都退下吧。"忽地，爱卿轻轻扬手，宋植再一叩首后，就命御林军架起如同软泥般瘫倒在地的朱瞻。

而朱瞻也许是见到皇上并不愿意收回旨意，便也失去了挣扎的气力，面如死灰地被他们拖拽着离开御花园。

"皇上，您怎么不问问宋将军，这是哪来的旨意？"倒是小德子有些着急，问道，"此事蹊跷啊！宋将军怎么说抓人就抓人？朱大人可是一个好官……"

"朝政之事，你勿要多嘴。"相比之前的惊愕，爱卿这会儿显得很冷静，他看了一眼明显处在不安状态的小德子，重新回到大篷船上。

"皇上！"小德子赶紧跟上去，却差点撞到突然停下来的爱卿。

"你去传景将军来。"爱卿微微皱眉地道，压低着声音，"就说朕有事要问他。"

小德子这才明白过来，兴许这道圣旨是景将军下达的，便默默地领了旨意，火速去找景将军。

爱卿的心里犹如有一把火烧着，又急又闷，不住地在甲板上来回踱步。

他寻思着，但凡景霆瑞批阅过的折子，他都有仔细看过，未曾漏掉一个字。且景霆瑞撰写的每段批文，几乎每个字眼都合乎他的心意。

这世上恐怕没有第二人，能够如此了解"圣意"了。

"朕正有此意！瑞瑞你可真厉害，朕不论想写什么，你都知。"就在昨日夜里，爱卿还在对景霆瑞赞叹不止呢。

"他不可能背着我假传圣旨，他应该知道朱瞻是朕一手提拔的。"爱卿下意识地点头，自言自语道，"这中间一定有误会，朱瞻不是说他是被陷害的吗？"

"启禀皇上，景将军到！"

小德子见事态紧急，便亲自去找景霆瑞，两人骑马而来，不一会儿就已经来到篷船外。

"景将军，上来吧。"爱卿走到船舷边，对等候着的景霆瑞说道。

"末将叩见皇上。"景霆瑞来到船舱内，依然行礼。

"小德子，让他们行船。"爱卿却对着小德子说，"附近转转便好，别离岸边太远，将军还有事要下船去。"

"奴才领旨。"小德子吩咐完船工后，并不入内，只是在外头候着。

"你起来吧。"爱卿语气和缓地说，"朕冒昧急召你，实在是有紧要的事要问。"

第六章
越俎又代庖

"谢皇上。"景霆瑞起身,看着爱卿言道,"您不论何时传召,末将都会欣然而至,只是为了这事,搅扰到您游湖的兴致,确实是末将办事不力。"

"这么说来,你已经知道朕要问的事了?还是说那道缉拿朱瞻的'圣旨',真的是由你颁下的?"爱卿不知道该生气,还是质疑。

"回皇上,圣旨是今日早晨末将代您拟定、颁布的,本想等刑部把人拿下,再给您过目也不迟。"

面对似乎在追责的爱卿,景霆瑞一如往常的冷静、沉稳,连眼睛也不眨下。

"怎么不迟?!"反倒是身为皇帝的爱卿,脸上气得没了血色,深吸着气道,"你——你为何要这么做?朱瞻犯了什么罪?要宋将军在宫里头拿人这么严重?"

"他私卖科举试题,贪赃枉法。"景霆瑞拱手言道,"还请皇上明鉴。"

"这不可能!"爱卿不假思索地否认道,"你肯定是弄错人了!换作其他什么朱三、朱四的,兴许是一个贪官。可朱瞻——他勤勤恳恳,为人老实本分,怎么会做这种事?!对了,他对朕说,他是被人冤枉的!这可是陷害忠良!"

爱卿有些着急了,话说得极快,脸孔都憋红了。

"皇上!"景霆瑞伸手,温柔地握住爱卿的手,"您先冷静一下。"

"朕很冷静!"爱卿抬头直视着景霆瑞,"不然,宋将军在的时候,朕就要嚷嚷有人假传圣旨了。"

"皇上,您既然明白这是末将所为,所以您才没有质问宋将军,那就应该知道朱瞻是罪有应得。"景霆瑞毫无闪避地注视着爱卿的双眼,"您很清楚末将的为人,绝不会抓错人的,不是吗?"

爱卿的眉头拧得更紧了,显得固执地言道:"话虽如此,但朕就是没办法接受朱瞻犯法!"

"回皇上,那是因为从一开始就是一场骗局。"景霆瑞乌黑的眼里透出温柔,似乎是不想伤害到爱卿,可他又不得不把话说明白。

"您在宫中微服巡视官员,想知道他们是否尽忠职守,为百姓分忧解难。确实,这种私下的暗访,可以看到平时所看不到的事。他们不知您是皇帝,自然展现出最原本的一面。但皇宫中的眼线如此之多,同样的法子使用了一次,第二次就未必奏效,反而会被他人所利用。"

"你的意思是说,朱瞻知道门边的小太监是朕?那些节俭、刻苦劲儿,都是故意演戏给朕看的?"爱卿有些难以置信地问。

"正是。"景霆瑞微微点头,但他并没有说出还有其他好几个,被皇上提拔上来的官员,都堪比梨园子弟,演技一流。

诸如天没亮,就帮同僚准备好暖炉、茶水,认真编写书籍史册等,全是假的,皇上一走,他们就都原形毕露,还在宫里聚赌。

在他们被爱卿越级提拔之后,背地里嘲笑小皇帝天真,什么微服私访,尽玩小孩子的

把戏，蒙得了谁？

连帝王都可以轻视，更别提律法了，他们上位之后，只顾着中饱私囊，这朱瞻就是因为收了别人一千两的黄金，故意泄露科举的试题，才被景霆瑞给逮住的。

而景霆瑞为何要查他们，就是因为在过去的一年中，爱卿频频提拔低级的文官，他以为这些人是贾鹏的党羽，怕对皇上不利，故让铁鹰剑士入手彻查一番。

其中几个确实有倒戈向贾鹏，他们会将皇帝说的任何话，做的任何事，都向贾鹏汇报。

"皇上？"景霆瑞注意到爱卿的身子微微一晃，连忙扶住他的肩头。

"朕没事，只是风浪有些大罢了。"爱卿轻拨开景霆瑞的手，背转身去，"朕有些累了，想要回宫歇息。"

小德子有听到这话，这篷船又没有门，只有帘子相隔，可他不知是否要应声，生怕打扰到皇上和将军的独处。

"小德子。"景霆瑞轻唤道。小德子这才掀开帘子，微微笑着进去，"将军，您找奴才？"

"送皇上回宫。"景霆瑞沉声说道，目光一直留在不言不语的爱卿身上。

"是。"小德子看得出景将军并不舍得皇上就这样离开，可皇上却不想再留下，这可以说是不欢而散吧。

就算回到岸上，皇上也是匆匆忙忙地上了御辇。

"末将恭送皇上。"景将军行礼，皇上也没有回头看，小德子不由得暗暗叹气。

然而，路才走了一半，爱卿就又下令道："走吧，去勤政殿。"

"奴才遵旨。"小德子不敢多问，领着御辇往御书房去。

等到了御书房，爱卿一边解着身上的貂绒披风，一边下旨让刑部把朱瞻犯事的折子，包括一函函的罪证都呈交上来。

小德子奉上清香的热茶、御点，爱卿都没有碰一下，就等着看折子，但没想到刑部呈过来的一摞卷宗，不但有朱瞻，还有其他六位，在户部、礼部、吏部任职的官员。

他们和朱瞻一样，都是今日早朝后被颁旨捉拿的贪官。

小德子斗胆瞄了几眼他们的名字，那真是看一眼，心里就凉一层，全因那几人都是皇上钦点的青年才俊！

他们这不是联手坑害皇上吗？他都这般心寒了，更别说皇上了。

"岂有此理！"

果然，爱卿气得一锤案面，把卷宗都捏皱了，惊得小德子以及刑部侍郎统统下跪，求皇上息怒。

"你们都退下。"

爱卿屏退刑部的人，又把卷宗从头到尾地翻阅了一遍，那行为简直就像要折磨自己一样。

第六章
越俎又代庖

"皇上,您好歹喝口热茶解解渴吧。"小德子看不下去了,"这天都暗下去了,您免了午膳,难道连晚膳也……"

"朕气都气饱了。"爱卿也不掩饰,咬牙切齿地说。

"您犯不着为罪人生气,要是气坏了龙体,遭罪不但有您,还有大燕国啊!"

"朕没有生他们的气。"

"那……难道是景将军?!这……"小德子跪了下来,"皇上……"

"你起来,跪着做什么?"爱卿总算离开御座,去把小德子拉起来,还说道,"朕又没说生瑞瑞的气。"

"真的吗?可您的脸上都写着呢。"小德子眨巴着眼睛,可怜兮兮地说道。

"朕……"爱卿知道小德子是在逗他开心,可就是无法笑出来,好一会儿才说,"姑且算是生他的气吧。"

"皇上,奴才知道您的苦处。"小德子眉头耷拉,幽幽地叹着气道,"您最痛恨别人计较出身,您也一直很赏识景将军,他是庶出,还被景亲王府断绝了关系,可奴才知道,您的心里替他愤慨又委屈,却也没有办法。"

"您想改变朝中对于庶出、贱民,那种根深蒂固的偏见,想要重用那些因为出身不好,就算考取功名,却也只能在朝堂里充当闲职的士官,您想要景将军凯旋之后,看到一派文武昌盛、人才济济的新貌,所以您才会频频微服私访。"

"可是'贪腐'二字又没写在那些人的脸上,这人心毕竟隔着肚皮呢,且不说那几个坏人,您确实提拔起优秀的官员啊,秦将军和刘大人不就不在此列。皇上,您可不能因此,就茶饭不思了。"

"小德子,您的口才确实长进了,说了这么多,就是想劝朕吃饭。"爱卿微微一笑,"朕明白你的心意,但朕也是真的吃不下。"

"那么,您歇一歇?别看这些了,也看不出有啥错漏之处。"小德子又道。

"朕并非是在查卷宗的错处,瑞瑞经手的案子,岂会出错?"爱卿只想看他们做了些什么,要惹得景霆瑞亲自出马,收拾他们,还能看看自己到底哪里有纰漏。

"您既然如此信任景将军,又为何要生他的气?"小德子也好奇地看了看,卷宗上写的都是他们在何时、何地,收受哪些贿赂等的详细条例。

"朕气他……并非是因为他背着朕,处置朱瞻等人,而是……"爱卿欲言又止。

"皇上?"

"朕是气他说得对,也做得对!"爱卿豁出去般地全部吐露出来,言语间满是苦涩,"朕连为自己辩驳一下的机会都没有,朕多么希望有那么一件事,朕是能做好的。小德子,你说得没错,他们的脸上没写着'贪腐'二字,但朕的脸上却清清楚楚地写着'笨蛋'!"

"皇上……您这是何苦。"小德子听到这里,总算是弄明白了,皇上是在生自个儿的气,他一定是想要景将军对自己挑选贤才的本事刮目相看,却没想给办砸了。

皇上不好意思面对景将军,所以才又急又羞又气恼的。

189

小德子还要说什么，门外的太监通传，永和亲王前来求见，他就跟抓到救命稻草似的，赶紧请亲王殿下进来。

"皇兄这是怎么着了？不小心喝到苦瓜茶了？"炎如沐春风，一来就先逗爱卿开心。

"比苦瓜都还要苦。"爱卿望着越发气宇轩昂的弟弟，忍不住想，如果是炎儿，一定不会上这种当吧。

"和臣弟说说。"炎温柔地看着爱卿，"有气别憋在心里，那些都是个贪官，处置完便也罢了。"

爱卿看了看炎，惊讶地问："你也知道了？"

"知道！这满朝官员，没有不鼓掌叫好的！您的旨意才颁布，宋将军、蒲将军，还有吏部、刑部的尚书、侍郎，就都齐齐出动逮人去了。"炎红光满面地说，"您可真机敏，等散了朝，才颁下特旨，那几个贼官不疑有他，都还在各处官所待着呢，一个都跑不掉，唔……就是瓮中捉鳖！这招太妙了！"

"那，"爱卿极小声地嗫嚅着说，"要是这计谋，并非来自于朕呢？"

"什么？"炎一愣，反问道，"不是皇兄您亲笔的旨意吗？"

"亲笔就是亲笔，不过……"

"臣弟明白了，是景霆瑞做的吧。"炎俊眉一挑，说道，"他查的案子，然后，他要皇上您抓的人！"

"大致如此吧。"爱卿望着不知是喜是怒的弟弟，"但就如你所说，这是为朝廷办了一桩大好事……且纠正了朕的错处。"

瑞瑞要是把这事摊开来说，那么他的愚笨就天下人皆知了。

在不知内幕的人看来，是皇帝一心栽培的他们，同时也是皇上当机立断识破、缉拿的他们，从今往后，就不会再有人认为皇帝老实可欺，胆敢糊弄了。

"他这是越俎代庖！"炎不悦极了，浓眉紧蹙，"就算他做的是正经事，但这案子难道不该由皇兄您来审问，您来发落？"

"你先别生气啊，表面上看是朕发落的没错。"这会儿爱卿掉转头来，劝慰着弟弟，倒把自己的懊恼给忘掉了。

"皇兄，您心里一定很难过，很不甘心吧……"炎和往日不同，没有顾得上君臣之礼，走到爱卿面前，抬手温柔地拍抚着爱卿的肩。

"炎儿。"说到底是亲兄弟，所以分外能明白这种无法言明的情感吗？爱卿站起来，拥抱住炎，似撒娇又似疼爱地道，"朕没事，朕不会有事的。"

"皇兄，"被突然抱住的炎开心极了，更用力地拥紧爱卿，"无论发生什么事，臣弟都会守候在您身边的。"

"恕奴才冒昧，都已经这个时辰了，不如亲王殿下与皇上一同用膳吧！"小德子则趁机提醒，并想果然得让永和亲王来，这事儿才能过去。

因为皇上最怕别人替他劳神，尤其是皇弟皇妹们，平时就疼爱得不得了，又怎么舍得

第六章
越俎又代庖

弟弟为他担忧呢?

"好!就传膳吧。"爱卿欣然同意,还道,"小德子你也饿了,还有彩云,就别伺候朕了,不是有膳食太监吗?你们就都下去吃饭、歇息吧。"

"皇上,这怎么行?"一直默默奉茶的彩云,轻轻一欠身道,"还是让奴婢伺候您吧。"

"你留在这儿,小德子也不会愿意走。"爱卿笑了笑,"都退下吧,没事,朕赏赐你们一餐好的。"

这肯定少不了好酒好肉,小德子立刻拉住彩云笑嘻嘻地说:"咱们就谢皇上的恩典吧。"

"那奴婢就退下了,多谢皇上的赏赐。"彩云欠身说道,便跟着小德子一同出去了。可她在踏出朱红镂雕的殿门前,又回头望了一眼。

皇上和永和亲王坐在一起,手拉着手,似乎在说体己的话,那画面别提多亲热了,她微微垂下眼帘,若有所思地出去了。

第七章 离家出走去

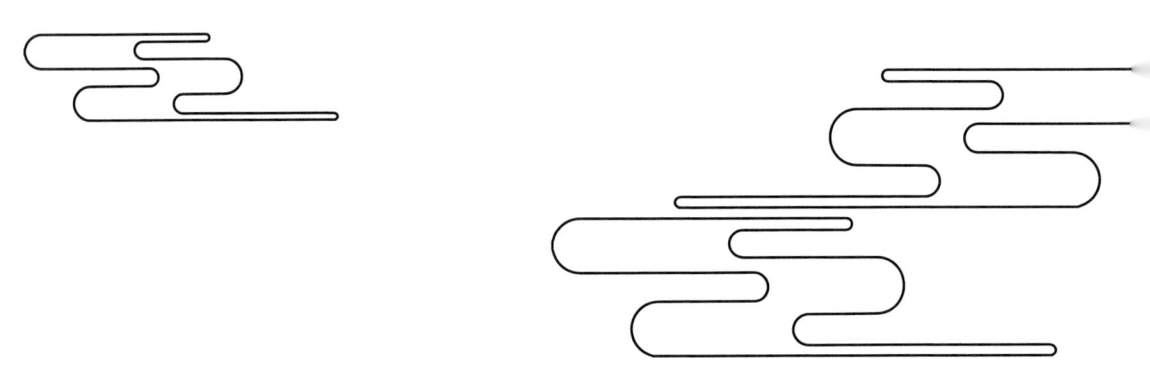

第七章
离家出走去

"启禀皇上,景将军求见。"

明天是休沐之日,爱卿下了朝,回到长春宫后,打算去看望皇妹珂柔,还要与她堆雪人玩。

"朕有事呢,让他回去吧,之后再说。"爱卿转头说,"彩云,去把朕那一套轻便点的便袍取来。"

彩云领命,进去内间,在寝宫的西侧有一处库房,存放的全是皇上平常要更换的风雪衣帽、常服以及靴袜等。

这与寝殿不过隔开着两道门,方便宫女来来回回地替皇上置换衣袍。

"皇上,可是这件?"彩云回来,手里捧着一套绛丝面羊绒里的云锦袍,上头绣着五彩福寿花卉,即灵芝、水仙、天竹和寿桃,以及缠绕着金红彩带的蝙蝠纹饰,这寓意着皇上"福寿万代"。

锦袍上还缀着东珠和珊瑚珠,雍容华贵,不管何时看到,都会叫人眼前一亮。

"不,朕要打雪仗,要是弄丢了上头的那些珠子可就罪过了。"爱卿温和地笑着,"都怪朕没说清楚,是宝蓝色的那件,罢了,朕自个儿去瞧瞧。"

"咦,皇上!景将军还在外头候着呢,说是有要紧的事求见!"小德子连忙对皇上禀报道。

自上次皇上与景将军在大篷船上不欢而散后,皇上似乎总躲着景将军。

不,要说躲,上朝的时候,皇上对景将军的态度很自然,即便在平时,两人也会互相寒暄几句。

但每当景将军私下求见时,皇上就当听不见似的。

"才下的朝,哪来的急务要见?小德子,你没看到朕很忙吗?而且陪珂柔妹妹比较重要。"爱卿不耐烦地挥挥手,一副朕不管了的样子,就冲着右侧的内门疾步而去。

"皇上,您这话……就不能小点声说。"小德子嗫嚅着道,这殿门又没关,景将军就在廊里候着,不都听得一清二楚!

"皇上,请往这边走。"彩云在前头领路,穿过一段殿内的走廊,再跨过两个门槛便到了库房。

"真的很近呢!"爱卿有些惊讶,"这样近,放的又都是朕平时穿戴惯的衣物,朕却从来没有走进来瞧过。"

面前的库房空间不算大也不算小,各色木箱、衣柜等家具摆得整整齐齐、满满当当,有几扇窗子打开着通风,外头是一处栽种着香樟树的小院子,可以看到朱红宫墙。

"皇上,这本就是奴婢们的事儿,哪能让您来呢。"彩云似乎是笑了,但很快收敛,毕恭毕敬地欠身。

"哇,好大的箱子!"爱卿的注意力被一只巨型金丝楠木衣箱给吸引住,它表面没有一丝雕刻,光滑得跟冰面似的,上头自然产生的木质纹理好比麦穗的浪花,一层层涟漪沿着箱面荡漾开去,金得耀眼。

193

"可真好看,这是哪来的?"爱卿走上前,好奇地问。

"这是东麟国为庆贺太上皇三十三岁的诞辰,特意进贡来的。"彩云柔声地答道,"用它来存放冬季的皮袄,最不易生虫。"

"那有些年头了,还是这样金灿灿的呢。"爱卿喜爱地摸了摸它,再看别处,有一个特别高的樟木竖柜,分为上下两层,顶柜尤其之高,都快碰到描金雕龙的天花板了。

柜子前放着一张黄花梨梯凳,大概是方便宫女或者太监,踩上去存放衣物吧,四条腿都是木梁铆钉结构,看起来特别结实。

爱卿又一回头,看到一大块蓝色锦缎遮盖住的家具,看那屏风似的形状猜测是大衣架,爱卿伸手将布扯下,却一下子看呆了!

那是一面极为透彻、平整,边缘雕有龙凤呈祥花案的金丝楠木框穿衣铜镜。

它几乎照见了整个库房,爱卿仰起头,露出万分惊叹的神情。

"这也是东麟国进贡的?朕还是头一次瞧见这么大的铜镜呢。"爱卿笑着询问彩云,却没有得到回答。

"彩云?"爱卿纳闷着,却从镜子的一角,看到了景霆瑞高大的身影!

"啊?"爱卿立刻回转身来,彩云也好,还是小德子都不在库房里,只有景霆瑞如同门神一般站在那儿。

"末将给皇上请安。"景霆瑞似乎并不介意爱卿那些惊慌失措的样子,单膝跪地,低头行礼。

"朕、那个,朕不是……"爱卿想说,不是说了不见的吗?

"这里是内殿,侍卫不能进入,小德子公公不放心您一人在这,便让末将来伴驾。"景霆瑞回话道。

"朕不是一个人,刚才彩云还在呢。"爱卿有些不自在左右看了看,"你不是有事要禀告,那就出去说吧。"

刚还觉得很有意思的库房,不知为何让爱卿感到窘迫,他想朝门边去,可是景霆瑞就跪在那儿。

"皇上要还是生末将的气,末将就不能起。"景霆瑞的表情没有多大改变,只是头垂得更低了。

"哎!景将军!"爱卿拔高了音量,"朕没有生你的气!"

景霆瑞闻言抬头,那明睿犀利的眼神毫不避讳地直视着爱卿,爱卿登时就红了脸,他撒谎的功夫一向很差劲。

此刻那满面通红的样子,更是欲盖弥彰。

"请恕末将失礼!"景霆瑞站起来,伸手推上了库房的门,"暂时不想让您离开这里。"

"你、你这是违抗圣旨吗?"爱卿不但结巴起来,还很没出息地倒退了一步。

"是。末将违抗您的口谕,甘愿领罚,但是……"景霆瑞一步步走向爱卿,在他面前

第七章
离家出走去

停下,"不是现在。"

"你别胡说!抗旨是大罪,哪里有之后才领罚的?!"爱卿的身后便是铜镜,已经无路可退,他只有往旁边不着痕迹地慢慢蹭过去。

"既然这样,皇上为何不现在发落末将?"景霆瑞长臂一伸,"啪"一下就撑在墙壁上,爱卿正想往那边闪呢,结果就被景霆瑞拦个正着。

"你!"爱卿困窘至极,只能抬头看着景霆瑞,气呼呼道,"你真讨厌!"

"皇上讨厌末将哪里?末将都会改。"景霆瑞低头,"改到您见了末将不再讨厌,不再逃跑为止。"

"朕、朕哪里逃跑?"爱卿这下连耳朵都烧红了,"还有,你明知朕根本不会罚你,还那样说!"

"好吧,您不会处罚末将,可是您却会生末将的气。"

"朕没生气。"爱卿扭开脸,再次申明道,"没有!"

"这是怎么了?皇上您明明是很坦诚的人,还说过舍不得末将去当夏国驸马之类的话呢。"

"你怎么还记着?快点忘掉!那时朕以为自己在做梦!那些都是梦话!"爱卿用力地捶了一下景霆瑞的肩头,却疼得自己皱了一下眉头。

"对不住。"被打的景霆瑞反而道歉,"改明儿末将去吃胖一点,这样您打起来也舒服些。"

"噗。"爱卿扑哧笑道,"少说胡话,朕可不要一个大腹便便的将军。"

"皇上笑了。"景霆瑞这才松口气地道,"这就好。"

"朕当然会笑,"爱卿努努嘴道,"让让,朕真的要陪柔妹妹打雪仗。"

"陪家人当然是好事,只是君臣有别,不能太过亲近了。"景霆瑞说的是炎,炎三天两头往宫里跑,加上他的身份贵重,见着他的人都要下跪叩头,弄得这宫里好像有两位皇帝一样。

"你说这话都不心虚吗?"爱卿叹道,"你这不就在以下犯上么?还敢说别人。"

"末将不一样,末将与您有约定。"景霆瑞微笑道,"所以末将可以以下犯上。"

"你这是只许州官放火,不许百姓点灯。"

"您说得没错,末将就是这么不讲理的。"景霆瑞把视线放低,与爱卿持平,"所以请听末将一句,不要与永和亲王太亲昵了。"

"你……"爱卿皱起眉头,"如果你是从'家人'的身份去看炎儿,就不会这么想了。"

"在宫里,末将的身份只有一个,便是您的臣子,所以末将做不到把永和亲王视为家人。"

"你果然是不讲理。"

"末将送您去见公主吧。"景霆瑞往后退了退,说道。

195

"不去了，朕什么玩兴都没了。"爱卿一屁股坐在长凳上。

"皇上……"景霆瑞想要抬手摸摸爱卿的脑袋，但看着他气鼓鼓的样子，便没那么做。

"瑞瑞。"半晌，爱卿轻声道。

"末将在。"

"你知道吗？朕的家人可不只是炎儿、珂柔……"爱卿抬头看着威风凛凛景霆瑞道，"还有你，在朕的眼里，你不只是一个臣子。"

景霆瑞漆黑的瞳仁微微放大了些，随即低头笑道："末将明白了。"

"你明白就好。"爱卿笑了笑，起身拍了拍景霆瑞的肩头，"走吧，陪朕去打雪仗。"

密密匝匝，如同鹅绒般的飞雪覆盖住永和亲王的府邸。

下人们都留在屋内，唯独亲王本人手持一副长达六尺八寸、重十八斤，共二十一节的虎尾银鞭，在四方院里练武。

他自幼苦学《无双剑诀》，对于使剑就堪比使唤自己手脚那般自如，而鞭子却甚少用到。

它位于十八般兵器谱的第十一位，与长剑相比，鞭子沉重不够利落，在近身战中处于劣势，若使得不好，哪怕是电光火石、转瞬而灭的破绽，都能招来杀身之祸。

将使用者置于死地！都能引来灭顶之灾。

因此会耍此兵器的人不少，但真正拿它来御敌的不多。

随着年龄的增长，炎越发地酷爱耍弄兵器，尤其是杀伤力强的那些。王府内也专门开辟出一个兵械库，给亲王存放由门客进献来的武器，这银鞭便是他近期的藏品之一。

从流星锤、巨斧、西凉弯刀到战戟、铁弩，各路兵器看起来大不相同，可是连《无双剑诀》都能练下来的炎，对于从来没有摸到过的兵器，亦能很快上手，让它们发挥出让人惊叹的威力！

银鞭从他手中呼啸地甩起，时而直上满是飘雪的苍穹，时而如蛟龙扑向地面，发出雷鸣般的飒飒震响。

鞭子所到之处，劲气一路破开，雪花简直是被飞弹开去，但很快又重新聚拢在银鞭飞速行走时形成的气流中。

这细细的鞭子包裹上一层厚厚的雪甲，宛如化身一条白龙，在炎的身体四周上下翻飞！银光频频炸开！

突然，炎身形一动，骤然发力跳向高空，继而翻身袭向院角，那里立着一尊半人高的、青铜浇铸的狮雕。

事实上，院子里的四个角落均蹲坐着这样一头镇宅辟邪的"狮子"。右上的张嘴，右下的伸爪，左上的踩球，左下的咬球，栩栩如生，这也是院子里的一个景观之处。

在鞭子的包围下，炎消失不见，仿佛是化身为一团暴风雪，猛地袭向"狮子"，紧接着

第七章
离家出走去

是另外一处，不过是眨两下眼睛的功夫，炎已经飞回到中间。

银鞭甩下，鞭身上的风雪团呼啦一下散开，细碎的雪花纷纷落下，把他淡黄色的衣袍都染白了。

这时，四座青铜狮才发出喀喇巨响，狮头滚落，狮身断成两半滑下基座，砰地一大声砸在泥地上，扬起积雪不说，还落下一个大坑。

"真是好家伙！"炎看了看青铜狮的惨状，非常满意手里的银鞭，暗想着，"攻击力不比剑差，如果我再练得熟一点，在防御上也能做到万无一失。"

在炎思索着如何精进自己的武艺时，院落的月门外，家仆萨哈是看得目瞪口呆，作为西凉人能成为永和亲王的贴身侍从，是一件非常不容易的事。

而正因为他心无旁骛、极尽所能地伺候着主人，才能获得亲王殿下的信任，不管是公事还是私事，亲王都会交给他去办。

虽说有许多的江湖侠客慕名而来，想与亲王切磋武艺，还愿意投靠在他的门下，当仆从、侍卫，但萨哈相信，武功不怎么高强的自己，却是亲王殿下唯一的亲信。

记得有一次，萨哈曾经好奇地问过殿下，这里明明有这么多的猛士，为何偏偏选他为王府的第一侍从？

殿下是那样回答的："你办事牢靠，为何不能居第一？论武功，我自己就足够好了，没必要靠你来保护。再者你不是本国人，如此甚好。"

这第二句话，萨哈一直没有想透，不过办事牢靠这一点，不只是炎欣赏他，还有别人。

尽管萨哈非常愿意为炎殿下效劳，但是他也明白自己的身份是一名细作，他除了要办炎交代的事，还有别的使命有待完成，只是关于这个，他是万万不能暴露给炎殿下知道的！

"萨哈，你回来了。"永和亲王的召唤声，让萨哈猛然回神，他抖落掉身上的雪，走向那位年轻至极却光芒万丈的主人。

"对不起，属下回来晚了，工匠那边还差一道工序，所以多等了会。"萨哈单膝跪地，行礼的同时也解释自己为何晚归。

"这是本王的错，突然让他提前交货，风雪这么大，路上可好走？"

炎微微地笑着，展现出一张与太上皇极为酷似的脸，当年的淳于煌夜是大燕帝国，乃至全天下最为俊美的男子，同时，也是最冷酷无情的统治者！

炎长得像他，却并没有在那种兄弟相残、拼死争权的环境下长大，所以他的笑容可要比煌夜要多得多，亦温和得多。

在上个月，炎从萨哈那里得知，有一位西凉国的珠宝匠来大燕皇城谋生，在城北开了一家小作坊，炎便将一块上好的白玉原料，外加一些珠饰交给萨哈，让他去委托工匠，打造一副给小女孩戴的玉镯子。

这小女孩即是永馨公主珂柔，宫里的首饰虽然多，但西凉国工匠的手艺比较特别，尤其在镂刻和镶嵌上，纹理花样与大燕迥异，充满着异国风情。

皇妹喜欢新鲜稀罕的事物，所以炎才想要送给她，但比预定的时间足足提早了五天。

"回主人，外头风雪虽然大，但罕见路人，行马倒也方便。"萨哈说着，从怀里掏出一个精致的檀香木首饰匣子，上头雕刻着工匠的名字"乌拉"。

炎把银鞭交在萨哈的手里，萨哈双手接住，裹着牛皮的把手沉甸甸的，还很热。

"珂柔毕竟是女孩儿，就是喜欢这些玩意儿。"炎嘴上这样说，手里的动作却分外轻柔，挑开木盒上的黄铜合页，打开匣盖，一双由红布垫着的，特别精巧的白玉镯子就展现在他的眼前。

这镯子的样式果然与大燕宫内银作局里出的首饰，有着不小的差别，大燕极为讲究细致入微，颜色以深沉、淡雅为主，哪怕是黄金的饰物，也要做到耀眼中透出厚重，显现出首饰主人那尊贵的身份。

而西凉国的首饰则是天马行空，极尽华丽姿态，喜好镶嵌五颜六色的宝石，还有各种炎说不出名堂来的复杂雕刻工艺。

这样眼花缭乱的饰物，若是大燕做出来，就会变得特别笨重，那是一种仿佛要把全副身家都戴在身上的——庸俗。

可是眼前的这副镯子做得是五彩缤纷，白玉的手镯全部用扭纹雕刻，用金线包了一圈，还做出一只翩翩起舞的蝴蝶，蝶翅是绿松石，花朵是红珊瑚，花蕊是金子。

感觉炎给的宝石，还有炎没有给的宝石，全都用上去了，怎么就偏偏这样的好看、灵动，仿佛蝴蝶会飞起来一样，丝毫不觉得浮夸。

"真不愧是西凉的工匠，也只有他能造出这样的镯子。"炎仔细地看着，频频点头称赞。

"工匠说，若不是您要得急，这蝴蝶还得再加一道工序，就是这里，嵌上一节扭起来的铜丝儿，蝴蝶就能晃动、拍翅。"萨哈指着手镯的某处说道。

"果真如此，当然更好，但现在必须先让珂柔开心起来，下一回再做会动的吧。"炎笑着说。

"公主殿下为何事如此生气？"萨哈好奇地问道，"很少见您这么着急。"

"倒不是生我的气，"炎依然注视着镯子，说起事情的缘由，"前日，皇兄说好陪皇妹一同堆雪人，但忙于政务去晚了，皇妹等了好一会儿，最后虽然堆上了雪人，但因为天黑了也没能玩尽兴，就生气不理皇兄了。"

"原来是这样。"萨哈点头，"公主殿下特别黏皇上，少见一会儿都不成。"

"嗯，但这事不能全怪皇兄，能让他把皇妹的邀约都推迟，可见是非常棘手的政务。"炎十分体谅爱卿，甚至是感到心疼，"他从小就爱玩游戏，现在却只能伏在御案前批阅奏本，实在太辛苦了。"

"所以您想把这件首饰交给公主，说是皇上送的吗？"

"是啊，皇妹很容易哄，只要说这是皇兄送给她的礼物，她一定消气。"炎说着，想把

第七章
离家出走去

手镯放回盒子里,手指却碰到一个硬物。

"这是什么?"炎把手镯交给萨哈,拉出盒内垫着的一块红绸布,这盒子的底部,放着一个折叠成豆腐干状的纸条。

萨哈看到它的一瞬间,脸色都变了,好在这儿冷,他肤色又白,炎殿下并没有注意到。

炎小心地打开纸条,上面写着让人无法看懂的符文,这些字体就像是小蝌蚪,有着弯曲的线条,和一个个或大或小的圆圈,通篇都是。

"哦!主人,这是属下写给工匠的信笺,写的是一些制作时需要注意的事情。"萨哈的手指戳在纸面上,"这里,就写着白玉镯。"

"原来这就是西凉国的文字。"炎好奇地盯着看,"真是神奇,完全看不出那写的是镯子。"

"西凉国也是古国,据说那是古代神仙用的符文,一代代传下来的。"

"难怪我觉得,这看着像道士画的符。"炎笑了笑,"改日得闲,你也教教我吧,这看起来很有意思。"

"是!"萨哈收下炎手里的纸条,捏紧在自己的指间,手心里不觉渗出了汗。

"你去传顶轿子,事不宜迟,我要去一趟宫里,给公主送这份和解之礼。"炎把镯子收好在匣内,"也好早日了却皇兄的心事。"

"属下这就去。"萨哈往后退了两步,然后转身来到月门外,这又是一处被风雪覆盖住的院子,连通着前门。

"等等,萨哈。"炎却又叫住了他。

"是!"萨哈又赶紧回去。

炎看着他:"把鞭子给我,我让人放回库房。"

"啊,是的。"萨哈怎么就把手里的银鞭给忘了,急忙递上。

"好了,你去吧。"炎点头,看着萨哈急急忙忙地走出去,觉得今日他举止有些失常。

"西凉人果然不适应这边的冬天吗?"炎心里想着,"他过惯了沙漠里的日子,下回还是少让他出门吧。"

而闷头在风雪里猛走的萨哈,也在气恼自己的不小心,这塞在首饰匣的信函本该是在首饰交付时才到他的手里的。

他以为提前了几日拿,这信函肯定还没送来,便也没在意,竟然直接把它交进了炎殿下的手里。

仔细回想一下,难怪他在店堂里拿起首饰匣时,乌拉一直拉着他说话,敢情是在提醒他里头有密函!

但是他一心想着早点回去复命,竟然完全没有发现到!

"好险!"萨哈终于止住了脚步,长长地呼出一团白雾,左看右看,廊檐里空无一人,

有的只是外头漫天飞舞的雪花。

他打开了手心里的纸，汗水的浸泡下，墨迹有些花了，但仍旧看得清楚。他之前指给炎看的那个"白玉镯"，写的其实是"大燕皇帝"。

信函的内容颇为简单，就是要他汇报大燕皇帝的近况，除去一些新颁布的朝政举措外，还有他私人的生活习惯等，也就是说，信函上是一连串的问题。

身为炎殿下的亲信，弄到这些答案并不是太难，唯一困难的就是要在炎的眼皮底下，把这些情报送出去。

今天是侥幸蒙混过关，下一回，炎殿下要是学会西凉文字，恐怕就没这么简单了。

"看来以后得步步为营。"

萨哈用学来的大燕成语，给自己敲响警钟，与炎殿下相处越久，就越不想伤害到他，但是欺骗已成事实，伤害就不可避免。

他现在能做的，便是尽可能地伪装下去，在完成主上交予他的重要使命之前，绝对不能再出纰漏。

皇宫，青铜院。

天色渐渐地暗了下去，风雪依然很大，在青铜院的武将都已经归家，唯有景霆瑞依然留宿宫中，皇上派来御膳房的大太监，赐给他一顿丰盛的御肴，其中有铜炉火锅。

而皇上自己，听闻是去永馨公主那儿了，看来他们已经和好如初。

景霆瑞叫来宋植一同吃，宋统领很是高兴，食毕，膳食太监撤走了膳桌、餐具，宋将军也回去当班。

院子里原本积蓄了一下午的白雪，也被踩踏得花了，景霆瑞立在敞开着的窗前，不知为何，想起一段童年时的往事。

那是春节前夕，下了一场极罕见的大雪，母亲住的小屋几乎被积雪淹没，院子里也是厚厚的一层，王府里到处响起了"唰唰唰"的竹枝扫帚刮着地面的声音。

唯独母亲这儿，依然是一片"雪灾"似的景况。

他只有四岁，可也想帮着铲雪。母亲怕他冻着没有准许，接着便让身边的丫鬟出去告诉管家，请他们也把这门前的雪扫一扫。

丫头去了，但脸色很不好看，还一边往外走一边说："还真把自己当王妃看了，这破地儿又没人来，扫不扫雪不都一样。"

母亲原本红润的脸色一下子变白了，但她只是紧紧握住手里的念珠，没有吭气。

从早晨到下午，当那丫鬟终于慢腾腾地领着一个老头过来扫雪时，却万分惊讶地看到，这院子里的积雪全都归拢到两边，形成两座黑兮兮的"雪山"，路面变得非常洁净。

她的小少爷景霆瑞，双手握着比他的个头还高出一大截的扫把，愣是把积雪给清理了。

"这都是你做的？"丫鬟不敢相信自己的眼睛。

第七章
离家出走去

"嗯。"景霆瑞丢开手里的扫帚，柄上已经沾满血，大声地说，"你以后别再来这里了，我能照顾好母妃，你走吧！"

仔细想来，那时候的他可真是狂傲，完全不知这唯一的丫鬟，是景亲王妃安插在母亲身边的眼线，她根本不会离开。

景霆瑞不觉看了一眼自己的手掌，这么多年过去了，当时磨出来的血泡，早已不复存在，有的只是常年握剑练就的茧子。

还记得那时，母亲一边流着泪，一边拿盐水和纱布替自己包扎伤口，母亲治好了他的手，可是却无法帮他愈合心里的伤痕。

父王的冷漠绝情，王妃的任意欺凌，加上母亲的软弱无助，所有的这些都如同鞭子一样，不停地抽打着他年幼的心，留下一道又一道的伤。

直到他遇到爱卿，又得到太上皇的赏识，才让他慢慢地有了身为人的样子。

"啪！"景霆瑞蓦然握紧了铁拳，他不会让过去的事情重新上演，绝不允许那些冥顽不灵的权贵，变着法子地戏耍爱卿。

风雪突然转了向，景霆瑞微微眯起眼，如一道黑影纵身飞出窗外，稳稳地立定在雪地里。

不一会儿，十个黑衣人"嗖嗖"地相继落在他的身前，且全都跪下。

"将军。"跪在最前方的男子，低着头，蒙着面，声音听起来非常年轻，"属下已经成功潜入，相信不需多久，所有的证据必能收集齐全。"

"很好。"景霆瑞微微颔首，这些人均为铁鹰剑士且都是最新加入的。

自从青允有意退居二线，当一个清闲的首领，铁鹰剑士新成员的招募、考核以及管束的重担，就都落在景霆瑞的肩上。

可以说，这又是一支由景霆瑞训练起来的精兵，而他们虽然初出茅庐，年龄大多在十八岁上下，却一直对铁鹰剑士充满着向往。

这在江湖上被称之为"黑影"的特殊府衙，专门负责暗中保卫皇上，以及刺探可能威胁到大燕和皇帝的国内外的敌情。

他们为了在初次任务中有完美的表现，获得景将军的赏识及重用，各个争着率先完成任务。

"要沉住气，互相联手才好。"不知景霆瑞是否看出这一点，所以在他们离开前，特意叮嘱道。

景霆瑞此时并不知道，这不过百余人的秘密刺客团体，在往后几年会壮大成数百余、甚至数千余人的庞大军事机构。且由于他们经常在青铜院听令，又拥有可以先斩后奏的特权，在江湖上开始有人称呼他们为"青铜院"。

这由太上皇创下的"铁鹰剑士"卫士团，在不知不觉中，就被景霆瑞的"青铜院"取而代之，创下一代传奇！

爱卿刚从御花园赏雪回到长春宫，景霆瑞便来求见。

他行的是三跪九叩之礼，让爱卿看呆了，以往景霆瑞都是行武将礼仪，即右膝跪地，双手交握成拳，极少的时候，不，是他要说些不中听的话的时候，才会叩头。

"你这是做什么？"爱卿自觉不妙，可是，那些犯事的朝官，不是都已经下旨处罚了吗？根据景霆瑞草拟的一份名单，查的查，撤的撤，除了宰相府的人没有动到，其他的兵部、工部、礼部、吏部、刑部，统统有涉及。

这些贪官污吏就像是拴在一条绳上的蚱蜢，揪出一个就拉起一串，还有不少人为求自保，不停地供出其他的同党。

当然，这其中也有被人恶意抹黑的，还有待详尽的调查，但罪证确凿的都已经被革职抄家、入狱待审。爱卿认为此事应该没别的意外了。

"末将恳请皇上收回口谕。"景霆瑞抬起头，面色肃然地道。

"朕的口谕？朕何时下达了什么……哎！你先起来吧。"爱卿试图缓和气氛，微微笑着，"不管何事，都好说嘛。"

"皇上，您曾在万寿节前下达旨意，要求朝中大臣以及亲王贵族之间，不得收受、赠送厚礼。"景霆瑞进一步地言明，"您赏赐给宰相的侄子贾鸿禧的那一对鲜藕，价值不过两枚铜钱……"

"那又怎样？"爱卿觉得景霆瑞是话中有话，听着怪不舒服的，便打断道，"鲜藕是不值几个钱，但里面有朕的心意，这是御赐之物！景将军，朕以为你为了何事，在这里谏言。宰相大人都还没嫌弃朕的贺礼太薄，你有什么好委屈的？"

"末将并非是在替谁叫屈，皇上，自从大燕立国以来，皇帝赠予臣子、皇族的财礼都有一定的规矩，有章法可循，宰相府内若有喜事，依照礼数，需要赏赐黄金九百九十九两，意喻长长久久，还要赐给新人合卺宴席，送上双喜如意佩一对。"

爱卿不禁握紧放在御案上的手指，这些事他不是不知道，礼部尚书，还有小德子都有提起过，他听到一半就直摇头地否决了，大燕还有这么多的亲王、郡王的世子、公主等着办喜事，照这样送下去，国库都得搬空了。

所以他当时就否决了，还说这么铺张浪费的礼节早该废除，就从宰相府的婚事开始，于是就有了鲜藕的出现。

"末将所罗列之礼单，与皇上您赏赐之物实在相差太远。"景霆瑞并不因为爱卿的脸色越来越难看就作罢，一再地说明道，"您说'礼轻情意重'，末将可以理解亦能接受，但对于其他人，这样的礼单实在有轻侮宰相之意。"

"瑞瑞！你说够了吧！"爱卿按捺不住地站起身，大声地反驳道，"要按照你说的做，送那么多的东西，和用金钱收买大臣、贵族有何区别？！"

"就是收买人心！"没想，景霆瑞却言辞犀利地道，"皇上，人心是可以收买的，您的父王、祖父、太祖父，都是这样赏赐他的臣僚、亲眷，并不是每一个人，都能像末将这样……"

第七章
离家出走去

也许是觉得这话重了，景霆瑞没有把话说完，小德子在一旁听得是胆战心惊，早就偷偷地把宫人都给打发走了。

这些话要是传出去，朝廷里又得掀起怎样的风雨？这不知内情的人，还以为景将军与相爷冰释前嫌、结盟为友了呢！

不过，永远把皇上摆在第一位的小德子，这回是站在了景将军的这边。他也觉得，突然不让大家再互赠奢侈的贺礼，实在是有些欠缺周全。

而由于皇上送了"鲜藕"，其他人在各种婚庆、寿宴典礼上，只能想尽办法地送些同等价值的礼物，比如萝卜啊、地瓜、花生之类，未免太过寒酸，说句不好听的，小太监拿到的赏赐都比这个多。

小太监得不到赏赐还会有所抱怨，更别说那些高高在上的大臣、贵族们了。

要说这国库财富嘛，在这段日子里是充盈了些，但皇帝的面子也没了啊，这要用官腔来讲，就是"有损帝王威仪"。

不过心里的这些想法，小德子纵然有一万个胆子，也是不敢当着皇上的面讲出来的。

因为皇上自始至终都认为那是一条利国利民的良策而沾沾自喜，再退一步讲，皇上还满心欢喜地认为，景将军是一定会夸奖他这条举措的。

"哼！每个人都像你这样，朕说什么你就反对什么，朕还怎么治理国家？"

爱卿面无表情，语气极冷，在这一刻倒是有几分太上皇的英姿，但实际上他是因为气过头，而不愿意去深思景霆瑞的话，反而把之前的事一并说了进来，大有指责景霆瑞的意思。

"末将并没有反对您其他的举措，减少冗兵，统一低级士官的薪资，在各地府城、县城，开设免费的学堂等，都是关心民瘼，长治久安之举。"

"你现在是想'以退为进'来说服朕吗？"爱卿却是越发地听不进了，在他的耳朵里，景霆瑞此刻的称赞也变得格外虚假，很不中听！

"你不就是想让朕承认做错了？可朕就是不吃你这一套！"

"皇上！"景霆瑞这会儿倒是站了起来，沉稳地道，"您没有做错，您不过……"

"是什么？！"

"矫枉过正了。"

"你！你竟敢说朕矫枉过正？送那些乱七八糟，不，贵得离谱的东西，就能好？要知道，沉湎奢靡足以亡国！"

"正是如此！"景霆瑞直视着爱卿，并没有因为他龙颜大怒，就不再说下去，"您有没有想过，为何宰相，还有礼部尚书，对于您违背礼制之举，毫无反驳之意？"

"这个……"爱卿真的没想到过，只是觉得此事进展得甚为顺利，是因为顺应民心。民心平稳，天下太平，大臣们自然也就没话说了。

"缺少了的东西，必然会在其他地方补足，因为朝廷拨下去的俸禄根本不够他们维持府邸气派的门面！"景霆瑞直言道，"您让他们少收贵礼，他们表面照着做，

私下却……"

"——却什么？"被景霆瑞指摘出自己的错处，让爱卿是又羞又恼，整个人都怒气腾腾的。

景霆瑞稍稍缓和了下口气，才道："原本一百两白银的礼金，因为台面上只送了一筐竹笋，私下为了补偿，就奉上双倍，足足二百两的银子！他们没有反对您的口谕，是因为收的赠礼比以前还要多，而且也更加隐蔽了。"

"你胡说，这不可能，这是皇帝的口谕，谁敢不从？！"

"那么敢问皇上，您自己有遵从吗？"

"什么意思！朕何时……"

"您送给永馨公主的手镯，至少价值二百两银子，您自己都未能做到，皇亲之间的薄礼往来，又如何要求臣子们照着做？"

殿堂内陷入一片死寂，爱卿就这么大瞪着眼地看着景霆瑞，脸色比外头的雪还要苍白。

小德子是大气也不敢出，缩着脖子，心里大叫不好却毫无办法。

"咚。"

爱卿的手轻轻碰到砚台，架在上头的毛笔滚落在桌面上，发出极轻，却显得格格不入的声响。

爱卿深吸了一口气，抬头想要说什么，但最终只是走下御案，越过景霆瑞的身边，头也不回地大步走了。

"皇、皇上！等等奴才！"小德子慌慌张张地跟上去，还不忘朝景将军行礼告辞。

景霆瑞的拳头是握得咯咯响，这时听到殿门外，守门的太监与宰相大人的说话声。

"奴才见过相爷！"

"皇上呢？老臣有事要见。"

"刚走。不过，景将军还在里面。"

"哦，老臣进去看看。"贾鹏就像一个谦逊的老翁，对着太监和善地说完，就迈进门槛来。

"景将军。"贾鹏看着景霆瑞，"你在这等皇上？有事要商议？"

"不，相爷，末将就要告退，您找皇上有事？"

"哦，就是北部要塞的督建嘛，吏部让我草拟督军的统领，老夫就写了几个名字，觉得挺合适的，不如您也瞧瞧？"贾鹏的手里拿着一本裱黄的折子。

"嗯。"景霆瑞接过来看，让他意外的是，有好几个是与他有深切往来的将军。

"怎么样？老夫没有假公济私吧，这几个人都是儒将，能文能武，去塞北督造，还能剿一剿那边的匪患，比起文臣，那是要顶用得多啊。"

景霆瑞不由看了贾鹏一眼，有些不知他的葫芦里在搞什么名堂，但这名单确实是最佳人选。

第七章
离家出走去

"既然皇上不在,老夫就改时间再来。"

"末将送相爷。"景霆瑞抱拳,送宰相离宫。

狂风裹着暴雪下得是越来越大,金殿碧阁裹满了白雪,都成了玉宇琼楼,显得分外肃穆。

炎冒着风雪来看望爱卿,在他心里哪怕天上下着铁,也不能阻挡他来向皇兄请安,而相比外面密得几乎让人睁不开的雪帘,长春宫的西暖阁里,就跟四月天似的温暖。

炎前脚刚迈进殿内的门槛,冬帽上的雪花便开始融化,一个小太监利索地替他脱去貂绒的帽子和披风,露出里面穿着的一袭绛紫色锦绣团鹤纹的长袍。

这衣袍的领口、肩头、袖子等,都镶饰着黑色貂皮,衣袖内还绲着织金的缎边,这皇室子孙才能穿的锦袍,分外适合身材颀长的炎,他的举手投足间都透出一番高雅别致的味道。

"皇上。"

炎轻声阔步地进入阁内,看到爱卿正蹲在一个鎏金银丝罩的暖炉旁,好像是依偎着取暖,小德子端着茶盘,彩云捧着汗巾,立在两旁伺候。

"臣弟给皇兄请安!"

尽管爱卿总是说,都是自家兄弟何必讲究那一套礼节,可是炎依然坚持给爱卿行礼,正所谓"君臣有别",炎从小就被父皇教育说,以后一定好好辅佐兄长治理国家,要为他效忠一辈子,所以,这个道理炎比任何人都要明白。

"炎儿,你来啦。"比起炎精神饱满的问候,爱卿的声音不但沙哑,还很虚弱,他连头都没有抬起来,依然面对着暖炉。

"皇上?!您怎么了?"炎听到这嗓音,心就揪了起来,连忙起身问道,"您着凉了吗?"

"朕没有事……"爱卿终于慢慢地从地上站起来,转过身,用一种非常哀伤却不自知的眼神望着炎,"弟弟,你觉得朕是不是一个失败的皇帝?"

炎微微张开着薄唇,却没有发出声音,臣子不能直视帝王,这个礼节炎当然也懂,虽然他巴不得天天盯着爱卿看,这饭都能多吃两顿,可是为了避忌他人的闲言碎语,他已经很久没有像现在这样,放肆地盯视着爱卿的脸了。

是因为太长时间没有仔细地瞧皇兄吗?炎觉得爱卿瘦了些。

但爱卿的面颊很红,可能是一直烤着炉火的关系,那原本雪白的肌肤上,染着一层绯色,就好像是雪地里的红梅——漂亮至极!

然而,那总是灵活温柔的眼眸,此刻却笼罩着一层淡淡的雾霭,炎眨了眨眼睛,才看清那是一道被强忍住的泪影,那好像用画笔描绘出来的细致眼角,也是烧红着的。

炎呆呆地站着看,待他反应过来时,他已经一把抓住爱卿的手腕,将他拉向自己的怀里,并且紧紧地拥住!

炎的本意是想要安慰爱卿。

但小德子和彩云因亲王的这个举动而吓了一跳，不禁互相看了一眼，但谁也没去阻止，或许现在能劝慰到皇上的，也就只有永和亲王了。

爱卿也是吃了一惊，但是他并没有反抗，只是低头闻着弟弟身上那乌沉熏香的味道。

"皇兄……"

爱卿身上那份温馨的暖意更让炎忘却一切，他像要将爱卿揉进身体里那样，双臂非常用力地箍紧爱卿的腰。

"好疼！炎？"爱卿困惑地眨着眼睛，抬手轻轻地推着炎。

"啊！"炎这才反应过来，立刻松开手，转而握住爱卿的肩头，急切地道，"皇兄您有没有怎么样？对不起，臣弟一时失神……"

"朕没事。"爱卿温柔地摸了摸弟弟俊俏的脸，语带安慰地道，"倒是朕，又让你操心了吧。"

炎无话，但那像极父皇的黑眉却拧起，皇兄从小就爱哭，父皇和义父也最怕惹他哭，因为他每次一掉眼泪，就会让旁人看得都肝肠寸断，忙不迭哄劝他。

不过自皇兄登基以后，不，是从帮父皇处理皇宫内务开始，他就没再哭过了。

炎直到现在才知道，比惹哭爱卿更要心疼的是，看着他明明很想哭，却不得不强忍住眼泪的样子。

"朕问出那样的话，确实不像样子，也难怪你回答不了。"爱卿转身离开炎的怀抱，目光注视着燃烧着银炭的暖炉，"不管怎样，炎儿，你都无须替朕担心。"

"皇兄。"爱卿越是摆出一副坚强无畏的样子，炎的心里也就越疼得厉害。

小时候，爱卿一旦受委屈就会直率地说出来，他是高兴还是不高兴，都不会有半点的遮掩。

可是他当了皇帝之后，也不知是从什么时候开始的，炎听到爱卿说得最多的话，便是那句，"朕没事"。

"您明明就有事啊！难道说臣弟不能成为您的依靠？只有那个景霆瑞才可以？！"炎在心里咆哮着，苦意在胸口翻腾。

"皇兄，如果说是为了更改口谕的事情烦恼，确实大可不必。"炎明明在心里把景霆瑞骂了个千百遍，可是话到嘴边，却都是帮着景霆瑞的。

"你也觉得要改？"

"皇兄，您会问我，您是不是一个失败的皇帝，不就是赞同了景将军的意见嘛？因为您认为他做得对，才会对自己的举措感到失望。"

炎很了解爱卿，知道说景霆瑞的坏话，只会招致爱卿的反感，而无法把话题进行下去，所以炎不再像儿时那样，总是说景霆瑞的不是。

"原来你也知道了……"

"这改口谕可是大事，朝廷里自然是众人皆知。不过大多数人都以为，这是皇上您的

第七章
离家出走去

意思。"炎鞠躬,禀明道,"臣弟命人查探过,才知道这是景将军的谏言,这事他并没有做错,但皇兄,您也没错。"

"可是朕真的好没用,在宫里生活了十八年,却什么都不知道,瑞瑞他还出宫打仗呢,却远比朕还要了解宫里、朝野里的事。"

"皇兄,只有您才会认为景将军他有'离开'过皇宫。"

炎不小心泄露出心底的话,景霆瑞出去打仗,可是宫里头的消息,他全部知晓,而且并没有因为他身在前线战场,朝廷内的势力就降低了。

伴随他的凯旋,以及皇兄对他的宠爱,景霆瑞在朝野内的势力早已可以与贾鹏相匹敌!

只有皇兄不知道,是因为他不懂什么叫作眼线。

那些人被安插在各部、各宫所中,有侍卫、有宫女也有太监。那些人并不是突然冒出来的,有好些个是与景霆瑞一同在宫里长大的"手足",只是皇兄从来不认识,也不了解他们罢了。

直到景霆瑞成为骠骑将军,那些追随他多年的人才逐渐崭露出头角,爱卿会觉得景霆瑞了解皇宫,不过是一种错觉。

其实,皇兄真正了解到的感受应该是——景霆瑞势力的迅猛崛起!也许皇兄对景霆瑞的印象,依然还是停留在被贾鹏一党各种排挤、陷害的记忆中吧。

景霆瑞之所以能轻易更改掉皇上的口谕,而不引起大臣们的弹劾,就是因为他拥有的人脉以及派出的密探,掌握了好些权贵的秘密。

炎知道景霆瑞有暗中警告那些权贵,不要触及律法,藐视朝纲。往后,就算没有皇上的口谕,那奢靡送礼之风也会收敛不少。

这效果看起来是极好的,可是景霆瑞为达目的是不择手段,炎不认为他比那些贪腐之官高尚多少。

而爱卿的口谕虽然有不切实际之处,但至少是行得光明磊落,炎自然是站在爱卿这边的,但他又不得不说景霆瑞的好话。

"什么叫没有离开过?"爱卿听不明白炎的话。

"意思是说,他的心一直系在宫里,系在您的身上,就不曾远离啦。"炎微微笑了笑,想必这西暖阁里也少不了景霆瑞的耳目在,他不能把话说得太直白。

爱卿思索着,认为炎说得对,便明白地点点头。

"皇兄。"

"嗯?"

"前些日,从安若省进贡了一批上好的野山参,您不是打算赏赐给那些老亲王?"炎笑着说,"不如就差遣臣弟送吧,臣弟会代您探望他们的。"

"这自然好。"爱卿欣喜地点头道,"朕还怕你不同意呢,你去不比别人,到底是朕的弟弟,亲王们会更高兴的。"

"是，臣弟领旨！"

炎原本非常讨厌去那些爱用鼻孔瞧人的、迂腐不堪的老亲王府邸，可这一次他是自愿前往。

"野山参都在太医院称重，还会配一些上好的养生药材，你一并领了去吧。"爱卿想了想，说道。

"是，臣弟这就去办。"炎行礼后从西暖阁退出，脚程极快，萨哈都快跟不上了，但他看得出亲王有心事。

炎在领了那些红红绿绿的锦盒，坐在轿子里去旧王府大街时，想着自己的计划。

原本他只要能陪在爱卿身边就满足了，所以只谋得一个从四品的翰林院侍讲学士，闲暇时陪皇上阅览古籍、讨论文史，说穿了就是一个无关痛痒的闲职。现在看来是他太天真，过于"轻敌"了。

文臣那边有宰相贾鹏霸着，武将，乃至皇城的禁军是由景霆瑞掌控，因此，炎很清楚，就算他此刻向皇兄讨要一个二品大官，也未必能在朝中成就多大的事业。

现在他唯一还能利用到的东西，便是那些根深蒂固，在财力虽然欠缺一些，但人脉十分深广的老贵族了。

只有仰仗他们的力量，才可以与景霆瑞相互抗衡！

炎知道当父皇执意要立爱卿为太子时，那些老亲王都相当反对，虽然说立嫡长子是大燕皇室的传统，但老亲王们显然更喜欢他，还多次上奏，要父皇三思，另择贤子。

就是因为这件事，炎很讨厌他们，觉得皇兄人这么好，他们都要嫌弃，是唯恐天下不乱！

"不能再让景霆瑞得意下去了！"

但是一想到景霆瑞，炎就认为自己必须摒弃前嫌，好好笼络一下与老亲王们的关系，所以才亲自跑一趟，来送御赐的野山参。

然而，炎才开始向老贵族们靠拢，并取得他们一致的赞赏和忠心，就收到了景霆瑞当面的警告。

那是在数日后，在炎去早朝的路上，天都还没亮透，四个太监提着明晃晃的红纱灯笼，为炎开道。而炎就沿着湿漉漉的通道慢慢地前行，不想却遇到，或者说是，不得不遇到特意等候在那里的景霆瑞。

炎自然是不想理睬景霆瑞，假装没看见对方，想要快步越过，可是景霆瑞竟然更快一步地拦住了他的去路，太监们不敢得罪景霆瑞，便纷纷躬身行礼，往后退开。

"你这是什么意思？见到本王不知道行礼吗？"炎极不客气地道，脸色是黑沉沉的！

"不要再和他们往来了。"景霆瑞却道，眼神犀利如剑。

"哼！本王要与谁交往，难道还要得到你的恩准？"炎极尽轻蔑地说道，"就算你是骠骑将军，也不过是我淳于皇室养的一条……"

"我没空听你说这些废话。"景霆瑞也不给炎面子，仿佛这才是他的本性一般，阴冷

第七章 离家出走去

至极地道,"你与他们为伍,小心玩火自焚!"

"你惹得皇兄又生气又难过,小心你自己失宠才是!别以为本王不知道,你私下在干什么勾当!"炎虽然瞪着眼,飞快地反驳回去,可是心底却无法控制地蹿升起一股陡峭的寒意。

从小,他就觉得景霆瑞这个人表里不一,但父皇也好,还是巫雀王、爱卿,甚至是天宇和天辰,都没看出他的本性,相当地信任他。

"反正我已经警告过你了,不会再说第二次。"景霆瑞冷冰冰地说完,便头也不回地往前走了。

炎气得牙关咬得咯吱响,脸色都变白了。

不过,炎也越发认可自己的谋略,要不然,景霆瑞怎么会这般心急火燎地跑来训他?还不是因为惧怕敌不过老贵族们的势力么?

看样子"姜还是老的辣"这句话,一点都不错!

不过炎对于这些看起来老态龙钟,顽固又守旧的皇叔、皇爷爷们,拥有这样的势力还是感到分外吃惊。

他们明明已经不再涉足朝政,却还能在极短的日子里,将他捧上正一品左督御史的位置。

然则,炎始料未及的是,那些老亲王老权贵们,原本就看爱卿极不顺眼,认为他是巫雀王柯卫卿教导出来的太子,身上沾染了妖异之气。不管太上皇怎么说巫雀族是仙家后裔,但单是会呼风唤雨这一点,老亲王们就认为是妖孽无误了。

反倒是炎不但模样长得很像煌夜,而且性格也是如出一辙,看起来就是正统的主子,他们认为炎才是继承大统的不二人选,但是他们斗不过煌夜,只能对此忍气吞声。

加上爱卿当太子时,不愿意给予他们置换更多的田地等,在无意中得罪了他们,这新仇旧恨加在一起,便让他们对爱卿有着极大的不满。

但他们既然斗不过铁面无情的煌夜,就只能处在中立的地位,可是,因为炎主动地投靠,他们就自以为得到了炎的支持,有了得以拥护的"主心骨"!

炎的本意是想好好地辅佐爱卿,干出一番大事业,不想让景霆瑞在朝堂中的势力越来越大,一手遮天!却在不知不觉中给爱卿造就出新的,且十分厉害的敌人。

"凡事要三思而后行。"

一连放晴了三天,院子里的积雪化了不少,爱卿说是在御花园里散步,更像是在反省自身。

"人臣事主,顺旨甚易,忤情犹难。"爱卿双手背负在身后,若有所思地呢喃着,又忽然抬头,仰望着蓝天白云,长叹出一口气道,"有道是玉不雕不成器啊!"

"皇上,您……"小德子原本就弄不清皇上为何在这大冷天,跑来御花园吹风,现在看到皇上仿佛是回到太子时期,在背温太师发的课文,就越发地糊涂了。

"朕没事。"爱卿笑了笑，这些日子里，他已经好久没有这样畅意地笑了，"朕是在这里自省，朕的话就是口谕。父皇说过，朝令夕改是大忌，而朕却没有想过，如何避免朝令夕改，那就是——凡事得三思而后行，仔细考量清楚，再去做。"

"哦！"小德子露出一副受教的表情，还有点崇拜。

"至于前面那句话嘛，说的是：朕的文武官员，还有你，小德子，一直侍奉着朕，让你们顺着朕的意思去做，是很容易的事。可要让你们不顾朕的颜面，甚至惹怒朕来谏言，想必就很困难了。"

"是这个理。"小德子憨憨地笑着，"也就景将军敢了吧……"

"嗯，有了前面的谏言，就有后面的'玉不雕不成器了'。"

"这个奴才懂！"小德子立刻抢着说，"玉石再美，若没有工匠把它雕刻出来，把它弄成有用的东西，便也是无用之物。"

"算你对了一半。"爱卿扬起下巴，"朕是皇帝，就是那块玉，你懂吗？"

"皇上是真龙天子，怎么能是玉呢？"小德子摇头。

"这只是一个比喻嘛，朕这块玉啊，要是没有那些忤情的谏言，就根本成不了材。"爱卿微微笑着，"朕确实生瑞瑞的气，因为他一点面子都不留给朕。但是，他若是不说，朕才是真正的丢了面子而不自知啊。"

"皇上，您是不是不再生景将军的气了？"小德子上前，笑容满面地说。

"是啊，不气了。"爱卿看着美丽的御花园，心情大好地说，"朕想通了，其实仔细想想，比起上一回，瑞瑞不与朕商量，就把朱瞻给抓了，这一回他至少有事先来向朕讲明，说明他有把朕放在心里面，并没有把朕当小孩子看。"

"这是自然的。"小德子躬身说，"皇上您聪颖至极，又如此豁达，景将军怎能不把您放在心里，好好侍奉呢？"

"呵呵，朕足足烦恼了半个月，一旦想通了，便明白都是朕做得不对。"

爱卿有些自责也有些懊恼，"朕只是不习惯被瑞瑞教训而已，因为从小到大，他对朕总是那么温柔，且什么都听朕的。"

小德子并没有接话，显然皇帝心里已在想念景将军了，便微微一笑，退开一旁。

才想让皇上独自待一会儿，贾鹏却来个"有事启奏，急需面圣"。

小德子想起皇上说过一切以政务为重，便只能领他来见驾。可他要是知道，相爷要说的竟然是"那事"，他是打死都不会往皇上面前领人的。

皇城，景将军府。

已经一连十五天，景霆瑞除上朝面圣外，都早早地回府，就连公务也搬回家里的书房处理。

不仅诰命夫人看不懂，连下人们也都各种揣测，有的说是将军挂记母亲，这天毕竟冷得紧，所以一反常态地提前归家。

第七章 离家出走去

但将军府内的炭火薪柴都很充足，皇上前阵子还赏赐给诰命夫人好些过冬的衣物，夫人显然不需要将军在跟前伺候。

又有人说，那就是景将军在朝中遇上什么不顺心的事了。可仔细一想，又觉得不太可能，皇上和将军如同亲兄弟一般的长大，听闻从没红过脸，这感情啊，比亲兄弟都还要亲。连皇上都这般喜爱景将军了，哪里还有臣子敢对将军不敬呢？

再者景将军战功赫赫，又秉公处事，在皇城老百姓的口里，那可是一个刚正不阿的大英雄！怎么看都不像是惹了麻烦，回家避风头的。

大家也是替景将军担心，这话讲来讲去，大伙儿倒是逐渐地明白了一件事，那就是将军这么心急火燎地往家里奔，是因为有"绝代佳人"田雅静在啊！

这景将军都已经二十七岁了，却一直忙于国事，尚未成婚，是男人怎么可能不为窈窕淑女动心呢？

这结论最受大家认可，不仅管家、下人们这么说，连诰命夫人都这么想。

而身为"闲话"主人的田姑娘，对大伙儿的乱嚼舌根，并没有生气，总是脾气极好地一笑了之，这温温婉婉的模样，极具大家风范。

今日，积雪化了不少，院子里都是水洼，田雅静似乎是担心将军出入书房不便，亲自带领丫头、仆役们一起撒盐、扫除。

这足足干了大半天，把院子里的积雪收拾得干干净净，恰好景将军回来，她顾不上换衣，直接上去迎接，就仿佛是伺候夫君归家的小媳妇似的忙前忙后，态度殷勤。

端茶、递汗巾、递糕点，尽管景将军一再地说，这种事交给下人便好，田雅静都说，下人的手不干净，这事情还是她来做得好。

接着田雅静还去帮景将军备热水，将军是骑马回来的，想必身上都是热汗。

然而，当烧热的水放满了浴桶，她才想起刚才自己一直扫除，都未有沐浴更衣，就去迎接将军了，怎么可以如此失礼！

不，景将军未必在乎那份礼节，倒是她的身上不会有汗臭味吧？

想她刚才一直凑近在景将军的跟前，田雅静就羞得满面通红，哎呀地叫了一声，捂住了秀美的脸孔。

她又透过指缝，瞅了瞅那冒着热气的水桶，这热水是为景将军准备的，将军一会儿就要过来……

田雅静不知怎地心想道："我就先洗吧，将军还在书房里忙呢。"便脱去了莹绿的外衣，再解开雪白的绢帛腰带。

"窈窕淑女，君子好逑，"田雅静一边脱着衣裙，一边想，"若不是这样，景将军怎么会天天回家来，还舍不得我干粗重的活？"

不等她把衣裳全脱完，景霆瑞就推门而入，田雅静本能地拉起外衣，遮挡在胸前。

景霆瑞也是一愣，但飞快地别开脸去："对不住！我以为没人在。"

接着，景霆瑞便大步地往外门走。

"将军，请留步！"这可是表明心意的大好机会！田雅静责怪自己的分神，并大胆地追了过去，一把拦在景霆瑞的跟前。

"景将军！奴婢愿意伺候您沐浴。"田雅静也不顾廊子里有多冷，竟然就把手里外衣丢开，露出那条浅粉色的绣着彩蝶的肚兜以及裙裤。

因为冷，田雅静在瑟瑟发抖，可是她的心却因为期盼和害羞而滚烫着。

景霆瑞动了动，越过田雅静的身边，只留下一句话："别再做这种事了。"

他甚至都没有捡起地上的衣服，给田雅静披上，就这样毫无留恋地离开了。

田雅静整个人都呆住了，恰好有来添水的丫鬟看到这一幕，也是尴尬得留也不是走也不是，田雅静不言不语地转身回去浴房，关上了门。

过了一会儿，好多人都说，听到田姑娘在里头哭了，还有人去禀告了夫人，这下事情可闹大了。

与此同时的皇宫，一样是暴风雨的前夕。

"你说什么？"爱卿苍白着脸再一次地问面前的贾鹏。

"老臣是说，皇上要是不愿意大费周章地公开选秀女，老臣这里倒有一个合适的人选。"

贾鹏无视皇帝那惊讶万分的样子，依然面带微笑，十分愉快地说，"此女名傅，乃吏部尚书的外甥女，她今年刚满十五，秉性温良，德仪兼备，容貌自是沉鱼落雁之姿……皇上，您大可先纳她为侧妃，日后若有不满之处再废掉也不迟。"

"朕哪有问你这些个？"爱卿急得都快跳脚了，"朕是问，你在说些什么鬼话！什么外甥女，什么废掉？简直不知所谓！"

"皇上，这哪是鬼话，男大当婚，女大当嫁，民间尚且如此，何况帝王之家？皇上您早日成婚，后宫有主，方能开枝散叶，子嗣乃立国之根本啊，当然是多多益善，越早越好，这对于大燕来说是头等大事啊。"

贾鹏说得很在理，让爱卿一时哑口无言，而且太上皇也说过"修身以孝"很重要，而这"孝"说到最后便是繁衍子嗣，不然世人怎么会说，不孝有三，无后最大呢？

"皇上，您登基得早，按照祖制，您本该先大婚后继位的，不是吗？您要是对傅女不满意，老臣愿意再为您挑选别的，只是这婚期还得早早定下的好。"

"朕都没见过那傅家之女，还定什么婚期？"爱卿难以理解，或者说他快要跟不上贾鹏的思路，就算要成婚，和谁结都不知道，就先选定婚期？这是什么样的成婚啊！

"当然要提前定下，皇上的婚事是要很早就筹备起来的，在这期间您慢慢挑选合适的女子也不迟。"贾鹏如同和孙辈谈话似的，那样和蔼和亲地说。

"朕不同意！"爱卿深深地吸了一口气，"这事太离奇了！都没法让朕缓过劲来，你说有事要奏，朕还以为是要塞督造一事，竟然是为这个……朕是皇帝，哪有被人赶着结婚的，这不成！"

第七章
离家出走去

"咦,老臣以为皇上您早就知晓了,所以才把话说得这么快呢。"贾鹏露出一副匪夷所思的神情。

"这又是何意?谁来和朕说过这事,朕全然不知!"爱卿有些不耐烦了,他若当真要娶妻,也必定要找一个情投意合之人。

"景将军啊。"贾鹏言道。

"哪个景将军?"爱卿正郁闷着,随口问道。

"还有哪个景将军,自然是骠骑将军景霆瑞。"贾鹏的声调透出无辜之意,"这还是他的意思哪,让老臣给您挑选一位合适的妃子,好让您早日成婚。"

"你说什么?"爱卿腾地从鎏金龙椅中站起,"这是瑞瑞说的?!"

"是啊。"贾鹏无视掉爱卿对景霆瑞的昵称,还微笑着道,"若不是有他的提醒,老臣日夜忙于六部之事,差点忘了连您的大婚都未有操办……"

"来人!小德子!"爱卿再也忍耐不住地怒吼出来。

"皇、皇上!奴才就在这儿!"小德子的耳朵都差点被震聋了,但他的心才是最慌的,这景将军闹的是哪出戏啊?皇上才自我反省,准备原谅他,他怎么就给皇上牵起姻缘来?他难道不知道皇上向来不喜这种政治联姻吗?

他这个旁人听了都觉得糟心,更别说皇上了,难怪会火冒三丈。

"去传景霆瑞来见朕!快去!"爱卿面色铁青地下旨,小德子想要亲自去,可又担心这儿的状况,便差遣了一个信得过的太监,让他立刻去景将军府叫人来。

景霆瑞此时此刻在受母亲的训话,原来田雅静一哭,这府内上下的人,就都知道了景将军误撞见田姑娘在沐浴的事。

"她一个姑娘家,你要她以后还怎么嫁人呀!"诰命夫人难得地板起脸教训儿子,不时还柔声细语地劝一劝坐在一旁,依然低头抹泪的田雅静。

"夫人,您就别再责怪将军了,是奴婢的错。"田雅静从圈椅里起身,跪下来,"奴婢没能伺候好将军,还让将军落下一个污名。"

"唉,他一糙老爷们,还怕这个名声,倒是你,着实受委屈了。"诰命夫人急忙搀起田雅静,"来,别给他跪着了。"

"母亲。"景霆瑞正要说话,管家便匆忙地走进来,连声说宫里头来人了,是一个红衣太监!

景霆瑞听见,立刻就迎出去,年轻的太监看到景霆瑞,很是恭敬,虽然他是代表着皇帝前来,却先行了个大礼。

"奴才见过将军,皇上下诏,请您去一趟西暖阁。"

景霆瑞想,爱卿此时招他入宫,多半还是因为前些日,他说了皇上"矫枉过正"的事,爱卿最近在朝堂上都没有正眼瞧过自己。

说真的,景霆瑞也很后悔,也许当时自己的措辞应该温和一些,至少不能惹得爱卿如此恼怒。

213

爱卿的理政经验不足但心意是好的，对于此，自己更该好好辅佐才是，而不是将他教训一通。

可是另一方面，景霆瑞又觉得，爱卿已经是皇帝了，若还像儿时那样，一味宠溺着他，怕会坏了事情。

当年，巫雀王柯卫卿不也是很担心这一点，才想要把他调离爱卿的身边吗？

这样的事，景霆瑞也不想重蹈覆辙。

现在若去宫中，怕又免不了与爱卿产生冲突，他每天早早地归家，不就是想要免去与爱卿碰面，想让彼此都能冷静一下。

况且，若真是万分紧要的政务，爱卿会在勤政殿的御书房见他，而非选在西暖阁。

"将军。"田雅静扶着诰命夫人出来，对于沉默着的景将军以及等候着的红衣太监，感到了一丝不安。

莫非朝中真的出了什么要紧事？田雅静，还有诰命夫人的心里，都是这样焦虑着。

"烦请公公回去禀告皇上，末将有公务在身，暂不能见。"景霆瑞拱手言道。

太监一愣，有些不知该怎么做才是，古往今来，都没有人对皇上的传召，说一声不行的吧。

再怎么紧要的公务，也是皇上颁下来的啊。

"公公，请回吧。"景霆瑞已打定主意，抱拳道。

"那……成吧！"太监不能也不敢得罪景将军，所以，他只能尽快地回去复命，皇上若是追究起来，也还有景将军顶着呢。

不过，因为传旨太监的突然出现，诰命夫人也好，还是田雅静，都没再提起沐浴的事情了，她们很担心宫里头的事，偏偏景将军又从来不提及。

"退朝！"小德子提着嗓子，嘹亮地宣道。

"臣等恭送吾皇——万岁，万岁，万万岁！"

这满朝的文臣武将便纷纷跪地叩首，直到御座旁的礼仪官表明皇上已经离开，大臣们这才起身。

"哼！姚大人，您膝盖不好，小心着点！"贾鹏搀扶住身旁一位已年过七旬的老臣。他的耳朵不太好使，腰腿也不灵光，所以每次行礼都分外吃力。

可他就是不乐意告老还乡，颐养天年，总是说，"我十二岁来皇城考功名，是屡败屡战啊，直到三十八岁才得以入朝为官，就这样过了四十年，我是离不开皇城啰，只要皇上不嫌弃我老，我就一直做下去，给皇上当一辈子的臣子！"

这话是说得很响亮，但幕后的私心大家都懂。要知道得靠老一辈种树，后人才有地儿纳凉，姚大人的曾孙才入朝为官，还是从五品的，不怎么顶用，为给这曾孙子铺好路，他还不能走。

"你说得对。"姚大人站稳了腿脚，显然没听清贾鹏的话，反而说道，"皇上今日似乎

第七章
离家出走去

不太高兴啊。"

"您老耳朵不行,眼睛倒很清明嘛。"另外一位文臣插话进来,还对贾鹏极尽阿谀奉承地道,"皇上岂止今日不开心,昨日也是一样,这其中的缘由嘛,恐怕只有相爷才能明白。"

"老夫又不是皇上肚子里的虫,哪里能知道这么多。"贾鹏却是一笑,对他们一拱手,便在诸位大臣的拱手相让中,率先走出恢宏的金銮大殿。

在他沿着白玉阶梯缓步而下时,看到景霆瑞就站在不远处,与几位将军立在一起,似乎在议事,贾鹏突然觉得明明是同朝为官,怎么文臣跟武将的差别竟然就这么大!

贾鹏回首巡视自己的同僚们,老的老,少的少,老的自然不多说了,年轻的就只会向自己逢迎拍马,他擢升起来的几个样貌清俊的文臣,到现在都还没博得皇上的欢喜。

再看看景霆瑞那边,先不说他八尺有余、傲视群雄的魁梧身躯,光是那张棱角分明、英俊脱俗的脸孔,别说皇上了,贾鹏有时也会盯着多看上两眼。

是人就会喜欢看漂亮的人物,不过贾鹏的视线里,少了几分赞叹,多了几分仇视与警惕。

如果说,景霆瑞只是长得好看也就罢了,这"绣花枕头一包草"的人,宫里也多得是,偏偏他还有真才实学,还建立了不少战功。

围绕在他身边的将领,也是一个个气宇不凡,他们都处在血气方刚、锐意求进的年纪,加上有景霆瑞这个核心人物,在朝野内的士气显然越发壮大。

"此人果然不能不除!"贾鹏也愈发坚定内心的想法,不过,得益于景霆瑞贸然与皇上结怨,他才能把选妃一事提到皇上的面前。

他本想派人设计阻止景霆瑞与皇上私下接触,也备好谋划,打算在皇城大干一场,以套住景霆瑞的手脚,让他无暇掺和皇上的婚事。

却没想景霆瑞自己拒绝了皇上的召见,且还是两次!这可是真是闻所未闻的事。

——真是天助我也!

就在昨日晚上,贾鹏又去皇上那里游说了许久,再三表示只要定好婚期,对于人选,皇上随时可以更换。

小皇帝坚称:"不管你换哪一家的女子来,朕对她都没有感情,如何册立为妃?"

"感情可以慢慢培养出来,就像老臣与结发之妻,婚前也未曾见过一面,现在不也相敬如宾?"贾鹏把自己的经历搬了出来,打算来个言传身教。

"你是你,朕是朕,你可以接受,朕做不到。"没想到小皇帝这回是铁了心的要拒婚。

"那老臣敢问皇上一句,您拒绝纳妃的理由是什么?"

"朕并非不想娶妻,而是觉得没有心爱之人,就不该娶。"爱卿道。

"皇上,您以后可以有心爱之人,但眼下,为了大燕的江山广衍后嗣才是正理,您可不能因小失大呀!"

贾鹏的这一番话下去，把小皇帝说得干瞪眼，贾鹏便知道只要再施加点压力，皇上肯定就会颁布册立妃子的诏书。

　　到那时候，不论景霆瑞手握多少强兵也无转圜的余地，而他贾鹏与皇室的姻亲是结定了的！

　　自古以来，有多少朝廷官员、豪门之家费尽心机地想要把自家的女儿送进宫里为后为妃，又有多少皇帝为了拉拢臣子稳固朝纲，册封他们年轻的女眷，这本身就是一桩双赢的买卖。

　　只有小皇帝看不懂，还在纠结有无感情之事，真是幼稚透顶。在朝野权力就是一切，感情是万万要不得的累赘之物！

　　不过，这最后一点的"压力"，贾鹏很清楚并非由自己给，而是只有景霆瑞才能办到。

　　也许是注意到这边久久不动的视线，景霆瑞微微侧过头来，贾鹏装作在看天上的飞鸽，移开视线。

　　但他的心里却仍在寻思着："此事已经同皇上商议了三日，是不能再耽搁下去了，以免夜长梦多，走漏了风声！"

　　贾鹏认为册妃诏书是越早定下越好，最好是即刻办成，于是，他打消先回一趟宰相府的念头，转而去长春宫谒见皇帝，与此同时他还带上了一个人。

　　"宰相大人这两日，可是一得闲就往长春宫里去。"事实上，武将这边也颇为关注贾鹏的动向，一位年轻的将士说道，"没想到他对于北方要塞督造一事分外上心。"

　　"难道皇上不同意那份举荐名单？"景霆瑞觉得奇怪地问，爱卿很公正，并不会因为同自己吵架，就不愿意批阅兵部的奏折。

　　方才在朝堂上，爱卿亦如同往日那样视朝听政，并未表现出对兵部的不满。

　　"这个下官也不清楚。"那位将士摇了摇头，但接着道，"下官只知这原本是兵部的事，宰相大人非要请旨代办，我们都以为此事蹊跷，想必督造使一职必会落到文臣的头上，可没想到宰相这一回挑的全是武将不说，这其中还有夏将军、刘将军呢。"

　　两位被点到名的将军，纷纷点头附和："是啊，景将军。"

　　夏将军更进一步地道："末将以为宰相大人多次面见圣上，不单是为了要塞督造一事，还有剿灭北部的匪患。刚在朝上，安若省的督察使不也奏明说，塞外的匪患日益严重，需要朝廷多加警惕么？"

　　"可这也兵部的事，他一个宰相为何非要插手干预？"刘将军显得不满地说。

　　"哎，此言差矣，贾鹏辅佐皇帝，六部之事都属其管辖，这也是正常的。"夏将军说完，又满怀期盼地看向景霆瑞，"景将军，不管是剿匪，还是建造边防，都是事不宜迟的，吾等都很乐意为皇上效力，只是圣旨迟迟不下，兄弟们的心始终不得安定啊！"

　　"诸位将军少安毋躁，此事皇上必有定夺，尔等耐心等着便是。"景霆瑞下结论地

第七章
离家出走去

说道。

"是！景将军！"几位将领纷纷抱拳行礼。

下朝后的短暂会面也到此结束，待他们走后，景霆瑞略一沉吟，决定去见一见爱卿。

御书房的殿外是一处四四方方、宽敞明亮的园子，两旁均为金瓦朱漆的回廊，寒风穿过廊子，就会发出"呜呜"的轻叫，今日的风尤其大，这声音变更为响亮。

已经四十六岁的礼部右侍郎王佑，脸孔圆润、身材微胖，他站在殿门口，不住地原地跺跺脚，往手上呼上两口热气。

不过，最叫他不自在的倒不是冷，而是他身后站着的一列侍卫，一个个都是表情肃然，眼珠子动也不动地望着前方，守卫森严得是连一个飞虫都不会放过。

王佑许是有些做贼心虚了，他觉得那些侍卫总是盯着自己不放，心里是泛起一阵又一阵的惊慌，却又不得不忍住。

相爷吩咐的事情还未办妥，他万万不可离开此地，否则日后，也没有他的好果子吃。

"可是，这事哪能轻易就办妥，那可是景霆瑞啊！"王佑一想到景霆瑞，就浑身冷不防地打了个寒战。

虽然他与武将同朝议政，可从没有一个武将会像景霆瑞那样，不管在何处，浑身都透着一股子在战场上指挥千军万马，所向披靡的劲霸之气！

也不知相爷怎么能做到与他对着干的，他的眼神锐利得跟傲视群山的雄鹰一样，感觉一不留神就会成为他的猎物。

王佑甚至觉得，也许投靠景将军才是明智之举，然而，正当他犹豫着时，就听到一声低沉地问候："王大人？"

"啊？！"王佑慌忙转过身去，来的果然是景霆瑞，他连忙定了定神，上前拱手道，"景将军。"

"您为何在这？"景霆瑞注意到王大人的脸色都白了，想必在这里吹了好一会儿的冷风。

"我在等皇上的传召。"王佑的声音有那么一丝的颤抖，但他极力地控制住，并把相爷交代给他的话说完。其实相爷也没说景将军一定会来见皇上，只是让他守株待兔，将军啥时候来，他这个戏就啥时候演。

"皇上是在见宰相大人吗？"景霆瑞又问道。

"正是，皇上正与相爷在商议北部要塞督造一事，还说想要派兵去剿匪，相爷让我在这里候着，是因为匪患涉及关外，需要礼部来拟定通关公文，相爷的意思是，趁着皇上今日得空，就把这些事一并处理了呢。"

这番话王佑练了又练，都快倒背如流了，只是他依然不敢看景霆瑞的眼睛，就干脆眯起眼睛，当作是因为风大而睁不开眼。

"哦。"可是，景霆瑞的一声沉吟，却又让王佑提心吊胆起来，莫不是景将军发现了什

么吧？

他正担心景霆瑞要是细问起来，就会发现皇上早就同意要塞督造的事情，甚至圣旨都拟好了，只是相爷借口户部还在筹集粮草，隐秘地压住不发而已。

"相爷为何……"当景霆瑞这样开口时，王佑不禁倒吸一口气，正当此时，一直紧闭着的殿门突然打开来。

王佑赶紧转身，继续演他的戏，"大公公，可是皇上传召我？"

"你？不、是传景将军，哎！将军，您竟已经到了！"出来传召的是小德子，他是皇帝跟前的红人，谁敢直呼他的名字，"小公公"叫起来又怪异，不知是谁先开始的，叫小德子为"大"公公，就这么传了开去，就连皇上也说好，便统一尊称小德子为大公公了。

"公公，我也是刚到。"景霆瑞说道，"正想求见皇上。"

"您来得可真巧，皇上急着要见您呢。"小德子一副松了口气的模样，但很快又严肃起来，"快请进吧，将军。"

王佑便躬身退至一旁，给景霆瑞让开路。

景霆瑞迈入殿槛，小德子本要随同，却想起什么似的又回转身来，想要问王大人，何故他在此处逗留？

皇上并没有传召他啊，他一个礼部右侍郎也无要紧事需要面见皇上。

但他才出来想要询问几句，就看到王佑心急火燎地往外赶，看样子是叫不住他了，小德子不明所以，唯有耸耸肩头折返内殿。

与贾鹏舌战了一晚上，爱卿气得睁眼到天明，他每每想到贾鹏说选侧妃是景将军的提议，他的眼泪就止不住地往下掉，把御枕都打湿了。

本想叫景霆瑞来问个明白，这其中肯定有什么误会？可他竟然仗着有骠骑将军的特权，以军务为由，并没有理会传召。

说起来，这个特权还是爱卿许给他的。因为他见景霆瑞公务繁重，而自己传召他，有时候只是想要见他一面罢了，并非是有急事需要商议。

景霆瑞虽然来了，但回去之后必定通宵达旦的忙碌，爱卿觉得心疼，便对他说："往后朕传召你，你若有事在身，可不必来。"

话是那样说，景霆瑞却依然是每传必到，还会说："就算公务再忙，末将也想见到皇上。"

可是现在，景霆瑞翻起脸来简直比翻书还快，那个总说把皇上放在第一位的人，竟然会枉顾他的心意，随便给他指派婚事？

爱卿越想就越生气，甚至快有些弄不懂景霆瑞在想些什么。

"你到底想做什么？一边说会护着朕，一边又让朕去做那违心之事！"爱卿很想看着景霆瑞的眼睛，亲口问他这些话。

但不知景霆瑞是出于心虚，还是说他压根不想插手此事，所以才接连拒绝传召。

第七章
离家出走去

爱卿又不能把这事公开在朝堂上，一旦提起来，他还没答应过的册妃一事，就会正儿八经地当成为议题，不出三日，他的婚期就会在群臣的合议下定好，到那时候，就是铁板上钉钉再也无法更改了。

也是因此，每当宰相来，爱卿就屏退宫人，包括彩云也让她退下，只留下小德子一人在旁伺候。

到目前为止，也确实无旁人知晓此事，多少让爱卿感到一点安心。

但贾鹏却是一次又一次地，简直是没完没了地进言，方才他又说："皇上，然则选纳新妃是小，诞育皇子是大啊！"

这对话都已经跳过"纳妃"直接升到"生子"上了，很明显贾鹏认为让皇上册妃是势在必行的，这就让爱卿更加痛苦。他这个皇帝被日夜逼婚，是连喘口气的时间都没有。

且依照贾鹏的意思，大燕的史书上曾记载过，因为明阳帝体弱膝下无子，所以被外戚专权而制度废弛，引发极大的动荡。

淳于皇室差点毁于一旦，直到明阳帝终于有了一位小皇子，又得到忠臣的扶持，大燕才转危为安！

贾鹏以此事教育爱卿，说成婚与繁衍子孙后代，都是身为帝王应负的职责。

这些大道理爱卿都懂得，也深知子嗣对皇室的重要性，可他就是不想违心成婚，想必景霆瑞也是有着难言之隐的。

"只要瑞瑞是站在朕这边的，哪怕是天塌下来，朕也不会行册妃之礼！"

爱卿已经打定主意，只是耳旁不时有贾鹏在煽风点火，他又急了数日，眼下是脑袋发晕，心里发慌，他一看到景霆瑞进入御书房，就想要站起来。

可是眼前竟然一暗，他不得不坐在御座内。

"末将参见皇上！"景霆瑞就跪在御案前，爱卿不得不握紧手指，以和缓过于激烈的心跳。

"朕问你……"连免礼的话都没说，爱卿已是心急如焚，而心中明明有着万般言语，到了嘴边却是最为直接的一句，"宰相说的事，你是真心同意的？"

因为心里太难过，爱卿连"纳妃"二字都说不出来，他的嘴唇在哆嗦，却极力保持镇静。

"是。"景霆瑞看了御座左侧的贾鹏一眼，语气神态都一如往常地道，"对于此事，末将非但没有异议，还请皇上早日首肯，颁旨才好。"

爱卿愣住了，不对，是眼前突然迸散出无数金星，就好像被人迎头痛击一般，以至于眼睛里都看不清东西。他的心就像是被人攥在手里撕扯，痛得他连呼吸都做不到。

爱卿之所以还能顶住贾鹏车轱辘似的"谏言"，是因为心底明白，这事瑞瑞肯定不同意，即使贾鹏一再表示，此事由瑞瑞而起，爱卿也认为那是假的。

所以，直到景霆瑞开口说"是"的那一刻，爱卿都认为"不会的"，心里就没有一丁点的防备。

"皇上！您怎么了？！"

待爱卿反应过来，才发现自己失手碰翻了茶盏，贾鹏正拿出帕子，擦拭着御案上茶水，那里还堆着好些奏本。

景霆瑞也抬起头，关切地望过来，可是爱卿却觉得他的眼神真的非常陌生。

"对于你来说，朕到底是什么啊？"泪水已经在爱卿的眼眶里打转，在炎的面前，他可以忍得住，可是在景霆瑞的面前……

"皇上，对于此事，末将还有几句话要说。"景霆瑞似乎想要上奏，爱卿几乎可以认定，景霆瑞是希望他早日成婚。

"皇上，景将军和微臣一样，都希望此事能按照折子上拟写的名单来进行。"贾鹏却插话进来，急切地说道。

"是……"景霆瑞虽有些疑惑宰相为何要抢白，而且那么关心兵部的事，不过，宰相提出的那份名单是知人善用，并未有徇私，他自然是赞成的。

可是景霆瑞并不知道，摊开在案头上的名单并非是武将之名，而是贾鹏呈上来的，几个备选的贵族、富家之女。

"照你的意思，朕挑一个还不够，还得照单全收了？"爱卿深吸的每一口气，就跟刀子似的扎着胸口，脸色变得异常苍白。

"这此等重任，一人怕是不够吧，皇上，您要为国家安危考虑啊……"景霆瑞想，爱卿难道是因为上次被臣子联手欺骗了的事，所以"一朝被蛇咬，十年怕井绳"，在挑选将领上过于小心谨慎了，这剿匪和督造一事怎么可能只派一人去管。

"国家安危……呵呵。"爱卿怒极反笑，冷冷地道，"很好，就照你们的意思去做吧。"

"谢皇上。"景霆瑞躬身行礼。

"谢皇上恩准！此乃大燕之福，万民之福！"贾鹏喜出望外地匍匐在地，磕了一个响头！

"你们都退下，朕乏了，想要歇一歇。"

爱卿说这话时，转过身去，假装欣赏书房里挂着的山水墨宝，却在这瞬间，泪水就滚落下来。

这一幕碰巧被小德子看在眼里，不由得心疼得很。

"臣等告退！"景霆瑞虽然还有话想和爱卿说，但贾鹏在旁边盯着，显然不合时宜，他只有退了出去。

等景霆瑞和贾鹏都出去了，殿门一关上，小德子就心急地上前道："皇上，这里面一定有误会，奴才这就去把景将军追回来！"

"误会？他都亲口说了……要朕以国家社稷为重，还能有什么误会……"爱卿泪如雨下，人也摇摇晃晃的，几乎站不住，"你若把他叫回来，岂不是让朕伤得更深？"

这一句话就已经将爱卿打入地狱，若再听景霆瑞说几句劝他大婚的话语，爱卿恐怕

220

第七章
离家出走去

会心碎到生不如死了,"小德子,朕的心好疼啊……朕以为,无论全朝大臣怎样想,只有瑞瑞不一样,他绝不会逼朕去娶一个朕不喜欢的姑娘,原来……他也不过如此。他在乎的是皇帝,是江山,不是我淳于爱卿……"

"皇上!您别哭也别难过,不就是成婚吗,有什么大不了的,您千万要保重龙体呀。"小德子慌张极了,绞尽脑汁想要说些宽慰的话,可偏偏脑袋里是急得一片空白,另外他也恼极了景将军,就算这大婚是为了国家安危避免不了,那将军也不该和宰相大人联手逼婚,应该花时间好好劝说皇上,眼下突然来这样一出戏……皇上该多难堪、多伤心啊!

小德子的脑袋转得再快,却也想不出任何解决的法子,最后他的眼眶也红了,用手帕使劲擦着眼睛,泪水却越擦越多。

"啊、皇上?!"忽然,那一抹不住颤抖着的明黄龙袍歪倒下去,小德子赶紧扶住,还大声叫道,"快传御医!"

"不,朕没事,不用声张。"爱卿却摇着手,"扶朕回宫休息。"

"是!"小德子赶紧传御辇,火速地送皇上回寝殿。可爱卿到底还是病倒了,在半夜时发起高烧。

多位御医被急传入宫,吕承恩也是其中之一,又是诊脉又是施针,直到天明皇上才退了烧。

介于龙体欠安,早朝听政自然免去,诸位大臣都担心着皇上,贾鹏却觉得这场病来得甚是及时!

皇上卧榻修养就无余力去反悔婚事,而趁着景霆瑞也无暇顾及之时,他可以趁机公布婚讯……即便皇上还没下旨,这米已成炊还能更改不成?

就在贾鹏满面春风地操办起一切时,被他视为已经无可奈何、束手投降的爱卿,却做出了一个惊人的决定!

夜漫长而漆黑,燃着上等熏香的长春宫寝殿内,罕见地只亮着一盏宫灯。

爱卿身披织银绢飞龙纹的宽袖锦袍,伏在一张席地而设的红漆镂雕福字的炕桌上,借着那盏宫灯的光,手里的象牙雕毛笔杆,正不住地上下游移。

雪白的御用宣纸上,写着一列列的小楷字:"……因此,朕决意北上监督要塞督造,此次乃朕首次微服私访,体察民情,尔等切勿声张,朝中诸事交由……"

爱卿写到这里,略一停笔,才接着写道,"宰相以及骠骑将军共同磋商协理,等朕完事归来,自会论功行赏。"

"才怪。"爱卿扁了扁嘴,嘟囔了一句。

"皇上,您在说什么呢?"小德子回来了,背上驮着个极大的包袱,乍看起来,好像变成了一个乌龟。

"没什么,东西都拿来了?"爱卿放下笔杆,烛光下的脸蛋依然有些苍白,眼角却分外地红肿。

"嗯。"小德子吃力地蹲下身,把系紧在腰上的布带解开,一个沉重的包袱就坠落在地。

"哇!"爱卿惊讶地瞪大了眼睛,包袱里的东西极多,花花绿绿的,有青织金的云纹锦衣,沉香色的蟒绒衣、牛绒衣,还有裘皮大衣……

"皇上,这缎、绢、纱、绒、丝、貂裘等的衣衫,奴才一共备了二十三套,啊,这是从库房里取来的钱匣。"小德子从衣服堆中,翻出一个雕龙刻凤的红木匣,打开上头的金锁,里面放着十锭金子,一千两的银票一共十张。

"小德子啊,朕是去行走江湖,大开眼界,可不是去卖衣裳的。"爱卿看看这件,瞧瞧那件,如此华贵的衣衫,怎么看都是有钱人家的少爷吧,爱卿想要学习义父,不带一兵一卒周游列国,这才叫畅意。

"可是外边天冷,又没有暖炉、热炕随时候着,皇上要冻着了怎么办?"小德子却有些忧心忡忡,"如果您觉得多,这几件可以不要,但貂绒皮袄一定得带上。"

"还是太多,朕若能穿在身上的便带着走,其余的一概不要,"爱卿摇头,指着那座小山堆说,"这么厚,从密道也不好走。"

"奴才倒是忘了这点。"小德子已经是往精简里挑了,这下可真头疼。

"你去把朕的钱袋拿来。"

"皇上,您何时用过钱袋子啊?"小德子不解地问。

"就是炎送给朕的那个荷包。"

"噢!奴才这就去取。"小德子从一个五斗箱柜的最上一层,翻出一个由金银丝线缝制的织锦钱袋。它的正反两面还刺绣有松、竹、梅以及花开富贵的纹样,袋口别具匠心地缝着四颗圆润无瑕的珍珠。

这是永和亲王托江南丝绸府御制的,在去年春节呈送给皇上的。

"钱匣子太笨重,黄金、银票就都放袋子里,便于携带。"爱卿认真地整理着钱袋,它很快变得鼓鼓囊囊,都快撑破了。

"皇上,您当真要走?"小德子在一旁折叠衣衫,却还是有些犹豫。起初,他见皇上闷闷不乐地窝在被子里,茶饭不思,便提议让他出去走走,透透气也好。

可皇上的情绪却更加低落,还说:"不论朕走到哪儿,都能看到瑞瑞的影子。想到他竟然联合宰相欺负我……"可不是么,他们一同长大,这皇宫的每一处都有着共同的回忆。

这睹物思人,不是越想越伤心吗?

小德子顿时垂头丧气,觉得已经无计可施,陪着皇上沉默了片刻,皇上却突然从被窝里坐起,精神百倍地说:"好!这办法极好!小德子,你又给朕出了一次绝妙的主意!"

"哈?"小德子是丈二和尚摸不着头脑,待皇上细细一说,他才明白这是怎么回事。

初次听到出宫且是偷偷溜出去,小德子也是兴奋不已!还出谋划策说,要准备这个、准备那个,还要带皇上去自己的老家梅县玩,可是等到东西都准备齐全,小德子那颗亢奋不已的心又冷却了不少。

第七章
离家出走去

"当然要走。"爱卿把钱袋放进布包里,一副势在必行的样子,"不管相爷还是瑞瑞,他们谁爱结婚就让他们结去,朕可是忙得很,恕不奉陪!"

"可是……"小德子正要说话,彩云竟然来了,吓得一主一仆赶紧遮挡一番。

"怎么了?彩云,朕不是说,今晚就留小德子一人伺候吗?"爱卿用衣袖遮挡住案头的御笔信件。

"皇上,恕奴婢斗胆,但景将军在殿外求见……"彩云并没有走得很近,而是跪在门口。

"不见。"爱卿飞快地回答,"请他回去,你就说朕已经睡熟了。"

"皇……是,奴婢遵旨。"听得出彩云有些欲言又止,但还是退了出去。

"哼,纵然十个瑞瑞求见,朕也不见!"爱卿低头,拿起先前搁在笔架上的那支笔,在信的末端写上:"……淳于爱卿亲笔。"

"这样就万无一失了,见到此信就如同见朕本人,谅他们也不敢做些扫朕兴致的事。"爱卿把信封好,还戳上御印。

小德子这边也已经理出一个包袱,比方才的小了一大半,却还是有些大。

"皇上,至少要带上这些。"小德子不想退让,紧紧抓着灰绸布包。

"好吧,随你了。"爱卿叹气,在离开寝宫前,他不忘换上一身便袍,万事俱备,只欠通过密道了。

在长春宫就有两个已知的,能够通往宫外的秘密通道,一个深埋在地下,要钻水渠,出口在东校场附近,另外一个通道则在宫殿墙垣的夹层内,出去便是朱雀大街里的一条小巷。

墙里的暗道是通过带锁的暗门出入的,而暗门外悬挂着一幅《竹林七贤图》,爱卿一直都知道,可从没有想过真会有用得上的一天。

就在他俩穿过回廊和殿堂,往暗门所在的方向去时,小德子突然轻声地说:"皇上快看那边,是景将军!"

爱卿望去,可不是么,景霆瑞依然立在殿前的花园里,面朝寝宫的方向,夜风森冷,寒气逼人,但他却没有离开的意思。

"不管他。"爱卿的眼睛明明还停留在景霆瑞笔挺的背影上,却还是嘴硬说,"我们走。"

"皇上,要不……"

"你再啰唆,朕就不带你去了。"

"唔。"小德子赶紧捂住嘴,左右摇头。

"快走吧。"爱卿扭开脸,态度决绝地朝暗门走去,直到他的身影没入暗门,都没再回头看景霆瑞一眼。

爱卿未曾想到的是,自己这一出宫门便是两个月之久,春暖花开,杨柳吐翠,这沿途

的风景都大不一样了。

他自幼生活在深宫，宫墙外的一切，哪怕是一些野花野草，都让他觉得新鲜好玩。

但爱卿也没乐不思蜀到忘记自己的身份，毕竟国不可一日无君，他原本计划向南走，过个十天半个月的便折返。

他能算好日子赶路，完全是因为手里握有一本指明路途的《通衢志》。

这是由炎的数十位门客历时两年编写而成，然后当作朝贡之物进献给爱卿，里面写的是从皇城往南走的一些城市、道路，哪里是山岭密林，哪里是河流湖泊，这条山路是否崎岖，那条山路是否可行？经过的村庄、驿站等均有清楚地写出。

他们甚至精确到哪条路上有一块巨石，驿站门外有茂密的窄草都标注。

只要按照书上所写所画的走，爱卿和小德子不但没有迷过路，还在极短的时日内，跑了好几座山村探查民生，也观览了大好河山的美景。

可是在半路上，爱卿听到乡民间盛传当今圣上要大婚，并已经选定吉日，连聘礼下了多少，又是哪些东西都说得有鼻子有眼的，听得爱卿是瞠目结舌，也万万没想到贾鹏在他离京之后，不但没有取消或暂缓婚事，反而更大张旗鼓地宣扬起来。

爱卿一想到宰相和景霆瑞可能是想用"木已成舟"的伎俩来迫使他就范，就更加气恼，也打消了尽快回宫的念头，决定继续往南行，还一口气地游走了十六个大大小小的乡镇。

直到这座以荻花山神命名，寓意多子多福的荻花镇前，他和小德子所经历的人和事，虽然谈不上十全十美，倒也是让人心里舒坦的。

这荻花镇的县太爷是个色胆包天、贪赃枉法之徒，又与奸商、地痞相互勾结。这表面上欣欣向荣的镇子，实则藏污纳垢，见不得光，爱卿不小心着了他们的道，是吃足了苦头！

当然眼下，不管是县太爷金富力还是其他的奸佞之流，全都被景霆瑞的精兵捉拿，关入监牢待审，此事暂且回到正轨上。

"不……还没有，瑞瑞还在生气。"爱卿心情凄哀，脑袋也疼得厉害，也不知自己是犯了什么忌讳，在宫中被宰相逼婚也就罢了，来到外头还差点成为县太爷的姨太！

他身上火红的，用金色丝线绣着凤凰、花卉的吉服，是如此扎眼。

而他刚才还把前来救驾的景霆瑞给轰了出去！

"来人，传景将军进来。"爱卿后悔了，对守在门边的侍卫道。

"是！"侍卫很快就把景霆瑞叫了回来。

"皇上找末将何事？"景霆瑞躬身问道。

"来帮朕更衣。"爱卿从床沿起身，微红着眼圈地看着他。

"好。"景霆瑞答应得很干脆，还走到爱卿身边，继续帮他解方才没有解完的袖口。

"瑞瑞，朕想和你……"爱卿想要说什么的一抬头，不巧额头撞上了景霆瑞低着的下巴。

"啊。"景霆瑞吃痛地叫了一声，爱卿一慌想要看景霆瑞怎么样，一拉他的衣袖。景

第七章
离家出走去

霆瑞没站稳，朝爱卿扑去，爱卿便以拽着景霆瑞的衣袖的姿势往后跌到床里。

双双跌倒后，好在是床铺不会觉得痛。

"皇上，您没事吧？"景霆瑞双手撑在爱卿的身边。

"瑞瑞，你、你先让朕起来。"爱卿本想向景霆瑞道歉的，结果话还没说，就害他撞到下巴。

瑞瑞没有逼迫自己去娶一个不相识的女子，这一切都是自己误会了，爱卿觉得不论如何，哪怕会被瑞瑞念叨死，也得先承认自己的错误，有道是大丈夫敢作敢当嘛。

"瑞瑞，你起来，听朕说……"爱卿道，"朕……瑞瑞？"

爱卿察觉到有些不对劲，瑞瑞方才明明要起来了，却突然停住不动了？

难道他受伤了？！爱卿吃了一惊，脸上的血色一下褪尽，他用力撑起景霆瑞的肩头，分外沉重的景霆瑞便滑向一侧，爱卿得以看清他的脸。

更令他意外的是，双目闭着的景霆瑞，血色很正常，鼻息也平稳得很，与其说是受伤更像是因为极度疲劳而睡着了。

由于之前爱卿一直不敢看景霆瑞的脸，也就没有注意到他眼底那抹深深的乌黑，以及因为日夜赶路、四处追寻，更加深了的肤色。

景霆瑞的下巴上还有着冒尖的胡茬，看起来都有些沧桑了。

"真对不起！"没有信任你在先，轻率地离宫在后。爱卿心里的自责就像是一条浸了盐水的鞭子，抽打得他泪流满面，痛得胸口都在抽搐。

爱卿一遍又一遍地在心底责怪着自己的任性妄为。

"瑞瑞，你这么强悍的一个人，竟然为了朕累成这样，等朕回了宫，一定会好好地待你，补偿你的。"爱卿对着已然昏睡，浑然不觉的景霆瑞说道，"朕再也不会说你目中无朕了。"

大概是担心自己哭个不停，会打扰到景霆瑞，爱卿强止住眼泪，打算陪着景霆瑞一起睡觉，正好，他也乏了。

大约半个时辰后，爱卿起来了，当然，他没忘记给景霆瑞盖好被子，免得着凉。

然后，爱卿蹑手蹑脚地跑去浴室，沐浴更衣。

县太爷家的浴房随时都备有水，但因此刻也无仆人来烧水，所以是冷的。

可爱卿不在乎，他飞快地脱掉或者说早就想扔掉的喜服，跨入一个用石头堆砌出来的大池子泡澡。

就在爱卿坐在池子里，吐出一口白气时，他注意到了肩上鲜艳的胎记。

"嗯？"是自己的错觉吗？总觉得它又变大了些，有一抹舒卷着的"花叶"，似乎是朝着左胸、心脏的方位伸展了些。

"不可能，一定是我记错了。"爱卿用冷水扑了扑脸，说起来自从这古怪的纹路出现后，它就再也没消失过，有时还会变得非常红艳，简直跟活的一样。

"我也没有哪里不舒服。"爱卿嘀咕着揉了揉左肩，他要操心的事儿太多，既然景霆

瑞和吕太医都说过这是无碍的，就暂且不管吧。

"皇上，是奴才！"门外，传来小德子的声音。

"小德子！"爱卿高兴极了，大声招呼道，"快进来吧。"

"是！让奴才伺候您沐浴更衣。"小德子捧着一沓衣衫，兴冲冲地进来了。

"朕正想去找你。"爱卿说，"都是朕连累的你……"

"哎，皇上，您怎么说这些折煞奴才的话，为了您，奴才别说蹲个县衙的大牢，哪怕是刀山火海，奴才也绝不后悔的。"

"小德子！"爱卿激动地从浴池中起身，一把拥住小德子娇小的肩头。

"皇上！"小德子也是感动得眼泪汪汪，但他很快补充道，"只要您别再惹将军……"

"知道了。"爱卿用力点点头，接过小德子手里的衣衫换上了，总算不是那件刺眼的吉服了，而是花青绸缎长衫，前襟的纽扣是碧玺珠子，腰带是缁色织金龙的。

"对了，将军人呢？"小德子伺候爱卿更衣完毕，打算出去准备膳食，突然想起来道，"怎么都不见他？"

"他在休息，暂且别叨扰他。"

"是，皇上。"小德子忙碌去了，爱卿深深地叹出一口气，在用膳前去了县太爷的书房处理一些公事。

接着，他索性让小德子把午膳和晚膳都送进书房。

再晚些时候，爱卿去看了景霆瑞。他依然睡得很沉，爱卿有些不放心地伸出食指，测了测他的鼻息，接着把耳朵贴在他的胸膛上，听到强劲的心跳，才放松下来。

"瑞瑞，都是朕不好，你累坏了吧。"爱卿自言自语着，又在床边坐好了一会儿，才返回自己的卧房歇息。

第八章 悠悠回京路

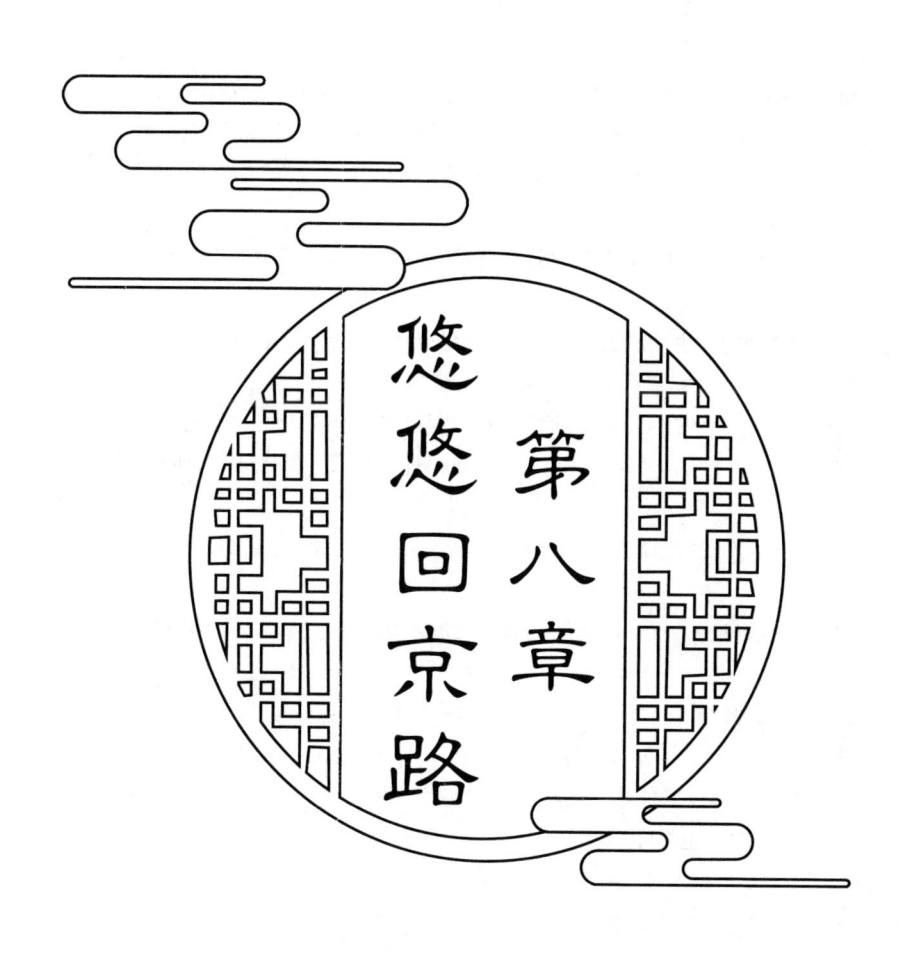

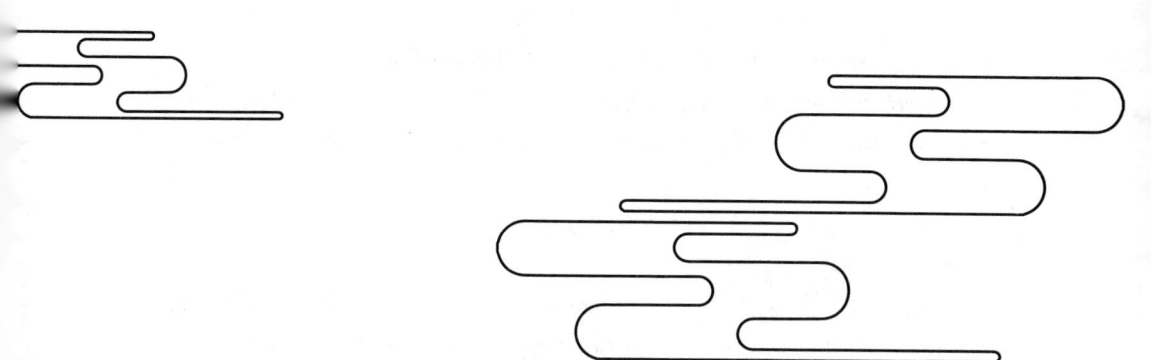

到了第二天的清晨，鸟儿叽叽喳喳地鸣叫时，景霆瑞终于醒过来了，爱卿高兴至极，让小德子张罗了一大桌丰盛的餐点，两人如同往常那样一同享用，还彼此慰问。

景霆瑞对于自己的失态向爱卿道歉，爱卿却一直摇头说着："没关系。"

看到两人的关系恢复如常，小德子也开心得很，而爱卿感到欣喜的是，景霆瑞似乎已不再介意他私自离宫又一直不归的事，还向爱卿请示，要尽快办理县太爷的案子。

这正合爱卿的心意，他昨日可没有在书房里白忙活，于是便以"旁听"的身份，与景霆瑞一起在县衙升堂审案。

不过爱卿毕竟是微服私访，所以，景霆瑞还是把爱卿的座位安置在了山水屏风后，他可以清楚地听见堂上发生的一切。

那些知晓爱卿身份的人，也被景霆瑞勒令要严守秘密，而当他们知道爱卿真的是皇帝时，就已经吓得半死，如今又是戴罪之身，更加不敢轻举妄动。

只是原本已经是罪证确凿的案子，却因不时有乡民进来击鼓鸣冤，而一再地加入新的案件。这大大小小的卷宗，合起来竟然一百六十份，比皇宫里渎职、贪腐的官员所有的卷宗加起来，还要多！

这真是叫人瞠目结舌！景霆瑞手里的惊堂木是拍了又拍，花费了足足七日才彻底厘清。

所有的贪官污吏通通抓入大牢，不日充军。镇香楼的老板被罚关店整顿，几个为虎作伥的打手也收了监。

金家的钱财全数抄没，其中一半上缴国库，另一半分作两份。一份发给被金富力陷害过的乡民，也依法偿还给他们原本的店铺和田地等，一份发给被金富力抢来成亲的七位妾室，一位长者来接他的女儿时，已是老泪纵横，不住地跪地谢恩道："苍天有眼啊！小女终于逃出了这狼窝！老奴就算死也瞑目了！"

做完这些事，小德子可高兴了："皇上，咱们这趟出来，可算是为民除害了！"

爱卿听了却幽幽地叹气道："小德子，这看得见的地方朕还能主持一番公道，可那看不见的地方，还不知道有多少个'金富力'？"

"皇上，帮得一处是一处，总比谁也没帮得好！"小德子笑嘻嘻地说，自从景将军赶到护驾，他也轻松了不少，不再提心吊胆、夜不成寐，害怕弄丢皇帝了。

还有按照景将军的意思，他已经备好回宫的车马、粮食，也许是为避人耳目，飘扬着"景"字大旗的精锐兵，被景将军分为前后两段，均离开马车一段距离，远远地进行保护。

又过去一日，所有的事情都准备妥当，只欠启程。

"天啊！好大的马车！"

爱卿是直到出发前的那一刻，才看到停在府衙门口的大马车。它由四匹浑圆彪壮的黄骠马拉着，一个头戴黑毡帽、肤色黝黑的老车夫坐在最前头，看他持鞭的架势，显然对操控这种大型马车已是驾轻就熟的了。

第八章
悠悠回京路

爱卿在这一路上也雇过马车、牛车,甚至还有骡车,可那都是双轮或独轮的。

这架马车却有着四个大木轮,上头嵌满铁钉,就像宫门,让爱卿很是好奇地围着它转了一圈。轮子的前后各有一根青榆木做的横轴,上面还有涂着防火油的承载支架,再上方就是马车平整的底板以及一座带有木屋顶,仿佛厢房一般的超大车厢。

小德子得意扬扬地说,他寻遍整个荻花镇,才从一富商家中雇到这架车,原来,那位商人常年奔波在外,既要搭人也要载货,又都是些丝绸、瓷瓶等的重货,四轮运输比起双轮更加稳妥,哪怕是崎岖的山路,这上头的车厢都跟"居屋"一般的安稳。

后来,这位富商得知是"青天大老爷"景将军想要租用,不但狂喜,还当即表示愿意赠送,小德子不敢白拿,还是给了三锭金子,连车带马的全部买下。

在爱卿欣赏着车子时,小德子就在一旁喋喋不休地说着这架车的来历,不过这些话,都没进到爱卿的耳朵里,他两眼发光,这儿摸摸,那儿看看,对这辆马车是喜欢得不得了。

仔细看的话,就能发现车厢是上好的柳木打造,很是宽敞,里面还衬着檀香雕云纹木板,散发着一股淡淡的木香。

车厢内还设有柔软的棉布背枕,背枕后方是一个带锁的红木箱,用来放置随身的包袱和贵重的财物,地上铺有绫罗坐垫,上面用彩线绣着的是喜气洋洋的百子图。

坐车无聊时,还能当成一幅画来欣赏,就连车厢的天篷上,也铺着丝绸软饰,是一副牡丹蝴蝶锦图。

虽然装饰奢华,但最好的地方还是面积够大,爱卿在里面都可以站直身体,走上几步,和得要弯腰低头挪着进来,再挪移着出去的双轮马车有着天壤之别。

"真好!"

爱卿坐在车厢里,打量着四周,认为自己都可以平躺下来,这也就不用去客栈投宿,能够一直赶路吧。瑞瑞说过,他对外声称皇上抱病静养,还不知宫里是怎么的一副光景,早点回去更好。

就在爱卿想着宫里的事情时,他背后的门突然打开,爱卿转过头,才发现进来的是一身便衣的景霆瑞。黑青色的交领长衫也是寻常人家的衣物,可是景霆瑞穿起来就有一种别样风情,就像是一位江湖侠客。

"你怎么上来了?"爱卿笑着问,景霆瑞怎么没有和他的部下在一起?

"皇上,这是末将买下的马车。"景霆瑞回答道,取下腰间悬挂的蚩尤剑,放在后方的箱子上。

"哦,对!"爱卿脸红了,赶紧往右边挪了挪,给景霆瑞留出身边的空位,"朕坐在这里就好。"

景霆瑞进入车厢,却得低下头,在爱卿的身旁坐下前,不忘关上车厢的门。那扇对开的格子门也很见致,门把手是铜雕的菊花,系着朱红穗子。

门的上方还有一道上卷的暖帘,在遇到大风时,可以放下御寒,车厢两旁的窗子上,

也有这样的厚帘子。

"话说回来，两个男人坐着，还是有一点拥挤呢，呵呵。"爱卿笑着说，和景霆瑞一起出行，心情果然雀跃。

"是吗？我觉得还好。"景霆瑞不再自称末将，而是沉声道，"皇上，既然这里的事情都已经解决了，那么现在也该轮到我们的事了。"

"咦？"爱卿歪过头，一脸不解地看着景霆瑞，"我们还有什么事？"

景霆瑞没有回答，但他的眼神有些微妙，不，应该是有那么一点点的愠怒。

"那个，瑞瑞，朕突然想去骑马！"难不成瑞瑞还在生气？爱卿手脚并用地想要爬出去，却很快被景霆瑞拎住后衣领，给揪回到身边。

"皇上，别担心，这回去的路漫长，我们有的是时间，可以慢慢清算。"景霆瑞唇角微微上挑，呈极为好看的弧度。

"来、来来干什么？"看着无路可逃的境地，爱卿的脑袋里一下子跳出诸如"瓮中捉鳖""自投罗网""砧板上的鱼"之类的凄惨字眼。

与此同时，马车也动了起来，果真如履平地地往荻花镇外去了。

奢华却不失高雅是这架四轮大马车的装饰格调，就连车厢顶部那用来加固厢盖的横梁上，也浮雕着枝叶灵动的牵牛花，可谓细微之处更见真章。

当然，车内的摆设就更精巧了，原主人是富商，少不得做些算账的活计，车内放着一张可折起的桌子，桌腿上同样雕刻着漂亮的花纹。

爱卿面色肃然，端坐在这桌案的后头，手持毛笔，认认真真地在白纸上写下："朕以后再也不会私下出宫了。"

马车一路行走，难免会摇摇晃晃，景霆瑞伸手过去，指了指那个"私"字道："皇上，这个'禾'写得不够好，重来吧。"

"你！"爱卿气呼呼地瞪着景霆瑞，"朕好歹是皇帝，通融一下不行吗？"

"正因为您是皇帝，有道是君无戏言，是您说的自愿领罚，不劳末将动手的。"景霆瑞挑了挑眉头道，"您这就忘了？"

"哼，还不是因为你一脸凶巴巴地靠近，朕还以为你要揍人呢。"

"皇上想多了，末将怎么会舍得揍您，而且这也太大逆不道了。"

"那你就舍得让朕罚抄一百遍？！"

"就当练练字儿，是好事。"景霆瑞笑得迷人，"总不能您溜出宫却什么惩罚都没有吧？"

"亏得朕还觉得对不起你，哼哼哼！"爱卿用力地哼了几声，以示抗议。

"别哼哼，"景霆瑞替爱卿换了一张白纸，"还有五十遍呢，抄不完可没得饭吃。"

"坏蛋！坏透了！比那温朝阳还坏。"

"谢皇上赞赏。"景霆瑞不为所动，坐在一旁，监督着爱卿一遍遍地写着："朕以后再

第八章 悠悠回京路

也不会私下出宫了。"

小时候,爱卿罚抄永远是没耐心的,起初还会认真写几遍,到中途字迹就开始乱了,从来都是熬不到最后一遍抄写的。

如今也是一样,就算有景霆瑞在一旁督促,爱卿也是越抄越瞌睡,不停地"点头",景霆瑞忍住笑意,看他什么时候睡着。

最后马车还没到目的地,爱卿就已经趴倒在桌上,流着口水呼呼大睡了。

车放缓了速度,表明位于山冈间的驿站就在不远处。

景霆瑞整理了下衣衫,拉了下垂在车窗旁的一根带穗红绳,外头铜铃清脆而嘹亮的响起,车夫便拉紧缰绳,在驿站前止住了马车。

既然是人来人往、车流不息的官家驿站,各式各样的马、牛、骡车都不少,但这辆四轮大马车,宛若一座行宫般庞大,吸引了诸多惊羡的目光,围观者啧啧称奇。

但没有人敢上前冒昧打探车主的身份,大家只是远远地观望。

自古以来,驿站都是传递文书,官员往来以及贡品运送的暂息之处,由朝廷指派官员督管,封为"驿将"。

不过,能担当此任的大多是本地的富豪乡绅,因为驿站维护起来,花销颇大,在以往,也是朝廷往里填钱最多的地方之一,却往往是入不敷出。

直到太上皇淳于煌夜提出改制,让有钱人担当此任,不管是圈地养马,统领驿丁,馆舍的修建等,都由他们出资一半,其余才是朝廷填补。

而那些本身就很有经商手腕的富商,获得驿站的督管权后,便从事起运送商货的生意,毕竟官道走起来更加通畅且安全,不出几年的"以商补亏",外加朝廷的大力扶持,善于经营的"驿将",往往能成为工商巨贾。

此处的馆驿,有着一栋三层高的砖瓦屋,还有一大片圈起来的牧马林地,一处养着鸡鸭的池塘,一看便知又是一处富商之地。

小德子和两个侍从坐的是另外一架比较小的双轮马车,他比景霆瑞更早一步下车,准备迎候主子们下来。

车厢门打开,景霆瑞下来的时候,手里抱着被华丽的白狐披风包裹得严严实实的爱卿。

"咦?"小德子不由一愣。

"去准备热水,少爷要沐浴。"景霆瑞吩咐说。

"是,奴……小的这就去。"小德子想,肯定是皇上耐不住车马劳顿,不禁睡着了吧,将军又舍不得叫醒他,便抱了下来。

看到来者有仆人簇拥,行头不小,驿将亲自出来迎接。这是一个年近五十,身材微胖的男子,他的夫人也在,双双上前鞠躬行礼。

"这位官爷,两间上房也已备下,就在三楼南端,就容卑职带您过去。"驿将不知景

霆瑞的姓名,但看这非凡气度肯定是一员大官。

"不用了,此外二楼和三楼,都不许有他人入住。"景霆瑞低沉的声音充满着威慑力,愣是让原本想要凑近瞧瞧那白狐披风的驿将,吓得头都不敢抬起来。

"是,卑职领命!"

不给其他人住,等同于赶走其他的客人,可是驿将完全不敢有一点异议,只是把腰弯得更低。

景霆瑞稳稳地抱着爱卿,大步地往馆驿的三楼走去。

与此同时,小德子在张罗放置行李,去厨房检视食材,还依照景将军吩咐的,弄了七八桶的热水,全都送到最好的上房,倒入那只又深又圆的大浴桶里了。

"你说,这些人到底是什么来头?"老板娘在小心伺候贵客的同时,也禁不住心下的好奇,便问丈夫道,"看着像是都城的大官啊。"

"哎,别管闲事,咱们是知道得越少越好!"驿将见多了南来北往、形形色色的客人,知道什么时候该问,什么时候该闭嘴,他略定了定神,又嘱咐妻子道,"你拿上钥匙,去把库房里上等的食材都拿出来,灵芝山参、野鹿肉,不管怎么说,那位客人的银子是不会少给的。"

"是,老爷。"老板娘正要去办,有一个年轻人快步地迈入店堂。

"真对不住了,这位公子,今日已经客满,烦请您去下一处投栈吧。"老板娘上前招呼。

"没关系,烦请老板给个能过夜的地儿就好,我不挑剔。"那人虽然没有包袱行李,却腰佩长剑,相貌普普通通,像是一个行走江湖的过客。

这样的人只求有块瓦遮头便好,明日一早又要赶路,老板娘也见怪不怪地说道:"那就要委屈一下客官,住北边的马房了,那里铺有干草,晚些时候,我会让人给您送吃的去。"

"行!"青年一下子掏出一把碎银,放在老板娘的手里,这足够住上一间上房了,原来不是没钱的主。

老板娘自然是眉开眼笑地接下,连声说着:"多谢公子!"心里又觉得今儿真是稀奇,来了金贵的豪客不说,连散客都这么阔气。

"哗啦。"爱卿睁开有些酸涩的双眸,看到一派雾气弥漫的景象,仿佛身处云雾间,什么都看不真切。

身上倒是暖洋洋的十分舒服,这般惬意的感受让他不禁有些恍惚,就这么呆呆地望着眼前缭绕的白雾。

直到有人从后方伸出手,轻轻托高他的下巴,爱卿不由得仰起脑袋,一瓢热水便避开他的眼睛,从他的额顶冲下,乌黑的长发便在水里飘散开来……这暖意是越发地让人舒服了。

"瑞瑞?"水瓢拿开后,爱卿看到了景霆瑞的脸。

第八章
悠悠回京路

"是末将。"

景霆瑞低声回答的同时，温柔地将爱卿的脑袋扶正，还把爱卿如同丝缎一般黑而柔软的头发梳拢到一边，露出一截分外洁白，却也透出粉色的后颈，美得就像是粉白色的荷花。

爱卿左看右看，还回过头，似乎这才反应过来，自己是在瑞瑞的伺候下沐浴。

这是一只又大又圆又深的木桶，他坐在里面，水面刚好浸没肩头足以保暖。

景霆瑞人高马大的，一大半的胸露在外头，那是好像石刻一般，扎扎实实的两块肌肉，还有陈旧的，几乎与栗色肌肤融为一体的刀疤、箭伤痕迹。

不管它怎么淡化，都还是存在着，就好比另一种勋章般，永远印刻在景霆瑞的身上。

爱卿不是第一次看到景霆瑞身上的伤疤，在他练武光着膀子的时候，在他沐浴的时候。

目前看来，他没有再添新的伤口，爱卿心里有些不舒服，把头转了回去，望着烟波缭绕的水面。

"没想您这么快就醒了，刚才明明睡得那么沉。"景霆瑞伸手过来，继续帮爱卿洗头。

"我睡了很久？"爱卿声音沙哑地问，把背靠在景霆瑞的怀里，两个大男人坐在一个浴桶里，果然是有些窄小，但是这样倚靠着的滋味可真不赖。

爱卿从刚才开始就觉得浑身都很酸痛，尤其是腰、背部，本来光坐着都觉得累，在摇摇晃晃的马车里，在这么小的桌上盘腿罚抄，果然是一件累人的事情。

"也没有很久，从下车到进入馆驿，然后更衣、泡澡，约莫有半个时辰吧。"因为爱卿完全把景霆瑞当成了靠垫，所以景霆瑞的下巴便搁在爱卿的头顶，声音低柔地说道。

"哦——什么？！"爱卿才点了点头，又突然意识到了什么，整个弹起身，他的头顶一下子撞到景霆瑞的下颔。

"唔！"

"呜！"这冲击让爱卿重新跌回浴桶，脑袋也疼，他转过身，就看到景霆瑞用右手按着嘴唇。

"哎呀，又撞到你了。"爱卿揉着自己的脑顶，心虚地看着景霆瑞。

景霆瑞放开手，嘴唇上的一滴血珠就掉落在了水中，化成淡淡的红晕散了开去。

"都流血了！"爱卿惊呼。

"只是磕到了牙齿，很快就没事的。"景霆瑞反过来安慰爱卿，"别大惊小怪。"

"是啊，朕大惊小怪，你满身是疤，是无所谓嘴巴上磕一条了。"爱卿负气道。

"卿儿，我不是那个意思。"景霆瑞舔去唇瓣上的血迹，叹道。

爱卿没有说话，双手扶着桶沿，景霆瑞的视线便落在他白皙修长的指头上。

爱卿被酒楼奴役做苦工，手指上的伤就算已经愈合，却仍然留着一道道的暗红色痕迹，看起来就像被猫挠伤似的。

"将军，皇上每天又刷锅又抹地的，指头都冻到开裂了，还吃不饱饭，也睡不好……奴才是心疼得直哭啊。"景霆瑞不禁想起小德子在自己的面前，一把眼泪一把鼻涕地诉说着，"可皇上明明吃了这么大的亏，硬是不肯向您求救，明明可以搬救兵的！"

想到这里，景霆瑞那墨黑的眸色不由得深沉了几分。

"真有那么疼？"见景霆瑞突然一言不发，爱卿纳闷地看过去，却无意地对视上景霆瑞那泛着烟波，分外明亮的眼眸。

"为什么不来找末将？"景霆瑞轻声问爱卿道。

"瑞瑞……"爱卿低头看着水面，"朕不是没想过找你，而是觉得既然这是朕惹出来的倒霉事，就该自己受着。"

"笨蛋。"景霆瑞不客气地道。

"是，朕是笨蛋。"爱卿自知有错，脑袋埋得更低了。

后方有一只大手伸过来，盖住了爱卿的后脑，温柔地揉了揉道："您笨在忘了最要紧的事情，皇上，末将是为了您而存在的，保护您周全是末将此生唯一的使命。"

爱卿的眼睛瞪大了，虽然知道景霆瑞一心都为自己，可是再次明白到他的心意，爱卿的心依然感动到怦怦直跳。

"所以，下回遇险时，可别再把末将给忘了。"景霆瑞道。

"瑞瑞。"爱卿回头看着景霆瑞，"如果当真是为了朕，那可否答应朕一件事？"

"请说。"

"不管发生什么事，请保重好你自己，就当是为了我。"不是朕而是我，爱卿知道景霆瑞会明白的。

景霆瑞愣了一下，但很快笑道："嗯，好。"

"一言为定？"爱卿还伸出尾指。

"嗯，一言为定。"景霆瑞和爱卿勾了勾指头，彼此相视一笑。

半掩着的窗户外是逐渐变暗的天色，驿丁开始点燃火把和灯笼，将馆驿的里里外外都照耀得分外透亮。

只是，再明亮的烛光都不能照见后山上那一片生长茂盛的橘树林，它处在半山腰上，正对着馆驿的后方。

那本该下榻在马房的客人，此时却一身黑衣，还用黑布蒙面，手持长剑，隐秘地盘踞在一根绿叶繁茂的枝丫上，他的轻功非常了得，这么大的一个人，蹲在小儿胳膊般粗细的树枝上，竟然都没有把它压弯。

他的眼力也是非常厉害，视野极广堪比鹰目，他透过三楼上房，那扇半开着透气的窗户，看到里头所发生的一切，却又是无法置信地一再地眨巴眼睛。

那是当今圣上没有错，他寻遍皇城附近数十座乡镇村坊，总算在这里追上了皇上。

可他万万没有想到，骠骑将军竟然和皇上在一起，他猜想他们是微服出巡，但那四轮

第八章
悠悠回京路

大马车实在是很张扬,不过,兴许是太过招摇了,反倒没什么人敢去招惹他们。

不管是驿将还是其他往来的客商、官差等,全把他们奉若神明一般,高高供奉起来,完全不敢接近叨扰。

这让他原本想要趁乱接近皇上的计划,还未实施就已宣告失败。

他只能在这里先做观察,然后伺机而动,但没想到皇上和将军竟然如此亲近,一同沐浴,一同更衣,完全没有君臣之别。

因为太过惊讶了,青年的额头上渗出豆大的汗珠,假若他将这些事回禀给永和亲王知道,亲王恐怕都不会信吧,指不定还会大怒,斥责他无事生非呢。

可若不据实禀报,又觉得没有尽职。

这可不是他杞人忧天,但凡在永和亲王的手下做事,谁都清楚亲王有多么敬慕皇上,从不允许任何人说一句对皇帝不敬的话,这件事如此严重,万一是他弄错了,可就糟糕了!

正想着时,就见到皇上和将军准备休息了,这……

这惊人的一幕让青年一直刻意压低的气息,几乎是功亏一篑,再这下去,像景霆瑞这样的高手,是会察觉到他的存在的!

于是,他飞快地跳下树,打算回马厩牵上一匹快马,立刻赶往睢阳,向永和亲王禀报。

夜静得很,不管是看守驿馆的驿丁还是马厩里的牲畜,全都悄然无一点声息,毕竟这时已经接近凌晨,只有月光依然明亮如水银。

景霆瑞穿着一件银白暗云纹的绸衫,面朝床内侧而卧,里侧睡着爱卿,他把棉被裹在身上,好似一个雪人。

爱卿虽然蜷曲着身子,且是背对着景霆瑞就寝,但只要到了早上,他就会变成把被子全部踢开,很豪迈地霸去大半张床。

"启禀将军,人抓到了。"门外,响起刻意压低的男性声音。

景霆瑞起身披上外衣后,又侧身看了一眼熟睡的爱卿,伸手过去将他的被角掖好,这才离开床,打开房门。

一前二后,一共三个身着夜行衣的副将——亦是他的亲信,单膝跪于门槛外,态度很是恭谨。

"人呢?"

"押在后边的马房里,正如您预料的那样,他终于沉不住气,露出了狐狸尾巴!"为首的亲信很年轻,不过二十出头,却显得十分老练。

"嗯,你们守在这里。"景霆瑞说道,三人立刻领命,立守在门旁。

景霆瑞独自一人前往马房,手里还拿着蛊尤剑,自打从荻花镇出来,他就察觉到有人偷偷跟在他们后边,这个人的轻功使得出神入化又善于伪装自己,所以,他一时无法辨明

这个人到底是谁？

不过，既然他会跟来，就说明迟早会打照面，景霆瑞在下榻馆驿后，就让亲信四处分散隐藏起来，一来是可以暗中保护皇上，二来是想等"他"主动露面。

所谓螳螂捕蝉，黄雀在后，正因为那人心怀不轨才会中计！

马房被打扫得很干净，有两匹马正咀嚼着干草，马夫等闲杂人早已被亲信遣走。

在一处石墙和草垛的中间，跪着一个依然黑布蒙面的年轻男子，只是他看上有些狼狈，头发散开，衣服也破了，手臂还在流血。

他并没有被捆缚住，只是跪在地上，由一左一右的两个侍卫严密看管，根本是插翅难逃。

"将军！"侍卫鞠躬行礼。

"你们都下去。"

"是！"侍卫退下。

"你是什么人？"景霆瑞单刀直入地问道，"是谁派你跟着我的？"

"哼！"

那人不屑地冷哼，想要起身回话，眼前却是闪过一道犀利的银光，紧接着喉前一凉，破皮而出的血珠，沿着剑刃滴滴答答地掉落在地。

"老实点！报上名来！"景霆瑞手中的剑锋直指男人的咽喉，也挑去了他脸上的黑布。

这会儿才感到疼痛的男人，面孔整个都皱拢起来，有那么一瞬，他以为剑刃已经割开了咽喉，心里不禁充满恐惧！

这剑法也着实太快了些！他对景霆瑞一直有所戒备，可是刚才那一剑，别说闪避，他连看都看不清！

对自己的眼力还颇有自信的男人，此时已经没那么桀骜了，反倒是低下了头，老老实实地交代起来。

"小的贱名铁山……是永和亲王府的侍卫……"

但他并不是想要出卖亲王殿下，只是求生的本能让他不得不坦白身份，而且，他不认为景霆瑞敢动亲王府的人。

有道是打狗还得看主人，永和亲王可是皇上的弟弟。

"炎？"果然，景霆瑞的眸色略微一变，语气也变得更加冷峻，"他派你出来找皇帝？"

"正是！殿下他早就知道皇上不在宫中了，他派小的出来，就是为了寻找皇上的下落，好及时派兵保护皇上。"

铁山顿了顿，才肃然地道："小的绝无伤害您或者皇上的意思。亲王殿下也是担心皇上的安危，才四处派人打探。不过，目前只有小的一人，能有幸找到皇上。"

铁山明白必须在这里诚恳地表明自己与景将军"是友非敌"，他才有可能谋得生机，然后他才能把今晚发生的事，原原本本地禀告给亲王。

第八章
悠悠回京路

只有这么做，他才能在亲王面前"将功补过"。

"你的'信鸽'呢？"

探子从不会单独行动，为尽快传递情报，必须要有中间人进行联络，景霆瑞很清楚这点，这种中间人在江湖上被称为"信鸽"。

"小的正要去联系他。"铁山很清楚在此处不能说谎，也骗不过景霆瑞，他只能挑真实的话讲，却又故意隐瞒住一部分，"小的一见皇上在这儿下榻，就不敢再耽搁，正要……"

他的话还没说完，眼前就炸开一片银光，铁山瞪着眼，大张着嘴，他看见了自己的身子，以及很多很多的血……

头颅滚落在地，景霆瑞甩掉蚩尤剑上的血，收回剑鞘。

"来人！"

"是！"侍卫立即进入，看着依然跪着的无头男子，稍稍愣怔，但很快镇定。

"收拾掉尸体，别让皇上知道。"景霆瑞命令道，眼神冷若冰霜。

"是，将军。"两个手下立刻忙碌起来，把尸体用破麻布包裹起来，趁夜埋到后山的橘子林。

景霆瑞走出马厩，虽然这里有一些骚动，但驿将根本不敢出来露脸，还让驿丁都躲得远远的。

景霆瑞回到上房里，为了防备还有探子或者刺客，他抱起依然蜷成一团，睡得极沉的爱卿，换到隔壁的客房歇息。

隔日，爱卿一直睡到日上三竿才起床，景霆瑞帮他更衣、漱口、擦洗脸面，爱卿都是一副睡眼惺忪，任由景霆瑞摆布的模样。

小德子端着一个大托盘，上面放着大大小小十几碟的配菜，还有粥粉面食，他来伺候皇上用早膳，却往隔壁走去，直到爱卿更快一步地叫住他，他才发觉自己走错了门。

"不是住在隔壁那间吗？"小德子很是纳闷地问道。

"你睡糊涂了吧？朕一直在这里啊。"

肚子饿得咕咕响，爱卿已经清醒过来，他昨天是被景霆瑞抱着进房间的，自然不知道住的是哪一间，加上朝向和装饰都是差不多的。

"也许是吧，皇上，快趁热用早膳吧，没想到这儿的菜还挺香的。"小德子笑嘻嘻地布好餐点，景霆瑞也一同吃了些，然后就收拾好行囊，继续上车赶路。

"皇上，奴才看您还很疲倦，要不，再住一晚上歇歇？"临行前，小德子注意到爱卿满脸倦容，哪怕他才起床。

"不了，还是尽早回去的好，这么长时间见不到朕，炎也是会担心的。"爱卿是归心似箭，不想再有所耽搁了。

"您还是多担心一下自己吧，那么多政务累积着，您还有机会看见炎？"景霆瑞提醒道，爱卿"哼"的一声扭过头去，不搭理他。

237

"皇上……奴才告退！"小德子深深觉得这马车就是是非之地，相当识趣地离开了。

景霆瑞看了一眼故意背对着自己的爱卿，微微叹气，垂下眼帘，杀了永和亲王府的人，就意味着与炎彻底地对立。

他的敌人已经很多，却又树立了一个劲敌。

不过，谁让他守护的人是皇帝呢，宁错杀一百也不可放过一个可疑之人。

景霆瑞吩咐车夫启程，这返京的路还长着，要怎么让爱卿转过脸来，愿意露出笑颜，才是眼下的大事。

车窗外的晨光非常绚烂，尤其两边都是黄灿灿、水汪汪的早稻田，爱卿不时挑起帘子，两只手扒拉在车沿，两眼放光地望着沟渠交错的田地。

有不少卷起裤腿的农民正在田间忙碌收割，这是一派生机勃勃的景象。

"哇！好大的一头水牛！"爱卿看到一头好像小山丘般黑亮的大水牛，既惊讶又赞叹。

"您来的时候，没瞧见过吗？"景霆瑞对外头的景色并不是很感兴趣，他的手里拿着一卷兵书，已经看完一大半。

"有看到过，但不像这只这么大。"爱卿回答，事实上，就算是同一头水牛，爱卿恐怕也记不得了。因为在来的途中，他始终怀揣心事，闷闷不乐的，并不能像现在这样，放松心情地观赏风景。

自然也会注意到许多，他之前未能留意到的事物。

而且自从离开上一处的驿馆，他们算是相安无事地度过了七八日，这路途上也是太太平平，连一场雨都没遇上。

像这些山野中的土路，一旦下雨，哪怕是毛毛细雨都会变得非常泥泞，无论是人还是车都是寸步难行，尤其这辆马车这么大，一旦陷入泥坑，恐怕得花费好多人力才能抬出来。

所以，顺畅的路况也让爱卿的心情更为轻松，而景霆瑞在这几天里，不是埋首于兵书，就是研究史书，总之他有看不完的书卷，简直快成了第二个炎。

爱卿看不进字，顶多是翻一翻那些画册卷轴，但很快放在一旁，呼呼大睡了。

"咦？好多人呢。"

随着马车的平稳前行，爱卿已经看不见大水牛了，但是他又发现不少行人，清一色的都是农户，有的挑着担子，有的牵着毛驴，都往前边去。

"是赶集的。"景霆瑞看了看，说道。

"有集市？不是还没到刘家村吗？"刘家村是他们下一处的落脚点，那里还有很宽的一条河，叫作刘家河，但至少还有两天的路程才能到。

"回皇上，不一定要到城镇才能有集市，前面不远处有一河滩，视野开阔，适合交易买卖，且看他们的农货，都是时鲜的果菜，会期约莫一日，若赶到刘家村进行买卖，恐怕

第八章
悠悠回京路

得过夜才行,到时候,菜也就不新鲜了。"

"是这样。"爱卿点头,脸上已经明白地表现出,对景霆瑞的话很感兴趣,想要去看看的意思。

景霆瑞装作没有看见他过于灿烂的笑容,又拿起书,却听到爱卿含笑着说:"庙会朕已经去过了,这农作集市,朕还没……"

"不行。"景霆瑞直截了当地拒绝道。

"为什么?"爱卿立刻皱眉,显得不悦地反问。

"那里无遮无挡的,侍卫不能隐藏起来护驾。"景霆瑞有理有据地答道,"侍卫若是露面的话,那些农夫就都会吓跑,平白无故地搅和了人家的生意。"

"谁说朕要带着一大帮的侍卫去。"爱卿眼巴巴地望着景霆瑞,依然不死心地说,"景将军,你不是可以以一敌百吗?那朕还要那么多侍卫做什么?"

景霆瑞不得不放下手里的书,看着爱卿,除了在有人的场合,爱卿会叫他"景将军"以外,另一个就是有求于他了。

这一声"景将军"叫得特别甜,景霆瑞当然也知道,就算没有那些侍卫,自己也可以保护好皇上,但是他并不愿意冒险。

哪怕爱卿只是掉了一根头发,景霆瑞都会气得抓狂。

"末将……"景霆瑞决定不再看爱卿可怜兮兮的眼神,以免自己的立场有所动摇。

"景将军……"爱卿伸出手,轻轻地拉了拉景霆瑞的衣袖,"拜托你,朕就去一次嘛,就一次!"

"啪。"景霆瑞合拢手中的书,"好吧,但只能待一刻时。"

"太好了!"爱卿飞快地去拉车厢内的铃,似乎根本不在乎景霆瑞提出的时间限定。

景霆瑞轻轻叹气,但还是陪着爱卿下车,夹在农户的中间,往明亮的河滩去了,因为河滩处的泥土柔软,碎石也多,并不适合大车停留。

阳光温暖,空气簇新,加之河流潺潺的美妙之声,让河滩上自发形成的集市显得越发热闹,生机盎然。

和皇城或者荻花镇的庙会相比,这里的货品少了许多,也没有人卖艺、说书、耍猴戏,算命的摊贩倒有一个。

但爱卿对算命不感兴趣,他径直往那些排放满箩筐的地方去。

这些竹篾、藤条编织起来的粗糙筐子,大中小号齐全,有的上面还带着泥,里面装满了山核桃、栗子、野蘑菇、野菜,还有竹笼子里养着的山鸡、野兔。

爱卿玩了一会儿野兔,喂它吃菜叶,见景霆瑞丝毫没有买下来的意思,也只好作罢。但要了一大包的山核桃,它的个头有婴孩拳头这般大,其实在宫中也有山核桃,不过果壳多半丢弃,只留下核桃肉,再用糖浆、蜂蜜熬煮成精细的甜点供人享用。

刚看到带壳的核桃,爱卿还很稀奇那是什么,直到景霆瑞说明为止。

其实这儿摊贩虽多,但可买的少,因为除去这些山货,便是锄头、镰刀等的农具了,爱

卿又买了几个草绳编织的蟋蟀、蚱蜢，便拉着景霆瑞往回走了。

"那边还有很多摊子，您不逛了？"景霆瑞感到稀奇地问。

"不是说了一刻时吗？"爱卿头也不回，走在前头。

"——啧啧啧！真是奇了怪了！"

就在他们经过那设在路口处的算命摊档时，那个穿着灰黑色道士袍，闭着眼睛，也不知是真瞎还是假瞎的江湖术士，突然开口嚷道。

"你说什么？"爱卿听到他的叫唤，不由回头去看，这个术士年纪很大，两鬓斑白，而且鼻头通红，看起来醉醺醺的，他到底是遇到什么稀奇事情了？

"不过是一种拉客的手段罢了。"景霆瑞却道，"走吧。"

"哦。"爱卿便听话地走开，只是那术士依然朝着他们离去的方向，满脸的疑惑、悚惧，还抚须念道，"在这种乡野之地，怎么会有真龙之气？难道是……"

"不！这不可能！皇上怎会来这种山旮旯地？"术士突然摸着摊桌，抓起一只小酒壶，对着它叹气道，"看来喝酒误事啊，这道行都不够了，不但'看'出真龙之气，竟还'看'出两条龙来？原本还当自己是眼瞎，心不瞎……这下，可真是全瞎了啊！"

因为连三岁小孩都知道，这世上只有一位真龙天子。

"唉！是时候该戒酒了！"老术士愤然说完，就把酒壶往边上一砸，"砰"的一声，碎了个稀巴烂！

"怎么了？"景霆瑞问依然趴在窗边，朝河滩张望的爱卿。

"那个人把酒壶砸了，之前说什么奇了怪了的，果然是在发酒疯啊……"爱卿说。

"江湖术士之言是最不可信的。"景霆瑞拉了拉铃，车夫一阵吆喝扬鞭，马车就又动了起来，爱卿老老实实地坐好了，又是漫长的一天旅程呢。

爱卿怎么可能安分得了，他玩了一会儿蚱蜢，吃了几个核桃，又抓出一大把核桃，堆出一个小山丘，他想要看可以垒叠到多高，结果车轮一个颠簸，"核桃山"塌方，滚得满车厢都是！

景霆瑞只是看他一眼，并没有说什么，继续看手里的书，爱卿趴在那里收拾核桃，一个一个地拣入自己的衣摆内，然后倒回小箩筐里，剩下的几个，爱卿摆在地上当弹球玩，弹出手里的去撞地上摆着的，玩得不亦乐乎！

突然，他用力过大，一个核桃飞出爱卿的指尖，砸在景霆瑞的衣袖上。

"啊，一时失手！"爱卿连忙解释道。

景霆瑞依然没说话，只是把核桃捡起来，还给爱卿。

爱卿默默地拿着那个核桃，心里有种说不出的不满！可不是么，从馆驿出来都好些天了，景霆瑞一直都很"文静"，都不陪自己聊聊天。

"真无趣呀。"

"您说什么？"

第八章
悠悠回京路

"这书有这么好看吗?"爱卿歪着头问。

"皇上,书不是为了'好看'而看,是因其有裨益才要看。"景霆瑞一本正经地回答道。

"哎呀,这话听着好熟悉啊!"爱卿咂舌道,"对了!不就是温朝阳,温太师吗?哈哈。"

面对大笑不止的爱卿,景霆瑞只是微微侧转身,继续读他的兵书。

"哼。"爱卿把玩着手里的核桃,往上抛了两下,然后用力一丢,不偏不倚,正中景霆瑞的左肩。

可是景霆瑞一动不动,或者说,全然不理睬。

爱卿皱了皱眉头,二话不说地拿起两个核桃,一并掷了过去:"哎呀,朕又失手了,对不住你。"

两个核桃一个丢中景霆瑞的后背,一个则是衣摆处,都是不痛不痒的感觉。

"真抱歉,朕手滑了。"爱卿来了劲儿,抓起一把核桃丢丢丢!宛如一阵核桃雨,"咚、咚、咚!"地打到景霆瑞的脖子、肩背、臂肘等处。

"皇上。"

突然,景霆瑞动了,爱卿完全没有预料他的动作有这么快,一只手从密集的核桃雨中伸出,一把扣住爱卿正丢得开心的手腕,将他拉向了车厢地面。

"对不起!"这声对不起,爱卿说得是真心实意,在看到景霆瑞眼神的瞬间,他就吓得忍不住道歉了。

"现在道歉,会不会迟了点?"景霆瑞曲肘支撑在爱卿的身体上方。

"不止现在啊,朕刚才也有道歉,好不好?"爱卿试图扭动一下手腕,可恶!被握得好紧,完全动弹不得。

"您刚才的道歉不是出自真心。"景霆瑞指摘道。

"谁说不是……"爱卿瞪了一眼景霆瑞,"是你无视朕,一路上除了看书还是看书,问你一句,半天也不理人。"

"皇上确定是在问末将吗?"景霆瑞松了手,坐直身子道,"您一直在说,好大的水牛,好漂亮的田地,好清澈的溪水,除了个别指明问末将的,其余都是您在自问自答罢了。"

"瑞瑞。"爱卿看着景霆瑞,突然道,"你是在闹别扭吗?"

"什么?"景霆瑞一呆。

"因为朕一路上只顾着瞧外边,都没怎么和你玩,对了,这里明明摆着棋盘,朕也没有和你下过一次,所以你是在闹别扭吧。"

"没有的事。"景霆瑞背转身去,"末将又不是您。"

"什么不是朕,你就是在闹别扭!"爱卿笑了,他抓起一个核桃丢向景霆瑞。

景霆瑞只是轻一抬手,核桃就给震了回来。

"好啊！你！还敢回手！"爱卿抓了更多的核桃，兴奋道，"看朕的绝招！"

突然，"砰！"车厢里所有的核桃犹如一股怪风在车厢里横中直撞！

砰砰砰！不少核桃击中车壁，碎了！炸开的碎片划过爱卿的脸颊，留下血痕。

"卿儿。"就在爱卿愣怔不已时，景霆瑞一把抱住爱卿将他护在身下。

这股核桃暴风在景霆瑞的背后旋转，马车骤然停下，侍卫在叩击车厢门："陛下，将军，卑职听到异响，请开门。"

景霆瑞低头看了一眼爱卿，他的神情有些不对劲，像是在梦游。

景霆瑞轻拍爱卿的脸，爱卿忽地回神过来。马车门打开后，侍卫看到的是，一箩筐的核桃在车厢里滚了一地。

景将军扶着皇上坐着。

"陛下，将军，没事吗？"侍卫抱拳，一脸紧张地道。

"核桃不小心撒了，我会收拾的，你继续行路吧。"景霆瑞说。

"是。"

侍卫下去之后，景霆瑞担心地看着依然有些恍惚的爱卿。

"朕……好像做了很不好的事情。"爱卿抬头看着景霆瑞。

"没有的事，只是方才马车颠簸罢了。"景霆瑞抚摸着爱卿的脸颊，擦拭着血迹。

"啧。"

"很疼吗？让您再乱丢。"景霆瑞笑了笑，仿若什么事都没发生那样。

"还好。"爱卿低头，"朕好累。"

"累就歇会儿吧。"景霆瑞扶着爱卿肩头，让他枕在自己腿上。

爱卿躺下了，没多久就睡熟了。

"……皇上无意识地释放了巫雀之力吗？"景霆瑞抚摸着爱卿的额发，看样子已经没办法再向爱卿隐瞒，必须要告诉他一些事了。

是现在，还是回宫后？景霆瑞思忖着，如临大敌。

虽然还没到刘家村，但沿途已经出现零落的农宅，还亮着灯。

景霆瑞决定就在此处借宿，并传令了下去。

当他抱着爱卿下车时，小德子好奇地问："少爷怎么睡着了？"

"把车里收拾干净。"景霆瑞没有回答小德子，而是走进了一家事先来打点过的农舍。

小德子往车厢里一瞧，哇！这是打过仗吗？枕垫、杯具都是东倒西歪的，核桃滚了一地，到处都是碎掉的壳，车壁上还被砸得坑坑洼洼，原本华美的车厢差不多都废了。

"这、这怎么收拾得了。"小德子惊愕万分，但既然景将军吩咐了就得干呀，于是小德子叫了几个帮手，一同大扫除起来。

第八章
悠悠回京路

已是五月初五,恶月恶日,历来是除瘟、驱邪,求得吉祥的节日。往年的这个时候,皇宫内外都会举行祭祀和庆典活动。

不过,因为当今圣上顽疾缠身,久卧病榻,已经四个多月没有上朝视政,群臣惶恐,所以无论皇宫内还是皇城里的大街小巷,全都笼罩在一片不祥的阴霾之中。

也许是为了寻求上苍的庇佑,今年参与寺庙祈福的百姓特别多,有的还是扶老携幼地全家出动,一时间,香烛、艾草、五彩荷包全都是翻了数倍的价格,可还是供不应求。

进出皇城的车马行人也是络绎不绝,为让大家尽快地通过城门,以免造成拥堵,九门提督李朝简化了入城的检查,但凡一家老小的,都不再查验行李,直接放行。

只有鬼鬼祟祟、形迹可疑的人,守城士兵才会上前盘查个仔细。

这辆四轮大马车的豪华程度,就算是在皇城也是实属罕见,所以守城的庄校尉很肯定,他们是第一次入城,便要求车夫往旁边停下,他要入车检查。

当然,庄校尉本来只想例行检查后就放过去,毕竟能拥有这么大马车的人家,肯定是非富即贵。

可是那马夫却指了指自己的耳朵,又摇摇头,并没有配合的意思。

"聋子吗?不明白我在说什么?"留着满面粗胡、身材矮壮的庄校尉,开始感到不满,他一挥手,就有一队精兵围堵在马车四周,迫使马夫下车。

"我不管里头坐着的是官老爷,还是哪家的贵夫人,都得下来接受检查!"庄校尉一手按在刀柄上,大声喝道,"男的站左边,女的站右边,这里是天子脚下,谁都不能例外!"

然而,车厢内没有一点的动静,一脸警戒的庄校尉,越发觉得对方可疑,而且还有轻视守城将士的意思,不禁恼火了起来。

他气势汹汹地上前,正要一把拉开车门,门却从里往外地推开一条缝,有人递出了一张纸。

纸张内似乎夹着什么东西。

庄校尉犹豫了一下,但还是伸手拿过来,打开一看,脸上的胡须都抖了抖,这、这纸里包着的不是金虎符吗?!那车上的人是——骠骑将军!

这吓得他差点拿不稳金虎符,而纸上还写着一个"静"字。

是让他不要声张的意思吗?庄校尉的表情变化极大,让士兵们都有些摸不着头脑,不知是要围攻上去,还是……

庄校尉的双手都有些哆嗦,他把信和令牌重新递回车厢内,有人伸手拿走了。

有士兵上前:"大人?"

"让开,别站在这儿,送……送这位客人入城。"庄校尉说,把完全不明白发生了什么事的士兵给赶走了。

在庄校尉的躬身下,马夫坐回车上,飞扬了一鞭子,就朝城内疾驰而去。

直到这时爱卿才偷偷地掀起车窗上竹帘,看到士兵在后头,检查着其他的人。

"呼……"他不禁松了口气，万一那个人执意上车的话，势必要惊动到李朝，到那时候，皇上竟然在宫外的事就怎么都兜不住了。

不管怎么说，爱卿都不想再节外生枝，惹出事端来。

事实上，景霆瑞并不在车内，爱卿身旁坐着的是小德子。

因为景霆瑞要提前一步回到皇宫里，说是去安排皇上秘密回宫后的一切事宜。

"朕到底是回来了。"

爱卿看着来来往往的百姓，繁华宽敞的街道，心情是喜忧参半。

喜的是他终于回家了，他很爱自己的百姓，尤其这一趟出去，他也了解到不少民间之事，让他对于一些体恤百姓的良策有了更深的想法。

忧的是不知朝中是何情况，贾鹏是否还想逼着他成婚？

还有……景霆瑞究竟是怎么做到的？能让他这个皇帝，在深宫"养病"这么久，都没人怀疑？

这一趟微服出宫的另一收获就是，让他对瑞瑞有了更多的认识。

瑞瑞很厉害，什么都会又很可靠，有他在，任何难题都能迎刃而解，这些是爱卿原本就知道的事，然而现在又多出一条。

"瑞瑞好像瞒着我什么事。"爱卿扁了扁嘴，在心里碎碎念着，这件事是在他失神的时候发生的，尽管瑞瑞否认了。

很想抓着他问，但是回宫之后还要上朝，处理累积的政务，那么与瑞瑞私下相处的时间会很少吧。

"皇上，您想什么呢，那么出神，"小德子突然紧张地问，"您不是又想开溜了吧？"

"你放心，朕不会溜走，就快到朱雀大街了吧？"爱卿看了看车窗外，总觉得有许多许多的话想和景霆瑞说，但是眨眼间却已经回到皇城。

爱卿深深地叹了一口气，坐直了身子，北部的要塞、赋税、赈济、邦国外交等，有太多的事等着他去处理，可不能总围着景霆瑞打转，也会被他笑话吧。

第九章 炎儿的怒意

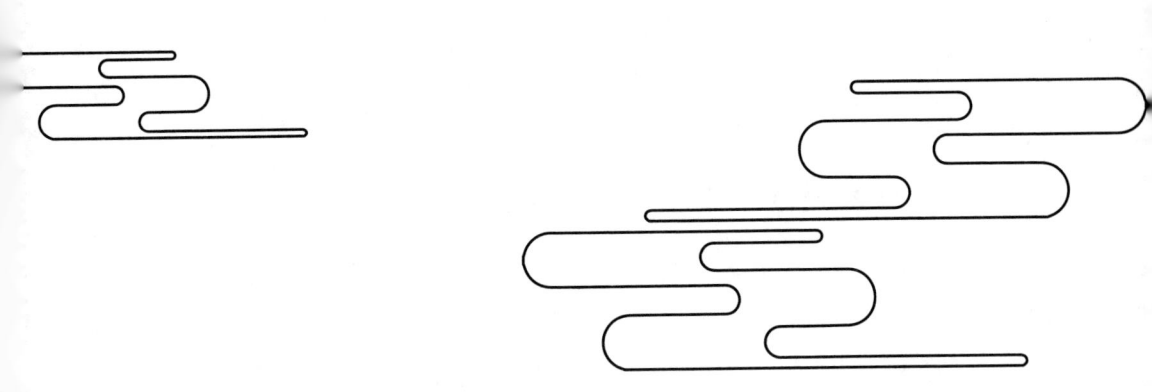

与此同时的永和亲王府,约二十位身着便服的家臣跪倒在厅堂上,一个个都面露愧色,请求他们的主子息怒。

可永和亲王能不生气吗?派出去这么多人,花下重金,四处寻找皇兄的下落,可没把人找到不说,连个靠谱的回信都没!

甚至有探子音讯全无,简直是一去不回头,太不像话了!

话到深处,炎一掌就击垮了厅堂内的八仙桌,碎木四溅,家臣却连头都不敢抬起,也没有闪躲,只求亲王可以消消气,别气坏了身子。

不过他们也知道,亲王除了生他们的气外,还有宫中那位御医吕承恩。

"全给本王退下!"炎握紧着拳头,家臣起身,却依然弯着腰,如潮水般涌退出去。

"王爷息怒。"萨哈上前劝慰道,"皇上是天之骄子,即使他在宫外,也会安然无恙的。"

"只要一天没见到皇兄,我的心就没办法安乐。"炎的脸色相当难看,自从宫里传出爱卿抱病后,他是每日都要入宫,请求觐见。

头两回都是景霆瑞出来阻拦,说皇上已经服药睡着,炎也不想打扰爱卿的休息,只有打道回府。

可到了第三回,上前拦住他的竟然是吕承恩,小小的一个御前大夫,竟敢挡他的驾!

炎本想靠武力硬闯,但是吕承恩竟然拿出一封皇上的手谕,上面写着:"朕龙体欠安,想要静养,任何人不得叨扰。"还特别注明,"违令者,斩!"

手谕上盖有四方"天子信宝",以示此手谕告诫所有臣僚。

因此不但炎不能随意闯入,就连贾鹏也被阻拦在外。唯一能够出入长春宫的,只有御医吕承恩。

炎想到找景霆瑞去问个清楚,却被将军府的人告知,景将军已经连夜离开皇城,听闻是接受了皇上的旨意,出宫去寻找治病的良药。

这下炎完全懵了,到底是什么病,要景霆瑞带兵去找药方?炎担心得三天三夜都没有休息,人都消瘦了。

他甚至跪在长春宫的宫门外,只为求得爱卿一见。

那日,还下了极大的雨,吕承恩出来劝了几次,见劝不走也只有作罢。

最后,是永馨公主哭着跑出来,委屈地直嚷嚷:"皇帝哥哥不爱我们了,他不要我们了!"

炎抱起小皇妹好声劝慰,向她解释皇兄的病会传染,才会出此下策,永馨公主这才不哭了,但也还是一脸的担心。

把公主送回去后,炎也回到亲王府,经由皇妹这一哭一闹后,不知为何他总觉得事有蹊跷。

因为爱卿就算不见他,也总会叫人出来安慰一下公主的。

可是永馨哭得这么大声,都没有一个宫女出来,而吕承恩的气色看起来很好,皇上真

第九章
炎儿的怒意

要病重,他怎么可能好吃好睡的?皇上要有个万一,他的脑袋随时得搬家。

炎还记得巫雀王不舒服时,那些太医,包括北斗在内,全都是阴云密布的。

由此可见,皇上的病并不严重,不,不对。

炎仔细揣摩了一番,得出一个连他自己都惊到的结论——皇兄不在宫里!这所有的一切都是幌子!

这么一想,所有的疑点就都解释得通,景霆瑞并不是出去找药的,而是去找皇兄!

至于皇兄为何不打一声招呼就跑出去,炎马上就想到了贾鹏曾经说过,要为皇上操办婚事,以皇兄的个性,恐怕不会娶一个连见都没见过的女子。

事实上,炎也很反对此事,皇兄登基不久,理政第一,至于娶妻不急于一时。

不过,皇兄还真是大胆,竟然想出生病的主意,这不是要吓坏身边的人吗?

等等!炎又感觉到哪里不对头,皇兄即便是要偷溜出宫,以暂避婚事,肯定不会以生病为由,让大家担心的。

指不定他有留下书信,清楚说明他是出宫去了,还叫大家不要担心他呢。

可是,那封手谕又是怎么回事呢?怎么看都是皇兄的亲笔。

"对了,景霆瑞!"炎如五雷轰顶般地明白过来,景霆瑞还是太子侍卫时,就经常帮爱卿罚抄,笔迹早就练得一模一样,真是个该死的家伙,竟然敢冒充皇兄手谕!

炎气得跳起,想立刻去通知贾鹏,将那个不知天高地厚的家伙抓回来,要严刑拷问,他一定知道皇上的下落!

但就在炎想要叫人来时,又想到了一件事,景霆瑞那么狡猾,肯定不会平白无故做这种傻事,万一东窗事发,他的下场可要比凌迟处死还要惨!

能让他冒这个险的,只因为这么做更利于皇上,如果贾鹏知道皇上不是抱病,而是出了宫,一定会想尽办法,找皇上回来继续成婚。

但皇上卧病在床就无计可施了,这婚事一拖再拖的,很有可能不了了之。

况且皇上偷溜出宫也不是什么光彩之事,一旦公布天下,还会给爱卿招惹杀身之祸,毕竟敌国的细作,在国内有不少呢,且个个身怀绝技。

皇兄,可能小德子也在,就他们两个人绝不是刺客的对手,所以景霆瑞才假传谕旨,实则为了保护皇上。

虽然炎很不喜欢景霆瑞,但他并不怀疑景霆瑞会对皇兄不忠,至少目前不会。

思绪在短短的时间内是千回百转,炎又颓然地坐回圈椅内,唉声叹气,很显然,就算他明白了这是怎么一回事,却依然爱莫能助。

又过了一个月,炎见皇兄的"病情"仍旧没有好转,便怎么也坐不住了,派人出去寻找皇兄,当然都是密令,找的也是功夫极好的一拨人,还卖了十来件他心头好的兵器,只为有足够的赏金和盘缠。

可结果还是令人失望!

"人海茫茫,皇兄,您到底在哪?"炎握紧了圈椅的把手,萨哈也不知该说些什么

话好。

"还是本王去吧。"炎突然说道。

"您说什么？"

"他们一个个都不顶用！本王自己去找，总能有个蛛丝马迹的……"炎正说着，一位家仆就慌慌张张，仿佛丢了魂似的跑进来。

"王、王爷！大、大事！"

"你是王府家丁，失魂落魄的成何体统！本王不是说过，事情越大就越要冷静清楚地禀报！"炎越发地不悦了，冷厉地呵斥道。

"是、是！"家仆用袖子抹去额上的汗，然后竟然露出一个笑容，"禀报王爷，奴才刚收到的消息，是因为太过意外才一时惊慌，王爷，皇上他醒了，病全都好了！"

"你说什么？"才说过遇着大事要冷静的炎，却惊愕地站起了身，大步走到家仆的面前，抓住他的肩头，"你再说一遍！"

"皇上的病好了，长春宫才放出来的消息，千真万确！"家仆被抓得极痛，却只能忍住，他也替主子高兴。

这几个月来主子就没睡过一个囫囵觉，也没吃过一口安心饭。

"来人！快备车轿，本王要入宫！"炎放开家仆，脸上是喜不自禁的神色，真是守得云开见月明！

"是。"家仆也是笑容满面，领命下去了。

"恭喜王爷。"萨哈贺道。

"是大喜事！皇兄得以平安归来，看来景霆瑞还是有点用处的。"炎高兴坏了，"对了，我还没更衣，快，给我换朝服！"

"是！"萨哈伺候着炎更衣冠帽。

炎的心却已经飞了出去："皇兄，从今往后，我要一直留在你的身边，你再也别想撇下我了！"

皇上突然得了闻所未闻、见所未见的邪症，一直昏睡不醒，但在吕太医的精心治疗下，加上服用了景将军外出寻来的古老秘方，竟然一夜复原，朝野内外是又惊又喜。

一时间，文武大臣、诸国使节、都要进宫面圣，宫里还放了炮，说是感谢上苍，驱散邪神！

这皇城里的气氛，竟热闹得跟过年一样。

"好了、好了，皇上好了！"有不少的百姓，闻声赶到宫墙外头，对着里面双手合十，鞠躬感恩，更多的人跪地磕头，高呼："吾皇万岁、万岁、万万岁！"

于是，有人说是恶月恶日，百姓们虔诚地驱除邪恶，才换来皇上的龙体安康，皇上乃万民之父，亦响应百姓的祈求。

这一直笼罩着皇城乃至全国的不祥阴霾，终于是消散得无影无踪。

第九章
炎儿的怒意

酷暑已至,太阳将大地炙烤得分外滚烫,大燕皇宫内的庞大鸽群都收起翅膀,在屋檐下纳凉,连树叶都打蔫了,十七岁的永和亲王却无惧那当头的烈日,骑着一匹黄骠马兴冲冲地往勤政殿去。

"王爷,您今日来得也很早。"备受皇上宠爱的当红太监小德子,垂手立在大殿门口,笑吟吟地迎候这位主子,躬身言道,"奴才给您请安!"

"哎!小德子,我和你是什么交情,还要讲究虚礼这一套?"永和亲王看上去气色极好,完全不受酷暑的影响,声音爽朗地问道,"皇兄呢?"

"皇上正在等您来,好一起下棋呢。"小德子又一鞠躬请道,"您快进去吧。"

"好!对了,把玉龙交给你,我才放心。"永和亲王说着,把手里的缰绳交给小德子,还不忘轻轻拍抚一下马头。

"是,皇上知道王爷您可宝贝这匹西凉千里驹了,所以才特意让奴才在这候着。"小德子满脸是笑地说,"您放心吧,奴才一定亲自将它送到御马苑去,不会渴了它,饿了它的。"

"呵呵,还是皇兄最了解我,那本王就先走一步了。"亲王是越发地开心,几乎是喜不自胜地往殿门里去。

小德子见了,不禁笑着摇摇头,从没见过像永和亲王这样的弟弟,都长这么大了,还像小孩子似的黏着兄长不放。

而且只要和皇上相关的事,不管是什么他都格外关心,且任何事都好说,只要皇上开心就好。

不过,这位凡事都把"皇兄"摆放在第一位的主子,也有对皇上大动肝火的时候。

有句老话不是叫"爱之愈深,则恨之愈切"嘛,当然,亲王永远都不可能记恨皇上,只是这怒气确实是烧得非常旺盛,而且持久不灭!

这事儿还得从半个月前,皇上历经四个多月的"微服私访"后,重新回到宫中时说起。据闻,那个时候,永和亲王在得知皇上"龙体康复",可以接见朝臣后,心急火燎地就往皇宫里赶。

然而,人都已经到大殿门口了,黄门太监正准备入内通传,这位亲王却突然变了脸色,也不知怎么地就扭头折返亲王府。

这之后,别说觐见了,任凭皇上怎么传召他,他都以"身体不适,不宜见驾"为由,统统都挡了回来。

换作别人也就罢了,谁都知道永和亲王的身子一向健朗,素日里,是连个头疼脑热都没有的,怎么眼下说病就病了呢?还一病不起了!

一时间,朝野议论纷纷,都说亲王病得蹊跷。还有一些心存叵念的人,说亲王是替皇上病的,可不是吗?这边皇上好了,亲王就病倒了,把这事整的皇上在使用邪术似的。

而散布这些恶言的人,大多是永和亲王的拥簇者,尤其是老亲王那一派的人,直到景霆瑞出面,严惩了好几个煽风点火的人,这才平息下去。

不管永和亲王的病是真是假，都把皇上给急坏了，派出一波又一波的人前去亲王府探望，小德子便是其中之一，带了足足两马车的，用锦盒装好的上等药材，都够开一家药铺子了！

小德子还记得当自己心下惶惑地赶到亲王府，却看到亲王一如往常，是好端端的一个人，坐在书房里习字，便是一头雾水。

亲王不但不怎么搭理他，还冷冰冰地说自己是"恶疾难除"，所以不能去见皇上，这摆明是说谎，可把他给愁坏了！

这明明是相亲相爱的一对兄弟，怎么都玩起"生病"这一套戏码，皇上以生病为幌子偷溜出宫，亲王则借"病"拒不见驾，这真是——不是亲兄弟不进一家门呀！

小德子也无计可施，唯有回到宫内如实地向皇上禀明："亲王的身体是好好的，连一根头发都没少，殿下得的恐怕是心病。"

皇上听明白了，不禁连连哀声、难掩歉意道："朕私下出宫，却对炎一声招呼都不打，实在是让他担心了，他才会这么生气的，而且将心比心，炎不过是'病了'几日，朕就急得脑门上直冒冷汗，而朕的'病'却是数月，炎还不得急坏了，可结果呢，还是骗他的，他的怒火啊，当然得冲上天去……总之，这一切都是朕不对。"

"所以，他不愿意见朕也是朕咎由自取，可是，小德子，你知道吗？炎他真的是个好孩子，他的心里到底是装着朕这个不称职的兄长的。"

"此话怎解？"小德子当时完全不明白，永和亲王怎么看都是怒不可遏了。

"你看，他对朕称抱病卧床，可是你去探望时，他却好好地，他其实是不想让朕真的替他担心，但是呢，又很生气，所以才会这么做，朕这个弟弟太乖巧又很懂事，连他生个气都让朕觉得是可怜又可爱的，心疼得紧。"

"经皇上这么一提醒，可不是这样吗？难怪亲王还反问奴才，皇上您的身体如何呢。"

"唉，朕这回真是太亏欠他了！也难为你来回地奔波调停，"皇上喟叹道，"这事还是让朕来解决吧。"

"是，皇上。"

正所谓心病还需心药医，皇上虽然因为政务缠身，无法出宫去见永和亲王，却每日都派人去送汤送药送好吃的，皇上还亲手用彩纸折叠了好些小玩意儿，有小花呀、小星星呀，还有小白兔，这折纸的功夫，是皇上当年哄珂柔公主时，向乳母嬷嬷学的。

把它们拆开来一看，彩纸里都写着一句话："炎儿，别气了，是朕不对。"这前前后后，足足叠了百十来只。

据说永和亲王在看到之后，眼眶都湿透了，那可是不会轻易掉眼泪的主，跟在他身边的家仆萨哈，都看呆了。

渐渐地，亲王便开始回复起皇上的留言，也用折纸，竟然比皇上折得还要漂亮！花鸟虫兽全都栩栩如生！真无法相信是现学的，这僵持住大半月的兄弟关系，终于是雨过天

第九章
炎儿的怒意

睛,和好如初了。

且这亲王还真是有趣得很,生气的时候是又冷又硬,无比的执拗,任谁劝说都是听不进去。

但是呢,一旦不生气了,就热得像一团火,甜得似一罐蜜,谁靠近都会被他甜滋滋的情意融化,没办法不喜欢他。

更何况他的容貌是越来越英俊了,宫里的老太监都说,他和当年太上皇年轻时,长得简直是一模一样,脾气却温柔得多,使得他的美貌更引人注目。

在这皇宫里,唯一能与亲王在相貌上一较上下的,大概就只有景将军了。

至于皇上嘛,那是天之骄子,臣子自然是没法比较的,但论皇上的长相,也是一等一的好看。

"哎,这天可真热!"小德子把亲王心头挚爱的宝马送到马房,叮嘱马夫好生照顾着,又去御膳房张罗些清爽的冰糖点心。

这兄弟二人的感情好得很,他也跟着高兴,不过,要是景将军也在就好了,可是他比皇上还要忙,自从回宫之后都一个多月了,除了每日上朝、平时的议事还能见一见,像现在这种时候,总是不见将军的人影。

红阳西坠,晚风习习,一日的酷热到了此时才有些许的消解,青铜院内的不少武将踏着暮色返家,只剩下骠骑将军景霆瑞依然伏案处理公文。

对于此情此景将士们早习以为常,也只有景将军能把这儿当成家了,因为他十岁时就已经进宫,担任皇太子淳于爱卿的贴身侍卫,可以说,他是亦步亦趋地跟着、护着太子,到太子登基为帝后,他仍不改初衷地、忠心耿耿地守卫在皇帝的身边。

这一转眼就过去了十七年,景将军的仕途也是平步青云到令人惊羡,且论打仗,他攻无不克,为大燕立下赫赫战功,论管理兵部禁军的内务,他亦打理得井井有条,令人折服!

如今,他不过二十七岁,就已经是威名远播、举世闻名的一代悍将了,深受皇上的喜爱与重用。

相信在景将军的眼里,生活了这么多年的皇宫,已经和"家"没有任何的区别,所以,他总是留宿在青铜院也是顺理成章的,无人会觉得这有什么不妥之处。

待一班武夫三三两两地走掉,侍卫轮岗之时,长春宫的首领宫女彩云,独自提着一只玛瑙雕漆的食箱来到院门前。

侍卫都知道那是皇上跟前得脸的宫女,皇上时常会赏赐一些美味佳肴给景将军品尝,这至高无上的圣宠,大家只有眼馋的份。

所以,侍卫很快就请彩云进去,还讨好地说:"姐姐,您怎么这么辛苦,也不带个小宫女在身边使唤。"

"都是当奴才的,哪有这么娇贵?"彩云笑着跨入院门,这时,阳光已经完全消逝,院

内一片深沉的暗蓝色，忽然，屋内亮起一盏烛灯。

彩云知道景将军在里面，便款款地走向屋门，不知为何，她心里竟然想起那发生在一个月前的事。

就在景将军和皇上回宫后没多久，将军把她叫来问话，当时的情形，依然是历历在目……

"彩云，你收到我留给你的口信了？"景霆瑞就坐在书案的后边。

"是的，将军。"彩云点头。

所谓的"口信"是放在御书房左起第二排的书柜内，将一本《杂文集》倒置过来，彩云就会明白将军有事找她，至于是何事，她也琢磨不透。

"你为何不告诉我，皇上要偷溜出宫去？"没想，景将军单刀直入地提问，让彩云顿时惊出一身冷汗，惊愕不已地望着将军。

"您……怎么知道？"

"此事我本不想再提，但以防日后还有类似的状况，才把你叫来问个清楚。"

景霆瑞站起身，来到彩云的面前，质问道："皇上与小德子一起商议经由暗道离宫，我知道他们一定是背着你做的，可你那么聪明，怎么可能一点都不知情？"

"将军！"彩云扑通跪了下来，低垂着头，却也掩饰不住满脸的愧色，"奴婢……是知道，奴婢也没有背叛您的意思，只是……"

"只是什么？"景霆瑞的语气越发冷酷。

"皇、皇上他真的很伤心，很难过！"彩云惶惑地搓着自己的手指，哽咽着道，"奴婢只是伺候皇上的一个宫女，自知身份微贱，可皇上待奴婢却如同亲姐姐一般，让奴婢心里实在是高兴……"

彩云顿了顿，才说道："对奴婢来说，皇上也如亲弟弟一般的可亲可爱，奴婢听闻您要皇上册立后妃，可奴婢知道皇上根本不愿纳妃，所以，当奴婢看到皇上难受得直哭，奴婢的心也跟着碎了！"

如果只是姐弟情谊，彩云还不至于这般撕心裂肺，她喜欢皇上，以一个女子的身份，皇上既温柔又善良，不论是眼神举止，还是言语胸襟都温暖似春，让人不得不倾心于他。

只是彩云亦很清楚，这份情感不过是单相思罢了，皇上埋首于政务，根本顾不上花前月下，就算皇上愿意找人把手言欢，这人也断然轮不到自己，所以，她只想默默地留守在皇上身边，就已经心满意足。

但这些都是她的私心话，她不能告诉将军。

"奴婢知道，应该把皇上打算出宫的事告知您，可奴婢也想要皇上高兴起来，才一时斗胆假装不知，就请将军处罚奴婢吧，奴婢知错了！"

"你错在哪里？"景霆瑞反问道。

"这……"彩云自认已经说得很清楚了，那就是知情不报。

"知情不报是错，但你最大的错处是身为铁鹰剑士的一员，你本该听令于我，却自作

第九章 炎儿的怒意

主张，就算我当真要皇上娶亲，也会有别的安排，何需你多此一举？"

"是！都是奴婢妄自菲薄，害得皇上身陷险境而不自知，得亏将军您及时救驾……不然奴婢是怎么都偿还不了这份罪孽！"彩云的头垂得更低，流出热泪，"奴婢再也不敢这样了，恳请将军宽恕！"

"下去吧。"景霆瑞一挥手，言辞仍旧犀利，"别再做这样的蠢事！"

"是！奴婢谨记将军的教诲，奴婢告退。"彩云抹去脸上的泪水，躬身退出，她来到笼罩着一片清幽月色的外头，心还在突突直跳！

她确实是太过胆大妄为，明知道皇帝出宫后，有可能遭遇危险，还假装没有看到皇上整理包袱，准备偷偷出宫。

她这么得不冷静，全因她对皇上不但有着思慕之情，还有身为下人对主子的一片赤诚，淳于爱卿是一个好皇帝，她太喜欢他了！

一旦认为景将军怎么可以如此辜负皇上的信任？竟然连同宰相一起——逼皇上纳妃！她就气恼得忘了一切，但皇上可不是寻常百姓，遇到逼婚就可以一走了之，这走了之后，才是大祸临头啊！

要不是景将军沉着冷静地应对，这事情还不知该怎么收场才好。

"唉，我明明是被派去保护皇上的，怎么就这么失职。"就算是现在想来，彩云依然觉得愧对景将军的信任，将军的训斥就像是一盆冷水迎头泼下，让她浑噩的脑袋顿时变得清醒无比！

而对于景将军被宰相大人蒙骗一事也是无法释怀，说起来，贾鹏还真是一只狡猾的老狐狸，简直让人防不胜防！

景将军虽然积极地处理好宫内的一切事物，却始终认为他自己才是害皇上陷于危境的罪魁祸首，所以自打他回宫以后，就没有一天是好生歇着的。

他把自己完全地投身于公务，还有禁军、御林军以及景军的刻苦操练当中，难道不是一种自我惩罚吗？

彩云很心疼皇上，也理解景将军的难处，但她没有力量去平衡这些事。

她能做的便是打起精神，不再重蹈覆辙，好好地执行将军的命令，守卫好皇上。

"不过，还是希望将军别累坏了身子，到时候，皇上又该头疼了。"彩云皱了皱柳叶眉，不再想已经发生的事，两手提着食箱，跨过朱红门槛。

她进入屋内后，又点起一盏竖立在角落里的枝形青铜灯，把沉甸甸的食箱放在八仙桌上，从里面一一拿出一盘盘摆得极好看的佳肴，有芝麻叶炖鸡、粉条儿菜、红烧鲤鱼，还有精致的青团糕点。

摆放完之后，她才准备入内去请将军，却看到将军已经站在门旁，不由一愣，随即蹲身行礼道："景将军，这是皇上赐给您的晚膳，他说您太忙，让奴婢好好伺候您用膳。"

"末将谢皇上恩赐。"景霆瑞抱拳谢恩完毕，却不急着落座，反而问道，"皇上吃了吗？"

"回将军，皇上已经吃了，是和永和亲王、永馨公主一同用的膳。"彩云恭敬而细致地回答道，"皇上今日心情好，还一口气吃了两大碗饭呢。"

"嗯。"景霆瑞这才坐下来，拿起摆在桌上的一副象牙包金筷。

彩云走到一旁，推开一扇棱纹格子窗，一股带着花香的夜风吹入进来，令人精神气爽，然后她再回到圆桌旁，帮将军斟上一杯梨花酒。

等景将军用膳完毕，彩云认真地收拾好餐盘、碗筷、酒壶，轻手地放回食箱，再躬身退出。

"你来了。"烛火矮了大半截，已经是深夜，景霆瑞放下手里的狼毫笔，说道。

"是啊，趁夜里凉快，来看看你。"说话的是吕承恩，依然是笑嘻嘻的，没个正经样子。

"听说皇上今晚又赏你一顿美餐，真好啊。"吕承恩在书案旁坐下，他每次来都不走正门，用蹩脚的轻功飞窗而入。

"你从什么时候开始，对本将军不再用尊称的？"景霆瑞睨视吕承恩，略有不快，应当说，他最近的心情一直很糟糕。

"从下官知道，您瞒着皇上一件大事开始，呵呵。"吕承恩故意答道，"有这么大一个把柄在我的手里，霆瑞，你就别这么见外了。"

"别以为我不敢杀你。"景霆瑞挑眉，越发地冷若冰霜。

"哈哈，是啦，您杀我如同踩死一只蚂蚁那样容易，不，不用您动手，我就像飞蛾扑火那样扑向你了！"

"事情查得怎么样？"景霆瑞不再兜转这种无趣的话题，兀自问道。

"唔，这几日，下官为了进贡祖传的祛暑良汤，所以一直陪在皇上身边，永和亲王也在，也就能探查一二，不得不说，亲王殿下他说起甜蜜的话来，可真是不顾旁人。"

"什么？"

"也、也没多甜，就是那些你也听过的，'臣弟永远会保护皇上'，'臣弟会为皇上鞠躬尽瘁，死而后已'"吕承恩偷瞄景霆瑞越来越黑暗的脸色，有些说不下去了，"王爷还说，他、他……"

"他什么？！"

"——他愿以自身性命换皇上一生的安康！"吕承恩知道永和亲王对皇上忠心不二，但这样的肺腑之言，还是第一次听到，可能还是因为皇上出宫的事，亲王是心有余悸吧。

"哼！"没想到亲王誓言般的话，却换来景霆瑞的嗤之以鼻，"幼稚。"

"这怎么是幼稚呢？亲王殿下是当真为皇上着想的，就算是拿他的命去换，他也是一千个一万个地愿意。"吕承恩都有些替永和亲王抱不平，说道，"将军对于亲王是大可放心的，不管那些老顽固怎么拥簇他，说他才是大燕皇室的正统嫡孙，都掀不起丁点风浪，因为他的整颗心都是向着皇上的，也就不会有任何的叛变之举。"

第九章
炎儿的怒意

"这样才麻烦。"景霆瑞看了吕承恩一眼,才道,"如果炎对爱卿越好,爱卿也就越不会对他设防。"

"我说将军!这都是亲兄弟,何须这般防备?皇上也不可能对亲王殿下有所提防啊?对了,您怎么直呼殿下和皇上的名……罢了,权当我没听见。"注意到景霆瑞犀利如剑的目光,吕承恩的气势如同身边所剩无几的烛灯,都快熄灭了。

"正因为是亲兄弟才麻烦。"景霆瑞眉头深锁,一脸凝重地道,"我不止和皇上一同长大,也与他日日打着照面,爱卿把炎宠坏了,在炎儿那里已经失了身为帝王的威信,这没有矛盾还好,一旦有了摩擦,炎不会按捺住自己的暴脾气,一定会有所爆发的。"

"大不了就打一架呗。"

"皇帝和亲王打架?你是当真的吗?"

"对哦,那可是挑衅皇权,是造反!"

"炎要是闹腾起来,比这个还严重。"

"什么?你你你!别吓唬我啊,能有什么事比造反还要大?"吕承恩的眼前,仿佛显现出地动山摇、江河变色的场景,身体都不受控制地颤抖起来。

"你现在脑袋里所恐惧的画面,就是将来有可能会发生的事情。"景霆瑞像是一眼就看穿了吕承恩,他最怕那些无可抵抗的天灾巨变了。

"什么?皇上的力量有这么大吗?你这次出去又发现了什么?"吕承恩一改之前嬉皮笑脸的样子,肃然且担忧地问道。

"纸快要包不住火了。"景霆瑞没有正面回答吕承恩,转而道,"你我都要防备着为好。"

"是……"

"这段时间,我没在皇上身边,看清楚了许多事。"景霆瑞突然说道,"炎的热情和爱卿的不设防,都是隐患。"

"什么,您是故意不留在皇上跟前的吗?"

"一半一半吧。"景霆瑞低喃,"我自己也要反省下。"

"咦?"吕承恩一脸稀奇道,"我没听错吧,您会说反省……"

景将军做事从来都不会出错,竟然也有反省之日啊,吕承恩不得不怀疑是不是自己的耳朵出了问题。

景霆瑞起身,蜡烛就彻底熄灭了,吕承恩也不敢再多说什么,趁着黑沿着来时的路退出了青铜院。

炎本该用完晚膳就走的,但又留下陪皇上"厮杀"了两盘棋,这才心满意足地从长春宫出来。

同样吃饱喝足、通体黄毛刷得光润发亮的玉龙已经等候在殿门口,炎谢过小德子,便上马扬鞭回府。

255

等到了灯火通明，宛如白昼的大街上，他才往后看了看。

亲信萨哈骑着一匹白马出现在身后，他其实跟随亲王入了宫，只是为了行事低调，而故意隐去了行踪。

"殿下，您的心情很好啊。"萨哈笑着说，有些逢迎之意。

"当然，明日又和皇兄约好了，一同去猎苑赛马。"炎丝毫不掩饰心里的兴奋。

"可您今日下午，本该去见一见老亲王的，您让属下把邀约挪到明日，这明日又……"

"那又怎样，谁也不及皇上重要，老亲王找我去，不就是拉家常，什么开国皇帝太祖之类，我早就听到耳朵起茧子了。"

"话虽如此，您最好还是过去一趟……"萨哈有意促成这一次碰面。

"你好啰唆，我才是主子，怎么，你连我的命令都不听了？"

"属下没有不听从，但属下知道在大燕有句古话叫作忠言逆耳，老亲王们好不容易统一口径，不顾一切地支持您，愿为您取得与相爷、骠骑将军相抗衡的力量，为何您如此怠慢？"

炎收住了缰绳，玉龙立刻停下脚步，也许是察觉到了主人情绪的波动，而哼哧地喷出焦躁的热气。

萨哈已经做好会被炎训斥一顿的准备，但他不能不提醒主人孰轻孰重。

"你说得对，这些天在皇兄的盛宠下，我有些得意忘形了。"炎赞赏地看着萨哈道，"加上那头狼最近甚少待在皇上身边，让我都忘了还有他在。"

"您是指景将军吗？"萨哈小心地询问。

"除了他还有谁！"炎冷嘲热讽地说，"有的人就像是野狼，养得再久都养不熟，他对皇上更抱有着狼子野心，想让皇上只宠信他，不能不防！"

"您说得是。"萨哈点头附和，不管怎样，只要殿下愿意继续与老亲王们结盟，他的目的也就达成了。

"但是，与皇上的邀约也不能不去。"炎转而说道，"你再往后推推，就……延到晚上吧，我会亲自去给老爷子们谢罪的。"

"是。"萨哈爽快地领命，炎这才重新一夹马腹，往亲王府奔驰而去，萨哈自然紧随其后，一主一仆如同一阵旋风，消失在熙攘的街头。

夏日里骄阳似火，尤其是午后的阳光，照在人身上是火辣辣的烫，爱卿已经穿上最为凉爽的冰蚕丝锦衣，可还是热得双颊透红，感觉头顶都能冒烟了。

"皇上，您没事儿吧？"小德子惴惴不安地问，"要不，还是别去骑马了。"

"这怎么行，君子一言驷马难追，更何况朕还是天子呢！"爱卿搬出大道理，不知是想说服自己还是小德子，他用锦帕擦着额头上的汗，"走吧，猎苑也有两处凉爽的地方，就去那儿等炎。"

"奴才遵旨。"

第九章
炎儿的怒意

　　小德子带着一众太监、宫女，还有侍卫，皇上则骑着御马之一，名为"玉麒麟"的白马，光是看那如同白雪一般的靓丽毛色，都觉得凉快。

　　"这么热的天，怕是不能打猎了。"爱卿有些遗憾地说，他本来还想着顺道打猎呢，可是别说野鸡、野鸭不见踪影，这片树林间，连一只麻雀都瞧不见，只能骑马慢悠悠地往前走。

　　"那边的河塘旁，应该还有鸭群。"小德子回话道，不过，从这儿过去还有好一段的路，正前方是一处极为宽敞的御马厩，里头全是一等一的宝马良驹。

　　因为皇上要来，马夫都等候在马栏外，金黄色的棚盖已经搭建好，摆放着一套红漆雕花的家具，消暑解饿的鲜果、冰镇酸梅汤都已备下。

　　"也辛苦他们了。"爱卿见到马夫都在日头里晒，便立刻对小德子说，"快吩咐下去，让这些马夫都下去歇息，朕今儿不会在这多待。"

　　"遵旨！"小德子正准备去传话，却又被叫住。

　　"等等。"

　　"奴才在。"

　　"还有，你去把后头的那些侍卫、宫女都撤了吧。"爱卿说，"朕在自家院子里跑马，何必要这么多人跟着伺候。"

　　"这……奴才遵旨。"小德子把令传下，这人就少了一大拨，爱卿坐在凉棚里，喝了些冰爽的酸梅汤，便又起身四处转转。

　　马厩盖的是泥瓦草顶，周围是一圈碗口粗的木栅栏，但因为堆了很多干草，看起来鼓鼓囊囊的，有五六匹，或红或棕的高头大马，待在各自的圈栏内，嘴里吧唧吧唧地嚼着草料，尾巴还不时晃荡两下，一副优哉游哉的模样。

　　爱卿是这匹摸摸，那匹看看，马儿都被照料得很好，性格也很温顺，他拿起一束草料，开始喂马。

　　突然，有人走到他的身后，爱卿以为是小德子，并未有动。

　　"末将景霆瑞——参见皇上！"

　　"哇啊！"爱卿吓了一跳，猛转身过来，手里的那些干草就戳到单膝跪着的景霆瑞的脸上。

　　景霆瑞不由得闭了下眼睛，爱卿立刻把草料丢开，可还是有很多洒落在景霆瑞的肩头。

　　"你、你怎么来了？也不找人通传一声，还好朕手里拿的不是剑……"爱卿很不好意思地伸出手，替景霆瑞拍干净，"不然，你就得破相了。"

　　"末将若是因为破相而娶不到媳妇了，皇上应该会为末将负责吧。"景霆瑞打趣道。

　　"哇，这个责任可就大了。"爱卿啧啧道，"朕若连累你孤独终老，有多少姑娘会来找朕哭诉呀。"

　　"说到姑娘，皇上不已经惹得一位姑娘伤心了吗？"

"是谁？"爱卿诧异地问，"朕怎么不知道。"

"自然是差点与您成婚的那位了，听闻她一心想要进宫为妃……"

"什么？"爱卿一脸惊惶地道，"她非要嫁给朕不可吗？"

"呵呵。"景霆瑞笑而不答。

"你……唬朕！"爱卿明白过来，气鼓鼓地道，"好呀，竟然拿此事来调侃朕，不知道朕是真心烦恼的吗？真是气人，罢了，你走吧，朕不稀罕你作陪，朕还有炎儿呢。"

"亲王要来了就打发他回去。"景霆瑞干脆利落道。

"这怎么行？"爱卿背过身去，一边继续抚摸马脖，一边道，"朕和他约好了的，你又没说今天要来见朕，兵部的事你都忙完了？"

爱卿无法抱怨说，自打回宫后，想见你，比见朕这个皇帝还难，毕竟景霆瑞都是在为公务忙碌。

"还没有。"

"那你来干什么？还神神秘秘的。"小德子原本就跟在爱卿的身后，现在却远远地退开到马厩外，应该是景霆瑞让他走开的。

"当然是为了您大婚的事。"

"什么？"爱卿回转身，比方才更要惊惶道，"又要朕成婚？"

"您的婚事已经按照天意取消。"景霆瑞柔声说道，"钦天监的欧阳大人终于找到了那颗名为'玄虚'的灾星，他说，皇上为何一准备大婚就一病不起，全是因为那灾星诅咒所致，只要有它在的一天，皇上都不宜成婚，不然……"

"会怎样？"爱卿憋住笑意，这所谓的灾星，是景霆瑞让钦天监瞎编出来的，一来，对于他生病数月的事情，有一个"自圆其说"的交代，二来，也可以彻底打消贾鹏想要他成婚的念头。

"轻则龙体欠安，重则国运衰亡，可是大凶之兆呢。"

"听将军的意思，只要有这颗'灾星'在，朕这辈子都别想娶妻生子了，这真的太可惜了！"爱卿眉眼弯弯，笑得开心。

"等时机成熟，这颗灾星自然会化解。"景霆瑞一本正经道。

"是呢，会有这么一天的。"爱卿望着景霆瑞，粲然一笑。

"有什么事，非得在马棚里聊个不停？"炎还是来了，一见景霆瑞就没好脸色，甚至都不顾有爱卿在场，直接就表现了出来。

小德子跟在炎的身后，一脸无可奈何，想必他是有拦过炎的，但是没拦住。

"就是朕的婚事彻底取消了。"爱卿笑眯眯地道。

"是吗？那真得恭喜皇上、贺喜皇上了！"炎很高兴地道。

"怎么，你不期待皇上可以大婚？"景霆瑞不咸不淡地问。

"不是不期待，而是相爷介绍的那姑娘不行。"炎肃然道，"臣弟派人去探问过，势利眼得很，谁家得势就和谁家的小姐好，简直和相爷一个样。对了，她和你的义妹也走得很

第九章
炎儿的怒意

近,经常结伴去烧香拜佛。"

"末将义妹的事情,末将尚且不知,亲王身在宫中,却如此了解她们的事儿,真是神通广大。"景霆瑞知道炎燊养的门客中,好些是擅长跟踪探秘,只可惜嘴巴不够牢靠,轻易就能出卖主人。

景霆瑞上回在客栈杀掉的人,之后也派铁鹰剑士调查过,确实是炎的手下,被炎派出来找皇帝的。

但是为保住自己的性命,就将主人的命令全盘托出,这样的人根本留不得。

"你这人讲话怎么带刺儿?"炎瞪着眼道。

"实话实说,哪来的刺?"景霆瑞毫不退让。

"好了,炎儿,我们骑马去!哎,这马棚挤里着三个大男人实在是太热了!"爱卿见情况不对,赶紧打圆场。

炎冷哼了一声,不再理睬景霆瑞。

景霆瑞有事要办不能久留,但他在离去前,说有重要军务找皇上商量,把爱卿给带走了。

炎气得直跺脚,认为景霆瑞根本是找他麻烦,早不来晚不来,非要等他与皇上相约骑马射猎时才来。

"亲、亲王……"猎苑的马夫小心靠近,"您还射猎吗?"

"为什么不射猎!"炎怒道,大步流星地走出了马棚。

已是凌晨,皇城各处大大小小的灯火都灭了,晨光却还没有亮起,周遭一下子变得黑暗而寂静。

偶尔,灰蒙蒙的空中会响起几声公鸡的打鸣声,但时间还很早,大街小巷都不见人影。

唯有南街景亲王府的西南角处,通宵达旦的灯火通明,那是亲王世子景霆云的住所。

自从景安昌在朝廷上公然斩断与景霆瑞的父子关系后,嫡长子景霆云的地位就越发显得重要了,因为他现在不但是王府唯一的承袭者,也是用来打压景霆瑞的希望所在。

只要景霆云能在朝廷里闯出一番名堂,或者富甲一方,那么景亲王府就不需要这么惧怕骠骑将军的权势!

面对父王提出的这两条路,景霆云都想要闯一闯,不过有个前提,那就是父王不能干涉其中,他想要怎么做就怎么做。

于是就连亲王府都一分为二,景霆云住着的地方,面朝内街独自开了一个门户,来往的人就不需要再走亲王府的大门了。

至于那总是在夜里登门的是些什么人,景安昌并不知晓,只知道儿子的钱是像滚雪球一样的越累越多,有了钱之后又买通了一些官,很快就能在朝廷里大展拳脚了。

儿子这么能干，就连宰相贾鹏都对他竖起大拇指，称景世子真是聪明绝顶，还要认他做干儿子呢。既然如此，景安昌哪还会管这么多，陪着王妃听戏都来不及。

又一辆马车趁着天还黑，停了景霆云的小门前，轻轻扣了三下门，有一个清俊的小厮出来迎接，两个穿着上好绸衣，一高一矮的中年男子一同走入门内。

堆砌有假山的气派院落、月牙形锦鲤池、波光潋潋的荷花塘，都和别的亲王府没什么两样。

再往里，绕来绕去地走上三里路，便是一处相当宽敞而且方正的宅邸，灯火照得极亮，白日里总是睡大觉的景霆云，此刻是精神奕奕，红光满面，坐在一个贵妃榻上喝着美酒，怀里还揽着一个漂亮的姑娘。

客人登门，景霆云上前招呼，请他们入座。

男人们话也不多，直接从袖子里掏出两张一千两的银票，放在景霆云面前的红木酒盘子里。

"好！爽快！爷就喜欢爽快的人！"景霆云笑声极大，响彻屋顶，"来人，招呼两位大爷去领人。"

两个小厮赶紧上前，嬉皮笑脸地陪着两位客人往旁边精致的厢房里去，小门一打开，里面竟被改装成监牢！还有些臭烘烘的。

客人不禁掩鼻，监牢被分成左中右共三间，每间都拥挤得很。

左边关的都是成年男子，有的个头高壮也有矮小瘦弱的，中间的是妇孺，孩子都只有几岁大，右边的则是最受欢迎的少年、少女。

客人想要什么样的人，就挑出来带走，不从的便打，打死都不用赔钱。

原来景霆云干的是天打雷劈、缺德不已的人口拐卖，他把那些因为天灾逃难来皇城的穷人，还有欠下高利贷无法还的赌徒都骗来、抓来，用武力迫使他们签下卖身契，再高价转卖给其他的黑商。

几乎所有的少女都流落到了妓馆，年轻的妇人就被卖去当大户人家的婢女。

剩下的男人们大多是被挖矿的、跑海的老板买走，这些都是苦力活，平时就很难招到人，所以登门的客人还真络绎不绝。

景霆云正喜滋滋地数着今日的收入，门吏来了，说相爷到访。

"什么？这个时候？"景霆云有些惊讶，因为他知道贾鹏最近很少四处走动，行事非常低调，但还是起身迎接。

贾鹏进来之后，无视隔壁屋里传出来的打骂、哭泣之声，直接问世子近日可好？

"好，生意兴隆，财源滚滚！有什么不好的。"景霆云自从有了大把的钱，对贾鹏也没有那么恭敬了。

"是这样。"贾鹏坐下来，"老夫这里有一些积蓄，可不知该做哪些买卖，希望世子指点一二，当然，那种买卖，我是不能做的。"

贾鹏暗指人口贩卖，他还得顾着点自己的官帽。

第九章
炎儿的怒意

其实，贾鹏来找景霆云也是被逼无奈，自从皇上的婚事被钦天监，不，是景霆瑞从中作梗破坏之后，贾鹏的地位可谓一落千丈，朝中有些大臣明显对他不再点头哈腰。

加上因为急火攻心，他的身体也变得极差，不是咳嗽就是腰疼，总觉得自己要命不久矣。

当然，这都是贾鹏的多虑罢了，他其实只要修养一些时日便可康复，但他的心伤得极重，认为皇上不可能再依仗自己了，所以，他必须要为自己找一条后路。

不是权就是钱，在这一点上他和景安昌有着同样的想法。

"晚辈还以为是什么事儿呢，好说！"景霆云相当爽快地收下贾鹏递过来的一万两银票，"您放心吧，您下个月这时来取，保准您翻一倍都不止！"

景霆云本来就想学赌场放一些高利贷，眼下有相爷的钱撑腰，在都城放贷就更容易。

"那就多谢世子了！"贾鹏露出一番沧桑的笑颜，景霆云看着都觉得他可怜，但瘦死的骆驼比马大，怎么说都是堂堂的宰相呢。

景霆云举起酒杯，敬了贾鹏三大杯，还说自己的生意之所以能做好，还是托了相爷的鸿福。

原来上一回，景霆云去宰相府饮宴带回的少女，被前来造访的朋友看中，当即掏出一袋银子道："把这丫鬟卖给我吧，多少钱都给！"

景霆云想了想，这是个不错的生意啊，就想到抓些无依无靠的难民来做买卖，没想到竟然赚得盆满钵满。

"谁能想到这么多呢，到底是世子聪明啊。"贾鹏说着一些违心的话，他明明看不起倒卖人口的生意，想想自己往后说不定晚景凄凉，便什么都不在乎了。

如今也只有景霆云肯收他的钱去做些买卖了，不管是黑钱也好，俸禄也罢，能多收一份是一份，他贾鹏混到如今的地步都是拜景霆瑞所赐，不管怎么样，他是做鬼都不会放过景霆瑞的。

想到这里，贾鹏的脸色更加阴暗了几分，景霆云一个劲地劝他喝酒，最后，竟然是酩酊大醉地由人抬回宰相府。

夏天的雨真是说来就来，炎在进宫时，头顶还是老大的一个太阳，晒得树叶都打蔫，这才走过几道宫门，突然就狂风大作、阴云密布，豆大的雨滴咚咚作响地往下砸，随身伺候的太监急急忙忙地跑去找雨具，炎就只有就近拐入一处凉亭暂避。

该说是冤家路窄吗？他还没来得及歇口气，就看到身着武士铠甲的景霆瑞走入进来，他的身后还跟着宋植。

很显然，他们也是来躲雨的。

炎本想当作没有看见他，反正彼此"视若无睹"也不是一两天了，但亭子并不大，要避而不见并不容易。

"末将见过王爷。"景霆瑞遵从礼法地抱着拳，微微躬身。

"王爷千岁！"宋植也一并行礼。

"免礼吧。"炎不咸不淡地说完，就想要背转身去，因为他答应过爱卿，不会再和景霆瑞起争执，以免旁人笑话他不像一个亲王。

"王爷，您最近很得闲吧？"甚少主动与人搭腔的景霆瑞，却低沉地开口道，"怎么天天都往长春宫里跑？"

"是啊！本王就是清闲，所以皇上时常传召伴驾，你很嫉妒吗？"炎听出景霆瑞那明显嘲讽的语气，索性盯着他道，"你也只有在公事上，能见见皇上。"

"呵，末将可比不上王爷，与皇上有着同胞手足之情。"景霆瑞竟然露出一抹浅浅的，好像闪耀出亮光一样的微笑，慢慢说道，"这浓浓的兄弟情谊，是旁人怎么'嫉妒'都得不到的，不是吗？"

这话听起来是夸赞，实则是在狠狠地挖苦炎，不过是借着皇上弟弟的身份，才得以在宫内穿梭自如，没什么了不起的。

炎这么聪明，怎么会听不出这弦外之音，他立刻气得面色煞白，衣袖下的拳头亦握得极紧！

"景将军说得对！"站在左侧的宋植，还没感觉出不对劲，依然傻笑着说，"皇上真是一位爱护弟弟的好兄长。"

"喀喇喇！"

刺眼的闪电划破天际，照亮了炎的脸，那双极漂亮的丹凤眼里，盛着满满的怒意。宋植被震得哑口无言，不但笑容僵在了脸上，心里更慌得跟什么似的。

年仅十七岁的炎，竟然有这样可怕的魄力！完全无法把他当作一个少年来看待。

"那你呢？"炎无视被吓呆了的宋植，满脸愠怒地直视着景霆瑞，咬牙切齿道，"一辈子也只能是奴才！"

"恕末将愚笨，听不懂王爷的话。古往今来，奴才就该是奴才，就像弟弟就该是弟弟一样。"景霆瑞没打算向炎解释他和爱卿和普通的君臣不同，因为这只会惹来炎的暴跳如雷，反会成为一个麻烦。

"是吗？"炎冷然地一笑，"真是想不到，'奴才就该是奴才'这样的话，会从你景霆瑞的嘴里说出来，你不是一直无视尊卑位份？"

"王爷，您身为左督御史，职专纠察百官言行，也要做到自身谨言慎行才好。"景霆瑞提醒似地说，"否则，您方才暗示末将存有以下犯上之心，这些话要是传出去，末将可就要蒙受不白之冤了。"

"哼，谁敢让你——堂堂的骠骑大将军蒙受冤屈？就连相爷都要屈就你三分，不是吗？"炎的眼里射出犀利的冷光，若不是在皇宫内，他应该已经对景霆瑞动手了。

因为贾鹏再怎么逼迫皇上成婚，都以失败告终，所谓得饶人处且饶人，更何况那是父皇钦点的，辅佐皇兄的大臣，可是景霆瑞却一副要斩草除根的样子，一连撤换掉好几个

第九章
炎儿的怒意

贾鹏党羽的官位,让他快要变成孤家寡人了!

这让炎非常看不惯,他不喜欢贾鹏,但更讨厌咄咄逼人的景霆瑞!

"此话说得越发离谱了,末将与相爷同朝为官,共为皇上效力,何来'屈就'一说?这未免言过其实,倒是……末将三番四次因公事打扰到您与皇上下棋,对了,还有射猎,惹得您如此生气,在此迁怒于末将,倒是千真万确的。"

"谁说本王会为这点小事生气!"炎心头的怒气,确实有好些是在这几天里累积的,但他可不会承认这一点,这会显得他太小家子气,可他就是无法接受,皇兄面带笑容地看着景霆瑞!

此刻,景霆瑞一语中的,更让炎羞恼交加,额头上的青筋都蹦出来了。

"王爷,是与不是都不重要,但末将全心全意侍奉皇上,若因此怠慢到您,还望包涵。"

"哼,从你的口气里可听不出有丁点歉意,反倒暗示是本王做错了似的。"炎难掩怒意地说。

"末将不敢,只是王爷您过惯了悠哉的日子,是不会了解兵部的军务有多么紧急,实在是顾不上其他事。"景霆瑞又在讥讽炎的散漫,这下连宋植都听出来了,他吓得脸都绿了。

"你当我在朝堂上是在打瞌睡吗?我当然知道!"炎怒不可遏,大声道,"不就是北部要塞那边,突起兵变吗?!"

"原来您知道,那为何还要连日叨扰皇上?在陪您下棋、聊天的功夫,皇上都可以批阅完兵部的奏折。"景霆瑞露出一副困惑的神情。

"你!"炎往前走了一步,似要动手,身披笠衣的太监却来了,手里抱着一把伞,他看到骠骑将军和禁军统领也在,不禁愣了愣。

"两位将军,奴才再给你们去拿伞!"太监急忙说道。

"不用劳烦,雨已经小了很多,"景霆瑞谢绝后,又看了眼处在爆发边缘的炎,不愠不火说道,"末将身上还有兵部要文,就此告退。"

"属、属下也、也……"宋植一直在旁观战,却依然不明白他们为何如此交恶,心里很害怕他们会打起来,自己那点功夫怕是劝不住的。

为此,宋植惊慌得都有些六神无主了,连话都说不清,只是匆忙地跟在景霆瑞身后,一同消失在雨幕中。

"那,王爷,给您伞。"太监把手里油纸伞递给面色铁青的炎。

"回府!"炎没有拿伞,而是一头冲进雨幕当中。

"什么?!"太监不解地道,"您还没见到皇上呐!"

炎却不理他,只顾往外头一顿奔走,可才到一座宫门前,他又突然停住,雨水哗哗地冲刷着他的脸,太监急忙撑开伞,替他遮挡。

"去长春宫。"炎声音哽咽地说,并不是哭了,而是气愤。

"是、是……奴才领命。"除此之外,太监都不知说什么好,这王爷比皇上还要难伺

263

候,因为他太阴晴不定,前一刻不还是好好的吗?怎么说生气就生气了呢?

罢了,只要去到皇上面前,就会转好的吧。

这满皇宫的人都知道永馨公主非常爱黏着皇上,而永和亲王则有过之而无不及,只要有皇上在,亲王就会变得特别随和,仿佛变了一个人似的呢。

第十章 出征剿匪患

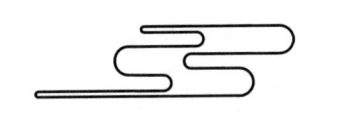

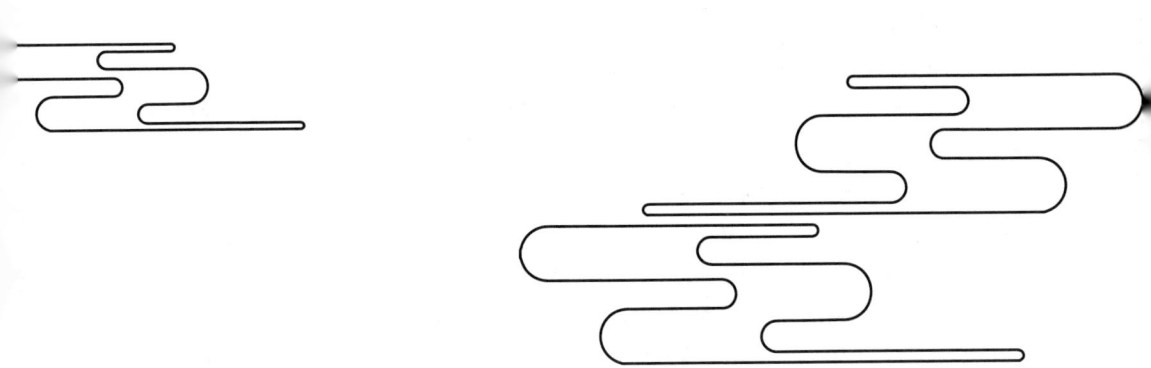

"来人，给两位将军赐座。"爱卿声调沉稳地说，并没有因为突来的紧急军情就露出慌乱。

"谢皇上。"景霆瑞对此暗暗赞赏，要是最初登基时的爱卿，恐怕会惊讶得从御座内立刻起身吧。

相比空有一身本领，却意气用事、敌我不分的炎，爱卿成长迅速，变得很有担当。

"前日早朝上，安若省的府尹唐柳金还上奏说，已拿下流寇七十二人，怎么一转眼就变成北部要塞突起兵变的？"爱卿神情肃然，询问景霆瑞道。

"回皇上，唐大人收到的情报不假，但那已是一个月前的事了，末将手里的奏报，是半月前的，刚才送达。"景霆瑞起身回话道，并把奏报呈上。

爱卿接过来一看，上面写着北部一处名为"龙潭岗"的山地要塞，关有匪寇五十二人，后又抓到二十人，共计七十二人，因人数众多，要塞首领罗将军，为防止他们密谋闹事，就把他们分开关押在数个监牢内，甚至还分到了当地乡民的仓房内。

但还是不可避免地在凌晨时发生骚乱，先是有人偷偷放火烧马厩，罗将军命人扑火救马时，牢内的匪徒合力扒穿土墙，抢夺了士兵的兵器，厮杀四起，其中，竟还有几个边防士兵在互相砍杀，不知情的乡民看到，以为是要塞内部起了兵变，纷纷告走奔逃，使得要塞内士气大跌，罗将军被射杀，龙潭岗不幸落入流寇手中！

这份包含前因后果的详细奏报来自铁鹰剑士，他们的奏报比府尹的还要快和准确，也不知他们是怎么办到的，总能救军情于水火之中！

尤其是铁鹰剑士如今都在景霆瑞的实际管辖下，人才越来越多，办事也是越来越利索，爱卿对景霆瑞是更加赞赏，但眼下不是褒奖功劳的时候，他放下手里这份虽然只有百余字，却包含着上千条人命的奏报，思索着上面的内容。

"几个大燕的边防士兵互相砍杀……"爱卿沉吟着问道，"是细作吗？"

景霆瑞欲回答，却有太监入内通传，细声细气地禀告，"皇上，永和亲王在外求见。"

"啊，朕都忘了，今日约他下棋。"爱卿是一脸的歉意，顿了顿后说道，"还是请他进来吧，王爷也是朝臣，让他听一听，多个人出出主意也好。"

"皇上明见。"既然爱卿都这么说了，景霆瑞和宋植自然不会持有异议。

"臣弟叩见皇上，吾皇万岁、万岁、万万岁！"不一会儿，炎就大步地进来，跪地行礼。

"炎儿！"爱卿却吃惊得睁大了眼睛，因为炎浑身湿透，整个人就跟从河里捞起来似的，脸色也很苍白。

"你这是怎么了？"爱卿立刻离开御座，走向炎，也不顾那湿漉漉的衣袖，将他扶起身，焦急地问道，"这么大的雨，你就不知道躲躲吗？唉！是哪个跟着伺候王爷的？"

爱卿一边问，一边拉起自己的衣袖擦拭炎的脸庞，"你看看，都湿透了！要是生病了怎么办？"

第十章
出征剿匪患

"是……是奴才。"一个年轻的太监就立在门边,此刻是浑身打哆嗦,吓得不知所措。

"还愣着干什么,快点带王爷去更衣呀!"爱卿更急了,连声说道,"再泡一壶姜茶,给王爷暖暖身子!"

"奴才遵旨!"

在那个太监慌慌张张地靠过来时,手脚麻利的彩云已经准备好一套衣衫,面带责怪地看着那个太监,小声地说:"拿去吧,你怎么伺候的?"

"皇兄,臣弟不碍事,也别怪这个太监,是臣弟想要淋淋雨,醒醒神的。"炎帅气地笑了笑,自己接过彩云手里的衣衫,说道,"姜茶就免了,这里还要谈正事呢,耽搁不起,请恕臣弟失礼,去去就来。"

"王爷是怎么了?"待炎离开,爱卿立刻追问随身伺候的太监。

那太监完全不敢抬头,只是抬起一些眼角,朝景霆瑞的方向偷偷一瞄,虽然那是一个下意识的动作,爱卿还是看明白了,心里不禁暗暗叹气。

炎和瑞瑞又吵架了?爱卿感到头疼,也越发地想不明白,为何他们的关系会变得这样差?简直没有转好的可能。

然而,这手心是肉,手背也是肉,哪一边都偏袒不得,爱卿真不知该如何是好?

就在爱卿面带疑问地看向景霆瑞时,却注意到他的脸色也是不佳,眉心还锁着。

"你有什么好生气的?"爱卿用力地瞪了一眼景霆瑞,表情丰富地演绎着心里的话,"该气的是朕才对!"

宋植也不知该作何表示,唯有静默的,一脸尴尬地站着。

好在这样的寂静没有持续多久,炎真的很快就回来了,穿着一袭唯美贵气的锦蓝金蝠绣纹绸衫,却掩盖不住他的气宇轩昂、英姿勃发。

同样的,爱卿也赐座给他,且还是上了一盏热姜茶。

宋植出列,把前面的情况简略地说了一遍后,又回归到龙潭岗兵变的正事儿上。

"皇上,那几人是奸细,又不是奸细。"景霆瑞回答爱卿之前的问话。

"将军这话说的,人是人,鬼是鬼,哪里有似是而非的道理。"炎立马呛声,宋植果断再次低头,装作没听见。

"因为他们一开始确实是大燕的边防士兵,后来遭到策反才成了匪徒的内应,但事后又后悔了,才主动说出了内情。"景霆瑞丝毫不受挑衅,继而说道,"所以,才是又不是。"

"那你直说不就行了,在皇上面前兜什么圈子!"炎又不爽地呛道。

"是朕问得不对。"爱卿打圆场般地看着二人,努力扳回局面,"景将军自然要依照问话答复朕,不然,就是欺君之罪了。好了,那些士兵还说了什么?他们为何会被策反?"

"被策反的几个人都是前朝的士兵。"景霆瑞干脆无视掉炎,对爱卿禀明道,"他们受到'既然是大义凛然的男儿,就一定要忠于真正的君主'的煽动,才一时做出糊涂事,害

得诸多同僚惨死。"

"真正的君主？那个苛捐杂税，屠杀妇孺的嘉兰暴君？"爱卿蹙眉说道，也想起好些事来——

北部的安若省原是嘉兰国，他们的君主假意与大燕结盟，却暗中派出特使，勾结大燕叛臣，想要行刺煌夜和柯卫卿，结果被煌夜以及铁鹰剑士识破阴谋，煌夜命还是太子侍卫的景霆瑞带兵反攻嘉兰，那场战争耗时近三年，也是景霆瑞第一次离开自己身边这么久。

对于此，爱卿一直难以忘怀。

"正是他们。"

对于嘉兰国，没人比景霆瑞的印象更深。他只身一人潜入嘉兰王宫，却看到无数尸首，不知道的人还以为内宫已经沦陷，但其实是嘉兰国王命令身边所有的人——包括自己的兄弟姐妹殉节、殉国！

所以死的多数是后妃、宫女以及幼童，这些他根本不会杀的妇孺。太监、士兵都已不堪暴政，纷纷丢下兵器逃亡。只剩下嘉兰国王企图在寝宫自刎，却又怕疼不敢下手，只划伤了一点皮肤，被他拿下，押回大燕复命。

不久之后，这个痛哭流涕求饶的君主就被公开处死，嘉兰从此覆灭，安若省这片土地也不再有暴政和战火，当地百姓也终于能过上安稳日子了。

只是没想到，嘉兰竟然还能"死灰复燃"！

"这不可能！嘉兰王族当年不是全都被逼'殉国'了吗？这哪来的嘉兰君主？"炎提出自己的疑问。

"总有冒名顶替之辈，"爱卿想了想说道，"且王族亲戚众多，出现一个侄子、外甥之类，都不意外。"

"皇上英明，此人名叫李冠，是一位亲王世子，年二十岁，号称是嘉兰最后的一位正统王爷。"

景霆瑞进一步说明："他在亡国之后辗转流亡于大燕的多个省份，甚至来过睢阳刺探情况，后因形迹败露，又仓皇奔逃，一直退到安若省外，加入一支匪寇。因他心狠手辣又狡诈，逐渐坐上当家的位置。后又遇到西凉国被流放的叛臣左奕克，便狼狈为奸地组建起一支混合前嘉兰士兵与西凉人的流匪队伍，约有八百人。"

"什么，这么多？还有西凉叛臣？！"爱卿对此感到惊讶。

"是！有关左奕克的情况，末将还在摸查当中，但已经确定这些都是杀人不眨眼的悍匪，他们近日频频烧杀掳掠过往的商队、牧民，还有要塞附近的大燕百姓，当然，其目的并不在于抢劫这座小小的边塞，而是想以此为地界，妄想复国。"

"真是异想天开！"炎觉得好笑地道，"一个前朝余孽、一个西凉叛臣，竟然也打起大燕边疆的主意！"

"皇上，这复国说白了就是想要当'皇帝'，以满足一己私欲。"景霆瑞拱手道，并没有因为对方是匪寇，就放松警惕，"得速速剿灭才好。"

第十章
出征剿匪患

"将军说得对。"宋植此时不得不开口了,"末将也是这么想的。"

"唉,安若省自建立以来,一直是风调雨顺,百姓安昌,如今这么一折腾,还不知要连累多少人。"爱卿痛心地感慨,"看来那些人还是记不住当初亡国的教训,残暴如故!"

"可不是嘛!"炎点头道,"连他们的百姓都不要这样的皇帝了,他们还自以为是王子王孙要复辟,也不怕人笑话!"

"景将军,按照现在的情况看,以他们的兵力有可能攻下其余的六座要塞吗?"爱卿又问景霆瑞道。

"以兵力来说,这些乌合之众绝非大燕精兵的对手。但是流言猛于虎,就怕有不明真相之人,投奔向这位所谓的前朝王爷,让战事变得不明朗。"

"所以在事态进一步恶化之前,必须拿下这些逆贼!"爱卿很快就下了结论,且得到大家一致的同意。

"皇上,这事不宜迟,就交由……"景霆瑞想要举荐何林前去围剿匪寇。

"交给臣弟如何?"没想,炎突然起身,上前一步道。

"什么?"爱卿一愣,"你要去?"

"是啊,皇兄,臣弟的本事您不是很清楚吗?"炎露出十分自信的笑容,说道,"那人不是唱自己是前朝的王爷?呵呵,我可是当今的王爷,由我去对战再合适不过!"

"这……"论武功本领,除了景霆瑞,恐怕再没有人是炎的对手,爱卿和他们一起长大,当然非常清楚这点。

而且炎聪明好学,不仅仅是武艺高强这么简单,他可以上知天文,下知地理,年纪轻轻就博学多才,还长得很好看,爱卿对有这么一位十全十美、无可挑剔的弟弟,一直倍感骄傲!

但是,他从没有想过要把炎派去前线指挥作战,倒不是信不过他,而是怕他有什么闪失,除了自己过不了那一关外,他也无法向父皇交代。

宋植也感到很意外,他频频看着景霆瑞,等他发话。

因为宫里的人都知道,永和亲王是不愿意离开皇上太远的,甚至,几乎每日都会来宫里请安问好。皇上安好,他便安好,皇上若有个头痛脑热,或者因天气热吃得少一点之类的,他可是比太医还要着急,四处搜罗好吃、好玩的玩意儿,哄皇帝开心。

还有宫人在私底下说,永和王爷对皇帝的热情劲儿,简直像疼着自个儿的媳妇似的。当然,这只是玩笑话罢了,大家都很高兴皇帝和亲王手足情深。

今日,永和亲王竟一反常态,说要去北方的要塞打仗,这就像太阳从西边出来一样,实在太难以置信了。

"话是这么说,但王爷您若是不小心吃了败仗,大燕国威受损也是成倍的。"景霆瑞不加掩饰地说出内心的看法。

"你是什么意思?本王也督过军,只不过比你少些战功罢了,何必如此讥讽我?"炎瞪着他,火冒三丈,但碍于爱卿在场,只有忍住不发。

"这只是丑话说在前头,诚然,王爷您愿意亲自跑这一趟,对于鼓舞士气来说,是最好的。"景霆瑞话锋一转,让所有人都一愣。

"你同意?"爱卿直瞪着景霆瑞,万分惊愕地道,"当真?"

"皇上,此次剿匪之战的统帅,永和亲王当之无愧。"景霆瑞一拱手,不忘提醒道,"只要王爷能平心静气地应对一切的战局变化就行。"

"你放心,你做得到的事情,我淳于炎一样可以做到!且会比你做得更好!"炎已经露出胜利者的姿态,挑衅般地注视着景霆瑞。

"等等,朕还没决定……"爱卿这才感到了慌张,因为他从没想过要把炎派出去打仗,可是景霆瑞和炎,却一致地跪下请命。

"臣等恳请皇上,恩准此事!"这两人从没有这样异口同声过。

爱卿眨着眼睛,看着一副不同意,就坚决不会起身的两人,心想着:"是我抓得太紧了吗?原来炎儿那么想要出去打仗,要不……就让他出去闯闯?以炎的本事,带兵打仗也绝非不可,同为武将,说不定他和瑞瑞的关系还能改善下。"

爱卿是想了又想,甚至起身,在御座旁来回地走了好几步,才深深地吸一口气,一脸沉稳地道:"好吧,朕就命你为辅国大将军,负责领兵剿灭北部匪患,帮助当地百姓恢复生息。"

"臣领旨,谢主隆恩!"炎深深地俯低下去,磕了一个重重的头。

天色渐渐地阴暗下去,盛夏的晚风中,茉莉、紫薇花轻轻摇曳,营造出一种令人熏熏欲醉的氛围。

田雅静坐在庭院的一角,看着那充满生机的园景,长长的条凳上都摆满了一盆盆的花草,都是诰命夫人亲手种下后,由她打理起来的。

这样美丽的景色,放在进入院门就能看到的地方,希望给那个人带去美好的心情,只是他已经三日没有归家了。

"将军回来了!"突然,有家仆喜悦地喊道。

田雅静立刻站起来,心头激动得咚咚直跳,她都不知将军今日会回来,也没来得及换一身更好看的罗裙,但她又不想错过与将军的碰面。

因为将军经常回来探望一下母亲就又回宫里,为皇上、为朝廷、为天下百姓效力,有时,田雅静会希望自己是个男儿身,也就能跟随在将军的身边出入了。

当然,这不过是一闪而过的念头,男儿固然好,但始终不及女子这般善于持家,田雅静觉得自己就好似一滴水,渺小至极,而景将军是一块巨大无比,又十分坚硬的岩石,两者看起来毫无缘分可言,可是,在她柔情的关怀与坚定不移的心意下,总会有"水滴石穿"、心心相印的一日。

她不怕默默地等,甚至觉得只要她还活着,就有希望。

就在田雅静对于该不该回去换一身衣裳,而感到踌躇时,景霆瑞已经迈入前院,他的

第十章
出征剿匪患

周围簇拥着好些闻声出来迎接的家仆。

田雅静几乎是出于习惯地朝景霆瑞蹲身行礼,并轻轻地说了一句:"将军。"

景霆瑞似乎是没有听到,毕竟在同一时刻,有好些人在叫着"将军"。

田雅静抬头,看到景将军朝客厅去了,就和往常一样,她才松垮下肩膀,想要叹一口气,却看到将军突然折返,并且笔直地朝自己走来。

"嗯?!"田雅静都忘记低头,因为太过吃惊,就这么直勾勾地盯上将军英俊无比的脸孔。

直到景霆瑞站定在一步开外的地方,她才想起什么,猛地低下头去,满脸难掩的羞涩。

"雅静,这几日宫里繁忙,我未能着家,多亏你照料我的母亲。"景霆瑞说,他知道她们情同母女,所以他也不想那么见外地称她"田姑娘",其实在景霆瑞看来,她就和妹妹一样。

"没什么的,将军,能伺候夫人也是奴婢的福分。"田雅静的心跳得更快,她都快要喘不过气,原来她的辛苦,她的付出,将军全都知道!

"是这样……"景将军的声音听起来有些犹豫,这更让田雅静感到稀奇,她鼓起勇气抬起头,看着他:"您但说无妨。"

"过几日,朝廷会发兵安若省,原是嘉兰,你曾经住过的地方,若需要寻找什么东西,或者什么人,我可以为你安排。"景霆瑞说道,他也是为了感谢田雅静一直以来,对母亲的悉心照看。

"嘉兰?它不是已经亡国了吗?!"田雅静倒吸着气,因为害怕而微微发抖。

"你别怕,只是一些流亡匪徒罢了,不出一个月,朝廷就能降伏的。"景霆瑞安慰她道,只有经历过战火的人,才会知道战场的可怕。

田雅静能活下来,也是一个奇迹。

"是吗……"田雅静略略舒展眉头,但也许是想起伤心事,她拿出绣兰花的熏香帕子,轻抹着渐渐发红的眼圈,凄楚地道,"奴婢的爹娘、叔嫂等最亲的人都惨死在嘉兰,若不是将军您搭救奴婢,奴婢现在也是一个有冤无处申的刀下亡魂哪……是您替奴婢报了血仇,还给奴婢一个温暖的家,现在奴婢别无他求,对奴婢来说,嘉兰也好,安若也罢,那都是过去的事情了。"

"你能看开最好。"景霆瑞点点头,轻轻地拍了一下她的肩膀,"我进去看母亲了。"

田雅静都忘了搭话,将军碰触了她,就在刚才,简直跟做梦似的,直到景霆瑞走远,她才回过神地,大大地喘了两口气。

"……将军!"田雅静抑制不住心里的高兴,在院子里转了一个圈,纱裙铺开宛如一朵粉色莲花,美丽至极,她又低头去闻花儿的香味,还细致地用手指掸去上头的浮灰。

"你怎么还在这儿,将军回来了,去给他上茶呀!"出来的人是管家,但他不是责怪的语气,而是含着笑意。

这家里谁都知道田姑娘喜欢景将军，也乐于撮合他们，但偏偏景将军是傻乎乎的不解风情，让田姑娘是既心焦又难过。

但有道是，当局者迷，旁观者清啊！尤其这男女之事，只要不说破，还当真难猜呢。

"我这就去！"田雅静踩着轻快的步子，往夫人的房间去，她知道将军一定在。

果然，她靠近门边，就听到了将军问候夫人的声音，这时，一个小丫头端着茶盘过来，田雅静拿过，"你下去，我来。"

"嘿嘿。"小丫头机灵地一笑，躲开了。

田雅静正要推门进去，却听到景将军说："雅静她在安若已经没有任何亲人了。"便立刻停下脚步，凑近听着，还有比听到心上人提到自己的名儿，更幸福的事情了吗？

"是啊，这丫头可真苦命，她和我说过，她爹娘还有一些亲戚，全都死在炮火和刀剑下了，她可是从死人堆里爬出来的……那都是她的至亲啊！"夫人的声音听起来，不但激动而且有些伤心。

"她以后不会吃苦了，不是有母亲照顾着她吗？"

"话是这么说，我对她再亲，也还是外人，终究不及家里人亲的。"夫人似乎在帮忙撮合，田雅静暗暗地握紧托盘，以防止自己冲进去表白心意，这就太唐突了！

上次沐浴之事，她就太过冲动，表白不成，还让将军生气了。

"她今年多大了？"是景将军的声音！

"呵呵，有十七了，是到许配人家的年纪了，这么好的姑娘家……"夫人是有意把话往姻缘上扯，田雅静很感激夫人的良苦用心。

"那就有劳母亲费点心思，给她张罗一户好人家吧。"

"什么？"

"您也说，我们始终是外人，能帮到的不多，她可以把这里当作娘家。有了丈夫和孩子后，她也能彻底忘记过去的痛苦吧。"

"等等，瑞儿。"夫人很少会这么叫将军，此时已经语带惊讶了，"这么好的姑娘，你真舍得往外推？最重要的是，她对你可是一心一意的啊！"

"母亲，孩儿不知您是怎么误会的，雅静是很好，但她对孩儿只有感激之情，孩儿对她也只有兄妹之义，是断然扯不到一起的。"

"可是这……唉，为娘知道了，你还是惦记着那个富家小姐吧？你还送她传家宝来着。"

"呵呵，果然是母亲，到底了解孩儿。是啊，儿子心里就只有他一个。"景霆瑞怕母亲担心太过，以致夜不能寐，便借着母亲的话说了下去。

"但她完全不要你呀，我也从没见过她。这种八字都没一撇的事太不牢靠，你都多大了？该结婚了！这婚姻上的事，还得由父母来……"

"好了，母亲，看您精神这么好，我也就放心了，朝上还有事，我得回去了。"

"你看看，你当官，别人也当官，怎么你就这样地忙！连终身大事也可以耽搁，唉！"

第十章
出征剿匪患

夫人一连叹了好几口气，景将军劝慰着她，又停留了一会儿。

田雅静趁着这个机会，捧着已经溢撒开的茶水，无声无息地往自己的房里走去。

一路上，小丫头遇到她，好奇地问："怎么夫人和将军不要茶？"可是田雅静像没听到似的，依然端着茶盘进入房内，把门关紧。

茶盘放在一旁，早已经杯盘歪斜，她愣愣地看着，突然捂住自己的脸，痛苦地哭泣起来，在心里使劲地埋怨道："你既然不要我！为何救我？你既然不要我，为何又要温柔待我！说什么义妹？！只把我当成一个下贱的奴婢不是更好？你好残忍！将军，你真的好残忍！"

心如刀割、万念俱灰之下，田雅静哭得天昏地暗，甚至认为还不如当年，她随父母亲眷一同去了，也不至于现在这般伤透了心！

这还让她突然地发起高烧，意识不清，诰命夫人连忙请来最好的大夫，用最好的药给予医治，过了三天人就康复了，可精神却十分萎靡不振。

同为女人，诰命夫人猜想出田雅静已经知道将军的心思，她以往都是极力撮合他们，现在见到如此情形，便反而劝雅静要看开些，还说自己那个儿子，就是个榆木疙瘩，不懂真情，不值得雅静如此付出。

田雅静痛哭流涕地抱着夫人，说愿意给夫人当一辈子的奴婢。

夫人实在是感动不已，当场就说要收她做义女，田雅静在以往总是婉言推辞，现在却爽快地答应下来，跪地磕头叫了一声"娘"。

这事不仅景将军知道了，连皇上也收到风声，派人送了好些贺礼来。

景将军府就又恢复到平平静静、一派祥和的日子了，但田雅静不再伺候夫人了，也没再打理那些花草鱼鸟，她请了一位私塾老师，专门学习诗词书画，凡是贵族小姐学的东西、用的东西，她全都要试，不管花多少的钱。

不过，既然她是诰命夫人的女儿，骠骑将军的妹妹，她这些行头也是理所当然的，无人对此质疑。

夜阑人静，永和亲王府里悬挂着明晃晃的琉璃八角宫灯，墙壁、廊柱的影子都被拉得斜长。

"王爷，有贵客到！"

突然，萨哈步履匆匆地进入兵器库，躬身禀报，也打乱了一派宁静的氛围。

"混账，本王不是说过，今晚不管谁来，统统不见！"淳于炎放下手里擦拭得极亮的银鞭，不客气地斥责道，"你是怎么办事的？还不快去回绝掉！"

虽说带兵剿灭北部的乱匪，只是一场中小规模的战斗，不需要举办"命将大典"这么隆重，但是明日清晨吉时，皇上就会派遣官员去奉先殿和武庙祭拜天神和旗纛之神，以求讨伐的路上没有险阻，能够大胜匪寇，炎也要一同前往行叩拜大礼。

这之后，他要回到宫殿向皇上辞行，接受官员躬身祝福后，正式率兵出征。

所以今晚，他不想见那些老亲王派来的亲信，听他们啰啰唆唆、没完没了地抱怨，无非就是觉得他贵为亲王，理应得到更好的对待。

可是炎觉得，现在能留在皇兄身边，得他重用，为他保家卫国，就已经很开心了，还要被怎样的厚待呢？难道还要他继承兄长的帝位吗？简直可笑至极！

有时候，炎也会后悔自己是不是和那些亲王交往得太过频繁，以至于让他们觉得可以操控自己来做些什么。

但转眼一想，又觉得不太可能，他们都是些老头子了，能闹出什么名堂？便也罢了。

"属下知道，可是王爷，这个人不能不见呀……"萨哈说话很少吞吞吐吐，炎注意到他方才禀告时，也没有像以往那样直接说出对方的来头，而是以"贵客"代之。

"到底什么人啊？连你都慌张起来了？难道是景霆瑞？！"想到景霆瑞那张冷冰冰的臭脸，炎都不免感到诧异。

"回王爷，是景将军来了，不过……"萨哈的话还没讲完，炎的眼睛里却迸出极耀眼的光芒，脸上也是极度兴奋之色！

"我知道了！但这可能吗……"炎似在问萨哈，可是又不等萨哈回答，他就已经迈开腿，就像一阵旋风似的直朝客厅奔去。

见此情景，萨哈倒也没有很惊讶，也只有那个人能让一向稳重的主子变得如此雀跃，仿佛一下子回归到他原本的年纪。

就连他最宝贝的兵器也丢一边就走了，萨哈笑着摇头，把银鞭放回铺垫着玄色软绒的橡木匣子，再把兵器库的门锁好，才赶去伺候主子。

在永和亲王的身边，他从来都不敢有丝毫的懈怠。

"砰咚、砰咚！"

炎可以清楚地听到自己的心跳声，就像擂鼓一般的激烈，他飞快地穿过最后一道门，却在进入客厅的瞬间停下了脚步。

他站在门扉下，刚巧可以看到立在一幅古轴画《骏马图》前的爱卿，他穿着一件素银缎袍，腰间系着一条淡紫色绢带，头发也是用淡紫的丝带绑住，扎成高髻，乌黑的发色突显出耳廓以及脸颊的白里透红。

爱卿正欣赏着银蹄黑身、驰骋如飞的骏马，也就没有注意到炎已经来了，炎不知为何也不想出声，就这么呆呆地望着爱卿那款款而立的身影，那宽窄适宜的肩头，那略显纤细的腰肢，从头到脚每一处都透出一股让人目不转睛的俊美！

爱卿真的长大了，小时候他是那么可爱，水汪汪的大眼睛，乌黑细软的刘海，像花瓣般红润饱满的双唇，曾有新进宫的乳母嬷嬷，把他当成是公主呢。

现在的爱卿已褪去了幼年时的青涩，下巴变尖了，五官线条更立体了，脸蛋轮廓也不再是圆鼓鼓的了，可是却英姿勃发了。

炎不但转不开视线，连脚也粘在了原地，他就像一个木头人那样"目瞪口呆"地站

第十章
出征剿匪患

着,但是他的心头却震荡着仿佛电流穿过般的激动,一时间连呼吸都忘了。

"炎儿?"爱卿转过头就看到立在门旁的弟弟,渐浓的笑意毫不掩饰内心的喜悦,"朕来看看你。"

"臣、臣弟叩见皇上!"炎这才回过神,感觉耳背都滚烫起来,为了遮掩自己的失礼,连忙下跪请安,"不知圣驾到来,未能远迎!实在是……"

"好啦!你看朕的装束便知朕是便装来的,哪来的圣驾让你迎接?"爱卿笑眯眯地走过去扶起弟弟,"不要一见面,就给哥哥我这么大的礼数,快起来说话吧。"

"您……"听到爱卿满含笑意的声音,炎心头的激动与恍惚也逐渐平稳,便想到了更现实的事,那就是皇上微服出宫,也未带仪仗侍卫,是否安全?

但他关切的话还没问出口,就看到了站在客厅花架旁的景霆瑞,他穿的也是便服,暗蓝绸衫很挺括,腰间悬佩蚩尤剑。高大魁梧的人穿交领绸衫时总会显得特别壮实,甚至是笨重,萨哈便是如此。

可穿在景霆瑞的身上并不会出现那样的窘态,那长长的柔软衣摆,只是突显他个子颀长、身姿挺拔,要不是炎曾经看到他裸着上半身练武,是不会相信那层精致的衣料底下,有着极为扎实的肌肉。

这两人若是走在大街上,一定会被认为是王府公子和皇家护卫吧,倒也不会有什么人胆敢接近,尤其是景霆瑞那冷若玄冰的视线投射过来,就会让人觉得头皮发麻。

"王爷。"景霆瑞这时也开口了,声音低沉地躬身行礼。

"哦,景将军。"炎也抬手回礼,却是一副不咸不淡的样子。

"嗯……我们就去那边小坐。"爱卿指了指屋外的一处廊檐下,那里有着朱红凭栏和盛开的月季花,不过他的话更像是说给景霆瑞听的,因为后者轻点了点头,就出去屋外守候。

"皇兄,您可真辛苦,不论去到哪儿,都得带着这么大的一座冰山,您不觉得冷吗?"炎陪着爱卿来到廊下,这儿月色明亮,星光熠熠,夜风中散溢着淡淡的花香。

"冰山?冷?"爱卿想了想,忽然明白过来,忍不住捧腹大笑,"哈哈,哪有。"

"真的吗?"炎跟着笑了。

"其实瑞瑞……咳!是景将军,他并没有看上去的那么冰冷。"爱卿脸孔红扑扑地解释道。

"这里也没别人,皇兄,您就按您喜欢的方式说话吧。"炎同样纵容着爱卿,哪怕他叫着景霆瑞的名字,也只要皇兄高兴就成。

"好!"爱卿大大松了口气,"你知道吗?从小就叫惯了的,要改口还真难,而且,你不觉得叫瑞瑞更顺口吗?"

"要说顺口好听,臣弟觉得'卿儿'更好。"炎已经很久没有这么叫兄长了,他微微一笑,再一次甜甜地叫道,"卿儿。"

"好乖!"爱卿也像儿时那样伸出手,想要摸一摸弟弟的脑袋,但现在炎长得比他高

275

了，他得把胳膊抬高才行。

不过，炎也很配合，他弯低身子，让爱卿摸自己的脑袋，这是一幅非常滑稽却又很温馨的画面，兄弟二人相视一笑，接着，索性大笑起来。

"长大了就是长大了，看你，多有父皇当年的风范！"爱卿也不再自称朕，他喜欢以哥哥的身份和炎待在一起。

"不管我长得多高，个头多壮，我都是您的好弟弟。"炎凝望着爱卿，发誓般地说道，"还有，我一定会尽快铲除那些匪徒，回到您身边的。"

"炎儿，打仗就是拼命，对方也是那样想的，所以，你万万不可以急切求胜。"爱卿看着弟弟那张酷似父皇，却青出于蓝胜于蓝的面庞，"为了我，你可要好好地保护自己！"

"我知道，我会让自己毫发无伤地回来，不会让您失望。"炎无法移开自己的视线，这一刻，爱卿的注意力只在他的身上，没有别人，这让炎觉得就算此刻战死，也没有任何的遗憾了。

"你从来就没让我失望过，你总是那么优秀。"爱卿笑了，作为弟弟，炎完美无缺。作为臣子，他也十分有见识担当。

"要论功勋，我是远远不够'优秀'的。"炎并不是自谦，而是他向来留在皇城，甚少外出打仗，也就称不上战功卓著了。

"你还小嘛。"爱卿柔声道，"往后的日子还长着呢，不管你想做大将军，还是大学士，都有机会的。"

"卿儿，我已经十七岁了，空有一身武艺也不行，我只有建立更多的功勋，才能在您的心里，获得更重的分量。"

"炎，你在我的心里，还能怎么重要呢？"爱卿听到弟弟的这番话，感到了极大的惊讶和困惑，因为皇弟和皇妹们对他来说，是比自己性命还要重要的存在，任何人也无法替代他们的位置！

尤其是，从小就很爱黏着自己的炎儿，在爱卿的心目中，有种特殊的，类似"长兄如父"的亲密情感，一直以来对他都是格外地厚待。

"只要比那个家伙重要就好！"炎负气地说道，"他对您的态度，也比对旁人的不同。"

还有一句话炎没有说出来，那就是每当爱卿和景霆瑞在一起时，旁人就会无法插进去，变得多余！

有时候，炎就会有这样的感觉，他想要爱卿更多地关注自己，而不是只要景霆瑞一出现，就会转移视线，虽然景霆瑞谈的都是国家政事，但炎还是觉得他很碍眼！

"那是因为朕是皇上，瑞瑞对朕自然会不同一些。"爱卿只有这样解释，他没办法告诉炎，自己和瑞瑞的关系。

他是皇帝，乃天地万物之主，但高处不胜寒。儿时，他有那么多朋友，每天都过得那么开心。可当他成了皇帝，大家都对他敬而远之，景霆瑞是唯一一个，自始至终都没有变的人。

第十章
出征剿匪患

在爱卿的心里，景霆瑞不仅是臣子，还是能和他平起平坐的知己，但这要说出来，瑞瑞的脑袋可就不保了。

不过，炎还是和小时候一样啊，爱卿还记得，炎为了能和自己单独在一起，总是把乳母嬷嬷以及宫女都赶走。

这么黏人的弟弟，爱卿从来都不会厌烦，反而觉得他可爱得不行！

过了十岁之后，炎儿的心思很多花在了习武和读书上，有时候，还让爱卿觉得寂寞呢，但原来弟弟一直都没有变，现在想想，他总是与瑞瑞针锋相对，难道只是吃醋吗？就算是家人之间，也还是会吃醋的吧。

"不，就算您不是皇帝，他对您的态度也是不同的。"炎依然执着于那个问题，"我是说，除了您，他谁也不放在眼里，实在太张狂了！"

"哈哈，如果是这样的话，炎儿你不也是一样吗？"爱卿毫不掩饰地大笑起来，"你刚才还说要我更看重你呢。"

"您要这么说的话，我确实也这样。"炎红了脸，露出羞涩，但还是说道，"不过，我与他还是不同，我和您是……"

"好了，你若想改变瑞瑞'目中无人'的态度，首先，你也得改变你自己的。"爱卿微微笑着，"不要一见到瑞瑞，就没有好脸色，就像方才，你们相互招呼时，你的脸色可有够臭的，所以，只要你对他友善些，瑞瑞也会对你好的。"

"谢皇兄的教诲，不过，我并不在乎他对我是什么态度，只是，如果我们友好，能让皇兄您开心的话，要我怎么做都行。"

"瞧你说的，又不是让你上刀山，下火海！"爱卿举手轻拍一下炎的脑门，"你要真的长大才好。"

"哎呀。"炎明明不疼却紧捂着额头，装作很痛的样子。

"怎么了？很疼吗？我没有下重手啊！"爱卿很快上当，一副着急又心疼的样子看着弟弟。

"噗！哈哈哈！"炎不顾形象地大笑起来，还伸手握住爱卿的手，"您怎么总是会上这种当呢？您也要真的长大才好啊。"

"可恶！都是当将军的人了，还戏弄我！"爱卿装作生气地抽回手，背转身去。

炎立刻就道歉了："别生气了，皇兄，大不了下次不玩了。"

"不，下次、下次还要玩。"爱卿回过头，看着炎说道"等你回来，我们再玩小时候的游戏。"

"像去温太师那里偷考题吗？"炎窃笑着。

"才不是！"爱卿瞪了他一眼，说道，"像打雪仗啊，堆雪人，等你回来时，睢阳该下大雪了。"

"好，一言为定！"炎伸出右手小拇指，一脸愉快地道，"拉钩。"

"呵……"爱卿笑着伸手过去，炎却突然地抓住他的手，将他拉入自己的怀中。

277

"炎?"爱卿不由一愣。

"就让我抱抱你嘛,皇兄。"炎撒娇般地说,"我可是马上就要离开这里了。"

"炎,不管你遇到什么事,都要记住皇兄在等你回来。"爱卿伸手,鼓舞般地拍抚弟弟的脊背。

"嗯。"炎极轻声地应道,那嗓音里竟有一丝哽咽,兄弟二人谁也没有先松开手的意思,直到有一道冷冰冰的,仿佛生铁一样的声音插入进来。

"皇上,时间不早了,您该回宫了。"景霆瑞不知是何时过来的,他站在门廊的阴影下,看不清他的表情。

"这么快?"爱卿这才注意到,自己已经在亲王府停留了近半个时辰。

"臣弟明早再来见您,向您辞行。"炎是说到做到,立刻改善了对景霆瑞的态度,那就是从针锋相对,到视而不见。

"好吧,你也早点休息,别熬夜了。"爱卿依依不舍地点点头,这才随景霆瑞离去。

"萨哈!"炎叫道。

"属下在。"萨哈其实一直都在附近待命。

"暗中护送皇上回宫,不得有误。"炎的脸上已经没有那柔情似水的神情,完全是亲王的肃穆姿态。

"是,王爷!"

萨哈立马去了,炎却一直停留在檐下,夜风袭袭,花香阵阵,望着方才爱卿还站立着的地方,他的心情是久久都不能平静。

虽说对出去打仗的事情一直摩拳擦掌,但看到爱卿的突然造访,炎才意识到,其实心里也是没底。不知道这一去要多久,方才的那个拥抱是他怕自己万一有个闪失……算是一种饯别吧。

宁静的午夜,天空如一块深蓝的罩子,遮盖住恢宏的大燕皇宫。尽管头顶有群星在闪耀,月色也很明亮,但宫殿也好,还是御花园,都似乎与白天看到的不太一样。

爱卿骑着玉麒麟沿着高耸的宫墙慢慢前行,他并不着急回寝殿,也没有一点的倦意,满脑子想的都是炎。他小时候甜甜地叫着"皇兄"的样子,拿着比自己的个头还高出一截的剑,认真练武的样子,还有在国子学,他受到温朝阳褒奖时,微微笑着的样子。

这些事,仿佛都是昨日才发生的,可转眼炎都要带兵打仗了!

"小时候常嫌弃去学堂,可长大了才发现,与炎儿他们一块上学有多开心。"爱卿在心里闷闷地想着,拉紧了一下缰绳,玉麒麟听话地停下来,穿过面前的宫门再往左走便是锦荣宫,原是炎的住所。

这里除了正殿、偏殿还有一片繁茂的小树林,就算在皇宫中也是幽静之所。

如今,它仍然保留着炎居住着时的样子,这是爱卿的吩咐,他觉得炎有时可能会想回来看看,毕竟,这里是他从小住惯的地方。

第十章 出征剿匪患

"怎么了?"景霆瑞骑着黑龙紧随在爱卿身后,既然爱卿止步不前,他便也停住。

"只是感叹时间过得真快,不知我们老的时候,又会是怎样的一副光景?"爱卿喃喃地说。

"呵。"没想,景霆瑞却低声笑了,但周围那么安静,这声音分外刺耳。

"这是何意?"爱卿回头,不悦地瞪着他。

"皇上,您才十八岁就想着七老八十的日子吗?说真的,诸如'感春伤秋、赏花悲月'的事并不适合您。"景霆瑞指摘道,"您若是如此有'远见',也就不会常常被太傅罚写抄书了。"

"这都是老早的事了,你为何还记得这么牢!"爱卿的脸颊立刻烧红,火辣辣的感觉让他既羞又恼,"还有别忘了,你也是帮凶!"

"敢问皇上,您到底是要末将忘了它呢,还是别忘?"

"景霆瑞!"

爱卿拉着缰绳调转马头,对峙般地站在景霆瑞的对面说道:"你虽然叫朕皇上!可是你没有把朕当成是皇上,老和朕唱反调!"

"那么,您想要末将把您当成太上皇那样对待吗?"景霆瑞道,握着马缰,神情淡漠地看着爱卿,"如果您说想要那样,末将是可以做到的。"

爱卿紧紧地盯着景霆瑞,那目光是透着不服气,还有些委屈,可是,在那些情绪剧烈的波动过后,他垂下眼帘,轻轻地说:"朕不要。"

"不要什么?"

"瑞瑞,你对父皇言听计从,是因为父皇说得对,也做得对。你对父皇俯首称臣,因为你就是他的臣子,理应如此。但是朕不要这样,你可以叩拜朕,听命于朕,但你不能只把朕视为大燕皇帝那样对待,因为朕与你不能只是皇帝与臣子的关系。"爱卿说着,抬起头,目光坦诚地看着景霆瑞,"所以,朕不许你这样,只把朕当成是天子。"

景霆瑞凝视着爱卿的眸色变得更加深沉,仿佛是一块熔烧着的黑铁,是那么乌黑,却又从里头透出炽热的光芒来,他一直绷着的嘴角也微微上浮,露出一个和缓、愉悦的微笑。

"末将遵旨。"

其实,他没必要这么欺负爱卿,明知道炎出征的事情让他感到心神不宁,却还是因为爱卿总是绕着炎打转,而有些小气了。

"皇上,来末将这里吧。"景霆瑞伸出手,邀他共骑一匹马。

这四下也无人,爱卿便下了玉麒麟,拉住景霆瑞的大手,踩着马镫,利落地跨上黑龙。

它比玉麒麟更要健壮,却非常灵活,无论跋涉崎岖山路还是穿越湍急的溪水,都宛如蛟龙一般,这"黑龙"的名字还真是名副其实。

"皇上,永和亲王已经十七岁了,正是该多多出去学习、磨炼的年纪。"景霆瑞道,

"其实这次剿匪很合适他，末将知道您护弟心切，但鸟儿只有离了巢才能学会飞，您一辈子关着他，只会让他一生都庸碌无为，就和那些圈养着的富家子弟一模一样。"

"朕可不要炎儿变成那样！"爱卿不禁握紧了手指，"炎也不是那种笨蛋。"

"呵呵。"景霆瑞又笑了，但这一次并没有嘲笑爱卿的意思，而是赞赏。他接着道，"所以您就放宽心吧，再不济他吃了败仗，还有我这个骠骑将军在，我可是能扭转乾坤的人呢。"

"自吹自擂的，你不害臊呀？"爱卿笑了起来，"若炎知道你是脸皮这么厚的人，就不会说你是大冰山了。"

"大冰山？原来他是这么说我的。"景霆瑞啧啧道。

"不只是炎，人人都这么说，怎么你不知道？"爱卿感到惊讶，这个别称已经出现许久了吧，在他还是太子的时候就听到过。

"嗯，"景霆瑞点点头，"末将不知，除了您、太上皇、巫雀王以外的人，他们是怎么看我的，我都不在意。"

听着报的这三个人，自己也是其中之一，爱卿自然很高兴，问道："为什么？"

"末将不是为了取悦他们而存在的，只要末将在乎的人，不那么看末将就行了。"

"正因为你这么想，炎才会对你有所误会。"爱卿说，"往那份名单上，再添上一个炎儿吧。"

"末将找人算过，与他八字不合……"

"少来了！你从来不信算命。"爱卿看景霆瑞竟然如此搪塞，真是哭笑不得。

"皇上，今晚就不回长春宫了吧。"

"咦？要去哪？"爱卿想问个清楚，但景霆瑞一夹马腹，黑龙便极快地蹿了出去！劲风直扑向爱卿的脸面，马蹄清脆地叩击着石板地，嘚嘚直响，他们左转直行，竟然进入锦荣宫的宫门！

"呼！"

景霆瑞勒停住黑龙，让它慢慢地走，因为宫所空置着，这里既无太监，也无侍卫，门窗紧闭之下亦无灯火可望，不过在四四方方的庭院里，还是亮着几盏石雕的观景灯，照亮着精心打理过的花草树木。

"是秋千！"

爱卿眼尖地看到梧桐树下的垂挂之物。这个秋千制作简陋，并非宫中之物，它仅用两条麻绳，穿过一块横板，再悬绑在极粗的树枝上做成。

说起来，这个秋千是他、炎，还有天宇、天辰一同在放学后做的。那时候，瑞瑞也在，帮他们把秋千挂上去。

那个时候，景霆瑞和炎的关系还没有那么差，大家整日地混在一起，完全地不分彼此。

至于为何宫里头，明明有好几座精美的、朱漆雕花的秋千，还非要自个儿做一个那

第十章
出征剿匪患

么简陋的小秋千，是因为爱卿很喜欢一句从书中偶然读到的诗词："秋千与花影，并在明月中。"

他觉得这意境很美，可宫中的秋千全都是非常庞大的木架，荡秋千时，还会有好多太监、侍卫陪护着，哪里能感受到那种宁静、悠闲的氛围，于是在炎的提议下，爱卿就决定亲自动手，造一座小秋千。

如今，这秋千显得那样娇小，尤其是那块横板，爱卿真怀疑，当时是怎么能够坐下两个人的？

为了争抢座位，他们还石头剪刀布的比输赢呢！

而瑞瑞，永远是帮他们推秋千的那一个，也许他觉得那是小孩子的玩意儿，所以并不想坐上去。

"您还想去坐坐看嘛？末将可以推您。"景霆瑞半认真地问。

"哈哈，朕怎么还坐得下嘛！"爱卿大笑起来，"对了，如果瑞瑞你一脚踩上去，应该会立刻垮掉吧？"

"您终于开怀大笑了。"景霆瑞握了握爱卿单薄的肩头，微笑道，"这样很好。"

"瑞瑞……"爱卿明白景霆瑞是在担心自己，因为自从炎决心要去打仗开始，他就没睡过一个安稳觉，更别说开怀大笑了，于是道，"朕知道你用心良苦，也谢谢你，好了，朕没事了，我们回去吧。"

这里此刻无人，并不代表不会遇上巡夜的御林军，他们是用景霆瑞的令牌进出的皇宫，而爱卿一直低头骑马，别人都当他是景霆瑞的侍从。

"嗯。"景霆瑞点点头，又说了一句，"谢就不用了，末将已经收到谢礼了。"

"咦？朕什么时候给你谢礼？"爱卿问。

景霆瑞却不回答，让黑龙往前走，玉麒麟在边上跟着，两人两马闲庭散步。

"你是不是又在唬弄朕？朕身上可没带礼，更别说给你了。"爱卿歪着头道。

"皇上给了，但没注意到。"景霆瑞笑着却不肯言明。

爱卿是满脸的困惑，直回到寝殿长春宫，景霆瑞也没说出答案。

爱卿进了殿，景霆瑞却没进去，他要回青铜院处理公务。

爱卿没有留他，因为他的案头也有不少事要处理，正当爱卿在看奏本时，突然搔耳挠腮道："到底是什么呀？"

"皇上，您在嘀咕什么？"

"就是……"爱卿把景霆瑞的话说了一遍，小德子听完也是一脸不解，还道："这景将军临了，还给您出了个谜题。"

"可不是嘛。"爱卿一笑道。

"您让他说出来不就完了。"

"本来也是这么想，后来觉得朕应该猜得到。"爱卿说，继续批折子了，他不知道自己是什么时候睡着的，隐约听到小德子叫他去床上，再醒来便是清晨了。

281

爱卿坐在宽敞至极的床上有些发懵，他应该尽快起身，因为今天是炎出征的日子，会非常繁忙，可是心里却蓦地感到一阵寒意，无法言语的空虚与寂寥，如同水波涟漪一般在胸间不住地扩散开去。

　　"我要振作些，不能总是倚靠旁人。"爱卿深深吸了口气，起身，下了床。

　　忽然……爱卿想到了那个答案。

　　"是笑容吧。"爱卿眉心舒展开了，因为这段时间他都没怎么笑，他完全没有注意到，可是瑞瑞一直很记挂。

　　"你放心，朕舍得放炎出去闯荡。"爱卿自言自语道，脸上不再露出彷徨与不安的神色，有的只是一份从容镇定的笑意。

<未完待续>

后记

大家好，久等了。

在第一册出版后，不时收到读者的询问，问第二册何时出版。

我也是询问编辑后才知道出版不会那么快，因为光校对就很耗时间，在这里非常感谢为《逆臣》辛苦付出的工作人员，也很感谢读者们的耐心等待。

在学生时代，我特别喜欢看古装宫廷戏，如《康熙微服私访记》《武则天》《雍正王朝》《汉武帝》《还珠格格》，等等。那时候觉得戏里面的皇帝呼风唤雨，当真是威风得不行。

等我重温这些故事时，才发觉皇帝也不是那么好当的。身份越重，责任也就越大，连挑个媳妇都不能是自己最喜欢的。我忽然觉得他们活得或许还没有一个日出而作、日落而息的老农快活。

当然，《逆臣》是一个轻松的故事。小皇帝淳于爱卿出生深宫，受父辈宠爱，又有两肋插刀的"好兄弟"景霆瑞在，在他的世界里，身边的人都是好的，身边的事情也都是好的，没有权谋、没有尔虞我诈。

他天真无邪、率直可爱，可是身为皇帝，责任深重，势必有打不完的困难级"副本"。

这"副本"里有烽火战争、有被迫联姻、还有兄弟纠葛，但只要有景霆瑞在，一切问题都可以迎刃而解。

相比爱卿的率直，景霆瑞更懂得人生百态。他多谋善虑、生人勿近，可以说高冷十足，但他对爱卿的忠心是独一无二的。

就像爱卿对景霆瑞的信任也是独一无二的。

这也是我喜欢写这个故事的原因。

在本书的世界里，帝王与臣子并不是谁倚赖着谁，而是彼此信任、扶持。

但即便如此，他们仍面临诸多的挑战，披荆斩棘，才能走出另一番的风景。

最后，感谢您阅读此书，期待在第三册再会！

五只猫的铲屎官 米洛